ŒUVRES

DE

MM. ALFRED, GUSTAVE ET JULES

DE WAILLY

———

THÉATRE

TOME II

TYPOGRAPHIE FIRMIN DIDOT. — MESNIL (EURE).

OEUVRES

DE

MM. ALFRED, GUSTAVE ET JULES

DE WAILLY

RÉUNIES ET PUBLIÉES

PAR

M. GUSTAVE DE WAILLY

ANCIEN MAÎTRE DES REQUÊTES AU CONSEIL D'ÉTAT,
ANCIEN INSPECTEUR GÉNÉRAL DE LA LISTE CIVILE DU ROI LOUIS-PHILIPPE

THÉATRE

TOME SECOND

PARIS

LIBRAIRIE DE FIRMIN-DIDOT FRÈRES, FILS ET Cie

IMPRIMEURS DE L'INSTITUT, RUE JACOB, 56

1873

Tous droits réservés

ELZÉAR CHALAMEL

OU

UNE ASSURANCE SUR LA VIE,

COMÉDIE EN TROIS ACTES;

PAR

MM. GUSTAVE DE WAILLY ET JULES DE WAILLY (1).

REÇUE AU THÉATRE FRANÇAIS LE 17 FÉVRIER 1849,

REPRÉSENTÉE SUR LE THÉATRE DU GYMNASE (AVEC COUPLETS),
LE 9 mai 1849.

(1) En 1848, mon frère Jules était au ministère de l'Intérieur chef de bureau, moi j'étais inspecteur général de la liste civile du roi. La révolution de février me destituait tout naturellement. Mon frère Jules eut l'honneur d'être révoqué par M. Ledru-Rollin. Nous cherchâmes alors, en travaillant ensemble, à utiliser les loisirs que nous faisait non pas un dieu, mais la république.

ELZÉAR CHALAMEL

OU

UNE ASSURANCE SUR LA VIE,

COMÉDIE EN TROIS ACTES.

ACTE PREMIER.

Le théâtre représente un salon élégant. A droite du spectateur, la chambre de Ménard, et un cabinet; à gauche, la chambre de madame Ménard. Table à gauche. Bureau à droite, avec cartons.

SCÈNE PREMIÈRE.

MÉNARD, DOUCET.

DOUCET.

Quelle élégance! quel luxe! mon cher Ménard! des meubles de soie et des tapis d'Aubusson! l'on se croirait chez un banquier de la Chaussée-d'Antin!

MÉNARD.

Et ne le suis-je pas réellement, mon cher Doucet? Gros bonnets de la finance, les banquiers s'adressent à la fortune publique... capitaliste obligeant et modeste, je m'adresse à la fortune privée... Ils viennent au secours de l'État qui s'obère...

je rends service aux fils de famille qui s'endettent... Ils prê-
tent aux rois et aux républiques... j'avance mon argent aux
citoyens des deux mondes, royalistes ou républicains... tantôt
sur gages... parfois sur garantie morale... un père apoplectique, ou une vieille tante sans enfants.

DOUCET.

Seulement, quand l'État emprunte, il paie et ne crie pas...
tandis que vos clients crient toujours, sans vouloir jamais
payer.

MÉNARD.

Oui, mais alors nous les recommandons à notre ami Doucet,
le modèle, le roi des gardes du commerce, qui nous les conduit à Clichy le plus poliment du monde!...

DOUCET.

C'est mon devoir... pauvres gens! ne faut-il pas adoucir la
rigueur du fond par l'aménité de la forme... aussi je puis me
vanter que pas un de mes confrères n'appréhende son homme
avec plus de ménagements, de douceur...

AIR : *On dit que je suis sans malice.*

Je hais l'éclat et la rudesse,
C'est toujours avec politesse
Que je sais m'adresser aux gens
Quand il faut les mettre dedans.
Que d'égards! que de complaisance!
Je puis le dire en conscience :
Oui, c'est un vrai plaisir, ma foi.
De se voir arrêté par moi!...

Mais, en revanche, politesse pour politesse... Autrefois nos
clients mettaient dans leurs manières un laisser-aller par trop
sans gêne... il y en a même qui nous payaient d'avance un
supplément d'honoraires... non sujets à la taxe... c'est ce qui
arrive souvent encore à mes confrères... c'est ce qui m'est arrivé à moi-même... une seule fois par exemple... Je venais
d'acheter ma charge... un peu cher... cent mille francs... et
pour mon début...

MÉNARD.

Je me rappelle! un jeune officier de hussards, n'est-ce pas? qui se permit un geste... un peu vif.

DOUCET.

Oui... un geste de canne... je le relâchai à l'instant même... deux heures après, mon officier recevait dans l'épaule le plus joli coup d'épée... et au bout de deux mois, à sa première sortie... j'avais l'honneur de lui offrir de nouveau mon bras pour le réintégrer à Clichy. Depuis ce temps-là, ma réputation est établie... Je suis connu pour le meilleur élève de Grisier... On sait qu'au pistolet je fais le bouton neuf fois sur dix... et aujourd'hui, je dois le dire à la louange de mes clients, comme à la mienne, c'est entre nous un échange de bons procédés, une réciprocité de politesse qui fait vraiment plaisir à voir... Mais je ne suis pas venu pour faire mon éloge... Vous m'avez parlé d'une opération importante... d'un nouveau client dont ce matin même on devait vous remettre les pièces.

MÉNARD.

Un étudiant... un gaillard que je vous prie de soigner tout particulièrement... D'habitude ce sont les créanciers qui poursuivent les débiteurs...

DOUCET.

Eh bien?

MÉNARD.

Eh bien, mon ami, c'est lui, qui ne cesse de me poursuivre! A la promenade... à la Bourse... au spectacle... partout il me dépiste, il me relance, et du plus loin qu'il m'aperçoit, c'est pour me crier, d'une voix de stentor : « Ah mon cher Ménard! mon cher usurier... mon usurier ordinaire... » Et lorsque j'ai eu le bonheur de l'éviter tout un jour, le soir, en rentrant, mon concierge me remet une carte, sous enveloppe musquée, avec cette suscription : « Pour monsieur Ménard, usurier... » La seule chose qui m'étonne, c'est qu'il n'ait pas encore forcé ma porte... mais je m'attends bien un jour ou l'autre...

SCÈNE II.

Les Mêmes, CHALAMEL, un domestique.

UN DOMESTIQUE, *annonçant.*

Monsieur Chalamel!

MÉNARD.

Là! quand je vous le disais! j'en étais sûr!

CHALAMEL (1), *un jonc à la main, entrant.*

AIR *des Amours du diable.*

Oui, pour vous rendre ma visite
Me voilà!
En vain votre amitié m'évite,
Je suis là!
Si je passe la matinée
Sans vous voir,
Tristement coule la journée
Jusqu'au soir,
Et le sommeil auquel j'aspire
Toujours fuit
Si le soir je n'ai pu vous dire :
Bonne nuit!
Mais pour ce matin
Adieu le chagrin!
A l'ami que j'aime,
Dans sa maison même,
Quel bonheur suprême
De serrer la main!

(*Saluant Doucet.*) Monsieur... (*A Ménard.*) Figurez-vous, mon
cher usu., mon cher banquier, veux-je dire... je sors de chez
mon notaire, chez lequel j'avais, par hasard, une petite traite à
toucher.

(1) Ménard, Chalamel, Doucet.

MÉNARD.

Comment donc, mon cher client, et vous êtes monté chez moi pour me donner...

CHALAMEL.

Le bonjour, mon cher Ménard, le bonjour... visite tout à fait désintéressée, que je vous devais depuis longtemps.

MÉNARD.

Trop honnète...

CHALAMEL.

Et cette dette-là, ce n'est pas comme les autres... je prétends l'acquitter régulièrement... chaque matin!

MÉNARD.

Ah! vous avez l'intention de venir...

CHALAMEL.

Cela vous contrarie, peut-être?

MÉNARD.

Du tout!... comment donc!... (A part.) C'est ce que nous verrons!

CHALAMEL, regardant.

Peste, mon cher u... mon cher banquier... quelle coquetterie!... on voit bien que c'est le client qui paie; cela ne vous coûte rien... Mais pardon... je vous dérange peut-être... chaque minute de votre temps porte intérèt, n'est-ce pas?

MÉNARD.

Du tout, mon cher, je m'occupais de vous.

CHALAMEL.

Vraiment?

MÉNARD.

Avec monsieur, un de mes amis que je vous demande la permission de vous présenter... un bon enfant dont vous aurez lieu d'être satisfait, quand vous aurez fait ensemble une connaissance... plus intime...

CHALAMEL, saluant.

Monsieur... puis-je savoir à qui j'ai l'honneur...?

DOUCET.

Amable Doucet, monsieur.

CHALAMEL.

Doucet! le plus adroit, le plus fin, le plus alerte de tous les limiers de la Bourse!

DOUCET.

Oh! monsieur!

CHALAMEL.

Le pourvoyeur en chef de Clichy!

DOUCET.

Monsieur!

CHALAMEL.

Le maréchal des logis de la jeunesse dorée!.

DOUCET.

Qui espère bientôt devenir le vôtre, grâce au jugement que Ménard...

CHALAMEL.

Un jugement?...

MÉNARD.

Exécutoire, dès aujourd'hui!

CHALAMEL.

Dès aujourd'hui!

MÉNARD.

Comment, vous ne saviez pas...?

CHALAMEL.

Si vous croyez que je lis tous les billets doux qu'on m'adresse... sur papier timbré.

MÉNARD.

Cela vous contrarie peut-être, vous qui vouliez me donner le bonjour...

CHALAMEL.

C'est juste, mon cher Ménard... je vous donnerai le bonsoir... après six heures... si cela vous est égal...

MÉNARD.

Diable d'homme!

DOUCET.

Je comprends.

CHALAMEL.

L'heure où l'égalité commence pour tous les citoyens... gardes du commerce ou non... Mais, en causant, j'oublie mes affaires... à ce soir donc, mon cher us... mon cher banquier; au revoir, mon cher garde du corps!

DOUCET, *le reconduisant.*

A bientôt, mon cher client!

CHALAMEL.

Restez donc, je vous prie... ne vous dérangez pas... et pour cause!

DOUCET.

Ah! ne craignez rien... je ne suis pas encore en mesure!

CHALAMEL.

Non! ah!...

ENSEMBLE.

AIR *du Mari anonyme.*

MÉNARD, DOUCET.

Pour nous quel déplaisir!
Ne pouvoir le saisir,
Quand si bien ce matin
Nous l'avions sous la main!
Le laisser se sauver!
Pourrons-nous retrouver
Plus belle occasion
De le mettre en prison?

CHALAMEL.

Pour vous quel déplaisir!
Ne pouvoir me saisir,
Quand si bien ce matin
Vous m'aviez sous la main!
Me laisser me sauver!
Pourrez-vous retrouver
Plus belle occasion
De me mettre en prison?

(*Il sort par le fond.*)

1.

SCÈNE III.

DOUCET, MÉNARD.

MÉNARD.

Vous l'entendez! rusé, défiant, goguenard... oh! vous avez
affaire à forte partie!

DOUCET.

Tant mieux! « A coffrer sans péril, on arrête sans gloire. »
Mais ne perdons pas de temps... les pièces?

MÉNARD, *lui remettant le dossier qu'il est allé prendre sur la ta-*
ble à droite.

Les voici... lettre de change, protet, jugement, contrainte
par corps.

DOUCET.

Dossier complet... il n'y manque que sa personne... (*Exami-*
nant les papiers.) Qu'est-ce que cela?... tribunal de première
instance... ce n'est pas de mon ressort.

MÉNARD.

C'est juste... mon imbécile d'avoué... il n'en fait jamais d'autres... lever un jugement de saisie contre Chalamel! un mobilier d'étudiant... qui danserait dans une charrette à bras...

SCÈNE IV.

LES MÊMES, MADAME MÉNARD.

MADAME MÉNARD, *entr'ouvrant la porte de sa chambre.*
Peut-on entrer?

DOUCET (1).

Comment donc, belle dame!... toujours plus jolie, plus élé-
gante!

(1) Doucet, Mme Ménard, Ménard.

MADAME MÉNARD.

C'est Ménard qui le veut... et la femme doit obéissance à son mari... Je ne vous demande pas des nouvelles de Caroline... je vais la chercher pour la mener au bois.

DOUCET.

Décidément, vous me la dérangez! Hier soir aux Français, où, par parenthèse, vous étiez ravissante!

MADAME MÉNARD.

Flatteur!

DOUCET.

Ce matin, au bois de Boulogne!

MÉNARD.

Sans doute... n'y a-t-il pas aujourd'hui course au clocher... ou course de haies... que sais-je!... tous nos élégants y seront!

DOUCET, *vivement.*

Hein! qu'est-ce que vous dites? (*A part.*) Quelle idée... et Chalamel qui avait des éperons... qui tenait à la main le jonc de rigueur pour monter à cheval... c'est cela... en établissant une souricière autour de Drake et de Crémieu, nos loueurs à la mode... (*Haut.*) Adieu, mon cher Ménard; votre très-humble serviteur, belle dame... Nous nous reverrons peut-être plus tôt que vous ne pensez...

(*Il sort en courant.*)

SCÈNE V.

MADAME MÉNARD, MÉNARD.

MADAME MÉNARD.

Ah mon Dieu!... ce brusque départ, cet air affairé... Est-ce qu'il serait jaloux?

MÉNARD.

Écoute donc : madame Doucet est jeune, jolie... un peu coquette...

MADAME MÉNARD.

C'est possible... je ne dis pas non... mais ne suis-je pas là...
pour lui servir de mentor?... Bonne Caroline! ma compagne
de pension, mon amie d'enfance... vous savez quelle confiance elle a en moi, et si jamais elle avait besoin de mes conseils...

MÉNARD.

Chère Henriette! tu aimes tant ton mari, toi!

MADAME MÉNARD.

Et je serais bien ingrate de ne pas l'aimer... un mari qui
n'a qu'un seul désir, c'est que sa femme s'amuse... une seule
crainte... c'est qu'elle se refuse quelque plaisir, quelque toilette.

MÉNARD.

Eh, n'en suis-je pas bien payé, quand à la promenade, au
spectacle, je vois tous les regards se diriger de ton côté, toutes
les lorgnettes se braquer vers toi?... quand j'entends ton nom
circuler de bouche en bouche... Madame Ménard, la femme
de Ménard, ce riche capitaliste... Cela te fait plaisir, n'est-ce
pas?... cela flatte ton amour-propre et le mien... mais, ce qui
vaut mieux, cela nous profite.

MADAME MÉNARD.

Comment?

MÉNARD.

Sans doute... Dans mon état je ne peux pas mettre enseigne
comme un boutiquier, lancer un prospectus comme un libraire, remplir les journaux d'annonces, comme un charlatan... Eh bien, tu es pour moi comme l'annonce du charlatan, l'enseigne du boutiquier, le prospectus du libraire, une
véritable réclame enfin, mais une réclame vivante, de tous
les instants, de tous les jours, réclame d'autant plus utile
qu'elle est agréable, qu'elle produit son effet sans en avoir
l'air, et que tout en jouissant toi-même de ton triomphe, tu
fais, sans t'en apercevoir, les affaires de ton mari!

MADAME MÉNARD.

A la bonne heure! vous me rassurez.

AIR : *L'amour qu'Edmond.*

Moi qui parfois de mes goûts de toilette
  M'alarmais!

MÉNARD.

Ne t'alarme pas!

MADAME MÉNARD.

Moi qui parfois d'être un peu trop coquette
  Vous demandais pardon tout bas.

MÉNARD.

Pour recueillir c'est semer au contraire.
Va, ne crains rien!

MADAME MÉNARD.

            A vos yeux je souscri,
A tout Paris désormais je veux plaire,
Il est si doux d'enrichir son mari!
Oui, sans remords désormais je veux plaire,
Il est si doux d'enrichir son mari!

SCÈNE VI.

LES MÊMES, CHARLES.

CHARLES.

Ah mon oncle! que je suis heureux de vous rencontrer!...
Je venais...

MÉNARD, *l'interrompant* (1).

Eh bien, vous ne saluez pas votre tante!

CHARLES.

Ah pardon! je ne vous voyais pas!

MÉNARD.

Une tante que vous devriez adorer!

MADAME MÉNARD.

Que veux-tu dire?

(1) **Madame Ménard**, Ménard, Charles.

MÉNARD.

Puisque nous n'avons pas d'enfants, lui et sa cousine Mathilde ne sont-ils pas mes héritiers, mes seuls héritiers?

CHARLES.

Ah! mon oncle!

MÉNARD.

Ne t'en défends pas, mon garçon... Je ne crains pas de le proclamer tout haut... et tu peux le répéter hardiment : Je suis l'héritier de Ménard, le riche capitaliste... Cela ne peut pas me faire de mal... au contraire.

CHARLES.

Mon oncle, je venais pour vous dire... que je vais passer ma thèse...

MÉNARD.

Enfin... c'est heureux!... Car, ce n'est pas pour vous le reprocher... mais, Dieu merci, ta cousine et toi, vous m'avez coûté assez cher pour votre éducation... Pauvres frères! une lourde charge qu'ils m'ont laissée là tous les deux en mourant... La fille... et le garçon... aussi,

AIR DE *Turenne*.

Lorsqu'au bureau de bienfaisance
On me nomma, soit dit sans vanité,
Dans ce métier, moins qu'un autre je pense,
A mon début, je parus emprunté,
Je ne fus pas au début emprunté.
Mais dans l'emploi, si mon mérite brille
Je vous le dois à tous deux, mes enfants;
Car grâce à vous, j'ai fait depuis longtemps
Mon apprentissage en famille!

CHARLES.

Pardon, j'aurais à vous demander, pour les frais de ma thèse...

MÉNARD.

Tout ce que tu voudras, mon garçon, tout ce que tu voudras!

CHARLES.

Ah! mon oncle!... que vous êtes bon! (*A part.*) Aujour-
d'hui...

MÉNARD.

Seulement tu me permettras bien de donner la main à ta
tante, jusqu'à sa voiture.

MADAME MÉNARD.

Comment, ma voiture?

MÉNARD.

Un petit coupé à un cheval; c'est une surprise que je te
ménageais! Ça fait bien à la sortie du spectacle... Les gens
de madame Ménard... la voiture de madame Ménard...

ENSEMBLE.

AIR *de Gastibelza.*

MADAME MÉNARD, CHARLES.

Voilà bien, des maris
Le meilleur, je le proclame,
Je ne vois pas de femme
Plus heureuse dans Paris!

MÉNARD.

Que c'est rare, à Paris,
Une si charmante femme!
Je suis, je le proclame,
Le plus heureux des maris.

(*Il sort avec sa femme.*)

SCÈNE VII.

CHARLES, *seul.*

Ma foi, je ne m'y attendais guère! Ce que c'est que d'être
adroit!... de savoir prendre son temps... (*A la fenêtre.*) Un
joli coupé, ma foi!.. Quand donc pourrai-je en donner un à
Mathilde!... Eh! mais... je ne me trompe pas!... Il monte en

voiture avec ma tante!... il sort avec elle!... Ah! mon Dieu!...
Comment faire?... déjà midi... et si dans une heure... si en
arrivant à l'École-de-Médecine je n'ai pas consigné cette misérable somme de 100 francs qui me manque encore... voilà
tout mon travail de six mois à recommencer, quand je tou-
chais au but!... quand, ma thèse une fois passée, j'étais docteur; une fois docteur, le mari de Mathilde!...

SCÈNE VIII.

MATHILDE, CHARLES.

MATHILDE, *qui est entrée pendant le monologue de Charles.*
Et une fois le mari de Mathilde...

CHARLES.
Ah ma cousine! vous m'écoutiez!

MATHILDE.
Nous mourrons de faim, ma femme et moi, parce que ce
n'est pas tout d'être docteur... il faut encore des malades.

CHARLES.
Il s'en présentera.

MATHILDE.
Mais en attendant qu'il s'en présente, ce qui n'est pas sûr...
ou qu'ils paient leur docteur... ce qui peut être long... Eh
bien, monsieur, c'est moi qui me charge de la dépense du
ménage!

CHARLES.
Vous, Mathilde?

MATHILDE.
C'est aujourd'hui ma dernière leçon de dessin.

CHARLES.
Quoi! mon oncle refuserait...

MATHILDE.
Ce n'est pas mon oncle qui refuse... c'est ma maîtresse.

CHARLES.

Votre maîtresse !

MATHILDE.

Elle prétend qu'aujourd'hui j'en sais plus qu'elle ; que je suis en état de gagner... deux mille francs au moins par an... et avec deux mille francs, on peut attendre les clients.

CHARLES.

Mais, pour cela, il faut être docteur !

MATHILDE.

Et vous le serez aujourd'hui même !

CHARLES.

Impossible ! Mon oncle est sorti, et si je n'ai pas l'argent avant une heure...

MATHILDE.

Combien vous manque-t-il donc, mon cousin ?

CHARLES.

Encore cent francs.

MATHILDE.

Nous sommes sauvés !

CHARLES.

Que dites-vous ?

MATHILDE.

Oui, monsieur, c'est moi qui, cette fois, serai votre capitaliste, comme dit mon oncle, si vous voulez bien me le permettre.

CHARLES.

Comment ?

MATHILDE.

Vous savez bien, cette aquarelle que vous trouviez si jolie et que j'ai achevée hier matin !... Ma maîtresse ne s'est-elle pas avisée de la vendre cent francs !... Le marché est conclu... et les voilà !... Cinq napoléons !... La jolie monnaie !

CHARLES.

Pardon, Mathilde, pardon ; mais je ne puis accepter... votre premier argent... vos seules économies... le commencement de votre dot !...

MATHILDE.

AIR : *J'en guette un petit.*

Ah! ce refus me désespère...
Vous ne voulez plus m'épouser!...

CHARLES.

Qui, moi! ma cousine, au contraire,
Pouvez-vous bien le supposer!

MATHILDE.

De ce refus alors quelle est la cause?
Quand le mari doit seul toucher la dot,
Un peu plus tard, un peu plus tôt,
N'est-ce donc pas la même chose?

CHARLES.

Vous êtes un ange!

MATHILDE.

Vous acceptez? Merci, mon cousin, merci!

CHARLES.

Et moi, Mathilde, que puis-je vous offrir en échange?...
Rien... rien que ma thèse... Ah! si j'osais... c'est le premier
exemplaire... (*Il lui donne sa thèse.*)

MATHILDE.

Osez, mon cousin, osez... Cette thèse superbe... qui doit
vous faire tant d'honneur... *De ictibus capitis...* Ce qui veut
dire : *Des coups à la tête.*

CHARLES.

D'où pouvez-vous savoir?

MATHILDE.

Depuis trois semaines que vous me le répétez tous les matins... Nous la mettrons dans la corbeille de mariage, en attendant le cachemire.

CHARLES.

Chère Mathilde! pourvu maintenant que je sois reçu... Tout
à l'heure je me croyais sûr de mon fait, et voilà qu'à présent
j'ai peur... je tremble... Si vous vouliez, Mathilde, pour me
rassurer... pour me porter bonheur... m'accorder...

MATHILDE.

Quoi donc ?

CHARLES.

Un baiser...

MATHILDE.

Un baiser!

CHARLES.

Un seul! à compte sur le mariage.

MATHILDE.

Je ne donne pas d'à-compte.

CHARLES.

Même air.

Ah ! ce refus me désespère ,
Vous ne voulez plus m'épouser....

MATHILDE.

Qui, moi! mon cousin... au contraire ,
Pouvez-vous bien le supposer !

CHARLES.

De vos refus alors quelle est la cause ?
Vous-même le disiez tantôt :
Un peu plus tard , un peu plus tôt ,
N'est-ce donc pas la même chose ?

MATHILDE.

Du tout, mon cousin, du tout.

CHARLES, *d'un air décidé.*

Ma foi, ma cousine, nous sommes seuls...

MATHILDE.

Écoutez... j'entends quelqu'un. (*Il se retourne; elle se sauve
vers le fond.*)

CHARLES.

Ah! méchante, vous m'avez attrapé.

MATHILDE, *sur la porte.*

C'est pour ne pas manquer à ma parole ; je me suis promis
à moi-même de n'embrasser aujourd'hui qu'un docteur. (*Elle
sort.*)

CHARLES.

AIR *de Julie.*

Qu'un docteur!... ah! sur sa parole
Si du moins je pouvais compter!...
N'importe, au sortir de l'école
Je viens ici me présenter.
Des élèves en médecine
Le nombre à coup sur doublerait,
Si tout diplôme conférait
Le droit d'embrasser sa cousine.

Mais on vient. C'est la voix de M. Doucet. Il n'est pas seul.

SCÈNE IX.

CHALAMEL, DOUCET, CHARLES. (*Ils se font des politesses
pour entrer.*)

CHALAMEL, *sur sa porte.*

Monsieur!...

DOUCET, *de même.*

Ah! monsieur!

CHALAMEL.

Passez donc!

DOUCET.

Je n'en ferai rien.

CHALAMEL.

Je vous en prie.

DOUCET.

Je sais trop à quoi mon devoir m'oblige... Après vous, s'il
vous plaît.

CHALAMEL, *entrant.*

C'est juste... En restant derrière, vous ne me perdez pas de
vue.

DOUCET.

Quelle idée! j'ai trop de confiance en vous...

CHALAMEL.

Et dans les factionnaires que vous avez postés en bas.

DOUCET.

Impossible de vous rien cacher. Mais je ne vois pas M. Ménard.

CHARLES.

Je vais le prévenir, messieurs. (*Apercevant Ménard, qui entre.*) Mais le voici. (*A part.*) Eh! vite, à l'École-de-Médecine. (*Il sort.*)

SCÈNE X.

DOUCET, CHALAMEL, MÉNARD.

MÉNARD.

Que vois-je? monsieur Chalamel!

CHALAMEL.

Lui-même, mon cher Ménard.

MÉNARD.

Comment, Doucet... est-ce que déjà?

CHALAMEL.

Hélas! oui.

DOUCET, *avec modestie.*

Un heureux hasard!

CHALAMEL.

Un hasard!... dites donc du tact, de l'habileté... Oh! cette fois, j'ai trouvé mon maître... Tenez, il y a dans ce gaillard-là l'étoffe d'un préfet de police.

DOUCET.

Monsieur...

CHALAMEL.

Il est vrai que je n'étais pas sur mes gardes... Je croyais avoir toute ma journée d'avance. N'importe, en un tour de main, échec et mat... et rien à dire... les formes les plus aimables, les plus gracieuses.

DOUCET.

Vous me confusionnez.

MÉNARD.

Très-bien! Mais tout cela ne me dit pas...

CHALAMEL.

Pourquoi je suis ici, au lieu d'être déjà sous clef?

MÉNARD.

Précisément.

CHALAMEL.

Comme nous nous devinons!... Eh bien, mon cher u... mon cher banquier... c'est que j'ai un petit arrangement à vous proposer.

MÉNARD.

Un arrangement? J'écoute.

CHALAMEL.

D'abord... si vous preniez la peine de vous asseoir.. (*A Doucet.*) Amable... asseyez-vous donc... (1) (*A Ménard.*) Pardon de faire ainsi les honneurs de chez vous; mais vos fauteuils ont une mine si engageante... et puis, c'est tout une histoire que j'ai à vous conter. Ordinairement un petit voyage à Clichy n'a rien de désagréable pour moi.

DOUCET.

La grande habitude...

CHALAMEL.

D'ailleurs, je n'y reste jamais longtemps. Au bout de quinze jours, il faut que j'en sorte d'une façon ou d'une autre, par la cave, par les fenêtres, par les toits... n'importe... Au collége, je n'étais pas fort en thème, mais j'étais très-fort en gymnastique... et les bienfaits de l'éducation ne sont jamais perdus... mais aujourd'hui... avec vous, je joue cartes sur table... je ne vous cache pas que cela me vexe... que cela me vexe singulièrement...

DOUCET.

Croyez que je suis désolé!...

---

(1) **Doucet** de l'autre côté de la table, **Chalamel** assis, **Ménard** assis.

CHALAMEL.

Au point que, s'y j'étais coffré ce matin, dans un accès de désespoir... je serais capable...

MÉNARD.

Eh de quoi donc, mon cher client?

CHALAMEL.

De vous faire perdre à la fois le capital et les intérêts.

MÉNARD.

Mauvaise tête!

CHALAMEL.

Que voulez-vous? je suis un amoureux.

MÉNARD.

Vous!

CHALAMEL.

Mais amoureux fou!...

DOUCET.

Pas possible!...

CHALAMEL.

Si vraiment! figurez-vous qu'il y a trois ans, un jour d'été, je rencontrai au Luxembourg deux femmes...

DOUCET.

Farceur!...

CHALAMEL.

Non, ma parole d'honneur... deux femmes honnêtes... pour peu qu'on ait fréquenté la grisette... on s'y connaît... le contraste...

DOUCET.

C'est juste...

CHALAMEL.

L'une toute jeune, charmante... seize ans à peine... et des yeux, une bouche, un pied .. l'autre, d'un âge tout à fait respectable... quarante ans... un long nez, un long cou, de longues dents... physique de gouvernante, ou de sous-maîtresse. Je m'approche, je m'asseois près d'elles, je risque un compliment à la vieille, une œillade à la jeune... il n'y a rien de bavard comme une pensionnaire... si ce n'est une sous-maîtresse... Au bout d'un quart d'heure, je savais leurs noms, leur adresse, les heures de sortie, de promenade... tout ce qu'il me fallait pour la retrouver et la revoir.

MÉNARD.

Et vous la revîtes?

CHALAMEL.

Je lançai un billet.

DOUCET.

L'on ne répondit pas?

CHALAMEL.

Au contraire... et après un mois entier d'une correspondance brûlante accompagnée du don réciproque de nos portraits, j'obtins à grand'peine un rendez-vous pour le soir.

DOUCET.

Pour le soir!

CHALAMEL.

La pension donnait sur une rue déserte... la chambre sur un jardin... il faisait une nuit superbe... la nuit la plus noire... J'escalade le mur, et me voilà dans le jardin... je m'élance à l'aide du treillage jusqu'à la fenêtre qu'on avait laissée entr'ouverte; je saute dans la chambre...

MÉNARD.

Et vous voilà dans les bras...

CHALAMEL, se levant.

De la vieille... de l'horrible vieille... j'en frissonne encore... le long nez, le long cou, les longues dents...

MÉNARD.

Est-il possible!

CHALAMEL. (1).

Et tout cela... dans le simple appareil!

DOUCET, riant.

Vous étiez chez la sous-maîtresse?

(1) Ménard, Chalamel, Doucet.

CHALAMEL.

Hélas! oui, mon cher Doucet... dans ma précipitation, je m'étais trompé de fenêtre!

MÉNARD.

Et la jeune personne?

CHALAMEL.

Depuis ce temps, impossible de la revoir, soit effet du hasard, soit plutôt trahison de la sous-maîtresse... par rancune du respect que je lui témoignai... Enfin je n'avais plus d'autre consolation que de regarder de temps en temps son portrait... une miniature charmante, que j'ai précieusement conservée...

AIR *de Teniers.*

Pauvre portrait! du fond du secrétaire
Où tu languis, près du papier timbré,
Combien de fois, dans mes jours de misère,
Pour te revoir ma main t'a retiré!
Que de baisers mon amour l'osa prendre!
   Ah! je serais trop fortuné
Si le modèle un jour pouvait me rendre
Tout ce qu'alors au portrait j'ai donné!

Heureusement, hier soir... grâce à monsieur Ménard...

MÉNARD.

Comment, grâce à moi?

CHALAMEL.

Sans doute... je vous vois entrer aux Français... je me précipite sur vos pas, pour vous serrer la main, comme d'habitude... une fois à l'orchestre, je promène négligemment mon regard et mon lorgnon sur les premières loges, comme cela... c'était elle... plus jolie, plus charmante que jamais!

DOUCET.

Seule!

CHALAMEL.

Avec une autre dame.

MÉNARD.

La sous-maîtresse!

2

CHALAMEL.

Fi donc! une jeune femme, fort bien aussi, ma foi, et que peut-être plus tard...

DOUCET.

Libertin!

CHALAMEL.

Mais pour le moment je ne pensais qu'à elle... à elle seule... je m'élance dans la loge... à mon entrée elle rougit, pâlit.

MÉNARD.

Elle vous avait reconnu?

CHALAMEL.

Elle m'aimait toujours... je n'en pouvais douter, et j'allais sans doute obtenir un aveu, quand tout à coup elle pousse un cri : Ciel!... mon mari!

MÉNARD.

Elle est mariée...

CHALAMEL.

Probablement... « S'il vous rencontrait, sortez, sortez vite... — Sortir, sans avoir l'espérance de vous revoir, de vous retrouver... — Eh bien à demain, deux heures, aux courses... — Vous me le promettez?... — Je vous le jure... Elzéar... »

DOUCET.

Elzéar!

MÉNARD.

Elzéar!

CHALAMEL.

C'est mon nom de baptème...

MÉNARD.

Un joli nom... qui n'est pas commun...

CHALAMEL.

Ce n'est peut-être pas précisément celui-là que j'aurais choisi... mais c'est le nom de mon parrain, que je n'ai jamais vu... le vieux Monicault.

MÉNARD.

Monicault!...

DOUCET.

Notre correspondant de Londres?

MÉNARD.

Auquel nous avons eu le bonheur, Doucet et moi, de sauver l'année dernière une somme importante... Un millionnaire... ah! il est votre parrain... diable!

CHALAMEL.

Quelle imagination! voilà déjà que vous flairez le testament... revenons à mon rendez-vous... vous comprenez que lorsque je suis attendu au bois de Boulogne...

MÉNARD.

Vous trouvez très-désagréable d'aller faire un tour à Clichy... Après...

CHALAMEL.

Voici donc le petit traité que je vous propose... Vous me relâchez immédiatement, et, pendant quinze jours, suspension d'hostilités entre monsieur Doucet et moi.

DOUCET.

Comment?

MÉNARD.

Après?

CHALAMEL.

Au bout des quinze jours, je me reconstitue prisonnier.

DOUCET.

Vous!

CHALAMEL.

Ma parole d'honneur!

MÉNARD.

Après?

CHALAMEL.

Diable d'homme! il pense toujours au solide!... eh bien, pour le solide, je vous donne d'abord une hypothèque.

MÉNARD.

Une hypothèque?

CHALAMEL.

Oui... sur la succession de mon parrain.

MÉNARD.

Que vous n'avez jamais vu!... passons.

CHALAMEL.

Alors je vous signe une lettre de change.

MÉNARD.

Passons... je sors d'en prendre pour cinq mille francs, sans les frais!

CHALAMEL.

Allons! je vois bien qu'il faut vous lâcher les cinq cents francs!

MÉNARD.

En écus?

CHALAMEL.

Un billet de banque, que j'ai touché chez mon notaire.

MÉNARD.

Cela m'est égal.

CHALAMEL.

J'en étais sûr... je suis arrivé à la corde sensible!... (*Il lui remet le billet.*)

MÉNARD, *se pressant.*

Ce n'est pas pour les cinq cents francs au moins... mais afin de connaître la couleur de votre argent.

CHALAMEL.

Touchez là, mon cher Ménard.

AIR *de la Sentinelle.*

Ainsi, mon cher, c'est un point convenu !
Mais entre nous, je l'avoue à ma honte,
Je vous avais jusqu'ici méconnu,
Et je reviens sur votre compte.
   Pour le prince des usuriers
   On vous prendrait à votre mine.
   Je vous proclame volontiers
   Le plus généreux des banquiers,

MÉNARD.

De France...

CHALAMEL.

Non, de Palestine !

(*Tirant sa montre.*) Ah mon Dieu, déjà une heure! pourvu que Crémieu ne m'ait pas manqué de parole!... Vous avez sans doute entendu parler de Bucéphale?

MÉNARD.

Quand on connaît son histoire grecque... le cheval d'Alexandre!

CHALAMEL.

Pas celui-là... il serait trop vieux... son homonyme, que j'ai loué pour aujourd'hui... le premier cheval de Paris pour sauter les haies... Par exemple, il a une singulière habitude, c'est de jeter toujours son cavalier par terre... et il a déjà tué deux ou trois de mes amis... Du reste la bête la plus agréable... et à moins qu'il ne me rompe le cou, dans quinze jours, nouveau Régulus, je viens reprendre mes fers!

MÉNARD, remontant la scène pour le reconduire.

Vous me prenez donc pour un Carthaginois?

CHALAMEL, dans le fond.

Fi donc! tout au plus pour un de leurs successeurs... et un de leurs successeurs éloignés encore... Un Arabe!... (*Il sort.*)

MÉNARD, revenant.

Toujours goguenard... maintenant qu'il est libre!

DOUCET, courant au fond de la scène.

Monsieur Chalamel! Il est déjà parti!

MÉNARD.

Où courez-vous donc, Doucet?

DOUCET.

Et mes factionnaires qui n'ont pas le mot, ils le repinceraient en bas!

MÉNARD.

Ce serait drôle!

DOUCET.

Je vais lever la consigne, et je remonte tout de suite vous rapporter les pièces. (*Il sort.*)

2.

SCÈNE XI.

ÉNARD, *et, un instant après*, MATHILDE, *une lettre à la main.*

MÉNARD.

Allons, la journée ne commence pas mal!.. Voilà cinq cents francs lestement gagnés... ce qui, dans quinze jours, n'empêchera pas l'ami Doucet de le coffrer derechef... et en réitérant.

MATHILDE, *entrant.*

Mon oncle, une lettre... une lettre très-pressée...

MÉNARD (1).

De Londres!... et un cachet noir... Qu'est-ce que cela signifie?.. (*Lisant la lettre sans être entendu de Mathilde, qui s'est assise à gauche et travaille*)... « Monsieur , c'est avec douleur « que je vous annonce la mort de M. Monicault... » (*S'interrompant.*) Tiens !... il est mort! lui qui se portait si bien, la dernière fois... (*Continuant.*) « Mais c'est avec plaisir que je « vous fais savoir qu'il ne vous a pas oublié dans son testament! » (*S'arrêtant.*) Un bien brave homme que ce Monicault... d'autant plus que je ne m'y attendais pas du tout... (*Reprenant.*) « Et qu'il vous laisse pour votre part la moitié d'une rente « viagère placée sur une tête française, dans une de nos com- « pagnies d'assurances sur la vie. Cette rente, grâce aux ex- « tinctions survenues dans la série, s'est élevée l'année der- « nière à soixante mille francs! » (*S'interrompant.*) Est-il possible!... Mathilde! Mathilde!

MATHILDE, *se levant.*

Mon oncle!

MÉNARD.

La moitié de soixante mille francs?...

MATHILDE.

C'est trente mille, mon oncle!

(1) Mathilde, Ménard.

MÉNARD.

Tu es bien sûre?

MATHILDE, *riant.*

Mais certainement.

MÉNARD.

C'est juste!... c'est que, vois-tu, la joie, le saisissement, je craignais de me tromper. (*A part.*) La moitié d'une rente de soixante mille francs!... quel dommage qu'il ne m'ait pas tout laissé... C'est égal... trente mille francs! Mais rien que cela, c'est une fortune... (*Haut.*) Ah! mon enfant! l'admirable institution que les assurances sur la vie!

MATHILDE.

Ma foi, mon oncle, quant à moi, je n'y comprends rien.

MÉNARD.

Tu n'y comprends rien... mais rien de plus simple, mon enfant... Tu as deux ou trois ans...

MATHILDE.

J'en ai bientôt dix-huit, mon oncle.

MÉNARD.

Je sais bien!... c'est une hypothèse pour t'expliquer...M. Monicault place sur ta tête, à son profit, bien entendu, deux ou trois mille francs, plus ou moins... Te voilà l'assurée d'une série!

MATHILDE.

Oui, mon oncle.

MÉNARD.

Les assurés de la série meurent successivement...

MATHILDE.

Ah mon Dieu! quel malheur!

MÉNARD.

Au contraire... c'est fort heureux... Mais toi, tu as une santé de fer... tu vis toujours.

MATHILDE.

Ce qui est aussi fort heureux, mon oncle!

MÉNARD.

Je le crois bien! car, grâce à ta survie, la rente viagère dou-

ble, quadruple, quintuple... que sais-je!... Bref, au bout de
vingt ans, sans t'en douter le moins du monde, tu rapportes à
M. Monicault une somme annuelle de soixante mille francs!
c'est superbe!

MATHILDE.

Ah çà, mon oncle, M. Monicault a donc réellement placé sur
ma tête?...

MÉNARD.

Eh non, du tout... c'est la continuation de l'hypothèse...

MATHILDE.

Je comprends!

MÉNARD.

Achevons ma lettre...

« Cette rente s'était élevée l'année dernière à soixante mille
« francs, et selon toute apparence elle doit s'augmenter consi-
« dérablement encore... » (*S'arrêtant.*) Je l'espère bien! elle
s'augmentera... grossira... elle fera la pelote... (*Reprenant.*)
« L'assuré qui est une tête française, comme je vous l'ai dit, et
« que, d'après vos relations avec feu Monicault, vous devez con-
« naître, est M. Chalamel François-Elzéar, filleul du défunt...»
Est-il possible! Chalamel Elzéar, son filleul!... C'est cela...
c'est lui... c'est bien lui... quel bonheur! un gaillard si bien
bâti, si bien constitué... Ce diable-là est capable de vivre
cent ans... oui, mon enfant! il en est capable!

MATHILDE.

Je ne demande pas mieux, mon oncle.

MÉNARD.

A moins d'accident, toutefois!... hein! qu'est-ce que je dis
donc là... il vient de partir tout à l'heure pour aller prendre
Bucéphale!...

MATHILDE.

Un de ses amis, mon oncle?

MÉNARD.

Eh! non du tout! un cheval! une maudite bête qui jette
toujours son cavalier par terre! Ah mon Dieu! si Bucéphale
allait casser le cou à mes trente mille francs!... Mathilde.

MATHILDE.

Mon oncle?...

MÉNARD.

Cours, mon enfant...

MATHILDE.

Oui, mon oncle.

MÉNARD.

Ou plutôt... non!... je cours moi-même!.. (*Doucet entre.*)
Doucet!... quel bonheur!

SCÈNE XII.

LES MÊMES, DOUCET.

DOUCET, *entrant en riant.*

Le drôle de corps que ce Chalamel; on n'est pas plus amusant.

MÉNARD.

Ah!... il est encore temps!...

DOUCET.

Figurez-vous... que...

MÉNARD, *sans l'écouter.*

Il s'agit bien de ça!... tout votre monde est encore là?..

DOUCET.

Sans doute!

MÉNARD.

Eh! vite!... arrêtez-le! repincez-le!...

DOUCET.

Et qui donc?...

MÉNARD.

Chalamel!

DOUCET.

Chalamel... ah! bien oui... il est loin.

MÉNARD.

Comment!

DOUCET.

Un domestique l'attendait en bas avec son cheval.

MÉNARD.

Bucéphale?

DOUCET.

Sans doute... Il saute dessus... le cheval se cabre... il lui enfonce les éperons dans le ventre... et le voilà parti!.. comme un trait... S'il ne se casse pas le cou, il aura du bonheur!

MÉNARD, *chancelant.*

Doucet! mon ami!...

DOUCET.

Qu'avez-vous!...

MÉNARD.

Il va le tuer!... ah mon Dieu!... il va le tuer, c'est sûr!... je suis mort!.. (*Il tombe sur une chaise que Mathilde approche : Mathilde et Doucet l'entourent en lui frappant dans les mains.*)

FIN DU PREMIER ACTE.

ACTE II.

Même décor.

SCÈNE I.

DOUCET, *assis près de la table à droite et rangeant des papiers.*
MÉNARD, *sortant de sa chambre.*

MÉNARD.

Pauvre Chalamel!... quelle chute! quelle horrible chute! et
sur la tête encore!...

DOUCET, *riant* (1).

Comment... sur la tête?...

MÉNARD.

C'est à en perdre la raison... et le médecin qui n'arrive
pas!... qui n'arrivera peut-être pas à temps pour le sauver!...

DOUCET.

Comment! vous croyez...

MÉNARD.

Je crois tout, mon ami... je suis si malheureux... j'ai tant
de guignon, qu'il est capable d'en mourir... en mourir... lui!
Chalamel!... ce matin encore si solide!... si bien portant!...

DOUCET.

Rassurez-vous...

MÉNARD.

Oh! oui, n'est-ce pas... il en guérira... vous me le promettez...

(1) Ménard, Doucet.

DOUCET.

Certainement!

MÉNARD.

Je le veux d'ailleurs, je le veux, moi! car sa vie m'appartient... c'est mon bien... ma propriété...

DOUCET, *se levant.*

Votre gage!...

MÉNARD.

Et une fois rendu à la santé...

DOUCET.

Ce qui ne sera pas long... nous le réinstallons à Clichy!

MÉNARD.

A Clichy!... Après ce qu'il nous disait ce matin... il n'y a pas de folies dont il ne soit capable!

DOUCET.

Allons donc! je connais cela, moi, tous les débiteurs veulent se tuer le premier jour!...

MÉNARD.

Non, mon ami, je n'entends pas qu'il ait d'autre maison que la mienne, je l'installe ici, chez moi... en pension... Je veux l'avoir toujours sous mes yeux, sous ma main, sous ma tutelle... ne le perdre de vue... ni jour ni nuit!

DOUCET.

Je ne comprends pas du tout... ce n'est pas de l'amitié... c'est de la rage...

MÉNARD.

Et alors quelle sécurité pour moi! quelle douce existence pour lui!... Comme je le soignerai! comme je le dorloterai! Tous les jours une nourriture délicate... mais saine... des plaisirs à discrétion... mais de ces plaisirs honnêtes... paisibles... qui ne troublent pas les sens... le spectacle, par exemple!... les Français ou le Gymnase... cela ne monte pas l'imagination... mais plus de parties de garçon!... plus de cheval surtout!... plus de maîtresses... une bonne petite femme que je lui choisirai moi-même... qu'il aimera tranquillement, régulièrement, à son aise, comme on aime sa femme!

DOUCET.

Il est fou, c'est sûr... Veuillez m'expliquer...

MÉNARD.

Pourquoi je l'aime... c'est que... ah mon Dieu!... je crois
que je l'entends se plaindre!...

DOUCET.

Mais, encore un coup, je vous proteste...

MÉNARD.

Silence! silence!... j'entre un instant savoir comment il se
trouve...

DOUCET.

Permettez...

MÉNARD.

Chut!... (*Il entre dans son appartement.*)

SCÈNE II.

DOUCET, *seul, puis* CHARLES.

Est-il curieux ce Ménard avec son Chalamel!... lui donner sa
chambre... son lit... que de précautions! de soins! et cela pour
une chute toute simple... tout ordinaire! Je ne sais pas même
si tout à l'heure, à l'entrée des Champs-Élysées, lorsqu'il s'est
vu entouré par mes gens et par moi, il n'aura pas fait exprès...
pour gagner du temps...

AIR : *Voulant par ses œuvres complètes.*

Quant à la douleur qu'il affecte,
Il peut bien attraper Ménard ;
Mais l'aventure m'est suspecte ,
Et je n'y crois pas, pour ma part !
Son cheval l'a jeté par terre,
Je l'ai vu... c'est la vérité ;
Mais si quelque chose a porté,
Ce n'est pas la tête !... au contraire !

Et à moins que ce ne soit le contre-coup... Ma foi, qu'ils s'arrangent tous les deux... Il m'a dit de l'amener, le voici... s'il le laisse échapper, tant pis pour lui, et tant mieux pour moi... ce sera encore à recommencer sur nouveaux honoraires.

CHARLES, *entrant* (1).

Docteur! je suis docteur !

DOUCET.

Vous !

CHARLES.

Oui, monsieur Doucet! reçu à l'unanimité!

DOUCET.

Eh bien, mon jeune ami, cela se trouve à merveille... c'est moi qui vous donnerai votre premier malade.

CHARLES.

Un malade! est-il possible! tous les bonheurs à la fois!

DOUCET.

Et une belle cure encore! une cure qui vous fera honneur!

CHARLES.

Je l'espère bien !

DOUCET.

D'autant plus, que je ne la crois pas difficile... quant aux honoraires.

CHARLES.

Il s'agit bien de cela !... mon malade... conduisez-moi... où est-il?...

DOUCET, *lui indiquant la chambre de Ménard*.

Là.

CHARLES.

Chez mon oncle!

DOUCET.

Je vous laisse : faites votre affaire, mon jeune praticien... j'ai fait la mienne... et je ne peux pas dire comme Titus : J'ai perdu ma journée! (*Il sort.*)

---

(1) Charles, Doucet.

SCÈNE III.

CHARLES, *seul.*

Il est là! mon malade!... que ce mot sonne agréablement à
l'oreille!... mon premier malade... (*Parcourant la chambre à
grands pas.*) Ah! si je pouvais le sauver!... pour mon début!...
(*S'animant.*) Certainement, je le sauverai, j'en ai le pressenti-
ment...

SCENE IV.

MÉNARD, CHARLES.

MÉNARD, *sortant avec précaution.*

Chut! chut donc!... Comment, c'est toi qui cries si fort, malheureux!

CHARLES.

Mon oncle, je viens...

MÉNARD.

Me relancer encore pour ta thèse!

CHARLES.

Fi donc! mon oncle! je viens pour le malade... je suis docteur.

MÉNARD.

Docteur! reçu?...

CHARLES.

Toutes boules blanches!

MÉNARD.

Est-il possible?... ah! mon ami, mon cher neveu! si tu savais! quelle chute!

CHARLES.

Une chute!

MÉNARD.

Oui, mon ami... et sur la tête encore!

CHARLES.

Sur la tête! quel bonheur!

MÉNARD.

Que dis-tu?

CHARLES.

Eh oui, mon oncle... il est sauvé... j'en réponds... c'est ma thèse... *De ictibus capitis*... Comme cela se rencontre... il est sauvé, vous dis-je.

MÉNARD, *se jetant dans ses bras.*

Ah! mon cher neveu! il est sauvé!...

CHARLES.

A moins toutefois que le cas ne soit mortel !

MÉNARD.

Mortel ! tu me fais trembler!

CHARLES.

Car, ainsi que je le disais tout à l'heure devant mes juges : (*Déclamant.*) Si le cerveau n'est pas seulement ébranlé par la violence du coup, si la boîte osseuse du crâne, en se brisant, a intéressé le cerveau lui-même...

MÉNARD.

Ah mon Dieu!

SCÈNE V.

LES MÊMES, CHALAMEL.

CHALAMEL, *sortant de la chambre de Ménard et cherchant à gagner la porte du fond, et à part.*

Il m'a quitté! si je pouvais tout doucement gagner la porte!

MÉNARD, *l'apercevant.*

Chalamel!

CHALAMEL.

On m'a vu!

MÉNARD, *allant à lui.*

Imprudent! que faites-vous donc?

CHALAMEL.

C'est que, voyez-vous... j'étais si mal sur ce lit... et pour changer de position... vous comprenez.

CHARLES, *bas, à son oncle.*

Mauvais symptôme, mon oncle!

CHALAMEL.

Que dit monsieur?

MÉNARD.

Oh! rien!... c'est mon neveu... un jeune docteur...

CHALAMEL, *à part.*

Un médecin! je suis pris!

MÉNARD (1).

Rassurez-vous, ce n'est pas pour vous qu'il vient... c'est le hasard. (*A part.*) Il ne faut pas l'effrayer... (*Haut.*) Mais puisque le voilà, si vous profitiez de ses conseils.

CHALAMEL.

Monsieur!

CHARLES.

Monsieur voudrait-il s'asseoir... et surtout ne pas remuer... les mouvements peuvent être dangereux! (*Chalamel s'asseoit dans le fauteuil que Charles a approché.*)

CHALAMEL, *à part.*

J'en ai la sueur froide!

CHARLES (2).

La main, s'il vous plaît... un pouls bien agité...

CHALAMEL.

Vous trouvez!

CHARLES.

La peau sèche... brûlante.

MÉNARD, *à part.*

Je tremble!

CHALAMEL, *à part.*

Je suis sauvé... c'est un imbécile...

(1) Charles, Chalamel, Ménard.
(2) Ménard, Charles, Chalamel, assis.

CHARLES.

Vous devez ressentir des douleurs...

CHALAMEL, *l'interrompant.*

Dans les reins! non, je me trompe...dans la tête... aux tempes...

CHARLES.

C'est cela!... et puis des défaillances...

CHALAMEL.

Dans tous les membres.

CHARLES.

A merveille... et particulièrement...

CHALAMEL.

Dans l'estomac. (*A part.*) Je me sens une faim!

CHARLES, *à son oncle.*

Parfaitement... tous les symptômes décrits dans ma thèse.

MÉNARD.

Est-ce heureux!

CHARLES.

Je crois qu'une saignée immédiate... copieuse.

CHALAMEL.

Une saignée!... un instant, docteur!... quelle heure est-il?

CHARLES.

Bientôt six heures.

CHALAMEL, *à part.*

Ah!... (*Haut.*) Ne pourriez-vous me tourner un peu du côté de la fenêtre?...

CHARLES.

Certainement... fantaisie de malade.

CHALAMEL.

C'est que, voyez-vous, docteur, il n'y a rien que j'adore... comme le coucher du soleil.

CHARLES, *bas, à Ménard* (1).

Pauvre garçon! il n'en verra plus beaucoup!

---

(1) Chalamel, assis, Charles, Ménard.

MÉNARD, *bas.*

Tu crois?

CHARLES, *de même.*

Je le crains. (*Haut.*) Sans doute, dans les montagnes de la Suisse, sur les glaciers!

CHALAMEL.

A Paris, docteur, à Paris... c'est là que j'aime à le voir.

CHARLES, *à part.*

Singulier goût! (*Haut, allant à la fenêtre.*) En ce cas, dépêchez-vous, mon cher client... encore une minute... je vous le garantis bien et dûment couché...

CHALAMEL, *se levant brusquement.*

Encore une minute!

MÉNARD.

Qu'avez-vous donc, mon ami? (*A part.*) Il a failli me renverser!..

CHARLES.

La fièvre lui donne une force!...

MÉNARD.

Ah mon Dieu!

CHALAMEL.

La fièvre!... allez-vous promener avec votre fièvre. (*Six heures sonnent.*)

CHARLES.

Voilà le délire qui commence!

CHALAMEL (1).

Écoutez! écoutez! six heures!... six heures qui sonnent!

CHARLES.

Eh bien?

CHALAMEL.

L'heure de la liberté, du bal Mabille! du Château-Rouge! de la polka, de la redowa, de toutes les danses les plus divertissantes, les plus étourdissantes, les plus mirobolantes. (*Il remonte à la fenêtre en polkant.*)

(1) Ménard, Chalamel, Charles.

MÉNARD (1).

Que dit-il?

CHARLES.

Le délire gai, j'aime mieux cela!

CHALAMEL.

L'heure où je redeviens moi-même... Elzéar Chalamel Ier, élève de neuvième année, professeur de toute espèce de sciences, telles que billard, lansquenet, bouillotte... l'heure où je me moque des lettres de change, des prises de corps, et où j'envoie à tous les diables les Ménard, les Doucet, c'est-à-dire les usuriers, les huissiers, les gardes du commerce, et toute leur séquelle éternelle et sempiternelle!

MÉNARD.

Je n'y comprends plus rien.

CHARLES.

Un transport au cerveau! c'est l'effet de sa chute!

CHALAMEL.

Ma chute! allons donc! docteur, vous aussi! vous avez donné là dedans comme Doucet, comme Ménard... Parole d'honneur, vous n'êtes pas fort!

CHARLES.

Mais!

CHARLES.

Mais, par exemple! vous êtes bon enfant! c'est une justice vous rendre!

CHARLES (2).

Monsieur!

MÉNARD.

Comment, c'était une ruse!

CHALAMEL.

Ruse complète, mon brave ami!

MÉNARD.

Vous pouvez vous vanter de m'avoir fait une peur!

_____

(1) Chalamel, Ménard, Charles.
(2) Ménard, Chalamel, Charles.

CHALAMEL.

Douleurs de tête, fièvre, j'ai tout inventé... tout, excepté la chute. Mais, avec moi, il n'y a pas de danger... je sais tomber... j'ai pris des leçons!

MÉNARD, *passant entre eux.*

Et cet imbécile, avec sa boîte osseuse!

CHARLES.

Mon oncle!

MÉNARD.

Son transport au cerveau!

CHARLES.

Mon oncle!

MÉNARD.

Et sa thèse *De ictibus capitis!*

CHARLES.

Mais je soutiens...

CHALAMEL.

Que j'ai la tête cassée peut-être?

CHARLES (1).

Non, monsieur... mais que si vous l'aviez eue...

CHALAMEL.

J'en serais mort!

CHARLES.

Oui, monsieur!

CHALAMEL.

Ah! ah! ah!

MÉNARD.

Ah! ah! ah! Va étudier, mon garçon.

CHALAMEL.

C'est cela... allez étudier, mon ami, allez étudier!

CHARLES.

Monsieur...

CHALAMEL.

Et quand vous serez comme moi, de neuvième année...

(1) Chalamel, Charles, Ménard.

3.

CHARLES.

Monsieur, je ne souffrirai pas plus longtemps...

CHALAMEL.

Hein?

MÉNARD, *passant entre eux et repoussant Charles.*

Malheureux! des menaces! une provocation... à mon ami Chalamel!

CHARLES.

Mais enfin!

MÉNARD.

Va-t'en... va-t'en, te dis-je...

CHARLES.

Pourtant, mon oncle!

MÉNARD.

Pas un mot de plus, ou je te déshérite... (*Il le pousse par les épaules.*)

ENSEMBLE.

AIR : *de Couder.*

MÉNARD.

Sans résistance,
Fuis ma présence,
Point de merci!
Sortez d'ici!

CHARLES.

En sa présence
Sans résistance
Faut-il ainsi
Sortir d'ici?

CHALAMEL.

Sans résistance,
Ma foi, je pense,
Mieux vaut pour lui
Sortir d'ici.

SCÈNE VI.

CHALAMEL, MÉNARD.

CHALAMEL.

Par exemple! laissez-le donc ce pauvre garçon!... il veut me tuer... c'est son droit... un médecin!

MÉNARD.

Ainsi donc, mon cher Chalamel, vous n'avez rien... absolument rien... vous en êtes bien sûr?..

CHALAMEL.

Si j'en suis sûr!

MÉNARD.

Quel bonheur! embrassez-moi!

CHALAMEL, *le repoussant*.

Vous embrasser! après le tour que vous m'avez joué ce matin...

MÉNARD.

Écoutez-moi donc!

CHALAMEL.

Me faire manquer mon rendez-vous!

MÉNARD.

Mon cher Chalamel!

CHALAMEL.

Un rendez-vous avec une femme que je cherchais depuis trois ans, et dont, grâce à vous, j'ai peut-être perdu la trace pour toujours!

MÉNARD.

Si vous saviez, si vous pouviez savoir...

CHALAMEL.

Je sais que votre conduite est indigne, infâme.

MÉNARD.

Permettez...

CHALAMEL.

Je ne veux plus avoir aucun rapport avec vous...

MÉNARD.

Ah! mon Dieu! mon ami...

CHALAMEL.

Et je sors d'ici pour n'y rentrer jamais!

(*Au moment où il va sortir, il se trouve en face de madame Ménard, qui sort de chez elle.*)

SCÈNE VII.

LES MÊMES, MADAME MÉNARD (1).

CHALAMEL, *s'arrêtant.*

Ciel! que vois-je?

MADAME MÉNARD, *à part.*

Lui, ici!

MÉNARD.

Ma femme!

CHALAMEL, *vivement.*

Votre femme!

MÉNARD, *passant entre eux.*

Oui, madame Ménard... Chère amie, permets-moi de te présenter M. Chalamel... un jeune homme charmant!

MADAME MÉNARD, *saluant.*

Monsieur...

CHALAMEL, *de même.*

Madame...

MÉNARD.

Un de mes amis... de mes bons amis... qui nous fait l'honneur de passer la soirée avec nous.

CHALAMEL.

Vous dites?

(1) Madame Ménard, Chalamel, Ménard.

MÉNARD.

C'est ma femme qui vous en prie, mon cher Chalamel...
n'est-ce pas, ma bonne Henriette?

MADAME MÉNARD.

Certainement, je serais flattée...

CHALAMEL.

Du moment que madame le désire...

MÉNARD.

J'en étais sûr... il est trop galant pour refuser... Quelle
bonne soirée nous allons passer ensemble tous les trois!

MADAME MÉNARD.

Pardon, mon ami; mais je ne puis être des vôtres...

CHALAMEL, *à part.*

Ciel!

MÉNARD.

Que dis-tu?

MADAME MÉNARD.

Vous oubliez que c'est le jour de ma mère!

MÉNARD.

C'est vrai... samedi!... Eh bien, mais, pour une fois...

MADAME MÉNARD.

Oh! vous savez bien que je ne peux pas m'en dispenser...

CHALAMEL, *à part.*

Quel contre-temps! (*Haut.*) Madame...

MÉNARD.

Mais cependant...

MADAME MÉNARD.

N'insistez pas... Il faut même, auparavant, que je parle à
Caroline.

CHALAMEL, *à part.*

Qu'entends-je!

MADAME MÉNARD, *à part.*

Si je pouvais le prévenir!...

MÉNARD, *en remontant la scène.*

Est-ce contrariant! quand tout allait si bien!

MADAME MÉNARD, *bas, à Chalamel.*

Ce soir, au bal de l'Opéra...

CHALAMEL.

Ah!...

MADAME MÉNARD, *bas.*

Nous irons toutes les deux!...

MÉNARD, *revenant à sa femme.*

Comment!... décidément, tu ne restes pas?

MADAME MÉNARD.

Non, mon ami... Il faut même que je vous quitte à l'instant. (*A Chalamel.*) Monsieur, j'ai bien l'honneur de vous saluer!

CHALAMEL.

AIR : *de Couder.*

Au bal ce soir
Je vais la voir :
Ah ! pour mon cœur
Que de bonheur !
Un rendez-vous
Loin d'un époux,
Pour un amant
Quel doux moment !

ENSEMBLE.

CHALAMEL.

Au bal ce soir, etc.

MÉNARD.

S'il part ce soir,
Non plus d'espoir !
Ah ! quel malheur !
Quelle douleur !

MADAME MÉNARD.

Au bal ce soir
Il va nous voir,
Est-ce un bonheur,
Est-ce un malheur ?

(*Elle sort par le fond.*)

SCÈNE VIII.

MÉNARD, CHALAMEL.

CHALAMEL.

Elle est charmante ! un air de candeur, d'ingénuité....
(*A part.*) et une adresse... (*Haut.*) Mon cher Ménard, vous devez être le mari le plus heureux !...

MÉNARD.

Je m'en flatte... (*A part.*) Comment le retenir à présent...
Si je lui proposais... cela me coûtera peut-être un peu cher,
mais n'importe... (*Haut.*) Dites donc, mon cher Chalamel, nous
sommes seuls...

CHALAMEL.

Eh bien?

MÉNARD.

Eh bien... puisque ma femme nous laisse libres... si nous
dînions ensemble : hein! qu'en dites-vous?

CHALAMEL.

En voilà une idée !

MÉNARD.

Pourquoi pas... une partie fine...

CHALAMEL.

Vraiment?

MÉNARD.

Un dîner de garçons!

CHALAMEL.

Ah! si vous me prenez par les sentiments... C'est vous qui
payez?...

MÉNARD.

Cela va sans dire.

CHALAMEL.

J'accepte... pour la rareté du fait... Chalamel en tête-à-tête
avec Ménard, dans un cabinet particulier... ce sera drôle !

MÉNARD.

Chez un restaurateur! Est-ce que nous ne sommes pas bien ici?

CHALAMEL.

Au fait... en faisant venir de la Maison-Dorée... par exemple, le menu...

MÉNARD, *allant à la table de droite.*

Oh! ce que vous voudrez... dictez...

CHALAMEL.

Mais gare à votre bourse!

MÉNARD

Ne craignez rien... tirez sur moi!

CHALAMEL.

A charge de revanche, n'est-ce pas? D'abord, huîtres d'Ostende... six douzaines pour ouvrir l'appétit.

MÉNARD, *écrivant.*

Il me semble qu'il est tout ouvert

CHALAMEL.

Potage... bisque d'écrevisses... anguille à la tartare, pâté de foie gras... filets de chevreuil à la purée d'ananas.

MÉNARD.

Comme le gouvernement provisoire... nous ne nous refusons rien...

CHALAMEL.

Comme le gouvernement provisoire; et quant aux légumes... des truffes à discrétion...

MÉNARD.

Ah mon Dieu! c'est si échauffant!

CHALAMEL.

Du tout... en les arrosant pendant tout le dîner de champagne frappé... rien que du champagne, par exemple... je n'aime pas à changer de vin... c'est indigeste... nous sommes deux... six bouteilles... cela suffira; il ne faut pas faire de folies!

MÉNARD.

A merveille... je vais envoyer tout de suite... Mathilde! Mathilde!...

SCÈNE IX.

LES MÊMES, MATHILDE (1).

MATHILDE.

Mon oncle!

MÉNARD, *lui remettant la carte.*

Tiens, fais porter sur-le-champ cette carte, ici près, à la Maison-Dorée.

MATHILDE.

Oui, mon oncle.

CHALAMEL.

Et qu'on dise que c'est de ma part, ma belle enfant... de la part de Chalamel... un habitué... ils serviront mieux et plus vite.

MATHILDE.

Je n'y manquerai pas, monsieur. (*Elle sort. Chalamel la reconduit jusqu'à la porte au fond.*)

SCÈNE X.

MÉNARD, CHALAMEL.

CHALAMEL, *revenant.*

Ah çà, mon cher Ménard, c'est donc un sérail que votre maison? l'on n'y voit que de jolies femmes!

MÉNARD.

Ah! la petite... ma nièce... oui, elle n'est pas mal!

(1) Chalamel, Mathilde, Ménard.

CHALAMEL.

Pas mal! dites donc délicieuse... adorable... le minois le
plus éveillé... le plus lutin!... peste! celui qui l'épousera ne
sera pas malheureux!

MÉNARD, *à part*.

Que dit-il? Au fait, c'est un bon enfant, et ces mauvais
sujets-là font les meilleurs maris.

CHALAMEL.

Pardon si je m'asseois... mais je me sens si las, si fatigué,
ma chute... le besoin... (*Il s'étend dans un fauteuil.*)

MÉNARD.

A votre aise... Eh bien, mon ami, elle est charmante, c'est
vrai; mais ces traits si mignons, cette physionomie si piquante,
ce n'est rien.

CHALAMEL.

Merci... moi, je trouve que c'est beaucoup.

MÉNARD.

Ce n'est rien... près de son caractère... une douceur, une
égalité...

CHALAMEL.

Ah! elle a un bon caractère!... (*A part.*) Ces fauteuils sont
excellents!

MÉNARD, *s'appuyant sur le dos du fauteuil.*

Dites-moi donc, mon ami, est-ce que jamais vous n'avez
pensé à faire une fin... à vous marier?

CHALAMEL.

Moi? par exemple! (*A part.*) On est si mollement accoté...
que malgré soi... le sommeil...

MÉNARD.

AIR : *Dormez donc, mes chères amours.*

Mais vous fermez, je crois, les yeux ?

CHALAMEL.

Ce n'est que pour entendre mieux,
Oui, c'est pour vous entendre mieux.
Mon cher Ménard, ne vous déplaise,

J'écoute ainsi plus à mon aise...
Parlez, mon cher, parlez toujours,
Je ne perds rien de vos discours !
(*ter*) Parlez, (*A part*) cela m'endort toujours.

MÉNARD.

Il ne faut pas vous le dissimuler, mon bon ami, vous n'avez plus vingt ans... l'âge des folies est passé... et, en fait de folies, les plus courtes sont les meilleures...

CHALAMEL, *presque endormi*.

Eh bien... pourquoi donc... alors, voulez-vous me marier?...

MÉNARD.

Pourquoi? mais, si vous restez garçon, mauvais sujet... qui vous soignera, quand vous serez vieux... car vous deviendrez vieux..... très-vieux..... je l'espère bien... et alors, si vous n'avez pas une bonne petite femme... comme Mathilde... qui vous câline... qui vous dorlote... (*Chalamel ronfle.*) Vous dites?... (*Chalamel ronfle plus fort.*) Il ronfle! il dort comme un bienheureux... Pour mon premier sermon, je n'ai pas mal réussi... ma foi tant, mieux... pendant ce temps-là du moins son estomac ne souffre pas.

SCÈNE X.

CHALAMEL, *endormi*, MÉNARD, MATHILDE.

MATHILDE.

Mon oncle...

MÉNARD.

Plus bas... il dort... Eh bien, ce dîner?...

MATHILDE.

Le restaurateur envoie dire qu'il sera prêt dans cinq minutes... mais si c'est pour M. Chalamel... à moins qu'on n'acquitte d'abord cette note que m'a remise le garçon...

MÉNARD, *lisant*.

« Mémoire de M. Chalamel!... » Le farceur... je vais arran-

ger cela... (*Mathilde fait un mouvement pour sortir avec lui.*)
Non... reste ici... à ma place... et surtout pas de bruit, entends-tu?

MATHILDE.

Quoi, mon oncle! vous voulez que je...

MÉNARD.

Sans doute... N'est-ce pas le devoir d'une femme de veiller
son mari?

MATHILDE.

Mon mari!

MÉNARD.

Oui, mon enfant... c'est une surprise que je te réservais...

MATHILDE.

Mais, mon oncle.

MÉNARD.

Silence... tu remercieras plus tard... je reviens tout de
suite... surtout pas le moindre bruit! (*Il sort sur la pointe des
pieds.*)

SCÈNE XII.

MATHILDE, CHALAMEL, *toujours endormi, puis* CHARLES.
(*Le jour baisse, et il fait presque nuit à la fin de la scène.*)

MATHILDE.

Mon mari! un homme que je ne connais pas... que j'ai
aperçu ce matin pour la première fois... mon Dieu... et ce
pauvre Charles!

CHARLES, *entr'ouvrant la porte de la chambre de Ménard.*

Mathilde?... êtes-vous seule?

MATHILDE.

Oui, c'est-à-dire... non... ce monsieur qui dort...

CHARLES, *entrant en scène..*

Eh bien, s'il dort, il ne peut nous entendre. *Chalamel, endormi, est entre eux deux.*)

MATHILDE.

Mais s'il allait se réveiller... car vous ne savez pas, Charles...
mon oncle veut me marier!

CHARLES, *élevant la voix.*

O ciel!... A qui donc?

MATHILDE.

Plus bas... (*Montrant le fauteuil.*) A ce monsieur.

CHARLES.

M. Chalamel!... tant mieux... j'ai déjà une querelle à vider
avec lui... et je vais...

MATHILDE.

Gardez-vous-en bien... vous gâteriez tout... il faut gagner
du temps.

CHARLES.

Mais si mon oncle vous forçait à l'épouser...

MATHILDE.

Ne savez-vous pas bien que je vous aime... fiez-vous à
moi... mais partez... partez vite... mon oncle peut revenir
d'un instant à l'autre...

CHARLES.

J'obéis, Mathilde, j'obéis... mais, avant de partir, si, pour
prix de mon obéissance... la promesse que vous m'avez faite
ce matin...

MATHILDE, *baissant les yeux.*

La promesse... en vérité... vous n'êtes pas raisonnable.

AIR : *du Maçon.* (Fragment).

ENSEMBLE :

CHARLES.

Il dort
Encor,
Moment bien doux!
L'amour veille sur nous.

MATHILDE.

Il dort
Encor,

Dépêchez-vous !
Amour veille sur nous.

(Mathilde avance le cou par derrière le fauteuil de Chalamel, Charles lui donne un baiser... Pendant ce temps-là, Ménard, qui entre doucement en refermant la porte sur lui avec soin, se retourne au bruit du baiser.)

MÉNARD.

Hein ! qu'est-ce que j'entends !

CHARLES *et* MATHILDE, *se sauvant chacun de leur côté.*
Mon oncle !...

SCÈNE XIII.

MÉNARD, CHALAMEL, DOMESTIQUE *apportant de la lumière.*

CHALAMEL, *se réveillant en sursaut.*
Qu'est-ce... qu'y a-t-il ?...

MÉNARD, *lui frappant sur l'épaule.*
Ah ! ah ! je vous y prends !

CHALAMEL.
Que voulez-vous dire ?

MÉNARD.
Comment ! je vous laisse cinq minutes avec ma nièce...

CHALAMEL, *regardant autour de lui.*
Avec votre nièce ?...

MÉNARD.
Et déjà un baiser ?... ce n'est pas bien.

CHALAMEL.
Un baiser ! qui, moi ?... à votre nièce ?

MÉNARD.
Faites donc l'étonné ! comme si je n'avais pas entendu...

CHALAMEL.
Vous avez entendu ! Au fait, attendez donc.

AIR de *la Robe et les Bottes.*

C'est bien possible... de ma belle
Je rêvais...

MÉNARD.

Comment! vous rêviez?

CHALAMEL.

Dans mon rêve, je me rappelle
Je l'embrassais...

MÉNARD.

Vous l'embrassiez!

CHALAMEL.

Et pour que le songe s'achève,
Sentant Mathilde à mon côté,
Par instinct, j'ai, sans doute, au rêve
Préféré la réalité.

MÉNARD.

A la bonne heure; mais, après tout, il n'y a pas grand mal..
Votre future...

CHALAMEL.

Ma future...

MÉNARD.

Oui, mon ami, c'est la femme que je vous destine.

CHALAMEL.

Mademoiselle Mathilde!

MÉNARD.

Nous en recauserons plus tard... Voici le dîner.
(*Deux domestiques apportent la table.*)

CHALAMEL.

Le dîner! vous pourriez bien dire le souper; mais c'est égal,
à table, mon cher amphitryon, à table!

CHŒUR.

AIR d'*Haydée.*

Allons, vite à table,
Le couvert est mis!

Quelle heure agréable
Pour les bons amis!
A table! (*quater.*)

(*Ils s'asseoient.*)

MÉNARD.

N'est-ce pas gentil, mon cher Chalamel, de souper comme cela tous les deux?

CHALAMEL, *la bouche pleine.*

C'est charmant!

MÉNARD, *avec inquiétude.*

Doucement, malheureux! plus doucement donc! vous allez vous étouffer!

CHALAMEL.

C'est juste!... je suis si distrait! quand je mange, j'oublie de boire, et quand je bois j'oublie de manger. (*A Ménard, qui lui verse à boire.*) Tout plein... à la bonne heure!

MÉNARD, *pendant qu'il boit.*

Et quand je pense que nous pourrions vivre tous les jours ainsi... comme deux frères... à la même table... sous le même toit!

CHALAMEL.

Comment?

MÉNARD, *lui montrant sa chambre.*

N'ai-je pas là un appartement à votre disposition?

CHALAMEL.

En vérité! la table et le logement!... et tout cela au même prix! Ma foi, j'ai bien envie de me laisser faire. On ne viendra pas m'y saisir, au moins.

MÉNARD.

Ainsi vous acceptez?

CHALAMEL.

Dès aujourd'hui, si cela vous fait plaisir.

MÉNARD.

Quel bonheur!

CHALAMEL, *se reprenant.*

C'est-à-dire dès demain; ce soir, je ne suis pas libre, j'ai un rendez-vous à l'Opéra.

MÉNARD.

Au bal de l'Opéra, ce soir?

CHALAMEL.

Vous ne devinez pas avec qui?

MÉNARD.

Comment! est-ce que par hasard ce serait...?

CHALAMEL.

Précisément!

MÉNARD.

Une femme mariée encore, malheureux!

CHALAMEL.

Raison de plus!

MÉNARD.

Raison de plus... et si le mari vient à s'apercevoir...

CHALAMEL.

D'abord... article premier... un mari ne s'aperçoit jamais de rien : il mange, il boit... votre verre est vide... il dort pendant que sa femme s'amuse.

MÉNARD.

Et s'il se réveille?

CHALAMEL.

C'est une exception.

MÉNARD.

Et s'il vous cherche querelle, s'il vous provoque?

CHALAMEL.

C'est son droit.

MÉNARD.

Et s'il vous tue?

CHALAMEL.

C'est une chance!

MÉNARD, *à part.*

J'en ai la chair de poule... Allons, je n'ai plus qu'un moyen

de le retenir, c'est de le griser. Une fois de plus ou de moins...
(*Haut.*) Vous ne buvez pas, cher ami!

CHALAMEL, vidant son verre.

Vous avez raison... j'ai la bouche sèche... c'est votre faute...
vous me faites parler en mangeant.

MÉNARD.

Bavard que vous êtes.   (*Il lui verse à boire.*)

CHALAMEL.

Versez, mon ami, versez toujours!

MÉNARD, à part.

A merveille! au train dont il va, ce ne sera pas long.
(*Il lui verse encore, et fait signe aux domestiques qui sortent.*)

CHALAMEL, à part.

Est-ce que par hasard ce conscrit-là voudrait m'étourdir? Ce
serait un peu fort. (*Haut.*) Allons, mon cher Ménard, à votre
tour. Le verre en main comme moi... (*Il lui remplit son verre.*)
Et au succès de mes amours!

MÉNARD.

Ce n'est pas de bon cœur au moins... (*A part.*) Mais cela le
fait toujours boire lui-même.

CHALAMEL, à part.

Bien... cela commence. (*Haut.*) Je conçois vos scrupules!
un confrère! quand ce ne serait que par esprit de corps... et
puis involontairement on se dit à soi-même : Voilà peut-être
comme je serai dimanche... et c'est aujourd'hui samedi.

MÉNARD, commençant à balbutier.

Par exemple! je suis bien tranquille! Ma femme, pendant
que vous me débauchez, cette pauvre amie! elle passe vertueu-
sement la soirée en famille, chez sa mère!

CHALAMEL.

En vérité!

AIR de l'Écu de six francs.

Et bien, alors je vous propose
Un toast vertueux et moral;
Il devra vous plaire... et pour cause.

MÉNARD.

Comment?

CHALAMEL.

Au bonheur conjugal!
Un toast au bonheur conjugal!...
Aux dons de l'esprit et de l'âme,
A la douceur, à la beauté.

MÉNARD.

Surtout à la fidélité.

CHALAMEL.

Buvons, mon cher, à votre femme!

MÉNARD.

Si c'est à la fidélité,
Oui, nous pouvons boire à ma femme.

CHALAMEL, *à part.*

Ça va! ça va!

MÉNARD, *de même et déjà gris.*

Ça marche! (*Haut.*) Mais je ne veux pas être en reste avec
vous, mon ami : A la vôtre!

CHALAMEL.

Laquelle?

MÉNARD, *balbutiant.*

Votre future... légitime... ma petite Mathilde.

CHALAMEL, *se levant.*

Parfaitement!... Mais cette fois, et pour la dernière santé,
debout, mon cher Ménard. (*A part.*) Si c'est possible, (*Ménard
essaie de se lever et retombe sur sa chaise*) ou assis, puisque
vous le préférez.

MÉNARD.

Ça me va mieux.

CHALAMEL, *à part.*

Je le conçois. (*Haut.*) A Mademoiselle Mathilde, à ma femme!

MÉNARD.

A madame Chalamel!

(*Il boit et laisse aller sa tête.*)

CHALAMEL, *à part.*

Je crois que je peux partir maintenant, il ne courra pas après moi.

MÉNARD.

Eh bien, où allez-vous donc?

CHALAMEL.

A demain, mon respectable ami, à demain!

MÉNARD.

C'est vrai... je me rappelle... vous allez à l'Opéra... au bal... un rendez-vous... une femme charmante... Bonne chance, mon ami, bonne chance!... et amusez-vous bien...

CHALAMEL.

Merci... Décidément, il est complet.

(*En sortant, il manque de renverser Doucet qui entre.*)

DOUCET.

Eh! monsieur, prenez donc garde!

CHALAMEL.

Pardon, mon cher monsieur Doucet... mille pardons... et bonne nuit!   (*Il sort.*)

SCÉNE XIV.

DOUCET, MÉNARD.

DOUCET, *le regardant sortir.*

Chalamel! c'est bien lui... lui encore ici. (*Allant à Ménard, qui est resté sur sa chaise.*) Mon cher Ménard...

MÉNARD.

Amusez-vous bien!

DOUCET, *à part.*

Ah mon Dieu! le misérable! il l'a grisé! (*Haut.*) Ménard, mon cher ami...

MÉNARD.

Amusez-vous...

DOUCET.

Est-ce que vous ne me reconnaissez pas?

MÉNARD.

Ne pas reconnaître mon ami... mon ami Chalamel.

DOUCET.

Chalamel! mais je ne suis pas Chalamel! je suis Doucet.

MÉNARD.

Doucet!

DOUCET.

Oui, Doucet.

MÉNARD, *le regardant*.

C'est ma foi vrai... je confondais mes deux amis.

DOUCET.

Ah çà, puisque vous me reconnaissez maintenant, savez-vous où est votre femme?

MÉNARD.

Parbleu! si je le sais! chez sa mère.

DOUCET.

Chez sa mère!... à l'Opéra! où elle a donné rendez-vous à Chalamel!

MÉNARD, *se levant, à moitié dégrisé*.

Chalamel!

DOUCET.

Lui-même! (*Lui remettant une lettre.*) Tenez, lisez plutôt... cette lettre que madame Ménard écrivait à Caroline, et que j'ai surprise après leur départ.

MÉNARD.

Cette lettre... donnez... mais je ne puis pas, j'ai un nuage devant les yeux... lisez, mon ami, lisez.

DOUCET, *lisant*.

« Ma chère Caroline, j'ai revu monsieur Chalamel, devine
« où... chez mon mari!... »

MÉNARD.

Chez moi!

DOUCET.

« Je lui ai donné rendez-vous pour ce soir, au bal de l'Opé-
» ra... Tiens-toi prête... j'irai te prendre.   HENRIETTE. »

MÉNARD.

Ciel! plus de doute! c'était elle! Mais que faire?

DOUCET.

Que faire?... partons!

MÉNARD.

Ma femme... mes trente mille francs de rente... Je suis ruiné!

DOUCET.

Comment?

MÉNARD.

C'est-à-dire je suis déshonoré.

DOUCET.

A la bonne heure! Courons vite à l'Opéra!

MÉNARD.

Oui, oui! courons!

ENSEMBLE.

AIR de *Robert le Diable.*

DOUCET.

Oui, je vois l'embarras.
Le trouble qui l'agite,
Je ne le quitte pas
Et je guide ses pas.
Partons, partons bien vite!
A l'Opéra courons,
Volons à leur poursuite,
Nous les rattraperons!

MÉNARD.

Vous voyez l'embarras,
Le trouble qui m'agite,
Ah! ne me quittez pas,
Et dirigez mes pas!...
Partons, partons bien vite!
A l'Opéra courons,
Volons à leur poursuite.
Nous les rattraperons!

(*Ils sortent en courant.*)

FIN DU DEUXIÈME ACTE.

ACTE III.

Même décoration qu'aux actes précédents.

SCÈNE I.

MÉNARD, *seul. (Il entre par le fond.)*

Et je n'ai pu les retrouver ! C'est en vain que nous avons parcouru tout le bal, Doucet et moi... Perdus dans la foule, ils nous ont échappé sans doute ; et, pour comble de malheur, reconnu moi-même par quelques jeunes fous, saisi par les épaules, lancé au milieu du galop infernal, n'ai-je pas été obligé de galoper bon gré, mal gré... pendant une heure entière ! et, pour achever ma mésaventure :

Air *de la royale Polka.*

Oui, dans chaque couple amoureux
        Que sous mes yeux
La danse infernale ramène,
Je vois ma femme et son amant
        Du moi riant !
Ah ! pour un mari quel tourment !
        Malgré les cris
        Et les lazzis,
        Guettant l'instant
Où le galop vers moi l'entraîne,
        Pour la saisir,
        La retenir,
        D'un bond soudain

Vers elle en vain
J'étends la main !
Car dans chaque, etc.
Mais voilà
Que déjà
La polka
M'a loin d'elle emporté,
Rejeté,
Et toujours malgré moi
Je me voi
Entraîné,
Ramené
Et berné !
Car dans chaque, etc.

Enfin, harassé, exténué, je me sauve... J'arrive chez moi...
(*Regardant du côté de la chambre de sa femme.*) Madame n'est
pas rentrée, heureusement! car lui... il est de parole... Il m'a
pris au mot... (*Regardant du côté de sa chambre.*) Il s'est in-
stallé dans mon appartement, et il est là qui dort tranquillement... dans mon lit... comme dans le sien... tandis que moi,
qui n'ai point fermé l'œil... Ciel! le voici !... Dieu me pardonne! ma robe de chambre...

SCÈNE II.

CHALAMEL, MÉNARD.

CHALAMEL, *sortant de la chambre, à part.*

Qui m'aurait dit que mon inconnue, c'était...

MÉNARD, *à part.*

Quelle situation... Je brûle de savoir... et je tremble d'apprendre...

CHALAMEL, *haut.*

Ah! c'est vous, mon cher Ménard!

MÉNARD, *à part.*

Son cher Ménard!

CHALAMEL.

Déjà au travail, je gage, tandis que moi, je sors à peine de
mon lit... c'est-à-dire du vôtre... Mais on dort si bien... Savez-vous qu'il est excellent votre lit... comme vos fauteuils...
comme votre souper... Pardon de me présenter ainsi en robe
de chambre... c'est-à-dire dans votre robe de chambre.

MÉNARD, *d'un air contraint.*

Comment donc, monsieur...

CHALAMEL.

Monsieur!... Des cérémonies avec moi... Dites mon ami, non
excellent ami, comme hier... ou je me fâche!

MÉNARD.

Eh bien!... mon ami... mon bon ami... (*A 'part.*) J'enrage.

CHALAMEL.

A la bonne heure!

MÉNARD, *à part.*

Si je pouvais le faire jaser... (*Haut.*) Eh bien, mauvais sujet, tout s'est-il passé hier au bal de l'Opéra comme vous vouliez?

CHALAMEL.

Comme je voulais?

MÉNARD.

Oui!... Avez-vous été... ce qui s'appelle... (*A part.*) J'ai la
langue collée au palais!

CHALAMEL.

Écoutez-moi... De deux choses l'une : ou l'on m'a bien ac-
cueilli, ou j'en ai été pour mes frais. Dans le premier cas, un
galant homme doit se taire; dans le second, il n'y a que les
imbéciles qui parlent... Vous comprenez.

MÉNARD.

Parfaitement... Vous êtes aujourd'hui d'une modestie...

CHALAMEL.

Je ne dis pas cela... C'est peut-être mon amour-propre que
je sauve.

MÉNARD.

Oh! oui, n'est-ce pas?... vous avez été repoussé?

CHALAMEL.

Je ne dis pas cela.

MÉNARD.

Mais que diantre dites-vous donc?

CHALAMEL.

Que vous ne saurez rien !

MÉNARD.

Pourquoi?...

CHALAMEL.

Pourquoi?... que diable! si vous-même vous connaissiez...

MÉNARD.

Ah! vous croyez que je connais....

CHALAMEL.

Certainement, et le mari aussi.

MÉNARD.

Et le mari aussi! (*A part.*) Je n'ai plus une goutte de sang dans les veines!

SCÈNE III.

LES MÊMES, MATHILDE.

MATHILDE.

Mon oncle!

MÉNARD, *brusquement.*

Qu'est-ce?

MATHILDE.

Il y a en bas quelqu'un qui vous demande.

MÉNARD.

Qu'il aille se promener! J'ai bien assez de mes affaires!

MATHILDE.

Ce sont des sacoches d'argent, qu'un garçon de caisse apporte.

CHALAMEL.

Des sacoches d'argent!... cela ne doit jamais attendre...

cela doit même obtenir un tour de faveur... et pour peu que
cela vous dérange, je vais les recevoir à votre place.

MÉNARD, *vivement.*

Du tout... du tout!... (*A part.*) Il ne manquerait plus que
cela, maintenant.

CHALAMEL (1).

Au fait, il vaut mieux que je reste... (*Bas, à Ménard.*) J'ai à
parler à la petite.

MÉNARD.

A Mathilde!... (*A part.*) Et mais, s'il songe encore à la nièce,
c'est qu'il ne fait pas la cour à la tante... (*Haut.*) Je descends...
je vais descendre... (*Bas, à Chalamel.*) Je vois que c'est...
vous voulez reprendre la conversation au point où vous l'avez
laissée hier... au baiser.

CHALAMEL.

Fi donc! la nièce de mon hôte! Les droits de l'hospitalité,
c'est sacré, mon cher Ménard. Depuis que je repose sous votre
toit, à partir de deux heures du matin...

MÉNARD.

A partir de deux heures du matin... (*A part.*) Faudrait-il,
pour une différence de quelques heures... Ce serait vraiment
de la fatalité... (*Haut.*) Je reviens tout de suite. (*Il sort.*)

SCÈNE IV.

MATHILDE, CHALAMEL.

CHALAMEL, *à part.*

C'est qu'elle est vraiment jolie, cette petite!... Allons, Chalamel, de la conscience... Tu en aimes une autre, il ne faut
pas tromper cette jeune fille.

MATHILDE, *à part.*

Nous voilà seuls; si j'osais lui avouer...

(1) Mathilde, Ménard, Chalamel.

CHALAMEL, *à part*.

C'est que, depuis l'aventure d'hier, elle doit croire que je l'adore. (*Haut.*) Mademoiselle...

MATHILDE.

Monsieur...

CHALAMEL.

Vous savez sans doute que M. Ménard...

MATHILDE, *à part*.

Nous y voilà!...

CHALAMEL.

Mais ce que vous ne savez pas... c'est-à-dire... ce que vous ignorez... c'est la même chose... car, après ce baiser que j'ai osé, à ce que prétend votre oncle, vous dérober hier...

MATHILDE.

Ce baiser?...

CHALAMEL.

Certainement, vous devez croire à un amour qui... que... (*A part.*) Décidément, je ne pourrai jamais m'en tirer...

MATHILDE.

Monsieur... s'il n'y a que ce baiser qui vous oblige...

CHALAMEL.

Comment... est-ce que...?

AIR *d'Aristippe*.

Ah! je le vois, ce bonheur fut un songe,
Et du sommeil qui tantôt m'a déçu
Ce baiser-là ne fut qu'un doux mensonge;
Par vous, Mathilde, il ne fut pas reçu.

MATHILDE.

Si fait, monsieur, si fait... je l'ai reçu.

CHALAMEL.

Eh quoi! j'aurais...

MATHILDE.

D'un aveu qui me coûte,
Oui, vous avez le droit d'être étonné...
Car ce baiser... personne ne m'écoute...
Ce n'est pas vous qui me l'avez donné.

CHALAMEL.

Ce n'est pas moi?... et qui donc?

MATHILDE.

Mon cousin.

CHALAMEL.

Votre cousin?

MATHILDE.

M. Charles... le jeune docteur...

CHALAMEL.

De ictibus capitis... Comment, ce gaillard-là!... (*A part.*) Et moi qui le prenais pour un imbécile...

MATHILDE.

Ah! monsieur, ne vous fâchez pas!

CHALAMEL.

Me fâcher, mademoiselle; mais notre situation est la même...

MATHILDE.

Vous avez un cousin... c'est-à-dire une cousine?...

CHALAMEL, *riant.*

Oui... c'est cela!...

MATHILDE.

Que vous aimez?

CHALAMEL.

Que j'adore!

MATHILDE.

Et vous devez l'épouser bientôt?

CHALAMEL.

L'épouser?... c'est selon...

MATHILDE.

Un oncle peut-être qui s'oppose...

CHALAMEL.

Un oncle!... pas précisément... Quant au vôtre, soyez tranquille... je m'en charge... je vais lui parler...

MATHILDE.

Que vous êtes bon! généreux!... et que je vous aime!...

CHALAMEL, *riant.*

Du moment que je ne vous épouse plus, n'est-ce pas?

T. II.   5

MATHILDE.

Oui, monsieur...

CHALAMEL, *lui baisant la main.*

Vous êtes charmante!

SCÈNE V.

LES MÊMES, CHARLES.

CHARLES.

Que vois-je?

MATHILDE.

Ah! mon cousin, si vous saviez... monsieur a la bonté de renoncer à ma main, d'en épouser une autre.

CHARLES.

Est-il possible!...

MATHILDE.

Adieu... Je vous laisse... je vais guetter l'arrivée de ma tante, et tàcher de la mettre dans nos intérêts. (*Elle sort.*)

SCÈNE VI.

CHARLES, CHALAMEL, *et un instant après* MÉNARD, *portant des sacs d'argent.*

CHALAMEL.

On n'est pas plus gentille!... et quand je pense que j'aurais pu...

CHARLES.

Ah! monsieur, pas de regrets au moins... pas d'arrière-pensée... n'allez pas vous dédire.

MÉNARD, *entrant.* (**A part.**)

Mon neveu et Chalamel! (*Il écoute dans le fond.*)

CHALAMEL.

Je l'ai promis... vous épouserez votre cousine...

MÉNARD.

Que dit-il?...

CHARLES.

Quel bonheur! nous ferons les deux noces à la fois!

MÉNARD, *par derrière.*

Les deux noces?

CHALAMEL.

Les deux noces?

CHARLES.

Sans doute... si votre future y consent.

MÉNARD, *à part.*

Sa future!... mais alors ce ne peut pas être ma femme...

CHALAMEL.

Ma future... Il n'y a qu'un petit inconvénient, c'est que, voyez-vous, docteur, ma future... comme vous l'appelez... elle n'est pas encore veuve !

MÉNARD, *à part.*

Les jambes me manquent!

CHARLES.

Comment, une femme mariée!...

CHALAMEL.

Précisément; et figurez-vous, mon jeune ami... (*A part.*) Au fait, ce n'est pas comme à Ménard, je puis bien lui conter...

MÉNARD, *à part.*

J'étouffe !...

CHALAMEL.

Figurez-vous qu'hier soir, au bal de l'Opéra, où l'on m'avait donné rendez-vous, j'arrive !... et en arrivant j'aperçois, dans un coin du foyer... deux dominos.

CHARLES.

Deux dominos!

MÉNARD, *à part.*

C'est cela même.

CHALAMEL.

Mais tout gauches, tout embarrassés... comme des dominos qui n'ont pas l'habitude de la maison.

CHARLES.

C'était elle!

CHALAMEL.

Avec une amie... une amie intime qui ne la quitte pas plus que son ombre.

CHARLES.

Le chaperon obligé!

CHALAMEL.

Je le croyais comme vous... je veux entrer vivement en matière... voilà le chaperon qui se fâche tout rouge.

MÉNARD, *à part.*

Bonne madame Doucet!

CHALAMEL.

Et qui commence le sermon le plus vertueux, le plus ennuyeux... Si elle est venue à l'Opéra, c'est dans l'intérêt de la morale!

CHARLES, *riant.*

En vérité!

CHALAMEL.

Et dans l'intérêt de son amie, qui ne m'aime plus.

MÉNARD, *à part.*

Est-il possible!

CHALAMEL.

Qui adore son mari!

MÉNARD, *à part.*

Et moi qui la soupçonnais!

CHALAMEL.

Et tout ce qu'on veut de moi, c'est que je rende un portrait!

CHARLES.

Un portrait!

CHALAMEL.

Oui, qu'on a eu la faiblesse de me donner autrefois, et que j'ai précieusement conservé.

MÉNARD, *à part.*

Dans son secrétaire !

CHARLES.

Et l'autre... votre belle...

CHALAMEL.

AIR du *Fleuve de la vie.*

Pendant qu'à sa vive éloquence
Notre prêcheuse donnait cours,
Ma belle semblait en silence
De son amie approuver les discours.
Mais par instants je la sentais moi-même
Qui doucement pressait mon bras,
Et son cœur qui battait... tout bas
Me disait : Je vous aime!

MÉNARD, *à part.*

Ah mon Dieu!

CHALAMEL.

Mais notre cerbère femelle était là... qui me tenait de l'autre côté... qui ne nous quittait pas... Par bonheur j'aperçois un de mes amis... je lui fais un signe de l'œil... comme cela... du côté de la prêcheuse... il me comprend... lui saisit le bras... l'entraîne.

MÉNARD, *à part.*

Ciel !

CHARLES.

Eh bien?

CHALAMEL.

Une fois délivré d'elle... je prie... je supplie... je crois même que je pleure...

MÉNARD, *à part.*

Le scélérat !

CHARLES.

Enfin ?

CHALAMEL.

Enfin... je la raisonne si bien... que de raisonnement en raisonnement...

CHARLES.

Je conçois !

MÉNARD, *à part.*

Je ne me soutiens plus ! (*Il tombe sur une chaise.*)

CHALAMEL.

Nous sommes arrivés à la même conclusion que son amie...

CHARLES.

A la remise du portrait ?

CHALAMEL.

Précisément.

CHARLES.

Voilà tout ?

CHALAMEL.

Voilà tout !

MÉNARD, *à part.*

Je respire.

CHALAMEL.

Mais à condition qu'elle viendrait le chercher elle-même... chez moi.

CHARLES.

C'est ce qu'elle a fait ?

MÉNARD, *à part.*

Je suis perdu !

CHALAMEL.

Non... c'est ce qu'elle fera... demain à midi...

MÉNARD, *à part, mais plus haut.*

Je suis sauvé !

CHALAMEL (1).

Vous dites ?... (*Se retournant.*) Eh ! c'est lui... ce cher oncle...

(1) Ménard, Chalamel, **Charles.**

CHARLES.

Mon oncle!

CHALAMEL.

Mon cher Ménard, (*Prenant la main de Charles*) permettez-
moi de vous demander...

MÉNARD.

Monsieur!

CHALAMEL.

Mais non... j'y pense! il vaut mieux que j'arrange l'affaire
avec madame Ménard.

MÉNARD.

Avec ma femme!... par exemple!

CHALAMEL.

N'est-ce pas?... c'est plus convenable... Ce diable de Ménard!... il tient à l'étiquette, et je vais...

MÉNARD.

Mais... du tout!...

CHALAMEL.

Vous avez raison...

AIR de Couder.

Une demande en mariage
Sous ce costume un peu léger...
Ce serait manquer à l'usage...
Et je ne dois rien négliger!
Des grands parents!... la convenance
Exige d'abord les gants blancs,
L'habit noir... l'air de circonstance...

(*Montrant sa chambre.*)

J'ai tout ce qu'il faut là dedans.

ENSEMBLE.

CHARLES, CHALAMEL.

Une demande en mariage
Sous ce costume un peu léger...
Ce serait manquer à l'usage...
Nous ne devons rien négliger!

MÉNARD.

A sa demande en mariage
Tranquillement il peut songer ;
En attendant, pour son voyage,
Je saurai bien tout arranger !

(Chalamel sort, Charles le suit.)

SCÈNE VII.

MÉNARD, *seul.*

Il est sorti ! Il a bien fait ! je ne sais pas si j'aurais pu me contenir... il n'y a pas un moment à perdre... et puisqu'il aime tant le coucher du soleil, il pourra dès ce soir l'admirer tout à son aise... à Clichy... derrière les barreaux... C'est le seul moyen de sauver mon honneur... et ma fortune... et en lui donnant pour compagnons de chambrée deux bons enfants qui ne le perdront pas de vue... qui m'en répondront corps pour corps... Ah ! Doucet...

SCÈNE VIII.

DOUCET, MÉNARD.

DOUCET.

Eh bien, mon cher Ménard ?

MÉNARD.

Si vous saviez... je suis.

DOUCET, *lui serrant la main.*

Pauvre ami !... Croyez que je prends une part bien vive... mais que voulez vous... nous autres maris, tôt ou tard...

MÉNARD.

Mais au contraire, mon cher Doucet... au contraire... je suis sauvé !

DOUCET.

Je comprends! il n'a pas su la retrouver au bal?

MÉNARD.

Si fait... ils se sont revus! .

DOUCET.

Je comprends! une querelle, une brouille qui sera survenue?

MÉNARD.

Du tout.. Ils se sont donné rendez-vous demain, à midi.

DOUCET.

Je comprends... (*D'un ton plus grave.*) Comptez sur moi...
je serai votre témoin!

MÉNARD.

Un duel! y pensez-vous?

DOUCET.

Dame! quant à moi, je sais bien que je n'hésiterais pas... je
le tuerais!...

MÉNARD.

Le tuer! (*A part.*) La belle affaire que je ferais là!... (*Haut.*)
Non, non... à Clichy, mon cher Doucet... à Clichy...

DOUCET.

Comme vous voudrez... Si j'étais à votre place... mais puisque vous préférez... Va pour Clichy... Chacun son goût...
Quant à madame Ménard...

MÉNARD.

Ma femme!

DOUCET.

J'espère bien qu'une bonne séparation...

MÉNARD.

Vous croyez...

DOUCET.

Sans doute... vous vous le devez à vous-même... mais,
pour la convaincre, il faudrait une preuve matérielle... palpa-
ble... qu'elle ne puisse récuser... (*Réfléchissant.*) Attendez un
peu... j'y suis... j'ai votre affaire...

MÉNARD.

Excellent ami!

5.

DOUCET.

Ce matin ne nous a-t-il pas parlé d'un portrait...

MÉNARD.

Qu'elle lui a donné autrefois.

DOUCET.

Et qu'il a chez lui dans son secrétaire.

MÉNARD.

Eh bien ?...

DOUCET.

Eh bien, je vais le chercher.

MÉNARD.

Comment?

DOUCET.

Grâce à cet imbécile d'avoué... qui n'est pas si bête... n'avons-nous pas au dossier... dans ma poche... un jugement de saisie... en bonne forme...

MÉNARD.

C'est vrai! je n'y pensais plus!

DOUCET.

Votre huissier est à deux pas... je cours chez lui... pendant qu'il verbalise, moi je m'empare de la pièce de conviction... je vous l'apporte... et...   •

MÉNARD.

Merci, mon cher Doucet, merci... quand donc pourrai-je à mon tour...?

DOUCET.

Bien obligé!.... Dans un quart d'heure je suis à vous... Madame Ménard.

SCÈNE IX.

LES MÊMES, MADAME MÉNARD (1).

MÉNARD, *à part*.

Ma femme! je sens la colère qui m'étouffe.

(1) Madame Ménard, Doucet, Ménard.

MADAME MÉNARD.

Mais où courez-vous donc si vite, monsieur Doucet?

DOUCET.

Moi, madame... je vais... je sors... une affaire. .

MADAME MÉNARD.

Bien pressée, à ce qu'il paraît!

DOUCET, *à part.*

Quelle tranquillité! pauvre Ménard!

MADAME MÉNARD.

Vous avez l'air troublé?

DOUCET.

Moi, madame... c'est que ce n'est pas toujours ceux... c'est-à-dire ce sont souvent les plus... enfin vous comprenez... je n'ai pas un instant à perdre. (*Il sort en courant.*)

SCÈNE X.

MADAME MÉNARD, MÉNARD.

MADAME MÉNARD, *ôtant son chapeau.*

Eh bien, mon ami?

MÉNARD, *à part.*

Son ami!

MADAME MÉNARD.

Que faites-vous donc là-bas... tout seul... dans votre coin... au lieu de venir m'embrasser, comme d'habitude?

MÉNARD, *à part.*

C'est un peu fort!

MADAME MÉNARD, *lui tendant la joue.*

Allons, monsieur... et je vous gronderai après...

MÉNARD, *l'embrassant, à part.*

Et dire qu'il faut se contraindre!

MADAME MÉNARD.

A la bonne heure!... Maintenant répondez-moi... où avez-vous passé la nuit, monsieur?

MÉNARD.

Moi?

MADAME MÉNARD.

Ecoute, Ménard... je ne te reproche pas d'avoir été au bal de l'Opéra... il paraît que cela vous amuse, vous autres hommes... je ne sais pas pourquoi, par exemple... je ne t'en veux même pas de m'en avoir fait un mystère, quoique un bon mari ne doive avoir aucun secret pour sa femme.

MÉNARD, *à part.*

Quel front !

MADAME MÉNARD.

Mais ce que je ne te pardonne pas... c'est d'avoir dansé à ce bal !...

MÉNARD.

Moi?

MADAME MÉNARD.

Fi ! monsieur ! vous mêler à ces ignobles galops !... vous jeter au milieu de ces horribles danseurs !

MÉNARD.

Me jeter !... dites donc plutôt qu'on m'a jeté... mais je suis bien bon de vous répondre, quand c'est à moi de vous interroger... Où avez-vous passé la nuit vous-même, madame ?

MADAME MÉNARD.

A l'Opéra... puisque je vous y ai vu !

MÉNARD.

C'est un avantage que vous avez sur moi, car je n'ai pas eu le bonheur de vous y apercevoir... mais pour quelle raison y étiez-vous à ce bal ?

MADAME MÉNARD.

Quant à cela... c'est différent... cela ne vous regarde pas...

MÉNARD.

Cela ne me regarde pas !... c'est ce que nous allons voir... Je sais tout, madame... vous y êtes allée avec madame Doucet.

MADAME MÉNARD.

C'est juste !

MÉNARD.

Pour y retrouver monsieur Chalamel !

MADAME MÉNARD.

Qui a pu vous le dire ?...

MÉNARD.

Monsieur Chalamel, à qui vous aviez donné rendez-vous...
ici même... hier matin !

MADAME MÉNARD.

C'est encore vrai !

MÉNARD.

Monsieur Chalamel, votre ancien amant !

MADAME MÉNARD.

Hein ? qu'est-ce que vous dites ? mon amant ? monsieur Chalamel ?

SCÈNE XI.

Les Mêmes, CHALAMEL (1).

CHALAMEL.

Moi ! ah ! ah ! ah !

MADAME MÉNARD.

Ah ! ah ! ah !

MÉNARD.

Madame...

CHALAMEL.

Vous avez cru... sérieusement, que votre femme...

MÉNARD.

Oui, monsieur !

MADAME MÉNARD, *riant.*

Alors, vous avez dû passer une nuit bien agréable !

MÉNARD.

Oh ! riez madame... riez ! mais rira bien qui rira le dernier !...
j'ai des preuves, Dieu merci !

(1) Madame **Ménard**, Ménard, Chalamel.

MADAME MÉNARD.

Des preuves!

MÉNARD.

Oui, madame. Dans ce moment même... en vertu d'un bon jugement, l'on saisit chez monsieur!

CHALAMEL.

Chez moi! la belle opération!

MÉNARD.

Meilleure que vous ne pensez! car dans un certain secrétaire il y a un portrait... entendez-vous, madame, un portrait!

MADAME MÉNARD, *tombant assise dans le fauteuil de gauche.*

Ah! mon Dieu!

MÉNARD.

Que Doucet va m'apporter tout à l'heure!

CHALAMEL.

Doucet!

MÉNARD.

Oui, monsieur, Doucet lui-même!

MADAME MÉNARD.

Qu'avez-vous fait, malheureux?

MÉNARD.

Ah! ah! vous ne riez plus maintenant!

MADAME MÉNARD.

Tout est perdu!

CHALAMEL.

Doucet! imprudent! mais ce portrait c'est celui de sa femme!

MÉNARD.

Sa femme!

MADAME MÉNARD.

Oui, monsieur, sa femme, qui avait aimé monsieur autrefois...

MÉNARD.

Il serait possible!

MADAME MÉNARD.

Vous l'avez perdue!

CHALAMEL, *remontant.*

Pauvre femme!

MADAME MÉNARD.

Malheureuse Caroline!

MÉNARD.

Il s'agit bien de Caroline... c'est Chalamel qui m'inquiète...
et mes trente mille francs de rente... il est si brutal ce Doucet!

CHALAMEL, *redescendant entre eux.*

Oh moi!.. c'est elle... elle seule... d'ailleurs un coup d'épée
de plus ou de moins.

MÉNARD.

Un coup d'épée! vous en parlez bien à votre aise... Mais on
en meurt d'un coup d'épée...

CHALAMEL.

Qu'importe! pour le peu que je vaux!...

MÉNARD.

Le peu que vous valez! mais vous valez beaucoup! beaucoup plus que vous ne pensez! pour moi surtout!... Ce garçon-
là est d'un égoïsme!...

DOUCET, *en dehors.*

Ménard, mon cher Ménard!

CHALAMEL.

Ah mon Dieu! c'est lui!

MÉNARD (1).

Cachez-vous! laissez passer le premier moment.

CHALAMEL.

Me cacher!

MADAME MÉNARD.

Il a raison, pour elle... pour Caroline... il est trop tard!

(1) Madame Ménard, Ménard, Chalamel.

SCÈNE XII.

Les Mêmes, DOUCET (1).

DOUCET, *accourant.*

Nous le tenons mon ami, nous le tenons! (*S'arrétant.*) M. Chalamel!... Mme Ménard...

MÉNARD, *à part.*

Il l'a vu... il est plus calme que je ne croyais!

DOUCET, *bas, à Ménard.*

C'est-à-dire, nous le tenons... c'est votre neveu qui le tient

MÉNARD.

Charles!

DOUCET, *de méme.* (*Chalamel et madame Ménard cherchent à
entendre.*)

Lui-même... je l'avais rencontré tout à l'heure en partant...
et comme ce diable d'huissier est si méticuleux.. je me suis
dit : Pendant que je l'amuserai, Charles ira droit au but...
mettra la main sur l'objet en question... c'est ce qu'il a fait...
et avec une adresse! une discrétion!... il n'a même pas voulu
me le laisser voir... à moi!...

MÉNARD.

A vous!

CHALAMEL, *à part.*

Qu'entends-je!

MADAME MÉNARD, *de méme.*

Elle est sauvée!

DOUCET.

Ce qui était bien inutile... car enfin je savais...

(1) Madame Ménard, Doucet, Ménard, Chalamel.

SCÈNE XIII.

Les Mêmes, CHARLES (1).

CHARLES.

Mon oncle, mon oncle... le voici.

MÉNARD, *prenant le portrait*.

Donne, mon ami, donne. (*Il l'ouvre en cachette, le regarde, et le referme au nez de Doucet, qui cherche à voir.*) Ils ne m'ont pas trompé !...

MADAME MÉNARD.

Merci, Charles !

CHALAMEL, *lui serrant la main*.

Très-bien, jeune homme !

MÉNARD, *se jetant au cou de Chalamel* (2).

Mon cher Chalamel !

DOUCET, *à part*.

Eh bien, à la bonne heure... il l'embrasse par-dessus le marché !

MÉNARD, *embrassant sa femme* (3).

Ma chère Henriette !

DOUCET, *à part*.

Et sa femme aussi ! Décidément je n'y comprends rien.

MÉNARD.

Cela vous étonne, mon cher Doucet, cela vous étonne, n'est-ce pas ?

DOUCET.

Comment donc, du moment que vous êtes content, mon cher Ménard...

(1) Madame Ménard, Doucet, Charles, Ménard, Chalamel.
(2) Madame Ménard, Charles, Chalamel, Ménard, Doucet.
(3) Charles, Madame Ménard, Ménard, Chalamel, Doucet.

MÉNARD.

Si je le suis!... cela me faisait tant de peine de me brouiller avec lui, ce bon Chalamel.

CHALAMEL.

Mon cher Ménard!

DOUCET, *à part.*

Il est encore meilleur enfant que je ne pensais!

MÉNARD.

Un ami si rare... si précieux... qui me rapportera cette année trente mille francs pour le moins...

CHALAMEL.

Comment?

DOUCET.

Qu'est-ce que vous dites?

MÉNARD.

Eh bien, oui, puisque, dans l'excès de ma joie, mon secret m'est échappé... sachez que Monicault m'a laissé sur sa tête la moitié d'une rente...

CHALAMEL.

Sur ma tête!

DOUCET.

Mais du tout... du tout... vous vous trompez...

MÉNARD.

Comment, je me trompe!

DOUCET.

Parbleu! je le sais bien! puisque c'est moi qui suis légataire de l'autre moitié!

MÉNARD.

Eh bien?

DOUCET.

Eh bien... monsieur s'appelle Elzéar... Elzéar tout court, n'est-ce pas?

CHALAMEL.

Tout court... c'est bien assez d'un prénom... quand il est joli!

DOUCET.

Et notre assuré, mon ami... c'est Chalamel Elzéar-François... ce qui est bien différent!

MÉNARD.

François!... c'est juste!

CHALAMEL.

François? mon cousin!

DOUCET.

De Bordeaux!

CHALAMEL.

C'est cela même... un jeune homme de trente ans...

MÉNARD.

A merveille... et la santé?

CHALAMEL.

Une santé de fer!... il n'a été malade qu'une seule fois!

MÉNARD, *avec joie.*

En vérité?

CHALAMEL.

De la maladie... dont il est mort.

TOUS.

Mort?...

CHALAMEL.

Depuis deux mois!

MÉNARD, *passant entre Chalamel et Doucet.*

Avant Monicault!

DOUCET.

Nous n'aurons pas même les arrérages!

SCÈNE XIV.

LES MÊMES, MATHILDE.

MATHILDE (1).

Mon oncle, le déjeuner est servi.

(1) Charles, Madame Ménard, Mathilde, Chalamel, Ménard, Doucet.

MÉNARD.

Laisse-moi tranquille... je n'ai pas faim.

DOUCET.

Ni moi, non plus.

CHALAMEL.

Allons toujours, je mangerai pour trois... et au dessert nous fiancerons nos jeunes amoureux!

MADAME MÉNARD (1).

Et je veux de plus que vous les dotiez.

MÉNARD.

Les doter!... Eh bien! soit, puisqu'il le faut, je vous donne...

MATHILDE.

Ah! mon oncle!

CHARLES.

Mon bon oncle!

MÉNARD.

Tout ce que me doit Chalamel.

DOUCET.

Fameuse dot!

CHALAMEL.

Meilleure que vous ne croyez; car l'argent que j'ai touché hier matin chez mon notaire était un à-compte sur la succession du cousin.

MÉNARD.

C'est jour de malheur... depuis hier je ne **fais que** des sottises!...

CHALAMEL.

Oui, mais, en revanche, vous n'êtes pas ce que vous craigniez... c'est une compensation.

MÉNARD, *soupirant.*

Certainement!

DOUCET.

Mais moi, qui n'ai pas soupçonné Caroline... quelle sera ma compensation?...

(1) Charles, Mathilde, Madame Ménard, Ménard, Chalamel, Doucet.

CHALAMEL, *lui prenant la main.*

Mon amitié.

MÉNARD.

C'est juste.

FINAL.

AIR de *Jérusalem.*

CHARLES, MATHILDE.

Ah ! pour moi, bonheur suprême
Oui, mon oncle enfin lui-même !
Va m'unir à ce que j'aime !
    L'heureux jour
    Pour mon amour !

MADAME MÉNARD, DOUCET, MÉNARD.

Ah ! pour lui, surprise extrême
Oui, son oncle enfin lui-même !
Va l'unir à ce qu'il aime !
    L'heureux jour
    Pour son amour !

CHALAMEL.

Oui, demain, bonheur suprême !
En dépit de Doucet même
Je verrai celle que j'aime !
    L'heureux jour
    Pour mon amour !

FIN.

MONCK,

OU

LE SAUVEUR DE L'ANGLETERRE,

COMÉDIE HISTORIQUE EN CINQ ACTES;

PAR

M. GUSTAVE DE WAILLY.

REPRÉSENTÉE POUR LA PREMIÈRE FOIS, A PARIS, SUR LE THÉATRE DU GYMNASE,
LE 28 MARS 1850.

PERSONNAGES.

	ACTEURS.
LE GÉNÉRAL MONCK.	M. Bressant.
FRANCIS MORTON, lieutenant de marine, son pupille, et l'un de ses officiers.	M. Lafontaine.
MORRIS, vieux secrétaire du général.	M. Monval.
SIR GRENVILLE, envoyé secret de Charles II.	M. Ferville.
CÉCILY GRENVILLE, sa fille.	Mˡˡᵉ Marthe.
LORD ARRINGHTON, noble cavalier.	M. Ruozevil.
LADY ARRINGHTON, sa femme, nièce de Grenville.	Mˡˡᵉ Melcy.
BUTLER, banquier, président du club des Aplanisseurs.	M. Geoffroy.
CANOBY, cavalier, un des amis d'Arringhton.	M. Villars.
SIR INGOLBY, colonel d'un des régiments de la garde du palais.	M. Landrol père.
DICKSON, maître d'hôtel garni et de taverne.	M. Lesueur.
Cavaliers, Buveurs, Matelots, Peuple, etc.	

MONCK,

ou

LE SAUVEUR DE L'ANGLETERRE,

COMÉDIE HISTORIQUE EN CINQ ACTES.

ACTE PREMIER.

Le théâtre représente le square d'un hôtel garni. — A droite du spectateur, une taverne; on aperçoit la Tamise dans le fond du même côté; à gauche, l'hôtel garni.

SCÈNE PREMIÈRE.

MORRIS, DICKSON.

(*Au lever du rideau, on voit à droite, dans la taverne dont la
porte est ouverte, plusieurs tables autour desquelles sont assis
les buveurs.*)

UN BUVEUR.

A bas les cavaliers!

UN AUTRE.

A bas les têtes rondes!

AUTRE BUVEUR.

A bas le parlement!

QUATRIÈME BUVEUR.

A bas les saints!

6

UN CINQUIÈME BUVEUR.

A bas tout le monde, et vive les Aplanisseurs !

(*Hourra général.*)

MORRIS, *qui est entré du fond à gauche et a descendu la scène en écoutant ces cris.*

Et voilà pourtant ce qu'on appelle la voix de Dieu ! *Vox populi, vox Dei!* Pauvre Angleterre !

UN GRAND NOMBRE DE VOIX.

A la Tamise !

D'AUTRES.

Non, non !

LES MÊMES.

Si, si !

MORRIS.

Diable ! il paraît que cela chauffe !

(*Les buveurs se précipitent sur la scène en se disputant.*)

DICKSON, *qui au bruit est sorti de l'hôtel à gauche et s'est avancé vers eux.*

Arrière, honorables gentlemen, arrière ! Qui est-ce qui a parlé de la Tamise ? Un des clients de maître Dickson noyé dans l'eau ! Fi donc ! sous des tonnes de wiskey, à la bonne heure !

LES BUVEURS.

Bravo, bravo !

DICKSON.

Allons ! que chacun remplisse son verre, et qu'avant de se séparer l'on me rende raison ! (*Élevant son verre et se découvrant.*) A la bonne cause, et à la vieille Angleterre !

LES BUVEURS.

Vive maître Dickson ! Hourra pour maître Dickson !

(*La foule se disperse et s'écoule peu à peu. Dickson entre en scène.*)

MORRIS (1).

A la bonne cause !... Et comment l'entendez-vous, s'il vous plaît ?

---

(1) **Morris, Dickson.**

DICKSON.

Comme ils l'entendent eux-mêmes!... C'est un toast qui ne compromet personne, et qui arrange tout le monde... Royalistes et républicains, presbytériens et papistes, parlementaires, unitaires, aplanisseurs, niveleurs!... que sais-je!... Toutes ces sectes, plus ou moins politiques, fanatiques, faméliques, dont le seul but est de piller et de rançonner les malheureux habitants de la bonne ville de Londres!

MORRIS.

Je vois qu'en homme sage vous n'êtes d'aucun parti!

DICKSON.

Si fait, monsieur Morris, je suis du parti... de la consommation.

MORRIS.

C'est juste... un maître de taverne!

DICKSON.

Et de plus propriétaire de l'hôtel garni, le mieux achalandé, j'ose le dire (1). Et voyez-vous, monsieur Morris, la prospérité de nos établissements, c'est le véritable thermomètre politique... Qui dit consommation, dit commerce... Qui dit commerce, dit tranquillité dans le présent et confiance dans l'avenir... et c'est là ce qui nous manque... Nous n'avons plus de lendemain... Nous vivons au jour le jour, sous le meilleur des gouvernements... la constitution l'assure... Mais enfin, un singulier gouvernement tout de même... Personne n'y croit... personne n'en veut... pas même le chef du pouvoir exécutif!

MORRIS.

Ah! vous savez ce que veut le général Monck, maître Dickson! Je vous en fais mon compliment! Vous êtes plus avancé que toute l'Europe, que Charles II, que le parlement... que moi-même... moi, depuis si longtemps son secrétaire intime... Mais venons au sujet de ma visite... C'est toujours ici, n'est-ce pas, que les paquebots mettent à la voile pour la Hollande?

_____

(1) Dickson, Morris.

DICKSON.

Ici même, monsieur Morris.

MORRIS.

Et à quelle heure embarquez-vous aujourd'hui

DICKSON.

A deux heures précises.

MORRIS, *prenant son chapeau.*

Parfaitement!... Adieu, maître Dickson.

DICKSON.

Et c'est là tout ce que vous voulez savoir?

MORRIS.

Absolument tout.

DICKSON.

Vous êtes aussi fin que votre patron, monsieur Morris!

MORRIS.

Vous avez raison, maître Dickson!... si c'est être fin que de dire la vérité.

(*Il sort tranquillement par le fond.*)

DICKSON, *le regardant sortir.*

La vérité!... C'est que sir John Grenville, le vieil ami du feu roi, loge depuis deux jours dans mon hôtel... qu'hier soir nous avons déjà reçu la visite de sir Morton, le pupille du général... que ce matin voilà son secrétaire intime qui nous quitte... Et sans être un profond politique... Mais j'aperçois sir Grenville lui-même et sa fille.

SCÈNE II.

CÉCILY, SIR GRENVILLE, DICKSON.

GRENVILLE.

Le déjeuner sous ces arbres, Dickson!

DICKSON.

A l'instant même, milord.   (*Il sort.*)

CÉCILY.

Sous ces arbres, mon père?... Ne craignez-vous pas que le brouillard et le bruit de la taverne...

GRENVILLE.

Le craindre! Si tu savais, mon enfant, comme cet air épais est léger pour ma poitrine, comme ces bruits de la taverne arrivent doucement à mon oreille! Ah! crois-moi! pour le pauvre exilé, absent de la patrie depuis tant d'années et qui demain peut-être retournera mourir sur la terre étrangère, ce brouillard, mon enfant, c'est le soleil de l'Italie! Ce bruit de la taverne, c'est le plus harmonieux des concerts!

CÉCILY, *prenant la main de son père.*

Pardon, mon père! Mais pourquoi ces pensées si tristes, quand tout semble confirmer vos espérances!... Quand les dispositions de la cité, celles de la noblesse dont vous répond ma cousine Arringthon!...

GRENVILLE, *l'interrompant.*

Mon enfant, ni les conspirations de la rue, ni les conspirations de boudoir ne relèveront le trône des Stuarts! Un seul homme le peut! Le voudra-t-il?... Dieu le sait!... Car cet homme est un mystère impénétrable. Deux fois chargé des pouvoirs de Sa Majesté, j'ai vainement essayé d'arriver jusqu'à lui. (*Dickson rentre, et sert le thé sur une table à gauche.*) Cette dernière tentative sera-t-elle plus heureuse?

CÉCILY.

N'en doutez pas, mon père. (*Grenville s'assied. Cécily le sert.*) J'en crois l'heureux hasard qui dès le lendemain de notre arrivée à Londres nous a fait rencontrer le pupille du général, M. Francis Morton.

GRENVILLE, *souriant.*

Cet heureux hasard, comme tu l'appelles, Sa Majesté l'avait prévu.

CÉCILY.

Comment, mon père?

GRENVILLE.

Le roi n'est-il pas obligé d'avoir ses renseignements sur

6.

l'entourage du général, comme le général sur celui du roi?

CÉCILY.

Eh bien, mon père?

GRENVILLE.

Eh bien, voici la notice confidentielle de sir Morton... l'un des secrétaires de Monck et son pupille... Vingt-cinq ans environ, esprit et tournure distingués!

CÉCILY, *avec intérêt.*

En vérité, mon père!

GRENVILLE.

Républicain consciencieux, mais exalté!

CÉCILY.

Incorrigible!... La notice a raison!

GRENVILLE (1).

De plus, amoureux comme un fou...

CÉCILY.

Ah!

GRENVILLE.

D'une jeune miss charmante! Un esprit, une grâce, une vivacité... à ce que dit la notice...

CÉCILY, *piquée.*

Et le nom de cette merveille?

GRENVILLE.

Miss Cécily Grenville.

CÉCILY.

Vous dites?

GRENVILLE.

La propre fille de ton père.

CÉCILY, *se levant d'un air boudeur.*

Convenez, milord, que nous vivons dans un temps bien agréable! Ne pouvoir distinguer un jeune homme sans être compromise dans vos rapports de police!

GRENVILLE.

Ingrate! si tu savais ce qu'a daigné dire Sa Majesté!

(1) Grenville, Cécily.

CÉCILY.

Quoi donc?

GRENVILLE.

C'est que le premier contrat de mariage qu'elle voulait signer à son entrée dans Londres, c'était le tien et celui de Morton !

CÉCILY.

Le roi a dit cela!... Ah! qu'il est bon, mon père!

GRENVILLE.

Je vois avec plaisir que tu rends ta confiance à Sa Majesté.

CÉCILY.

Et comment vont les affaires de ce bon roi, s'il vous plaît?

GRENVILLE.

Tout dépend de la réponse que va m'apporter Morton.

CÉCILY.

Ah mon Dieu! si elle allait être mauvaise!... (*Apercevant Morton.*) Mais non!... tenez, tenez, le voilà, mon père, et son empressement...

SCÈNE III.

CÉCILY, GRENVILLE, MORTON.

GRENVILLE, *allant à lui vivement.*

Eh bien, sir Morton... qu'a dit le général? Ces papiers, avez-vous pu les lui remettre?

MORTON.

Oui, milord.

GRENVILLE.

Dieu soit loué ! (*A part.*) La lettre du roi! il l'a lue ! (*Haut.*) Merci, Morton, merci !

MORTON.

Vous ne me devez pas de remercîments, milord, car à peine a-t-il brisé le cachet... que jetant sur moi un de ces regards qui découvriraient au fond du cœur la pensée la plus secrète...

« Connaissez-vous le message dont vous êtes porteur, lieutenant Morton? — Une lettre de sir Grenville, général. — Et personne, excepté sir Grenville, personne n'a été mis dans la confidence de votre mission? — Personne... — Cela est fort heureux pour vous! Eh bien, puisque vous vous êtes chargé de la demande, vous vous chargerez de la réponse... Que sir Grenville s'embarque immédiatement! »

CÉCILY.

Ciel!

GRENVILLE.

J'obéirai, Morton, quoiqu'en détruisant la dernière espérance du royaliste, le général brise encore le cœur du père!

MORTON, *regardant Cécily.*

Milord...

GRENVILLE.

Je connais vos sentiments, Morton... mais la fille du vieux cavalier doit fermer les yeux de son père sur la terre d'exil, et sir Grenville ne saurait demander au pupille du général Monck rien de contraire à sa foi et à son devoir. Suivez donc votre ligne comme je suivrai la mienne... la ligne de la conscience, c'est celle de l'honneur... Morton, dites adieu à votre fiancée.

MORTON.

Cécily!

CÉCILY.

Morton!... (*Elle met la main sur ses yeux et rentre chez elle.*)

MORTON, *d'une voix émue.*

Adieu, mon père. (*Il sort par le fond à gauche.*)

GRENVILLE, *seul.*

Noble jeune homme! je croirais presque à la durée de la république, si elle avait beaucoup de républicains de sa trempe... Heureusement ils sont rares.

SCÈNE IV.

GRENVILLE, LADY ARABELLE, *suivie de deux laquais en grande livrée, et précédée d'un coureur.*

LADY ARABELLE, *entrant par la droite, à son coureur.*
Allons, puisque vous dites que c'est ici le square de maître Dickson!...

GRENVILLE, *l'apercevant.*
Comment! c'est vous, chère Arabelle!

ARABELLE.
Douterez-vous maintenant du courage de votre nièce, milord? Venir vous chercher jusqu'ici! Dieu! l'horrible quartier! quels cris et quelle odeur!... On respire ici un parfum de souveraineté populaire qui vous prend à la gorge... (*Remontant du côté de la taverne, en lorgnant.*) C'est donc ici le siége du plus enragé des clubs! le club du fameux Butler!... banquier démocrate, usurier puritain, qui ruine la noblesse comme le peuple, par amour de l'égalité... Une de mes conquêtes, à ce que prétend la vieille douairière!

GRENVILLE.
En vérité!

ARABELLE, *vivement.*
Ah! s'il était vrai, et qu'un hasard bienheureux pût l'amener quelque jour à mes pieds! Quel plaisir, mon cher oncle, de bafouer cette vanité plébéienne, d'humilier cette insolence de parvenu!... Qui sait même... car en politique il ne faut rien dédaigner... si cet homme... mais, grâce à Dieu, nous n'en aurons pas besoin. Oui, mon oncle, (*Mystérieusement*) le dénoûment approche.

GRENVILLE.
Vous croyez?

ARABELLE.
Je viens de visiter nos amis : aucun ne manquera au ren-

dez-vous, et ce soir, pendant que ma charmante cousine fera les honneurs de ma fête, vous et moi, réunis à part aux plus dévoués de nos partisans...

GRENVILLE.

Ce soir, Cécily et moi, ma chère nièce, nous serons déjà loin des côtes d'Angleterre.

ARABELLE.

Comment, mon oncle! le roi vous rappelle?

GRENVILLE.

Non, mon enfant, le général Monck m'ordonne de partir!

ARABELLE, *vivement.*

Et vous obéirez, mon oncle?... Êtes-vous donc un puritain, pour courber la tête sous les ordres du général?

GRENVILLE.

Ma chère nièce, je suis un royaliste, mais un royaliste raisonnable qui ne sépare point les intérêts du roi de ceux du pays; et du moment que le général n'est pas avec nous...

ARABELLE.

Et que pouvez-vous attendre de lui, mon cher oncle? Ne le connaissez-vous pas comme moi, si toutefois on peut le connaître! Ne l'avez-vous pas vu tour à tour frapper et caresser tous les partis, qu'il semble se faire un jeu de duper l'un après l'autre? Croyez à ce qu'il dit ou à ce qu'il fait... vous êtes sûr qu'il vous trompe! n'y croyez pas, il vous trompe encore! car pour lui parfois la vérité n'est qu'une des formes du mensonge, la franchise une des enveloppes de la ruse. Plus fin à lui seul que tous les diplomates, plus délié que tous les Écossais, plus fourbe que Cromwell lui-même, dont il convoite tout bas l'héritage, en attendant qu'il ose comme lui lever le masque, et mettre la main sur l'Angleterre!... Mais heureusement pour Charles II, nous autres, royalistes de Londres, nous n'avons pas encore votre flegme hollandais, et nous vous montrerons bientôt...

GRENVILLE.

Ce que je sais déjà, milady, que vous êtes la plus vive, la plus dévouée... et la plus folle de toutes les royalistes. Jouez donc à la conspiration, si tel est votre bon plaisir. C'est un jeu comme un autre... Un dernier mot, pourtant. Dans tous les partis il y a toujours des enfants perdus qui se jettent tête baissée dans toutes les folies, des imprudents qui compromettent la meilleure cause, pour ne pas savoir attendre... Ne l'oubliez pas, milady, et sans adieu... car j'espère bien qu'avant mon départ, vous me permettrez encore d'embrasser sur ses jolies joues le général en chef de l'armée royale. (*Il rentre chez lui.*)

ARABELLE, seule.

Malgré ses railleries il a raison, c'est de Monck que tout dépend... c'est lui le seul obstacle! Ah! si par un coup de main hardi l'on pouvait... Le général a l'habitude de sortir sans escorte, et cinquante hommes bien dévoués... Oui, mais le dévouement aujourd'hui ne se paye qu'argent comptant, et lord Arringhton ne trouverait pas sur sa signature... Mais sur la mienne et celle de la douairière... Notre fortune personnelle est libre encore, Dieu merci!

SCÈNE V.

BUTLER, dans le fond, LADY ARABELLE.

BUTLER, à part.

C'est bien elle... et elle est seule... Ah! si j'osais l'aborder!

ARABELLE, à part.

Si j'avais seulement dix mille guinées !

BUTLER, s'avançant.

Milady...

ARABELLE, avec hauteur.

Qu'est-ce ?

BUTLER.

Pardon, si je me permets... si j'ai la hardiesse de me permettre... Mais tout à l'heure, en passant devant le square comme j'ai vu à la porte la voiture et la livrée d'Arringhton...

ARABELLE, *à part.*

Ah mon Dieu ! serait-ce le sellier de milord, ou son carros-
sier, peut-être?... Je ne me trompe pas... une vraie figure de
créancier !

BUTLER.

Milady ne me reconnaît pas, je le vois... c'est tout simple...
Mais moi j'ai reconnu tout de suite madame la duchesse...
Quand on a eu le bonheur de l'entrevoir une seule fois...

ARABELLE.

Hein ? (*A part.*) Je crois que ce manant-là se permet de me
trouver jolie... (*Haut.*) Enfin, qui êtes-vous?

BUTLER.

Qui je suis, duchesse? rien de plus simple... Thomas Butler.

ARABELLE, *avec curiosité.*

Butler ?

BUTLER.

Oh! c'est un nom qui n'est guère aristocratique, n'est-ce
pas?... un nom qui court les rues... mais si mon nom est
commun, mon surnom ne l'est pas... Butler *la Tonne d'Or.*

ARABELLE, *à part.*

C'est bien lui !

BUTLER.

Ce qui me distingue suffisamment de mes homonymes...
car, entre nous... il y a plus d'une tonne de cet échantillon-
là en banck-notes dans mon portefeuille... au service de mes
amis et de mes ennemis !

ARABELLE, *à part.*

Faquin! (*Haut.*) Ce que vous dites là, monsieur Butler, ne
le savons-nous pas mieux que personne? L'empressement que
vous avez mis à obliger milord...

BUTLER.

Milord ne me doit rien, milady... car ce n'est pas à monsieur le duc que j'ai voulu prêter.

ARABELLE.

Et à qui donc?

BUTLER.

C'est... Pardon, nous autres, hommes du peuple, nous
avons une franchise de cœur et de langage qui va vous blesser peut-être...

ARABELLE.

Achevez.

BUTLER.

C'est au mari de la charmante Arabelle.

ARABELLE.

Ah! (*A part.*) La douairière avait raison! (1) (*Haut.*) En
vérité, monsieur Butler, c'est pour moi que vous auriez...?

BUTLER, *avec entraînement.*

Oui, milady, pour vous, pour vous seule... Dieu me damne!...
Dieu me bénisse! veux-je dire.

ARABELLE.

Cela ne fait rien... Monsieur Butler, il y a longtemps que
j'avais entendu parler de vous, comme de l'un des chefs les
plus considérables du parti puritain.

BUTLER, *s'inclinant.*

Madame!

ARABELLE.

D'un homme qui pouvait mettre en mouvement trente
mille bras des meilleurs ouvriers de la Cité.

BUTLER.

Des meilleurs... ou des plus mauvais... c'est la même chose.

ARABELLE.

Mais cette délicatesse de procédés... cette noblesse de sentiments... que je croyais jusqu'ici l'un des priviléges de notre
caste... Vous êtes un vrai gentilhomme, monsieur Butler!

BUTLER.

Un gentilhomme! qui? moi? vous croyez!

ARABELLE.

Je suis heureuse de l'avoir appris... c'est une consolation
pour le chagrin que vous m'avez causé!

(1) Arabelle, Butler.

BUTLER.

A vous, milady?... Dieu me damne, si je le savais !

ARABELLE.

Ne m'avez-vous pas dit que vous n'auriez rien fait pour lord Arringhton... que vous n'aviez en lui aucune confiance?

BUTLER, *vivement*.

Mais si je n'en ai pas en milord, j'en ai en vous, milady... j'en ai une complète... entière...

ARABELLE.

Il ne m'est plus permis d'en user.

BUTLER.

Pourquoi donc?... disposez de moi!...

ARABELLE.

Impossible!... il nous faut une trop forte somme!

BUTLER.

Qu'importe!...

ARABELLE.

Dix mille guinées!

BUTLER.

Qu'importe!...

ARABELLE.

Je sais bien qu'en vous donnant ma signature et celle de ma belle-mère...

BUTLER.

Fi donc!... une garantie contre vous, duchesse!... quand faut-il que je vous les porte?

ARABELLE, *sérieusement*.

Savez-vous bien à quoi vous vous engagez?... qu'on n'est reçu chez moi qu'à certaines conditions...

BUTLER.

Je m'y soumets d'avance...

ARABELLE.

Eh bien, puisque vous le voulez absolument... présentez-vous, ce soir... du côté des jardins... à dix heures...

BUTLER, *avec joie*

Ce soir, à dix heures!

ARABELLE.

Mais, songez-y bien! la porte ne s'ouvrira que si votre bouche puritaine se résigne à prononcer le mot de passe...

BUTLER.

Lequel, milady?...

ARABELLE.

Dieu sauve le roi! (*Elle entre dans l'hôtel, chez Grenville.*)

SCÈNE VI.

BUTLER, *seul.*

Dieu sauve le roi!... Si elle croit par là me faire reculer... ou plutôt n'aurait-elle pas quelque arrière-pensée politique? La duchesse est aussi adroite que belle... et ce n'est pas la première fois que pour s'attacher un homme de ma valeur... Oui, mais que feraient-ils de moi? un banquier de la couronne?... Grâce au ciel, je suis plus riche que mon royal client... un duc et pair peut-être?... (*S'arrêtant.*) Ce serait drôle... le président du club des Aplanisseurs!... Après moi pourtant, ma petite Jenny, qui n'est pas plus haute que ma main, serait pairesse... pairesse des Trois Royaumes... Je crois que ma femme en mourrait de joie... Cette pauvre Dinah! elle qui aime tant tout ce qui tient à l'aristocratie... (*Changeant de ton.*) Sottises que tout cela, mons Butler... il vaut mieux être le premier du peuple que le dernier des nobles... D'ailleurs, si notre conspiration réussit... et elle réussira... une fois maître du pouvoir, je me nomme pour commencer ministre de la trésorerie... par la volonté nationale... En attendant, pour aujourd'hui au diable la politique!... ne songeons qu'à l'amour et à mon rendez-vous.

SCÈNE VII.

BUTLER, DICKSON.

DICKSON, *sortant de la taverne, à la cantonade.*

Allons, enfants, qu'on porte ces ballots sur les navires en partance... l'heure s'approche... (*A Butler, qui a remonté la scène pour sortir.*) Il paraît que vous n'êtes pas mal en haut lieu, monsieur Butler!

BUTLER.

Comment, maître Dickson?

DICKSON.

Écoutez donc! l'on a vu ce qu'on a vu... Au reste, cela ne m'étonne pas... quand on a votre esprit, votre tournure...

BUTLER.

Me prenez-vous pour un sot, maître Dickson? Je ne suis pas beau, sachez-le bien, et je n'ai pas la prétention de l'être... mais je suis riche... immensément riche... ce qui rétablit parfaitement la balance... J'ai là en portefeuille tout l'esprit et la beauté qu'il me faut... Cette fois, par exemple, cela me coûtera un peu cher, j'en conviens... mais que voulez-vous! les ducs et les marquis, je les déteste cordialement... puritainement... mais j'ai un faible pour les duchesses et les marquises... En amour, j'ai les goûts aristocratiques.

DICKSON, *à part.*

Comme sa femme!

BUTLER.

Tenez, Dinah! ma chère moitié! c'est bien la plus gracieuse créature... je ne l'aurais pas épousée sans cela... un homme comme moi doit toujours avoir ce qu'il y a de mieux en fait de chevaux, d'équipage... et de femme... Mais enfin, toute jolie qu'elle est, cette chère Dinah! ce n'est toujours qu'une beauté bourgeoise... qui sent d'une lieue le comptoir et la Cité! Tandis qu'une duchesse!... nous avons beau dire et beau

faire! ce n'est plus la même race... le même sang... elles ont
dans leur tournure, dans leur langage, jusque dans leur manière de porter la tète, un je ne sais quoi de particulier!...
d'aristocratique enfin!... et lorsqu'une de ces grandes dames
nous fait l'honneur de s'abaisser jusqu'à nous, ou de nous
élever jusqu'à elles... lorsque ces grâces si hautaines viennent
à s'humaniser bon gré, mal gré, avec un homme du peuple!... oh! alors, maître Dickson, c'est un raffinement d'a-
mour, un mélange de volupté... de vengeance politique, qui
dépasse tout ce que vous pouvez concevoir...

DICKSON.

En vérité, mon cher patron, vous êtes d'une sensualité...

SCÈNE VIII.

LORD ARRINGHTON, BUTLER, DICKSON (1).

LORD ARRINGHTON, lisant une lettre, à part.

A merveille! elle viendra! la charmante petite femme!
(*Apercevant Butler.*) Diable! le mari! (*Il cache la lettre.*)

BUTLER, l'apercevant, à Dickson.

Silence! lord Arringhton!

ARRINGHTON, descendant la scène.

Eh mais! je ne me trompe pas... je crois... c'est bien l'ho-
·norable monsieur Butler.

BUTLER.

Lui-même, milord! tout étonné que Sa Seigneurie daigne
aujourd'hui le reconnaitre!

ARRINGHTON, avec hauteur.

Aujourd'hui comme toujours, mon cher. J'oublie quelquefois mes dettes... mais je n'oublie point mes créanciers!...

BUTLER.

C'est pour cela que milord ne les reçoit jamais.

(1) Dickson, Arringhton, Butler.

ARRINGHTON.

Quelle exagération!... je les reçois toujours la première
fois... quand ils apportent de l'argent... Mais permettez... j'ai
quelques instructions à donner... Je traite ce soir à ma petite
maison, mon cher Dickson.

BUTLER, *à part.*

La duchesse ne m'avait pas trompé... elle sera seule!

ARRINGHTON.

Je compte que vous vous surpasserez... tout ce qu'il y a de
. plus délicat, entendez-vous! une nouvelle conquête, la plus
charmante puritaine... (*Bas, à Dickson.*) C'est sa femme!

BUTLER.

Une puritaine! fi donc, milord!

ARRINGHTON.

Je ne fais fi que des puritains, mon cher...

BUTLER.

Impertinent!

ARRINGHTON.

Quant aux puritaines, je les adore... lorsqu'elles sont jolies!

BUTLER.

Absolument comme moi! je le disais tout à l'heure à Dickson... je hais d'instinct tout ce qui est duc et marquis... mais
j'ai pour les duchesses un penchant tout particulier... et ce
soir même peut-être...

ARRINGHTON.

Parbleu! je voudrais bien savoir quelle est la douairière!...

BUTLER, *furieux.*

Une douairière! s'il m'était permis de vous dire son nom...

ARRINGHTON.

Ah! vous reculez! vous n'êtes pas sûr de votre fait.

BUTLER.

Demain, j'espère... nous le serons tous les deux.

ARRINGHTON (1).

A demain donc, puisque vous le voulez, et en attendant, au
succès de vos amours!

(1) Arringhton, Dickson, Butler.

BUTLER.

Bonne chance pour les vôtres... je ne veux pas être en reste de courtoisie, milord.

ARRINGHTON, *bas, à Dickson.*

Pauvre homme! s'il pouvait savoir que sa chère moitié!...

BUTLER, *de même.*

Noble duc! s'il se doutait que sa femme!...

(*Ils se saluent profondément, et sortent chacun en étouffant de rire, Arringhton par le fond à gauche, Butler par la droite.*)

SCÈNE IX.

DICKSON, *seul.*

A merveille! Que Dieu exauce réciproquement leurs vœux charitables!... le grand seigneur et le puritain n'auront rien à se reprocher!... l'égalité sera complète... (*On entend sonner l'horloge.*) Ah! mon Dieu! déjà deux heures! (*A haute voix.*) Allons, messieurs les voyageurs pour la Hollande!

SCÈNE X.

DICKSON, GRENVILLE, CÉCILY, LADY ARRINGHTON (1), *sortant de l'hôtel,* MATELOTS VOYAGEURS.

GRENVILLE, *à Dickson.*

En voici déjà deux qui vont prendre passage.

DICKSON.

Comment, milord! à peine arrivé!...

LADY ARABELLE, *à Grenville.*

Si au moins vous me laissiez cette charmante enfant!

GRENVILLE.

Impossible, ma nièce. Croyez à tous les regrets que j'éprou-

(1) **Lady Arringhton, Cécily, Grenville, Dickson.**

ve... Eh mais! quel est donc ce bruit?... serait-ce une émeute?
(*On entend un grand tumulte et de grands cris au dehors.*)

DICKSON, *qui a remonté la scène.*

Du tout, milord, du tout... c'est le général Monck et son
état-major... On dirait qu'ils s'avancent de ce côté!

GRENVILLE, *à part.*

Viendrait-il savoir si je tiens ma parole?...

(*Le bruit redouble; on entend distinctement les cris de Vive
Monck! vive le général!*)

GRENVILLE, *sur le devant.*

Ils crient vive le général! comme autrefois ils criaient vive
le roi!

LADY ARABELLE.

Comme ils le crieront demain, mon oncle.

SCÈNE XI.

LES MÊMES, MONCK, PEUPLE, OFFICIERS, MATELOTS.
(*Cris répétés de Vive Monck!*)

MONCK, *dans le fond.*

Merci, mes enfants! merci! l'accueil que vous me faites est
la plus douce récompense que je puisse ambitionner. (*Descendant la scène, et s'avançant vers Grenville.*) (1) Pardon, sir Grenville... pardon, si je retarde de quelques instants votre départ... Croyez qu'il en a coûté beaucoup à un ancien ami de
répondre par un ordre si sévère à la demande que vous lui
aviez adressée; mais le général du parlement ne pouvait recevoir l'envoyé de Charles II qu'en présence du peuple!

LA FOULE.

Bravo! bravo! hurra!

MONCK.

Maintenant que j'ai rempli un devoir rigoureux en vous obli-

(1) **Arabelle, Monck, Grenville, Cécily.**

geant à quitter l'Angleterre, il ne m'est pas défendu, sir Grenville, de faire des vœux pour votre heureuse traversée.

GRENVILLE, *s'inclinant.*

Général !

MONCK.

Permettez-moi donc de vous remettre moi-même le sauf-conduit dont vous avez besoin pour franchir les croisières britanniques... Tenez, milord, et que Dieu vous conduise !

(*Il présente un papier à Grenville, le salue profondément et s'éloigne au milieu des hourras de la foule.*)

GRENVILLE, *jetant un coup d'œil sur le papier.*

Ciel !

(*Il cache le papier dans son sein, en réprimant un geste de surprise.*)

CÉCILY, *à Grenville.*

Venez... mon père.

GRENVILLE.

Cécily... j'ai réfléchi... je partirai seul...

(*Il remet sa fille aux mains de lady Arabelle; Monck disparait en ce moment à droite. La toile tombe aux cris de Vive le général !*)

FIN DU PREMIER ACTE.

ACTE II.

Un riche salon chez lord Arringhton. — Porte dans le fond ; au milieu, cheminée avec vase de fleurs à gauche, et porte à côté ; deux portes à droite.

SCÈNE PREMIÈRE.

LADY ARABELLE, *en grande toilette*, LORD ARRINGHTON.

ARABELLE, *entrant par le fond.*
En vérité, milord, vous êtes le plus commode des maris.

ARRINGHTON.
Comment donc, chère Arabelle?

ARABELLE.
Je tenais beaucoup à être seule avant mon bal, et grâce au tact qui vous est particulier, voilà que de vous-même vous prévenez mes désirs!...

ARRINGHTON.
Vous attendez quelqu'un, milady?

ARABELLE.
Peut-être.

ARRINGHTON.
Rendez-vous politique ou amoureux?

ARABELLE.
L'un et l'autre peut-être.

ARRINGHTON.
Diable! si la politique s'en mêle, je suis un mari perdu. Vous êtes capable de pousser la fidélité au roi jusqu'à...

ARABELLE, *l'interrompant.*
Vous mériteriez bien, pour vos plaisanteries...

ARRINGHTON.

Eh bien, duchesse, pour parler sérieusement, vous avez donc
convoqué pour ce soir votre comité de conspiration?

ARABELLE.

Oui, milord.

ARRINGHTON.

Malgré le départ de sir Grenville.

ARABELLE.

Sa fille nous reste.

ARRINGHTON.

Jolie recrue! C'est, après vous, le conjuré le plus gracieux...

ARABELLE.

Et le plus utile, milord... d'autant plus utile qu'elle conspire sans le savoir; et si je parviens, par son entremise, à obtenir sur le général certain renseignement...

ARRINGHTON.

Eh bien, milady?

ARABELLE.

Eh bien, milord, je l'enlève!

ARRINGHTON.

Miss Cécily?

ARABELLE.

Eh non... le général!

ARRINGHTON.

Vous enlevez le pouvoir exécutif!... Diable! le coup est
hardi... mais il n'est pas impossible... J'y ai songé, et avec de
l'argent, si nous en avions...

ARABELLE.

J'en aurai.

ARRINGHTON.

Vous avez donc trouvé un trésor?

ARABELLE.

Ou à peu près... son équivalent!...

ARRINGHTON.

Peu importe la forme.

ARABELLE.

Chut!... miss Cécily.

SCÈNE II.

LES MÊMES, CÉCILY, *accourant.*

CÉCILY (1).

Ah! milady! pardon! je suis restée bien longtemps à ma toilette... mais ne me grondez pas... je tenais tant à être jolie, ce soir... (*Apercevant Arringhton.*) Ah!

ARRINGHTON.

Et pour qui donc, s'il vous plaît, charmante cousine?

CÉCILY, *d'un air indifférent.*

Pour tout le monde en général, mon cher cousin.

ARRINGHTON.

Et en particulier, Cécily?

ARABELLE.

Pour sir Francis Morton!

CÉCILY.

Ah! ma cousine!

ARRINGHTON.

Sir Francis Morton, le pupille du général?

CÉCILY.

Que milady a bien voulu inviter pour me faire plaisir.

ARRINGHTON.

Je comprends!... elle est si bonne!...

CÉCILY.

N'est-ce pas?... Avec ses opinions, inviter un puritain!

ARABELLE.

Qu'importe! on danse ensemble et l'on se déteste!... l'un n'empêche pas l'autre.

(1) Cécily, Arabelle, Arringhton.

CÉCILY.

Mais je ne veux pas que vous le détestiez... Mon pauvre Francis! lui, si aimable, si généreux!...

ARABELLE.

Nous connaissons d'avance toutes ses qualités.

CÉCILY.

Oh! non!... vous ne savez pas, cousine, comme nous nous sommes rencontrés la première fois à Dunkerque, au chevet d'une vieille royaliste qu'il venait visiter et secourir, tout puritain qu'il est... car, je dois l'avouer, sur ce chapitre-là il est d'un entêtement... C'était entre nous, tous les jours, nouvelle dispute.

ARABELLE.

Et de dispute en dispute, vous avez fini par vous adorer tout à fait.

CÉCILY.

Précisément... Mais pourvu qu'il vienne ce soir...

ARABELLE.

En doutez-vous?

CÉCILY.

Écoutez donc! quand il me croit partie avec mon père... venir danser le soir même de mon départ... c'est tout au plus si je pourrai lui pardonner.

ARABELLE.

Ah! nous sommes jalouse, petite!... (*A part.*) C'est par là qu'il faut l'attaquer. (*Haut.*) Je vous conseille de garder votre jalousie pour des motifs plus sérieux... ils viendront assez vite.

CÉCILY.

Que voulez-vous dire?

ARRINGHTON.

Un secret... milady. Je ne veux pas gêner la franchise de vos confidences! (*Il remonte la scène pour sortir.*)

ARABELLE.

Décidément, vous nous laissez, monsieur le duc?

ARRINGHTON.

Il le faut bien, duchesse! Un rendez-vous que je ne puis remettre...

ARABELLE, *bas.*

Rendez-vous politique, ou amoureux?

ARRINGHTON, *de même.*

Comme vous, milady... peut-être l'un et l'autre. *Il les salue et sort.)*

SCÈNE III.

CÉCILY, ARABELLE.

ARABELLE, *à part.*

Nous voilà seules, tâchons de l'effrayer.

CÉCILY, *vivement.*

Eh bien, ma cousine, parlez... qu'avez-vous appris?

ARABELLE, *devant la cheminée.*

Oh! rien, ma chère Cécily... qu'importent des bruits de mariage!...

CÉCILY, *vivement.*

Ah! il s'agit d'un mariage pour Morton!...

ARABELLE, *avec indifférence.*

Ce n'est peut-être qu'une fausse nouvelle.

CÉCILY.

Et d'un mariage brillant, sans doute?

ARABELLE.

Très-brillant, à ce qu'on dit.

CÉCILY.

Et la jeune personne?...

ARABELLE.

Charmante... et puritaine.

CÉCILY.

Et sait-on, milady, comment s'appelle...

ARABELLE, *redescendant la scène.*

C'est la seule chose qu'on n'ait point dite à milord... malheureusement... car si je le savais, encore pourrais-je prendre quelques mesures.

CÉCILY.

Mais comment le savoir?

ARABELLE.

Il y aurait bien un moyen.

CÉCILY.

Lequel, ma cousine?

ARABELLE.

C'est demain, à ce qu'il paraît, que doit avoir lieu l'entrevue.

CÉCILY.

Demain?

ARABELLE.

Et c'est le général qui doit présenter son pupille.

CÉCILY.

Eh bien, milady?

ARABELLE.

Ne me disiez-vous pas tantôt que Morton accompagnait le général dans toutes ses courses?... Si on pouvait adroitement savoir de lui où le général doit aller demain, à quelle heure il doit sortir...

CÉCILY.

Je le saurai, je vous le promets, je le saurai.

ARABELLE, *vivement.*

Et si vous le savez, je vous promets, quant à moi, que vous n'entendrez plus parler de ce mariage.

CÉCILY.

Oh! merci, chère cousine, merci! (*On entend la musique des salons.*) Mais voilà déjà les salons qui se remplissent.

ARABELLE.

Et vous voulez aider la douairière à en faire les honneurs, n'est-ce pas?

CÉCILY.

Si vous croyez que je puisse lui être utile?...

ARABELLE, *souriant.*

Je crois toujours ce qui peut vous faire plaisir.

CÉCILY.

Méchante! comme vous lisez dans ma pensée! (*Elle sort en courant.*)

ARABELLE, *seule.*

Grâce au ciel, tout va bien... Pourvu maintenant que Butler ne manque pas de parole!... La vanité du banquier sera-t-elle plus difficile à tromper que l'innocence de la jeune fille?... Quel plaisir de faire payer au puritain les frais du complot royaliste!... de prouver à mon oncle, à milord, qu'une faible femme... (*Écoutant.*) Il me semble que j'entends monter... Plus de doute, c'est lui, c'est notre argent qui arrive!... (*Elle se met un peu à l'écart.*)

SCÈNE IV.

BUTLER, ARABELLE, *dans le fond à droite.*

BUTLER, *entrant par la petite porte à droite et sans voir Arabelle.*

C'est charmant, ma parole d'honneur!... Cet air de mystère... cet escalier dérobé... Si la fin de l'aventure répond au commencement... (*L'apercevant.*) Milady!... Qu'elle est belle!..

ARABELLE.

Flatteur!

BUTLER.

Dieu me damne!... Dieu me bénisse... si ce n'est pas là l'expression encore affaiblie du sentiment...

ARABELLE, *qui s'est assise, lui montrant un fauteuil.*

Laissez votre sentiment... et asseyons-nous.

BUTLER, *restant debout.*

Oh! permettez-moi encore de vous admirer à mon aise!

ARABELLE.

Asseyez-vous toujours... cela ne vous empêchera pas d'admirer... au contraire.

BUTLER, *s'asseyant.*

Voulez-vous donc me faire perdre le peu de raison qui me reste? (*Il approche un fauteuil. Arabelle éloigne le sien.*) Je ne sais vraiment si je rêve... quand je pense que je suis là tout seul en tête-à-tête avec vous, duchesse, vous, la plus charmante fleur de l'aristocratie anglaise... moi, Butler, le président du club...

ARABELLE, *l'interrompant.*

Est-ce que vous êtes venu pour me parler politique, mon cher monsieur?

BUTLER.

C'est juste... parfaitement juste... Vous me rappelez ce que vous m'aviez fait oublier vous-même... (*Tirant de sa poche un petit portefeuille qu'il lui présente.*) Tenez, milady!

ARABELLE, *avec indifférence.*

Qu'est-ce cela, s'il vous plaît?

BUTLER.

La bagatelle dont vous avez bien voulu me parler ce matin... ces dix mille guinées.

ARABELLE.

Ah!

BUTLER.

En banck-notes... c'est plus commode!

ARABELLE.

Quel homme! ne savez-vous donc parler aux dames que politique ou affaires?

BUTLER.

Vous avez raison... je suis un imbécile.

ARABELLE, *lui indiquant une table.*

Voyons... mettez-le là ce portefeuille qui paraît tant vous embarrasser... (*Butler le pose sur la table près de la cheminée; pendant qu'il revient s'asseoir, Arabelle se lève.*)

ARABELLE, *levée et marchant.*

Et une fois pour toutes... retenez bien ceci... ce n'est point le président du club des Aplanisseurs... encore moins le ban-

quier de la Cité, que j'admets à l'honneur de me faire la cour...
le président du club, je le déteste...

BUTLER, *la suivant.*

Vous avez raison, milady.

ARABELLE.

Le banquier de la Cité... c'est à mon intendant que je le
renverrais!

BUTLER.

C'est juste... parfaitement juste, milady.

ARABELLE, *se retournant vers lui.*

Celui que j'ai voulu recevoir moi-même, moi, Arabelle Arringhton, est l'homme discret et réservé... que ses procédés délicats m'avaient inspiré le désir de revoir... pour causer avec
lui quelques instants... Cette seconde épreuve ne vous a pas
été moins favorable.

BUTLER.

Ah! madame!

ARABELLE, *continuant et le poussant insensiblement vers la porte
du fond, comme pour lui montrer le chemin.)*

Aussi, j'espère bien que cette courte visite ne sera pas la
dernière...

BUTLER.

Comment donc, milady, certainement.

ARABELLE.

Vous me le promettez, n'est-ce pas, mon cher monsieur...
nous nous reverrons bientôt... dans quelque temps... Ah! j'oubliais... (*Lui présentant un papier qu'elle tire de son sein.*) Tenez... ce papier qu'a préparé mon intendant.

BUTLER, *qui l'a ouvert machinalement.*

Ce papier... comment, duchesse! votre engagement et celui de la douairière... et vous avez pu croire...

ARABELLE, *qui s'est dirigée vers la cheminée.*

Ah! prenez garde!... je penserais que vous faites fi de ma
signature... (*Prenant le portefeuille qu'elle lui présente.*) Et si
vous refusez mes billets, je ne saurais garder les vôtres...

BUTLER.

Puisque vous l'exigez!

ARABELLE.

A la bonne heure!... Adieu donc, mon cher monsieur, et quand vos affaires vous appelleront de ce côté, souvenez-vous que vous avez des amis à l'hôtel d'Arringhton. (*Elle lui fait un gracieux salut et sort par la porte à droite.*)

SCÈNE V.

BUTLER, *seul, redescendant la scène.*

Elle est charmante... Décidément l'aristocratie gagne à être vue de près... les femmes surtout... Quelle grâce dans toute sa personne! quelle distinction dans le moindre geste! jusque dans la manière dont elle vous dit : Allez-vous-en... ces grandes dames ne font rien comme les autres!... Ah! c'est une conquête qui me fera honneur... quand elle sera faite... car, au fond, je ne suis guère plus avancé que ce matin... Allons, mon cher Butler, un peu de patience, que diable... vous avez vos entrées maintenant... c'est l'essentiel... et par une porte qui n'est pas celle de tout le monde, Dieu merci... (*Se dirigeant vers la porte comme pour s'en aller.*) Et la première fois, je l'espère bien... (*S'arrêtant tout à coup.*) Hein! qu'est-ce que je vois!

SCÈNE VI.

BUTLER, CANOBY.

CANOBY, *entr'ouvrant tout doucement la porte et la refermant de même, à part, en regardant Butler.*

Un visage que je ne connais pas!

BUTLER, *à part.*

Par la petite porte, comme moi! qu'est-ce que cela signifie?

CANOBY, *lui souriant en le saluant.*

Votre serviteur, milord.

BUTLER.

Avant de vous répondre... milord... permettez-moi de vous demander...

CANOBY, *d'un air grave.*

C'est juste... vous êtes un homme de précaution... (*Se penchant à son oreille.*) Dieu sauve le roi !

BUTLER, *surpris.*

Hein! comment? vous aussi vous savez...

CANOBY.

Parbleu! ce serait drôle, si je ne savais pas... depuis le temps...

BUTLER.

Que dit-il?

CANOBY.

Je crois même sans vanité, que je suis le premier, milord...

BUTLER, *se mordant les lèvres.*

Morbleu! je suis joué!

CANOBY.

Comme vous-même, vous m'avez tout l'air d'être un des derniers, n'est-ce pas? car c'est la première fois, ce me semble, que l'honneur...

BUTLER.

Effectivement, c'est la première fois.

CANOBY, *à part.*

Je vois ce que c'est, un gentilhomme campagnard! (*Haut.*) Mais aux derniers les bons, mon cher confrère!...

BUTLER, *vexé.*

Bien obligé, mon cher confrère!... (*Clarence paraît à la petite porte. — Regardant par la petite porte.*) Ah! mon Dieu!

CANOBY.

Qu'avez-vous donc?

BUTLER.

La petite porte qui s'ouvre... encore un !

CANOBY.

Est-ce que vous avez cru être seul?... vous en verrez bien d'autres, tout à l'heure!

BUTLER.

Ah! par exemple! (*Clarence donne la main à Canoby, salue Butler, et s'approche de la cheminée.*)

CANOBY.

Vous connaissez le proverbe... plus on est de fous... la réunion ce soir sera complète.

BUTLER.

La réunion!

CANOBY, *mystérieusement.*

Il y aura du nouveau.

BUTLER.

Du nouveau!

CANOBY.

Vous avez, n'est-ce pas, le billet de la duchesse!

BUTLER.

Son billet... certainement... et celui de la douairière...

CANOBY.

Diable, c'est plus rare... je vous en fais mon compliment.

BUTLER, *à part.*

Est-ce que ce serait par hasard une assemblée de créanciers? (*Haut, en apercevant Macdonald.*) Encore! (*Macdonald entre par la petite porte, se met à causer avec Clarence, et entre avec lui dans le salon à droite.*)

CANOBY.

Mais pardon... je vois que vous n'avez plus votre signe... (*Il s'approche d'un vase de fleurs.*)

BUTLER, *étonné.*

Comment, mon signe?

CANOBY.

Sans doute... vous avez perdu votre bouton de rose!

BUTLER, *regardant machinalement.*

Ah! j'ai perdu mon bouton de rose!

CANOBY, *lui mettant à la boutonnière une rose qu'il a prise dans un vase.*

Voilà le mal réparé! C'est que, voyez-vous, aujourd'hui, c'est l'essentiel!... sans cela, comment se reconnaître au milieu de cette foule de danseurs?

BUTLER.

De danseurs! Comment! l'on danse ici?

CANOBY.

Ah çà, quel drôle de corps êtes-vous? tout vous étonne!

BUTLER, *furieux.*

Mais je ne suis pas venu pour danser.... je vous prie de le croire!

CANOBY.

Ni moi non plus, morbleu. Mais, rassurez-vous; pendant que la foule des danseurs s'amusera en conscience et de bonne foi, (*montrant les salons à droite*) par là... nous autres, les intimes, nous nous réunirons ici!

BUTLER.

Ah!

CANOBY.

S'il n'y a pas d'étrangers parmi nous... ce qui est facile à reconnaître...

BUTLER.

Comment?

CANOBY.

Le bouton de rose!

BUTLER.

Ah oui! le bouton de rose!

CANOBY.

Alors, nous ne nous gênerons pas... nous causerons de nos affaires ouvertement... tout haut... comme maintenant.

BUTLER.

Comme maintenant... c'est clair!

CANOBY.

Si par hasard il s'est glissé quelque intrus... nous parlerons (*Mystérieusement*) la langue du pays, voilà tout.

BUTLER.

Parfaitement... la langue du pays. (*A part.*) Si j'y comprends un mot...

CANOBY.

Ce qui est très-amusant, mon cher... car de cette façon-là... au milieu d'imbéciles qui vous écoutent, sans vous entendre... on peut conspirer tout à son aise.

BUTLER.

Conspirer! nous allons donc conspirer, mon cher ami?

CANOBY.

Certainement, cher ami!

BUTLER.

Enfin! je commence à comprendre!

CANOBY.

C'est heureux!

BUTLER.

Mais pardon... c'est que je dois vous l'avouer... entre nous, je ne suis pas très-fort...

CANOBY.

Parbleu! vous n'avez pas besoin de le dire... cela se voit de reste...

BUTLER.

Je ne suis pas très-fort sur la langue du pays!

CANOBY.

Rien de plus simple... je vais vous mettre au courant... mais chut! voici quelqu'un... le secrétaire de Monck!

BUTLER.

Ah!

CANOBY.

Je vais vous conduire dans un bon endroit... au buffet!

BUTLER.

Au buffet?

CANOBY.

Sans doute... les jours de conspiration, je consomme... je consomme beaucoup... cela rafraîchit les idées.... (*Saluant Morton qui entre.*) Monsieur... (*Il sort par le fond.*)

BUTLER, *à part.*

A deux de jeu, ma belle duchesse! Grâce à ce bavard-là, je rattraperai peut-être l'intérêt de mon argent! (*Saluant Morton.*) Monsieur... (*Il sort.*)

SCÈNE VII.

MORTON, *seul.*

Comment se fait-il que lady Arringhton m'ait envoyé une invitation?... Et le général qui, me voyant si triste, m'ordonne de venir à ce bal, et même de m'y amuser... comme si je le pouvais, en l'absence de Cécily... quand chaque instant l'éloigne de moi!

SCÈNE VIII.

MORTON, CÉCILY, *sortant du salon à gauche.*

CÉCILY, *dans le fond.*

Il est seul! (*Toussant par derrière, le dos à demi tourné à Morton.*) Hum!

MORTON.

Est-il possible? cette voix... cette taille... Cécily!

CÉCILY, *se retournant.*

Morton!

MORTON.

Comment, vous ici! quand je vous croyais si loin!

CÉCILY.

Vous, au bal! quand je vous croyais si triste!

MORTON.

Ce n'est pas ma faute, je vous l'assure, et sans l'ordre du général...

CÉCILY, *vivement.*

C'est le général qui vous a ordonné... (*A part.*) Plus de

doute, elle est au bal! (*Haut.*) Eh bien, monsieur, moi je vous défends de me quitter de la soirée... de danser avec une autre que moi... ou ma cousine... entendez-vous...

MORTON, *souriant.*

Est-ce que vous avez besoin de me le défendre, Cécily? N'en était-il pas toujours ainsi à Dunkerque?

CÉCILY.

Oh! à Dunkerque, c'était bien différent, vous ne dépendiez de personne... et le soir, quand nous nous quittions, nous savions bien toujours que nous nous reverrions le lendemain... si, par hasard, quelque circonstance devait nous en empêcher...

MORTON.

Nous nous disions, par avance, l'emploi de notre journée... afin de nous retrouver au moins par la pensée, faute de mieux!

CÉCILY, *vivement.*

Eh bien, Francis, je ne sortirai pas demain, de tout le jour.

MORTON.

Oh! moi! c'est autre chose! j'ai avec le général une série de courses et de visites!

CÉCILY.

Lesquelles, monsieur?

MORTON.

D'abord, à midi, à l'hôpital de la marine, pour des secours!

CÉCILY.

Il n'y a rien à dire... Sous tous les gouvernements, il faut secourir les matelots!

MORTON.

Puis, à deux heures, au pont de Londres... on doit y lancer une nouvelle corvette!

CÉCILE.

Passe pour la corvette! c'est dans l'intérêt de notre marine!

MORTON.

Enfin, le soir, à sept heures, avec le général!

8

CÉCILY, *à part.*

Nous y voilà!

MORTON.

Chez le plus ennuyeux de tous les personnages... le lord-maire!

CÉCILY.

Ah!... et l'on dit qu'il a des filles, le lord-maire?

MORTON.

Lui, Cécily! il est garçon!

CÉCILY.

Ah!... alors c'est donc une sœur?

MORTON.

Effectivement, il a une sœur!

CÉCILY, *à part.*

C'est elle! (*Haut.*) Et sans doute elle est jolie, très-jolie, cette sœur?

MORTON.

Comme on l'est à son âge... cinquante ans, pour le moins...

CÉCILY, *avec joie.*

Est-il vrai? Que je suis contente! que je suis heureuse!

MORTON.

Comment, Cécily?

CÉCILY.

Oh! pardonnez-moi, Morton... j'ai manqué de franchise pour vous dire ce que je voulais savoir... On prétendait que demain vous deviez avoir une entrevue avec une puritaine!... que le général voulait vous marier...

MORTON.

Et vous l'avez cru, Cécily! Le général peut disposer de mon épée... elle est à lui; mais mon cœur, ne savez-vous pas bien qu'il est à vous... à vous seule?... Ah! si j'étais aussi sûr du vôtre!

CÉCILY.

Tenez, ingrat... (*Prêtant l'oreille.*) Écoutez! c'est la seconde contredanse qui va commencer... dites encore que je ne vous aime pas... j'ai oublié la première en causant avec vous...

MORTON.

Ah! Cécily!

CÉCILY, *l'entraînant.*

Venez, venez vite!... il s'agit maintenant de réparer le temps perdu. (*Ils rentrent tous les deux dans les salons au moment où Butler reparait avec Canoby.*)

SCÈNE IX.

BUTLER, CANOBY, *rentrant par la porte du fond.*

CANOBY, *achevant de manger un gâteau.*

Ainsi, milord, vous m'avez parfaitement compris, n'est-ce pas?

BUTLER.

Parfaitement!

CANOBY.

Le chène, à l'ombre duquel nous devons tous nous asseoir?

BUTLER.

C'est le prétendant.

CANOBY.

Hein?

BUTLER.

Pardon... je voulais dire le roi.

CANOBY.

A la bonne heure! Et la grande chasse qui doit avoir lieu incessamment?

BUTLER.

La conspiration qui va éclater...

CANOBY.

Très-bien... Et ce renard si rusé que nous forcerons bientôt?

BUTLER.

Le général Monck, que vous espérez... que nous espérons enlever.

CANOBY.

A merveille! vous en savez maintenant autant que moi...
Mais j'aperçois nos chasseurs.

BUTLER.

Nos chasseurs? ah! oui, nos conjurés!

CANOBY.

Lord Macdonald, lord Clarence... Mes leçons ne vous serviront guère ce soir, à ce que je crois.

BUTLER.

Pourquoi donc?

CANOBY.

Nous ne sommes qu'entre nous... Ah! notre belle duchesse!

SCÈNE X.

Les Mêmes, ARABELLE, *précédée et suivie de plusieurs
cavaliers.*

ARABELLE, *dans le fond.*

Merci, messieurs, merci! je n'attendais pas moins de votre
dévouement... (*Descendant la scène.*) Les événements marchent,
milords, tout est prêt, et demain... (*S'arrétant tout à coup en
apercevant Butler, et à part.*) Comment! encore ici!... (*Changeant de ton.*) Demain, mes nobles amis, nous aurons, je l'espère, la plus belle journée de chasse.

CANOBY, *bas, à Butler.*

Il paraît que nous ne sommes pas seuls?

BUTLER.

Vous croyez?

CANOBY.

Pourtant, je ne vois personne... et vous?...

BUTLER.

Ni moi non plus.

ARABELLE, *continuant.*

Oui, messieurs, si le limier que j'ai lancé sur la piste ne nous met pas en défaut, c'est demain...

CANOBY.

Le plus tôt sera le mieux, duchesse; seulement, vous le savez, nos pauvres chevaux ont les flancs bien creux... (*Bas, à Butler.*) Et nous aussi.

BUTLER, *de même.*

Je comprends!

ARABELLE.

Qu'à cela ne tienne, mon cher Canoby...

BUTLER, *à part.*

Ah! mon cher ami s'appelle Canoby!

ARABELLE.

Il s'est abattu aujourd'hui même dans mes jardins le plus bel oiseau de passage...

TOUS, *riant.*

Ah! ah! ah!

BUTLER, *riant.*

Ah! ah! ah! (*Bas, à Canoby.*) Je n'y suis plus.

CANOBY, *bas.*

Un oiseau de passage ou de basse-cour... c'est toujours un puritain!

BUTLER.

Un puritain!... je conçois!...

CANOBY.

Et cet oiseau, milady...

ARABELLE.

Est de l'espèce la plus rare... un paon tout doré...

BUTLER.

Je crois qu'elle me regarde!

CANOBY, *bas, à Butler.*

C'est-à-dire que le puritain est très-riche... et très-sot.

BUTLER.

Morbleu!

ARABELLE.

Et rien qu'une plume, une seule plume que je lui ai détachée tout doucement... pendant qu'il faisait la roue devant moi...

TOUS, *riant.*

Ah! ah! ah!

CANOBY, *bas, à Butler.*

Le tour est plaisant, n'est-ce pas?

BUTLER.

Très-plaisant. (*A part.*) Mort et damnation! je me vengerai!

ARABELLE, *qui a regardé du côté du salon.*

Mais voici mon charmant limier qui me cherche... Retirez-vous un peu en arrière, messieurs, pour ne pas l'effaroucher. (*Les cavaliers se retirent dans le fond, la duchesse remonte la scène vers la droite.*)

BUTLER, *sur le devant, à part.*

Et dire que mes dix mille guinées serviront... J'étouffe.

CANOBY.

Qu'avez-vous donc, mon cher?

BUTLER.

Rien... la rage... je veux dire... la joie... J'ai besoin d'air.

CANOBY.

Descendez au jardin... Vous savez la route?

BUTLER.

Vous avez raison.

CANOBY, *le conduisant.*

Et n'oubliez pas le mot de passe, mon cher ami!

BUTLER.

Je n'oublierai rien, mon cher ami. (*Il sort furieux par la porte de gauche.*)

SCÈNE XI.

LES MÊMES, ARABELLE, CÉCILY, *sur le devant.*

ARABELLE, *ramenant Cécily.*

Venez, mon enfant, venez... Vous l'avez vu? vous l'avez
questionné? qu'a-t-il répondu? que savez-vous?

CÉCILY, *gaiement.*

Tout, milady, tout ce qu'il nous importait de savoir.

ARABELLE, *la baisant au front.*

Chère Cécily! vous êtes bien la fille la plus adroite! Eh
bien?

CÉCILY.

Eh bien, milady, vous étiez mal informée, il n'est pas
question de mariage.

ARABELLE, *vivement.*

Sortent-ils ensemble demain?

CÉCILY.

Toute la journée! mais rien que des visites insignifiantes et
officielles.

ARABELLE.

Mais encore! ce qui est insignifiant pour vous ne l'est peut-
être pas pour moi... Où vont-ils?

CÉCILY.

D'abord à l'hospice de la marine.

ARABELLE.

Seuls?

CÉCILY.

Avec l'état-major.

ARABELLE.

Passons!...

CÉCILY.

Ensuite au pont de Londres, pour voir lancer un bâtiment.

ARABELLE.

Toujours avec l'état-major?

CÉCILY.

Oui, ma cousine.

ARABELLE.

Passons!...

CÉCILY.

Ensuite le soir, à sept heures, tous les deux... tout seuls...

ARABELLE.

Eh bien?

CÉCILY.

Chez le lord-maire, duchesse.

ARABELLE, *se retournant vers les cavaliers qui se sont rapprochés.*

Chez le lord-maire! à sept heures! tout seuls! c'est bien cela, milords, c'est bien cela!

CÉCILY, *naivement.*

Mais du tout, cousine, vous vous trompez; le lord-maire est garçon, et n'a qu'une sœur, une vieille fille.

ARABELLE.

Il s'agit bien du lord-maire et de sa fille!

CÉCILY, *étonnée.*

Comment!

ARABELLE, *aux cavaliers.*

Vous l'avez entendue, seuls, sans suite! Cinquante hommes à cheval, armés jusqu'aux dents, et masqués! cent guinées à chacun. Vous comprenez, milords.

CANOBY.

Parfaitement.

CÉCILY, *sur le devant.*

Quant à moi, je n'y comprends plus rien.

ARABELLE, *aux cavaliers.*

Rentrez au salon, messieurs... donnez-moi votre main, sir Clarence... Canoby, offrez votre main à Cécily, et...

CANOBY, *qui s'est approché d'elle.*

Enterrons gaiement le bal, avant d'enterrer la...

ARABELLE.

C'est cela même. (*Elle sort avec les autres cavaliers.*)

CÉCILY, *à Canoby qui lui présente la main.*
Expliquez-moi donc, milord...

CANOBY, *la conduisant.*
Rien de plus simple! D'excellents tireurs qui n'ont jamais manqué leur coup... et cette fois s'il en réchappe...

CÉCILY.
Et qui donc, milord?

CANOBY, *gaiement.*
Parbleu! le général et son aide de camp.

CÉCILY.
Morton!

CANOBY.
Que demain soir, grâce à vous...

CÉCILY.
Grâce à moi! Est-il possible! Ah! je comprends mainte-nant! courons, courons, et puissé-je encore retrouver Morton! (*Elle rentre au salon en courant.*)

CANOBY, *tout étonné.*
Eh bien! miss... attendez-moi donc!... quelle tète!... quel feu!... absolument comme la duchesse! (*Il court après elle.*)

ACTE III.

Un salon au palais de Wite-Hall, résidence du général. — Deux portes dans le fond, et une fenêtre au milieu; deux portes de côté à droite; à gauche, sur le second plan, cabinet de Monck. — Sur le premier, casier et cartons; table des deux côtés.

SCÈNE PREMIÈRE.

MORRIS, LE COLONEL INGOLBY.

MORRIS.

Ainsi donc, colonel Ingolby, c'est à partir de ce matin que votre tour de service recommence, et nous voilà pour toute la semaine sous la garde de votre bravoure et de votre patriotisme.

INGOLBY.

Pour ce qui est de la bravoure, monsieur Morris, l'armée, Dieu merci, en compte plus d'un aussi brave que moi... Ce qui me distingue particulièrement, je m'en flatte, c'est la fermeté de mes principes... En politique, voyez-vous, je ne connais qu'une chose, le gouvernement établi.

MORRIS.

Quand il est établi.

INGOLBY.

Cela va sans dire : à Marston-Moor, lieutenant aux gardes du feu roi, alors l'autorité légitime, nous avons eu l'honneur, mon régiment et moi, d'être sabrés par Cromwell, pour le compte de Charles Ier. A Dumbar, capitaine aux dragons du feu lord-protecteur, j'ai pris ma revanche sur les troupes du prétendant pour le compte de Cromwell; aujourd'hui, colonel du parlement, dévoué corps et âme au seul pouvoir légal de la nation, sur son ordre je marcherais contre le général lui-même.

MORRIS.

A moins qu'un beau matin le général ne devînt le gouvernement à son tour... car, en ce cas, je l'espère bien, colonel, vous le serviriez...

INGOLBY.

Avec le même zèle et le même dévouement, monsieur Morris. Les gouvernements peuvent changer; quant à moi, je ne change jamais. Je suis pour les choses, et non pour les hommes... Dieu merci, la fermeté de mes principes...

MORRIS, *allant à son bureau.*

Et je vous en fais mon compliment, colonel... Dans le temps où nous vivons, tant de gens changent de principes en changeant de parti, qu'on est trop heureux d'en rencontrer qui changent de parti sans changer de principes.

INGOLBY.

Je vois que vous me comprenez parfaitement, monsieur Morris... comme le général... aussi, j'espère bien, que, dans l'occasion, vous vous souviendrez de moi comme le général... en attendant, je vais, pour me désennuyer, faire manœuvrer mon régiment... un régiment modèle, je m'en flatte... sous le rapport de la tenue militaire et politique. (*Il sort par le fond à droite.*)

MORRIS, *assis.*

Sans adieu, colonel... Brave homme! fidèle à tous ses serments; à celui qu'il a prêté hier, comme à celui qu'il prêtera demain... Ce n'est pas sa faute si la formule varie... Allons, continuons notre travail.

Ingolby, Morris.

SCÈNE II.

MONCK, MORRIS.

MONCK, *sortant à pas lents de son cabinet à gauche.* (*A part.*)

Encore vingt-quatre heures, et les destinées de l'Angleterre seront accomplies!... Mais que d'évènements peuvent encore surgir en vingt-quatre heures! (*Haut.*) Eh bien, monsieur Morris, que disent vos derniers rapports?

MORRIS, *qui s'est levé.*

On parle plus que jamais de complots et de conspirations, général.

MONCK.

Toujours la même répétition! la police s'alarme par habitude... et elle n'a pas tort, après tout... Dans ces temps de troubles, aucun indice n'est à dédaigner... Ce qui était mensonge hier peut devenir une vérité aujourd'hui, et l'émeute de la veille la révolution du lendemain. (*A Morris*) Continuez.

MORRIS.

Le club des Aplanisseurs redouble de violence et de menaces.

MONCK.

Détestables fous, qui croient pouvoir comme Dieu créer un monde avec le chaos, et un gouvernement avec l'anarchie!... Après?

MORRIS.

Les émissaires royalistes ne cessent d'intriguer.

MONCK.

Parti incorrigible! Ils intrigueront toujours; mais le peuple, que dit-il, monsieur Morris?

MORRIS.

Dans les tavernes, général...

MONCK.

Je ne vous parle pas du peuple qui boit et s'enivre, mais du vrai peuple... celui qui travaille et ne conspire pas.

MORRIS.

Celui-là ne demande qu'une chose, général, un gouvernement... n'importe lequel, pourvu qu'il soit fort et énergique.

MONCK (1).

Triste fruit des révolutions! Par haine de l'anarchie, l'on se
réfugie dans le despotisme, et entre la licence et la tyrannie,
il ne reste plus de place pour la liberté!... Et que dit-on de
moi, monsieur Morris?

MORRIS.

Les uns prétendent que vous voulez recommencer Cromwell.

MONCK.

On ne recommence pas les grands hommes!

MORRIS.

D'autres, que vous travaillez franchement à fonder la république...

MONCK.

Admirable gouvernement, auquel il ne manque qu'une chose
pour être possible... des républicains!... Après?...

MORRIS.

Beaucoup enfin assurent que votre seul but est la restauration des Stuarts...

MONCK (2).

Il y a longtemps que les uns le craignent, et que les autres
l'espèrent... Et vous, monsieur Morris, qu'en pensez-vous?

MORRIS.

Que la volonté de Son Excellence sera la loi de l'Angleterre,
et j'ai trop de confiance dans le général pour permettre à ma
pensée de devancer la sienne.

MONCK, *souriant et s'asseyant à gauche.*

A la bonne heure!... mais quel est ce bruit?

UN HUISSIER, *en dehors.*

Quand je vous dis qu'on n'entre pas!

(1) Morris, Monck.
(2) Monck, Morris.

BUTLER, *en dehors.*

Et moi, je vous dis que j'entrerai... Thomas Butler, président du club des Aplanisseurs!

SCÈNE III.

LES MÊMES, BUTLER.

MONCK, *assis, à Butler qui entre.*

Et de quel droit, monsieur?...

BUTLER.

Du droit qu'a tout homme du peuple d'entrer à toute heure chez son mandataire, lorsque la république est en danger... Son Excellence veut-elle maintenant m'accorder audience?

MONCK.

J'aurais mauvaise grâce à refuser ce que vous savez si bien prendre vous-même... (*A Morris.*) Laissez-nous, Morris. (*Morris sort.*) Eh bien, monsieur?...

BUTLER.

Eh bien, général, il y a sous jeu une conspiration... une conspiration royaliste...

MONCK.

Vous dites?

BUTLER.

Avant de la connaître, je vous aurais peut-être fait l'injure de vous en croire le complice... mais comme vous devez en être la première victime...

MONCK.

Et c'est vous qui venez m'en prévenir, monsieur!

BUTLER.

Pour deux raisons, général : la première, c'est que j'aime à régler mes comptes moi-même, et que je n'ai point l'habitude de payer mes dettes par procuration; la seconde, c'est que les hommes de votre trempe sont rares, et ce qui nous manque, à nous, dans le parti populaire, ce ne sont point les

bras, mais la tête ; et si, après avoir appris à connaître vos
véritables ennemis, vous pensiez qu'une alliance...

MONCK.

C'est un honneur que je n'accepte ni ne refuse... Je ne suis
l'homme d'aucun parti, monsieur; je suis l'homme de l'État...
Si votre confidence est à ce prix...

BUTLER.

Je rends des services, général, je ne les marchande pas...
Sachez donc que le complot doit éclater aujourd'hui même...
ce soir... l'heure, le lieu, les moyens d'exécution, je les ignore...
Quant aux chefs, voici leurs noms : lord Arringhton, lord
Canoby, lord Macdonald.

MONCK, se levant.

Vos preuves, monsieur?

BUTLER.

Un témoin oculaire, qui offre pour caution de sa parole cent
mille livres sterling et sa personne... Thomas Butler.

MONCK.

Vous?

BUTLER.

Moi-même, qu'un rendez-vous, accordé hier soir par la duchesse d'Arringhton...

MONCK.

Hier soir, à vous, monsieur?

BUTLER.

A moi ou à mes guinées, peu importe... je n'y mets pas d'a-
mour-propre... L'essentiel est que, grâce à ce rendez-vous,
j'ai pu tout voir, tout découvrir.

MONCK, à part.

Les insensés! dans quel embarras ils me jettent!... Si j'hésite à les frapper, que répondre au parlement qui, à la veille
de résigner le pouvoir, n'attend qu'un prétexte pour chercher
à le prolonger encore?... D'un autre côté, si je les frappe...
Ce malheureux parti se perdra donc toujours lui-même!...

BUTLER, brusquement.

Vous balancez, général?

MONCK, *assis à la table.*

Voici ma réponse, monsieur Butler... Vous avez dit, n'est-ce pas, lord Arringhton, lord Macdonald, lord Canoby...

BUTLER.

C'est cela même.

SCÈNE IV.

MORRIS, MONCK, BUTLER.

MONCK, *à Morris.*

Que ces mandats soient mis à exécution sans retard.

MORRIS.

Pardon, général, une lettre très-pressée... la personne qui l'a remise prétend qu'il s'agit du salut de la république.

MONCK.

Pauvre république! elle est donc bien malade, puisque tout le monde aujourd'hui se mêle de la sauver! (*Après avoir lu, à part.*) Que vois-je? lord Arringhton!... (*Haut, se levant.*) Voulez-vous bien permettre, monsieur Butler?... Conduisez monsieur Morris, et faites entrer sur-le-champ. (*Butler entre dans pièce de côté, sur le premier plan, à droite; Morris sort par la porte du fond.*)

MONCK, *à part.*

Lord Arringhton! que peut-il me vouloir?

SCÈNE V.

ARRINGHTON, *entrant par le fond,* MONCK.

ARRINGHTON.

Excusez-moi, général, si je me permets de me présenter brusquement devant vous... Les hautes convenances de votre position et le respect dû à votre rang...

MONCK.

Laissez les cérémonies, milord, et venons au fait.

ARRINGHTON.

Un horrible complot est à la veille d'éclater, général... Demain, à onze heures du soir, ces infâmes Aplanisseurs porteront dans tous les quartiers de la ville le pillage et l'incendie.

MONCK.

Mais les preuves, milord, les preuves de ce complot?...

ARRINGHTON.

Un témoin oculaire, général, qui offre pour caution de ce qu'il avance, non pas sa fortuue, car il l'a mangée, mais son honneur, qui, grâce au ciel, est intact, et sa parole de gentilhomme, qui vaut encore quelque chose pour un gentilhomme comme vous.

MONCK.

Eh quoi! milord, c'est vous-même...

ARRINGHTON.

Oui, général... On dit qu'il y a un Dieu pour les ivrognes; je commence à croire qu'il y en a un aussi pour les mauvais sujets.

MONCK.

Milord...

ARRINGHTON.

Pardon, si la gravité des circonstances me force à vous prendre pour le confident de mes folies; mais je suis obligé d'en convenir, une charmante créature, la femme du président des Aplanisseurs...

MONCK.

De Thomas Butler?

ARRINGHTON.

Vous l'avez nommée, général... Dinah Butler a le bon goût d'adorer l'aristocratie dans la personne de son indigne représentant... et hier soir, dans un de ces moments où elle pouvait penser qu'une infidélité de plus ou de moins ne chargerait pas beaucoup sa conscience puritaine...

MONCK, *à part* (1).

Hier soir... tous les deux à la fois... O Cromwell! toi qu[i] prétendais que tout le secret de ta puissance était de maintenir l'un par l'autre ces partis qui te haïssaient mortellement... grâce à cette double trahison, le voilà donc rétabli cet équilibre que je croyais rompu, et je vous tiens tous encore, prétendus royalistes et républicains!

ARRINGHTON, *à part.*

Le général paraît ravi, et une fois qu'il nous aura débarrassés des Aplanisseurs...

MONCK, *qui a sonné, à l'huissier qui paraît.*

Faites entrer la personne qui attend.

SCÈNE VI.

LES MÊMES, BUTLER, *sortant du cabinet de droite.*

BUTLER.

Que vois-je? lord Arringhton!

ARRINGHTON.

Thomas Butler!

BUTLER.

Je ne m'attendais pas à l'honneur de vous voir, milord. (*A part.*) Insolent roué!

ARRINGHTON.

Pas plus que moi au plaisir de vous rencontrer, mon cher. (*A part.*) Misérable coquin!

MONCK, *qui a remonté la scène* (1).

Trève de compliments, messieurs... (*A Butler.*) Vous m'avez dénoncé un complot royaliste, monsieur Butler?

ARRINGHTON, *à part.*

Que dit-il?

(1) Monck, Arringhton.
(2) Butler, Monck, Arringhton.

MONCK.

Un complot qui doit éclater aujourd'hui même, ce soir, et
dont le chef est lord Arringhton, ici présent.

ARRINGHTON, *à part.*

Je suis perdu!

BUTLER.

Et à la confusion de milord vous voyez que j'ai dit vrai
général.

MONCK.

Et vous, lord Arringhton, vous avez eu la bonté de me
dévoiler une conspiration puritaine...

BUTLER, *à part.*

Ciel!

MONCK.

Dont l'exécution est fixée à demain soir, et dont le chef
principal est l'honorable Butler, qui nous écoute.

BUTLER, *à part.*

C'est fait de moi!

ARRINGHTON.

Et à la figure de l'honorable Butler vous pouvez juger de
l'exactitude de mes renseignements.

MONCK.

Je vois que vous avez raison l'un et l'autre, et que je vous
dois à tous deux la même reconnaissance et la même justice.

BUTLER, *à part.*

C'est-à-dire qu'il va nous envoyer tous les deux à la Tour.

MONCK.

Vous pensiez tout à l'heure, monsieur Butler, que le meilleur moyen d'étouffer un complot, c'était d'en arrêter les chefs.

BUTLER, *à part.*

Nous y voilà!

MONCK.

Et vous n'êtes pas loin, je le suppose, milord, de partager
la même opinion?

ARRINGHTON.

Général...

MONCK.

Quant à moi, messieurs, mon avis est tout différent... vous pouvez donc en toute liberté retourner tranquillement chez vous, apprendre à vos complices respectifs le succès de votre trahison réciproque.

ARRINGHTON et BUTLER.

Ah! général!

MONCK.

Point de remercîments... je vous en dispense tous les deux... Il y a des gens dont je ne crains pas plus la haine que je n'estime leur reconnaissance... (*Il entre dans son cabinet.*)

SCÈNE VII.

ARRINGHTON, BUTLER.

BUTLER.

Quel mépris!

ARRINGHTON.

Quel dédain!

BUTLER.

Comme il nous foule à ses pieds!

ARRINGHTON.

Comme il nous écrase de son pardon!... Et penser que sans vos confidences...

BUTLER.

Dites donc plutôt sans les vôtres...

ARRINGHTON.

Ma foi, mon cher Butler, nous n'avons rien à nous reprocher, et nous sommes bien tous les deux les plus francs maladroits...

BUTLER.

Comment?

ARRINGHTON.

Lorsque nous n'avons qu'un ennemi, un ennemi commun, lui livrer de gaieté de cœur tous nos secrets!...

BUTLER.

C'est juste... Faire nous-mêmes ses propres affaires!...

ARRINGHTON.

Au lieu de nous réunir pour le combattre.

BUTLER.

Quitte à nous disputer après la victoire.

ARRINGHTON.

Et pourquoi donc nous disputer quand il est si facile de s'entendre ? •

BUTLER.

J'y songeais! Il y a des jours où je suis tellement las de toute cette canaille qui pourrait, un beau matin, me piller moi-même, sans cérémonie...

ARRINGHTON.

Tandis que nous, milord...

BUTLER.

Vous y mettriez au moins les formes, n'est-ce pas ?

ARRINGHTON.

Quelle idée !

BUTLER.

Mais maintenant que, grâce à notre maladresse, il sait tout...

SCÈNE VIII.

LES MÊMES, MORTON, *dans le fond, à droite.*

MORTON, *à un huissier.*

Ainsi vous m'entendez... à six heures trois quarts la voiture à la petite porte de l'hôtel; point d'escorte, comme hier soir. Nous allons chez le lord-maire.

ARRINGHTON.

Est-il possible ! chez le lord-maire, à six heures trois quarts... mais le général ne sait donc rien? vous ne lui avez donc pas dit...

BUTLER.

Parbleu!... je ne le savais pas...

ARRINGHTON.

Ah! mon ami! nous sommes sauvés!

BUTLER.

Vous dites?

MORTON, *descendant la scène.*

Eh quoi! c'est vous, milord... par quel heureux hasard?...
Recevez, je vous prie, mes compliments... votre fête, hier,
était magnifique.

ARRINGHTON, *vivement.*

Et celle de ce soir sera plus belle encore, je l'espère bien.
Mais, pardon, une affaire très-pressante...

BUTLER.

Mais au moins, mon cher duc...

ARRINGHTON.

Venez, venez, je vous expliquerai tout. (*A part.*) Ah! général, vous avez gagné la première manche, à nous la seconde!
(*Il sort vivement avec Butler.*)

MORTON, *seul.*

Ce soir... il donne ce soir une nouvelle fête. Comment se
fait-il que Cécile ne m'en ait rien dit?... et impossible de m'y
rendre... retenu par mon service...

SCÈNE IX.

MONCK, *sortant de son cabinet,* MORTON.

MONCK.

Cet ordre sur-le-champ au colonel Ingolby, Francis!...

MORTON.

Oui, général.

MONCK.

Ah! vous ne m'accompagnerez pas ce soir chez le lord-
maire... j'irai seul.

MORTON.

Quel bonheur! me voilà libre. (*Il sort par une porte de côté à droite.*)

MONCK, *seul.*

Ces mesures suffiront sans effrayer... si je parviens à maintenir jusqu'au bout la tranquillité publique...

SCÈNE X.

MONCK, UN HUISSIER.

L'HUISSIER.

Général... il y a là une dame voilée... une jeune dame.

MONCK, *souriant.*

Pour moi, mon vieux Péters?

L'HUISSIER.

Elle a demandé le général ou sir Francis!

MONCK.

Sir Francis!

L'HUISSIER.

Elle vient, dit-elle, de l'hôtel d'Arringhton et s'appelle miss Cécily.

MONCK.

Miss Cécily! serait-ce par hasard... Faites entrer...

SCÈNE XI.

MONCK, CÉCILY.

MONCK.

Miss Grenville... par quel étrange incident...

CÉCILY.

Ah! général!

MONCK.

Qu'avez-vous, mon enfant? ce trouble... cette pâleur...

CÉCILY.

Dieu soit loué! j'arrive à temps! vous n'êtes pas parti...
J'ai pu tromper la surveillance de lady Arabelle.

MONCK.

De la duchesse? expliquez-vous!

CÉCILY.

Ah! j'en rougis pour elle, général! un infâme guet-apens...
Votre vie... celle de Morton.

MONCK.

Que voulez-vous dire?

CÉCILY, *lui remettant une lettre.*

Tenez, ce papier que j'avais préparé, craignant de ne pouvoir pénétrer jusqu'à vous...

MONCK, *ayant lu.*

Les misérables! ah! le coup était hardi!... un guet-apens!
tirer sur ma voiture! Miss Grenville, vous êtes une noble et
digne Anglaise... vous n'avez pas craint, au risque de vous
compromettre...

CÉCILY.

Ah! général, qu'est-ce donc que ma réputation au prix de
votre existence... et de la sienne!

MONCK.

Merci, miss, merci... pour moi d'abord, et pour Morton ensuite... Ni lui, ni moi, je l'espère, nous n'oublierons le service que vous venez de me rendre. Mais, après ce qui s'est
passé, vous ne pouvez plus retourner à l'hôtel d'Arringhton,
et en attendant les ordres de votre père, mon enfant, c'est
mon frère le ministre qui vous donnera l'hospitalité que les
circonstances politiques ne me permettent pas de vous offrir
encore. Entrez dans mon cabinet, chère miss... je vous suis
tout à l'heure. (*Cécily entre dans le cabinet à gauche.*)

MONCK, *seul.*

Voilà bien les partis! pour arriver à leur but, rien ne leur
coûte, pas même l'assassinat! Et cet Arringhton! et Butler

que j'avais eu la bonté... étaient-ils d'accord entre eux pour
me tromper par leurs demi-confidences. . Ah! si une fois je
remets la main sur eux...

SCÈNE XII.

MORTON, *entrant par la droite,* MONCK.

MONCK.

Qu'est-ce, Morton?

MORTON.

Général, je venais vous dire qu'en descendant tout à l'heure
chez le colonel Ingolby pour lui porter vos ordres, j'ai rencontré chez lui lord Arringhton et milord Butler.

MONCK.

Ils ne sont pas encore partis?

MORTON.

Non, général... par suite de la nouvelle consigne de ne
laisser sortir personne du palais, sans permission.

MONCK.

C'est juste! je l'avais oublié!

MORTON, *légèrement.*

C'est ce que j'ai pensé, général. Mais ce pauvre colonel...
il ne veut rien entendre... il ne sort pas de sa consigne.

MONCK.

Et ce pauvre colonel a parfaitement raison.

MORTON.

Ah!

MONCK.

C'est vous qui avez tort, grand tort, lieutenant Morton.

MORTON.

Oui, général.

MONCK.

Priez le colonel de m'amener sur-le-champ ses deux prisonniers... Un instant, monsieur Morton, je vous défends de vous présenter désormais à l'hôtel d'Arringhton.

MORTON.

Quoi! général?

MONCK.

A une tête écervelée comme la vôtre, il faut une société moins mondaine... plus édifiante... Vous passerez votre soirée chez mon frère le ministre.

MORTON.

Oui, général.

MONCK.

Et j'entends que jusqu'à nouvel ordre, vous n'ayez pas d'autre amusement que sa compagnie.

MORTON.

Oui, général. (*Il sort par le fond, à droite.*)

MONCK, *seul.*

Ils n'étaient pas partis... cette fois ils n'échapperont pas à ma juste vengeance. Les misérables! et je vais... Mais non, ce serait les punir comme des gens d'honneur... le seul châtiment que mérite leur lâcheté... (*Souriant.*) C'est cela!... les voici!

SCÈNE XIII.

MONCK, BUTLER, ARRINGHTON, INGOLBY, *entrant par le fond.*

MONCK.

Ah! c'est vous, messieurs! je ne m'attendais pas au plaisir de vous revoir sitôt...

BUTLER.

Ni nous non plus, général.

ARRINGHTON.

Et sans le malentendu du colonel...

MONCK.

Vous avez raison, messieurs... un malentendu que le colonel ne pouvait prévoir... Et c'est pour cela que j'ai voulu moi-même vous offrir mes excuses !

ARRINGHTON, *à Butler.*

Quand je vous le disais...

BUTLER.

Nous en sommes quittes pour la peur.

MONCK.

Mais cela ne suffit pas, je vous dois une réparation.

ARRINGHTON *et* BUTLER, *s'inclinant.*

Comment donc, général !

MONCK, *passant entre eux et allant à la fenêtre.*

Et vous l'aurez. Voici la nuit qui s'avance... et à cette heure, dans ces temps de troubles, les rues de Londres ne sont pas toujours très-sûres.

ARRINGHTON, *à part.*

Que dit-il ?

BUTLER.

Où veut-il en venir ?

MONCK, *redescendant la scène.*

J'espère donc que pour rentrer chez vous, messieurs, vous me ferez le plaisir d'accepter... ma voiture...

BUTLER.

Hein ?

ARRINGHTON.

Votre voiture ? Eh quoi !... vous voulez...

MONCK.

Je vous en prie, messieurs, et s'il le faut, je l'exige.

BUTLER.

Il sait tout !

ARRINGHTON.

Nous sommes perdus !

MONCK.

Colonel, vous accompagnerez ces messieurs. M. Butler, je crois, demeure dans la Cité, près du lord-maire.

BUTLER, *bas, à Arringhton.*

Près du lord-maire, vous entendez, monsieur le duc.

ARRINGHTON, *de même.*

Parfaitement!

MONCK, *s'approchant d'Ingolby.*

C'est par lui que vous commencerez.

INGOLBY.

Il suffit, général.

MONCK.

Et n'oubliez pas, colonel, que vous me répondez de tous les deux.

INGOLBY.

Soyez tranquille... on ne me les enlèvera ni morts ni vifs.

MONCK.

Je vois que vous me comprenez à merveille. (*Il rentre dans son cabinet.*)

BUTLER, *à part.*

Et moi aussi!

ARRINGHTON, *à part.*

Et moi aussi!

BUTLER, *à part.*

C'est un raffinement de vengeance!

ARRINGHTON, *de même.*

C'est une recherche de cruauté!

BUTLER, *éclatant.*

Le diable emporte les conspirations et les conspirateurs! C'est pourtant vous, messieurs les royalistes, qui avec cet infâme guet-apens...

ARRINGHTON.

Cela vous sied bien à vous qui trouviez l'idée si parfaite!

BUTLER.

Sans doute, parfaite! quand il s'agissait du général; mais maintenant!

INGOLBY, *descendant la scène et de l'air le plus gracieux.*

Messieurs, si vous voulez prendre la peine...

ARRINGHTON, *en soupirant.*

Allons, puisqu'il le faut. (*S'arrétant.*) Hein! qu'est-ce donc?
(*On entend une musique militaire.*)

INGOLBY, *avec emphase.*

La musique de mon régiment! ils ont vu la voiture du général.

BUTLER.

Quelle dérision!... des fanfares! nous n'avons plus qu'une
ressource.

ARRINGHTON.

Laquelle?

BUTLER.

C'est qu'ils nous manquent!... (*Mouvement d'Arringhton;
ils sortent tous deux en s'appuyant l'un sur l'autre. La musique
continue en crescendo.*)

FIN DU TROISIÈME ACTE.

ACTE IV.

Même salon chez Monck.

SCÈNE PREMIÈRE.

MORTON, MORRIS, *entrant ensemble par la droite.*

MORTON.

En vérité, mon cher Morris, vous êtes d'un sang-froid! rien ne vous émeut, ne vous étonne!

MORRIS.

Je ne m'émeus jamais que par ordre supérieur.

MORTON.

Ainsi donc, selon vous, il faut avoir des yeux pour ne rien voir, des oreilles pour ne rien entendre!

MORRIS.

Au contraire... il faut avoir des oreilles pour tout entendre, et des yeux pour tout voir... Quant à moi, mon cher Morton, je regarde de tous mes yeux, j'écoute de toutes mes oreilles; mais je garde pour moi ce que j'ai vu et entendu.

MORTON.

Et pourquoi donc ne serais-je pas maître de mes actions et de mes paroles, comme le dernier des citoyens? Nous vivons sous un gouvernement républicain, grâce au ciel, par conséquent sous un gouvernement de liberté!

MORRIS.

Conséquence plus ou moins logique! seulement vous n'êtes pas le dernier des citoyens; vous êtes le pupille du général Monck, comme moi son secrétaire intime... et ni vous ni moi, mon cher élève, ne pouvons dire ou faire la moindre sottise qu'elle ne soit mise immédiatement sur le compte du général!...

MORTON.

Tant pis pour les imbéciles qui s'y trompent!

MORRIS.

Vous oubliez que les imbéciles sont toujours en majorité!... excepté dans le parlement, bien entendu... et quand vous soutenez devant le colonel Ingolby qu'on peut être excellent puritain et adorer une royaliste...

MORTON.

Eh bien?...

MORRIS.

Le colonel en conclut tout naturellement que vous adorez miss Cécily...

MORTON.

Et il a raison!

MORRIS.

Mais il en conclut aussi que ni vous ni le général n'êtes au fond d'excellents puritains.

MORTON.

Et il a tort, morbleu! car ni moi ni le général...

MORRIS.

Parlez pour vous seul, mon cher Morton... En politique, c'est déjà bien assez de répondre pour soi!

MORTON.

Et où est le mal, après tout, que sir Ingolby s'imagine...

MORRIS.

Je n'en sais rien, mon cher Francis; mais ce qui vous semble insignifiant aujourd'hui peut emprunter de l'importance aux événements de demain. Vous connaissez le colonel et son système particulier de fidélité politique... qu'il vienne à se persuader que le général trahit le parlement...

MORTON.

Mais votre pauvre parlement, Morris, ce parlement pourri, c'est demain qu'il meurt de sa belle mort.

MORRIS, *allant à la table de droite.*

Raison de plus, Francis; tout mauvais pouvoir qui expire ne cherche qu'à léguer des embarras à ses successeurs!

MORTON, *se rapprochant de lui.*

Et la succession, à ce que vous pensez, mon cher Morris, pourrait bien échoir au général?

MORRIS.

A ce que je pense? Dans tout ce qui concerne notre honorable patron, sachez que je ne me permets de rien penser... c'est toujours peine perdue... En politique, mon cher élève, règle générale, pour ne pas vous tromper, ne croyez à rien... pas même aux lettres de cachet que vous et moi nous expédions depuis hier pour nos amis de droite et de gauche, aplanisseurs ou royalistes!

MORTON.

Comment cela, mon cher Morris?

MORRIS.

Sans doute... il y a lettre de cachet... et lettre de cachet; tout dépend de la formule... Tenez, par exemple, puisque je suis chargé de votre éducation, la circulaire n° 3, celle qui ne sert que dans les grandes occasions... « M. le gouverneur « de la Tour, le porteur de la présente est un homme sûr, qui « possède ma confiance particulière; vous le recevrez avec « tous les égards qu'il mérite, etc. »

MORTON.

Eh bien, mon cher Morris?

MORRIS.

Eh bien, si le général confiait une pareille missive au lieutenant Morton, par exemple, c'est qu'il voudrait me débarrasser, au profit du gouverneur de la Tour, du soin d'achever entre quatre murs l'éducation politique de son cher pupille, voilà tout.

MORTON, *gaiment.*

Diable!... Ma foi, mon cher Morris, j'aime encore mieux vos leçons!

SCÈNE II.

MORTON, MONCK, MORRIS.

MONCK, *entrant par le fond, à gauche.*

Sir Francis?

MORTON.

Mon général?

MONCK.

J'ai besoin pour une mission importante d'un homme sûr.

MORTON, *à part.*

Ah! mon Dieu! est-ce que par hasard...

MONCK.

J'ai pensé à vous.

MORTON.

Merci, mon général!

MONCK.

Écoutez-moi. (*Il l'amène sur le devant du théâtre.*) Vous allez descendre au jardin.

MORTON, *à part.*

Je respire!

MONCK.

Vous vous y promènerez pendant une demi-heure... dans l'allée des Tilleuls.

MORTON.

Oui, général.

MONCK.

A sept heures précises, quelqu'un se présentera enveloppé d'un manteau à la petite porte... vous lui ouvrirez... il vous dira son nom... sir Inglis.

MORTON.

Sir Inglis?

MONCK.

Et vous me l'amènerez ici par le petit escalier, secrètement... sans que personne le voie... ni vous non plus... vous m'entendez...

MORTON.

Oui, général. (*Il sort par le fond, à gauche.*)

SCÈNE III.

MONCK, MORRIS.

MONCK.

Que cette demi-heure va me sembler longue! Moi d'habitude si calme! si tranquille! je n'ai pu fermer l'œil de toute la nuit. Morris?

MORRIS, *se levant.*

Général?

MONCK.

Prenez la correspondance du lord protecteur... année 1654, 7 janvier.

MORRIS, *allant à un des cartons du casier, à gauche.*

La voici!

MONCK, *s'asseyant à droite, près de la table de Morris.*

Lisez.

MORRIS, *lisant.*

« Le lord protecteur à sir Georges Monck, major général
« de l'armée d'Écosse. »

MONCK.

C'est cela même...

MORRIS, *continuant.*

« Monsieur le major, on m'assure que le prétendant a
« beaucoup d'amis en Écosse. On me parle surtout d'un cer-
« tain drôle, nommé Georges Monck... »

MONCK.

Continuez.

MORRIS.

« Qui, dit-on, complote tout bas en faveur des Stuarts. »

MONCK.

Vous voyez que l'accusation ne date pas d'hier !

MORRIS.

« Tâchez de mettre la main sur lui et envoyez-le-moi pieds
et poings liés.

« OLIVIER CROMWELL. »

MONCK.

Le *post-scriptum*, maintenant, monsieur Morris.

MORRIS, *reprenant*.

« Pardon, mon cher Monck, si je t'écris dans un de ces
« moments d'inquiétude et d'angoisse, où je doute de tout,
« même de moi. Il y a de ces jours où je me demande si l'é-
« difice que j'ai voulu construire ne manque point par la
« base, si l'arbre que j'ai voulu implanter dans ce sol ingrat
« n'est point déjà pourri jusque dans ses racines! Je me suis
« cru un grand architecte; ne suis-je donc qu'un démolis-
« seur? Je me suis cru un grand médecin; n'aurais-je donc
« été qu'un charlatan? Pour guérir l'Angleterre de la mo-
« narchie, je lui ai donné la république! Le remède n'est-il
« point pire que le mal?... Je me fais vieux, mon cher Monck,
« et tout ceci sans doute durera encore autant que ton pauvre
« ami; mais toi qui dois me survivre, toi le plus honnète ré-
« publicain de l'Angleterre, toi Georges Monck, dont l'avenir
« n'est pas enchaîné par un passé de sang, si un jour le salut
« de ce peuple t'imposait d'autres devoirs que les miens,
« rappelle-toi cette lettre du vieux Cromwell. »

MONCK, *se levant et se promenant à grands pas*.

Eh bien, ce jour qu'Olivier avait entrevu dans sa haute sa-
gesse, ce jour que je n'ai hâté ni de mes vœux ni de mes actions, je puis m'en rendre le témoignage, le voilà enfin arrivé! et bientôt... (*Prêtant l'oreille.*) Écoutez... Je ne me
trompe pas... L'on vient... C'est lui, sans doute... (*A Morris.*)
Sortez, sortez Morris, et que personne ne puisse entrer ici
sans mon ordre... pas même vous, mon vieil ami. (*Morris
sort par le fond, à droite.*)

SCÈNE IV.

MORTON, *entrant par le fond, à gauche,* MONCK.

MONCK, *vivement.*

Eh bien, Morton ?

MORTON, *montrant le fond, à gauche, par où il entre.*

Il est là, général !

MONCK.

Sir Inglis?

MORTON, *d'un air fin.*

Oui, général, sir Inglis... Pardon si mon trouble, ma joie en le revoyant...

MONCK, *d'un ton sévère.*

Lieutenant Morton! dois-je me repentir de ma confiance? Qui vous a donné le droit de vous réjouir ou de vous affliger de mes actions, dont vous ignorez le but? Introduisez sir Inglis... et songez que vous n'avez reconnu personne.

MORTON.

Certainement... j'obéis... (*Il ouvre la porte et sort après avoir montré du doigt Monck à Grenville.*)

SCÈNE V.

GRENVILLE, MONCK.

GRENVILLE, *s'inclinant.*

Général !

MONCK, *avec effusion.*

Laisse là ton général... Dans mes bras, mon vieil ami, dans mes bras...

GRENVILLE, *l'embrassant.*

Mon pauvre Georges !

MONCK.

Ah! je craignais tant que l'arrestation de tes imprudents cavaliers...

GRENVILLE.

Moi! douter de ta parole, mon vieux camarade! (*Ils se serrent encore la main.*) Dis-moi, ne te semble-t-il pas que ce moment nous reporte à des souvenirs déjà bien anciens, lorsque tous deux, pauvres écoliers du collège d'Édimbourg, nous échangions notre premier serment d'amitié?

MONCK.

Après notre première querelle politique... à coups de poing!

GRENVILLE.

C'est juste! Tu étais déjà républicain, dans ce temps-là!

MONCK.

Comme je le suis encore, mon cher Grenville... Les fautes et les malheurs de tes rois n'ont point ébranlé ta vieille foi royaliste; les fautes ou les crimes de nos prétendus républicains n'ont point affaibli ma conviction puritaine. La république, pour moi, c'est l'abnégation de la liberté privée au profit de la liberté publique! Pour nos démocrates du jour, c'est l'asservissement de tous au profit du despotisme de quelques-uns... Plutôt encore la monarchie avec ses abus qu'une telle république avec ses excès!... que l'Angleterre soit donc royaliste, faute de mieux et crainte de pis!

GRENVILLE.

Je te réponds de Charles II. Dix ans d'exil, crois-moi, mûrissent bien une tête royale!

MONCK, *souriant avec incrédulité.*

Les rois et les peuples, mon cher Grenville, oublient bien vite ce qu'ils ont appris et ce qu'ils ont souffert.

GRENVILLE.

J'apporte les pleins pouvoirs de Charles. Quelle garantie exiges-tu?

MONCK.

Aucune. Pour être sincère et consciencieux, le pacte doit

10

être libre et spontané. Tout ce que je désire, c'est une amnistie pleine et entière!

GRENVILLE.

Ce que tu ne demandes pas, j'ai ordre de te le donner. (*Avec solennité.*) Au nom de Charles II, mon noble et légitime souverain, moi sir John Grenville, dans ce palais de White-Hall de douloureuse mémoire, je jure et je promets l'oubli du passé... le maintien de toutes les libertés publiques!

MONCK, *de même, se découvrant.*

Au nom du peuple anglais, moi sir Georges Monck, je jure obéissance et fidélité à Charles II, mon noble et légitime souverain.

UN CRIEUR, *en dehors.*

Voilà, messieurs, le dernier bill du parlement, en faveur du peuple, qui déclare atteint et convaincu du crime de haute trahison quiconque aura traité ou parlé de traiter avec la famille des Stuarts. (*Mouvement de Grenville.*)

MONCK, *avec calme.*

Continuons, mon ami... dernier bill d'impuissance et de colère... nouvelle besogne pour le nouveau parlement, dont tout le mérite sera de défaire tout ce qu'a fait son prédécesseur! Oui, c'est demain que le nouveau parlement s'assemble... Quand Charles II aura-t-il touché le sol de l'Angleterre?

GRENVILLE.

Ce soir il a débarqué à Douvres; demain, sur une lettre de moi, il sera dans Londres.

MONCK.

Où il rentrera, Grenville, comme un souverain doit rentrer, sans qu'une seule goutte de sang anglais ait coulé pour son retour!

SCÈNE VI.

Les Mêmes, MORRIS.

MORRIS, *entrant par le fond, à droite.*
Excusez-moi si, malgré vos ordres... une dépêche de la dernière importance...

MONCK, *à Grenville.*
Vous avez, je crois, une lettre à écrire, sir Inglis! je suis à vous, tout à l'heure... (*Il montre son cabinet à Grenville, qui sort en le saluant.*)

SCÈNE VII.

MONCK, MORRIS.

MONCK.
Parlez, Morris!

MORRIS.
Le général Lambert vient de s'échapper de la Tour.

MONCK.
Lambert! quelle nouvelle et dans quel moment!

MORRIS.
On dit qu'il est parvenu à sortir de Londres, et qu'il se dirige sur Daventry.

MONCK.
C'est probable... c'est la garnison du régiment qui lui est resté le dernier fidèle... Faites venir le colonel Ingolby. Actif, dévoué au parlement qui a proscrit Lambert, je puis me fier à lui pour le poursuivre.

SCÈNE VIII.

MORTON, *entrant par le fond, à gauche,* MONCK, MORRIS.

MONCK.

Que voulez-vous, lieutenant Morton?

MORTON.

Général, je ne sais quels graves événements se préparent...
L'agitation qui règne dans l'intérieur du palais, les bruits de
trahison qui circulent parmi les soldats, l'ordre donné par
le colonel à ses deux bataillons de prendre immédiatement
les armes...

MONCK.

Rassurez-vous, Morton... le colonel a sans doute appris
l'évasion de Lambert, et les précautions que lui commande
son expérience de vieux soldat... Mais le voici lui-même qui
vient nous rendre compte.

SCÈNE IX.

LES MÊMES, INGOLBY.

INGOLBY, *entrant, à la cantonade, à un peloton de soldats qu'on
aperçoit en dehors, au fond, à droite.*

Des sentinelles à toutes les portes!... Que personne ne sorte
d'ici sans mon ordre... Vous m'entendez, sergent Patris.

MORTON, *s'avançant.*

Colonel...

MONCK, *le retenant.*

Silence, Morton!... Qu'est-ce que cela signifie, colonel?
j'attends vos explications.

INGOLBY, *descendant entre Monck et Morris.*

Et je viens, moi, vous demander les vôtres.

MORRIS, *avec calme, à part.*

Voilà qui me paraît extraordinaire.

MORTON, *vivement.*

Insolent !

MONCK.

Silence, Morton ! Si le colonel semble oublier ce qu'il doit à son général, n'oubliez pas que vous parlez à votre colonel.

INGOLBY.

Grâce au ciel, je suis connu pour ma fidélité à mes principes militaires et politiques, et j'ai la prétention d'y rester aujourd'hui plus fidèle que jamais. Si je dois obéissance et respect au général Monck, au général du parlement, le général Monck, à son tour, n'en doit pas moins au parlement dont il tient ses pouvoirs.

MONCK, *s'asseyant à gauche.*

C'est juste, colonel.

INGOLBY.

Par conséquent, du jour où le général trahit le parlement au lieu de le servir...

MORTON.

Ah ! pour le coup, c'en est trop !...

MONCK, *se levant.*

Encore, lieutenant Morton ! vous garderez les arrêts pour huit jours ! (*Se rasseyant avec calme.*) Ainsi donc, colonel, vous m'accusez de trahison !

INGOLBY.

Ce n'est pas moi qui vous accuse, c'est le dernier bill du parlement... quiconque aura traité ou parlé de traiter avec les Stuarts... Si je me trompe, général, je sais que je payerai mon erreur de ma tête; mais Dieu m'en est témoin, même à ce prix, je voudrais ne pas vous trouver coupable.

MONCK, *froidement.*

Continuez.

INGOLBY.

Il y a une heure, un homme a été introduit dans le palais par le lieutenant Morton... cet homme, c'est l'envoyé de

10.

Charles II, sir Grenville... et cet envoyé il est encore ici, dans votre cabinet... Le nierez-vous, général?

MONCK, *avec sang-froid.*

Je ne nie jamais la vérité.

INGOLBY, *faisant un mouvement vers le cabinet.*

En ce cas, général, permettez...

MONCK, *se levant* (1).

Permettez, à votre tour... Votre insubordination vous a livré la moitié du secret de l'État... sous votre responsabilité, sir Ingolby, vous l'allez connaître tout entier! Oui, sir Grenville est ici, et il va paraître devant vous, puisque aujourd'hui c'est le colonel et non le général qui commande... puisqu'apparemment c'est à sir Ingolby, et non à Georges Monck, que sont remises les destinées de l'Angleterre. Sir Grenville va venir, messieurs, et je vais continuer devant vous l'entretien que j'avais cru pouvoir commencer sans vous... Mais quoi que puisse dire l'envoyé du prétendant, quoi que je puisse dire moi-même, que pas un mot, pas un geste, n'échappe à un seul d'entre vous... pas même à vous, colonel. Il y va de la vie... le parlement ensuite jugera entre nous deux.

INGOLBY, *s'inclinant.*

Il suffit, général. (*Il va fermer la porte du fond.*)

SCÈNE X.

LES MÊMES, SIR GRENVILLE (1).

MONCK, *ouvrant la porte du cabinet et l'appelant.*

Venez, sir Grenville, venez, et parlez en toute confiance... nous n'avons avec nous que des amis... des amis dévoués comme moi désormais à la cause des Stuarts.

INGOLBY, *faisant un mouvement.*

Général!

(1) Morton, Monck, Ingolby, Morris.
(2) Morton, Grenville, Monck, Ingolby, Morris.

MONCK, *le regardant.*

Colonel!

INGOLBY.

Vous avez raison.

MONCK.

Eh bien, sir Grenville, cette lettre que vous écriviez au roi?

GRENVILLE, *la lui remettant.*

La voici, général.

MONCK.

Et vous êtes certain que Charles II débarquera ce soir même à Douvres?

GRENVILLE.

Oui, général.

MONCK.

Et les deux frères du roi... le duc d'York, le duc de Glocester...

GRENVILLE.

Accompagneront Sa Majesté.

MONCK.

Et sur le vu de cette lettre, tous les trois se rendront immédiatement à Londres?

GRENVILLE.

Sa Majesté croira toujours y arriver trop tard.

MONCK, *avec force.*

Merci, Grenville, merci! vous me donnez un bonheur que m'eût envié Cromwell lui-même! L'armée écossaise ne lui avait livré que la personne de Charles Ier, vous livrez aujourd'hui à Georges Monck la famille royale tout entière (1)!

MORTON.

Qu'entends-je?

GRENVILLE.

Que dites-vous? Malheureux que je suis!... et c'est moi... moi, dont la folle confiance aurait conduit le roi à sa perte...

_____

(1) Morton, Monck, Grenville, Ingolby, Morris.

moi qui deviendrais ainsi sans le vouloir le complice de cette infâme trahison !

MORTON.

Oh! non, général, cela ne se peut pas... La république n'exige point...

MONCK, *sévèrement.*

Qui vous a permis, lieutenant Morton? (*A Ingolby.*) Votre exemple devient contagieux, colonel.

INGOLBY.

Général!...

MONCK, *à Morton.*

Sortez, monsieur, et allez attendre mes ordres dans mon cabinet.　　　　　　　　　　　　　　(*Morton sort.*)

GRENVILLE, *avec désespoir.*

Il est donc vrai! vous, Georges Monck, vous que j'avais placé si haut dans mon estime et mon amitié...

MONCK, *avec émotion.*

En me conduisant comme mes principes politiques me le commandent, c'est un sacrifice auquel j'ai dû me résigner ; le parlement, je l'espère, m'en tiendra compte.

INGOLBY, *à la droite du général.*

Soyez-en sûr, général... le parlement...

MONCK, *avec dignité.*

Je ne vous ai point rendu la parole, colonel.

INGOLBY, *s'inclinant avec respect.*

C'est juste... Excusez l'admiration... l'admiration profonde...

MONCK.

Je n'ai pas besoin de votre admiration, monsieur... Confiance et subordination, voilà ce que j'avais le droit d'exiger de vous, et ce qui m'a fait défaut.

INGOLBY.

C'est juste, général... je sais ce que je mérite!

MONCK.

Et vous ne savez pas ce que vous perdez, monsieur... Je vous avais réservé une belle mission, une mission pleine de

loire et de danger, celle de me ramener, mort ou vif, le général Lambert qui vient de s'échapper de la Tour... Votre ré-
iment marchera sans vous (1).

INGOLBY.

Ah! général!

MONCK.

Demandez son épée à sir Grenville. (*Grenville la détache silen-
cieusement et la lui remet.*) C'est vous qui le conduirez à la
Tour. (*A Morris.*) Écrivez, Morris... (*Lui dictant..*) « Monsieur
le gouverneur, le colonel Ingolby, porteur du présent ordre,
est un homme entièrement sûr... qui possède ma confiance
toute particulière.

INGOLBY.

Toute particulière! est-il possible!

MONCK, *continuant.*

« Recevez-le donc avec tous les égards qu'il mérite... Je vous
laisse le maître des mesures à prendre avec lui et le prisonnier qu'il accompagne.

INGOLBY.

Ah! général, ma reconnaissance!

MONCK.

« Tâchez seulement de le garder mieux que Lambert. »

INGOLBY.

Je l'espère bien qu'il le gardera mieux, avec mes conseils...
si vous le permettez...

MONCK, *signant la lettre.*

C'est comme je l'entends. Le gouverneur ne saurait rien
faire sans vous. (*Il sort par le côté droit.*)

INGOLBY.

Merci, général, merci! (*A Morris qui s'est levé pour lui remettre la lettre.*) Hein, quand je vous le disais, j'irai loin!

MORRIS.

Beaucoup plus loin que vous ne pensez!

(1) Grenville, Ingolby, Monck, Morris.

INGOLBY , *lui donnant la main.*

Vraiment. (*A Grenville avec importance.*) Milord, je suis à vous.

MORRIS, *les regardant sortir.*

Lequel des deux est le prisonnier?

FIN DU QUATRIÈME ACTE.

ACTE V.

Même salon, chez Monck.

SCÈNE PREMIÈRE.

ARRINGHTON, MORRIS, BUTLER; *ils entrent par le fond.*

ARRINGHTON.

Jouez donc la surprise, mon cher Morris, comme si vous
n'étiez pas au fait mieux que personne!

BUTLER.

Vous, le secrétaire du général!

ARRINGHTON.

Son homme de confiance!

MORRIS.

Ah! messieurs!... vous dites donc que c'est aujourd'hui l'ouverture du nouveau parlement?

ARRINGHTON.

Sans doute! le vingt-huit mai!

MORRIS.

C'est juste... c'était hier le vingt-sept... et vous pensez que
le général va se rendre à Westminster?

BUTLER.

Parbleu! c'est affiché sur toutes les rues de Londres!

MORRIS.

Alors!... du moment que c'est officiel... et vous tiendriez à
savoir tous les deux ce que le général compte dire ou faire ce
matin à la séance?

BUTLER.

Précisément!

ARRINGHTON.

C'est l'essentiel!

BUTLER.

Après tous les bruits qui courent dans la ville!

ARRINGHTON.

Après les événements de la journée d'hier!

BUTLER.

La fermeture du club des Aplanisseurs! Ce n'est pas l'embarras! ils ne l'ont pas volé!

ARRINGHTON.

L'arrestation de sir Grenville! il ne l'a pas volé non plus! un conspirateur émérite!

MORRIS.

Ah! l'on dit que sir Grenville a été arrêté?

BUTLER.

Par le colonel Ingolby.

MORRIS.

Vous croyez... J'avais entendu dire que c'était sir Grenville qui avait arrêté le colonel!

BUTLER.

Mauvais plaisant!

MORRIS.

Fi donc! messieurs, comme si je me permettais de plaisanter avec vous... des amis de la maison... que le général fait reconduire dans sa propre voiture!

ARRINGHTON, *vivement*.

Hein?

BUTLER, *à part*.

Il peut se vanter de nous avoir fait une fameuse peur avec sa voiture!

ARRINGHTON.

Mais enfin, mon cher Morris, que veut donc le général? et à moins que ce ne soit pour lui-même...

MORRIS, *avec mystère.*

Chut! milord!

ARRINGHTON.

Comment?

BUTLER.

Que voulez-vous dire?

MORRIS.

Eh bien!... puisque rien n'échappe à votre pénétration ..
(*Bas à Arringhton, après avoir regardé de tous côtés.*) Si vous
n'étiez pas un royaliste pur sang, monsieur le duc...

ARRINGHTON.

Achevez!

MORRIS, *de même, à Butler.*

Si vous n'étiez pas un puritain enragé, monsieur Butler...

BUTLER.

Dites toujours...

MORRIS.

Ma foi, messieurs, à votre place... Vous m'entendez.. ne
me trahissez pas. (*Il sort en leur recommandant le silence et entre
chez le général.*)

SCÈNE II.

ARRINGHTON, BUTLER.

BUTLER.

Si je n'étais pas un puritain enragé!

ARRINGHTON.

Si je n'étais pas un royaliste pur sang!

BUTLER.

Dieu merci! j'ai donné assez de preuves de mon puritanisme!

ARRINGHTON.

Et moi assez de preuves de mon dévouement aux Stuarts!

BUTLER.

Mais si le pays ne veut pas se lancer en avant. .

ARRINGHTON.

S'il ne veut pas retourner en arrière!... quand je resterais
seul fidèle au prétendant!

BUTLER.

Quand je me cramponnerais à mes opinions! les aplanisseurs sont enfoncés.

ARRINGHTON.

Tous les royalistes sont à la Tour... Le général Lambert est
repris.

BUTLER.

L'ancien parlement est dissous!

ARRINGHTON.

Il ne reste plus qu'un seul homme, debout au milieu de la
ruine de tous les partis!

BUTLER.

C'est le général... et le nouveau parlement n'a rien de mieux
à faire que de le proclamer!

ARRINGHTON.

Comme c'est le bruit et le vœu public!

BUTLER.

N'importe sous quelle forme, lord protecteur, ou autre...
pourvu que nous ayons un gouvernement!

ARRINGHTON.

Je n'ai jamais demandé autre chose!

BUTLER.

Ni moi non plus... et le pays est trop heureux de trouver
sous sa main un homme qui consente à le sauver!

ARRINGHTON.

Qui réunisse aux talents militaires du général la capacité de
l'homme d'État.

BUTLER.

Qui ait su se concilier tous les partis... nous en sommes la
preuve... et si j'ai un conseil à vous donner, mon cher duc,
c'est de nous rallier franchement... Quant à moi, je vais ré-
diger ma soumission! (Il sort.)

ARRINGHTON.

Et moi aussi... (*Apercevant Cécily qui entre à droite.*) Miss
Grenville!

SCÈNE III.

CÉCILY, ARRINGHTON.

CÉCILY, *le ramenant.*

Ah! c'est vous, milord... Vous savez l'affreuse nouvelle...
Mon père est arrêté... emprisonné...

ARRINGHTON.

Votre père?

CÉCILY.

Où est le général? Je veux le voir, lui demander à genoux!...

ARRINGHTON.

Le général... vous avez raison... il est bon... généreux... lui
seul peut vous rendre votre père...

CÉCILY.

Merci, milord, merci; je n'attendais pas moins de votre
amitié!

ARRINGHTON.

Comment donc, chère Cécile, pourriez-vous douter que moi,
votre cousin, le mari de votre cousine... entre parents, c'est
un devoir... un devoir sacré... il faut s'aider mutuellement...
Je vais écrire au général. (*Il sort.*)

SCÈNE IV.

CÉCILY, *seule.*

Lui écrire!... quand le moindre retard... Oh! non... c'est à
ses pieds que je veux me jeter!... Mais Morton... que je n'ai
pas revu... m'aurait-il abandonnée?... Ah! la porte s'ouvre!
courons...

SCÈNE V.

MONCK, *en grand uniforme, sortant du cabinet avec ses officiers,*
CÉCILY.

CÉCILY, *se jetant à ses pieds.*
Ah! général! pitié! pitié pour une pauvre fille!

MONCK.
Relevez-vous, miss Grenville!... croyez qu'il m'a été bien
pénible... mais les nécessités du devoir... (*Bas, à Cécily.*) Rassurez-vous, vous reverrez votre père.

CÉCILY.
Serait-il vrai?

MONCK, *de même.*
Cachez votre joie, mon enfant, à tout le monde, même à
Morton. (*On entend les coups de canon. — Haut.*) Messieurs,
le canon de la Tour nous annonce l'ouverture du Parlement.
(*A part.*) Voilà donc l'instant fatal qui va décider du sort de
tout un peuple!... Si la Providence, qui m'a soutenu jusqu'ici,
se retirait tout à coup de moi... Allons, le sort en est jeté!...
(*Aux officiers qui sont restés dans le fond.*) A Westminster,
messieurs! et que Dieu protége la vieille Angleterre! (*Ils sortent.*)

SCÈNE VI.

CÉCILY, *et un instant après* MORTON.

CÉCILY, *avec joie.*
Je le reverrai! Mon père! mon pauvre père!... Oui, j'en
crois la parole du général, et son regard si bon, si affectueux!
Mais Morton! Morton! Pourquoi ce mystère avec lui?.. N'importe!... je suis si heureuse!

MORTON, *dans le fond, à part.*

Cécily! Quelle doit être sa douleur!

CÉCILY, *étourdiment.*

Ah! c'est vous, Francis! Si vous saviez combien je suis contente!

MORTON.

Que dites-vous, Cécile? Ignorez-vous donc?..

CÉCILY, *à part.*

Ah! mon Dieu! j'oubliais! (*Haut.*) Quand je dis que je suis
contente... au contraire... Morton, je suis affligée, très-affli-
gée certainement, que mon malheureux père...

MORTON.

Ah! Cécile! le voir si indignement trahi!... jeté en prison
sous mes yeux!

CÉCILY, *à part.*

Pauvre Morton! (*Haut.*) Eh bien, mon ami, du courage,
tout n'est pas perdu... le général est si bon... il ne voudra
pas, j'en suis sûre...

MORTON, *avec surprise.*

Comment, Cécile?...

CÉCILY.

C'est juste... je ne suis pas sûre... j'espère seulement...

MORTON, *vivement.*

Vous espérez?...

CÉCILY.

Non, je n'espère pas... Vous avez raison... je crains beaucoup, au contraire... que la sévérité du général... sa générosité... Vous comprenez, Morton... (*A part.*) Sortons, car je
sens bien que, malgré moi, je manquerais à ma parole. (*Elle
sort par la gauche.*)

SCÈNE VII.

MORTON, *seul.*

Que veut-elle dire?... Cet air embarrassé... cette joie qui

perce à travers ses discours, cet éloge du général qu'elle
devrait haïr!.. Sir Grenville, pour se racheter de la prison,
aurait-il, comme les autres... devant le nouveau Cromwell?...
O sir Grenville! George Monck! vous que je regardais comme
les deux plus nobles représentants des deux plus nobles
croyances! Ah! Morris avait donc raison; c'est déjà trop en
politique de répondre de soi. Allons, du courage, rompons le
dernier lien qui m'attache encore au général... (*Il se met à
la table et il écrit.*)

SCÈNE VIII.

MORTON, BUTLER, ARRINGHTON.

BUTLER, *dans le fond, à gauche, sa lettre à la main.*
C'est cela même... je crois que j'ai touché la corde sensible!
ARRINGHTON, *de même, à droite.*
J'espère que ma lettre produira son effet.
MORTON, *à la table.*
Ces trois lignes suffiront.
BUTLER, *lisant sa lettre.*
« J'ai le malheur d'être franc, général; homme du peuple,
je dis toujours la vérité au pouvoir... Je vous admire.
ARRINGHTON, *de même.*
« J'ai été votre ennemi, je le sais; mais avant mes convic-
tions personnelles, le salut et l'intérêt du pays.
MORTON, *de même.*
« Je vous aimais et vous vénérais, général; j'avais pour
vous la tendresse d'un fils et le dévouement d'un soldat.
ARRINGHTON, *de même.*
« En me ralliant le premier sous votre bannière, je suis
heureux de donner l'exemple à l'aristocratie, qui fait seule la
force de tout gouvernement. HENRI, duc d'Arringhton, ancien
pair des Trois-Royaumes. » (*A part.*) Il comprendra l'insi-
nuation.

BUTLER, *de même.*

« La curée des places va commencer; quant à moi, je ne
veux rien. Si le nouveau gouvernement songeait à un emprunt,
la maison Butler est à son service. BUTLER, la Tonne d'Or. »
(*A part.*) C'est net, et c'est digne.

MORTON.

« Mais en trompant l'espoir du citoyen, vous avez brisé le
cœur du fils! Permettez au soldat de vous rendre son épée.
MORTON, ex-lieutenant de marine. » (*Se levant.*) Le sacrifice
est accompli!

SCÈNE IX.

LES MÊMES, INGOLBY, MORRIS.

INGOLBY, *à Morris.*

Morbleu! je suis d'une colère! Un homme comme moi,
investi de la confiance du général!

MORRIS.

Pas possible!

INGOLBY.

C'est absolument comme j'ai l'honneur de vous le dire
monsieur Morris!

MORRIS.

En vérité, colonel?

INGOLBY.

A peine le gouverneur a-t-il jeté les yeux sur la lettre du
général, qu'il m'a sur-le-champ fait conduire en prison.

MORRIS.

Vous m'étonnez.

INGOLBY.

Par exemple, je lui dois cette justice, il s'y est pris avec
tous les égards, toute la politesse... C'est le seul point sur lequel il se soit conformé aux instructions du général... Et ce
qu'il y a de plus singulier, c'est que tout à l'heure, au moment
où je m'y attendais le moins, il m'a fait remettre en liberté...

comme il m'avait arrêté hier... toujours avec les mêmes égards et la même politesse.

MORRIS.

Il aura sans doute reconnu son erreur.

INGOLBY.

Mais cela ne suffit pas, et je suis accouru au palais pour demander au général...

BUTLER.

On voit bien que vous sortez de prison; vous êtes en arrière, colonel.

INGOLBY.

Comment, monsieur?

BUTLER.

Les événements ont marché depuis hier... Il n'y a plus de général.

INGOLBY.

Il n'y a plus de général?

ARRINGHTON.

A l'heure qu'il est, le nouveau Parlement lui décerne un autre titre... C'est milord protecteur qu'il faut dire... N'est-ce pas, monsieur Morris?

MORRIS.

Eh mais, monsieur le duc, quand ce serait quelque chose de plus?

BUTLER, *vivement*.

Sa Majesté Monck Ier, j'en suis sûr, Monsieur Morris?

MORRIS.

Je ne dis pas cela, monsieur Butler.

BUTLER.

Mais moi je vous devine.

INGOLBY.

Il est certain que si le parlement le proclame, la fermeté de mes principes... (*On entend derrière le théâtre les cris de* Vive Monck!)

BUTLER.

Entendez-vous ces cris? le voilà qui revient de Westmins-

ter!.. quel enthousiasme!.. jamais les souverains déchus ont-
ils été salués d'acclamations plus vives?

ARRINGHTON.

Plus sincères!

INGOLBY.

Plus unanimes! (*Les cris redoublent au dehors.*)

SCÈNE X.

LES MÊMES, MONCK, OFFICIERS, *et un peu après* GREN-
VILLE *et* CÉCILY.

MONCK, *s'avançant vers Morris et lui tendant la main.*
Morris, mon vieil ami!

BUTLER, *à part.*

Est-il heureux, ce Morris! Sa Majesté lui serre la main!

MORRIS.

Qu'avez-vous donc, mon général?

MONCK.

Rien, mon pauvre Morris, l'émotion... les remercîments
d'un peuple tout entier... Ah! voilà le plus beau jour de ma
vie!

ARRINGHTON.

Et le plus beau jour de l'Angleterre! (*Présentant sa lettre.*)
Nous n'avons pas attendu la déclaration du parlement...

BUTLER, *de même.*

Nous ne sommes point, grâce au ciel, des hommes du lendemain.

MONCK.

Qu'est-ce ceci, messieurs?

ARRINGHTON.

L'assurance du dévouement le plus absolu...

BUTLER.

De la fidélité la plus sincère...

11.

MORTON, *lui remettant sa lettre.*

Ma démission.

MONCK, *sévèrement.*

Votre démission, lieutenant Morton... (*A part, après avoir lu.*) Noble jeune homme!

BUTLER, *à part.*

L'imbécile! (*Haut.*) Sire, que Votre Majesté daigne pardonner au plus humble de ses sujets.

MONCK.

Vous vous trompez, monsieur Butler. Dieu merci, je n'ai point porté mes vues si haut!

ARRINGHTON, *à part.*

J'en étais sûr. (*Haut.*) Que milord Protecteur m'excuse à son tour.

MONCK.

Pas davantage, monsieur le duc. Le général Monck comme hier... ni plus, ni moins, si notre gracieux souverain Charles II veut bien le permettre.

INGOLBY.

Charles Stuart! que le dernier bill du dernier parlement...

MONCK.

Que le premier décret de l'Assemblée nouvelle vient de reconnaître solennellement pour le souverain de l'Angleterre, et que par conséquent, sans manquer à vos principes...

INGOLBY.

C'est juste!

BUTLER, *à Grenville, qui vient d'entrer avec sa fille.*

Enfin, milord, nous l'emportons! Grâce à vous, grâce à vos efforts, le voilà donc rétabli, notre souverain légitime!

GRENVILLE.

Grâce au général, monsieur, à lui seul. (*S'avançant vers Monck.*) A toi donc, sir Georges Monck, à toi la reconnaissance du peuple anglais et l'admiration de l'Europe entière.

MONCK.

Sir Grenville!

GRENVILLE.

Général, Sa Majesté vous attend à Douvres; partons, venez achever votre ouvrage en le ramenant vous-même dans sa bonne ville de Londres. (*Pendant les derniers mots de Grenville, on entend le* God save the King, *entonné derrière le théâtre par la foule. Tous les acteurs se découvrent avec respect, et, à la reprise, le chantent eux-mêmes avec les chœurs du dehors. La toile tombe sur le chant national.*)

FIN.

LES PREMIÈRES ARMES

DE BLAVEAU,

COMÉDIE-VAUDEVILLE EN UN ACTE,

PAR

MM. GUSTAVE DE WAILLY ET JULES DE WAILLY.

REPRÉSENTÉE POUR LA PREMIÈRE FOIS, A PARIS, SUR LE THÉATRE DU GYMNASE DRAMATIQUE, LE 14 FÉVRIER 1852.

PERSONNAGES.	ACTEURS.
BLAVEAU.	M. Geoffroy.
VILLARSEAU.	M. Perrin.
DÉSÉTANGS.	M. Dupuis.
Mme VILLARSEAU.	Mme Figeac.
Mme DÉSÉTANGS.	Mme Ramelly.
Mlle DE ROMILLY, tante de Mme Désétangs.	Mme Monval.

Un salon chez M. Désétangs, à la campagne, près du chemin de fer de Rouen. Porte au fond; portes latérales; à droite, une causeuse et un guéridon auprès.

LES PREMIÈRES ARMES

DE BLAVEAU,

COMÉDIE-VAUDEVILLE EN UN ACTE.

SCÈNE PREMIÈRE.

VILLARSEAU, MADAME VILLARSEAU.

MADAME VILLARSEAU, *assise à droite.*
Enfin te voilà de retour! Dieu merci! ces vilaines chasses me font toujours une peur!

VILLARSEAU, *entrant par le fond* (1).
Chère petite femme!

MADAME VILLARSEAU, *se levant.*
Et puis une fluxion de poitrine est si vite gagnée! regarde un peu! tu es tout en nage! (*Elle lui essuie le front.*)

VILLARSEAU.
Bonne Louise!

MADAME VILLARSEAU.
Et quand on n'est plus jeune homme...

AIR *du Partage de la richesse.*

Non, mon ami, ce n'est plus à votre âge
Qu'on se permet de pareils passe-temps ;
Il faut, monsieur, qu'un mari se ménage
Quand il n'a plus comme vous ses vingt ans.

(1) Villarseau, madame Villarseau.

VILLARSEAU.

Vingt ans! d'où vient pour moi cette malice.
Car je l'avoue, et sans confusion,
J'en ai cinquante.

MADAME VILLARSEAU.

Et les mois de nourrice.

VILLARSEAU.

Non, mais les mois de révolution.

(*Il s'assied sur la causeuse*) (2).

VILLARSEAU.

Et ces mois-là, vois-tu... c'est comme les campagnes devant l'ennemi... ça peut compter double... sur la tête d'un honnête homme... et si je n'avais pas une petite femme bien douce, bien aimante... et si bonne pour moi et pour mon fils...

MADAME VILLARSEAU.

Que personne, excepté moi, ne connaît, qui ne porte pas votre nom.

VILLARSEAU.

Et en faveur de qui tu as consenti que je fisse un sacrifice... un cautionnement pour cette place dans les finances.

MADAME VILLARSEAU, *s'asseyant près de la causeuse.*

Ainsi, mon cher Édouard... tu ne te repens donc pas de m'avoir épousée... moi, orpheline et sans fortune!

VILLARSEAU.

M'en repentir! Depuis trois ans que nous sommes mariés, est-il un seul jour que je voulusse retrancher de cette vie de bonheur?... Je me trompe... il en est un... un seul...

MADAME VILLARSEAU.

Comment, monsieur?

VILLARSEAU, *se levant.*

Celui où j'ai été obligé de te quitter... lors de mon voyage en Belgique... il y a six mois.

MADAME VILLARSEAU.

Ah! oui, le 17 avril!...

(1) Madame Villarseau, Villarseau.

VILLARSEAU.

C'est juste! Tu as la mémoire des dates.

MADAME VILLARSEAU, *à part.*

J'ai mes raisons pour m'en souvenir. (*Se levant et venant à lui*) (1).

VILLARSEAU.

Pourtant, te l'avouerai-je, ma bonne amie... parfois, lorsque j'y songe, je ne sais quelle crainte s'empare de moi!

MADAME VILLARSEAU.

Que dis-tu?

VILLARSEAU.

Oui, ce bonheur-là m'effraye... il me semble qu'il ne durera pas... qu'il ne peut pas durer...

MADAME VILLARSEAU.

Et pourquoi donc?

VILLARSEAU.

Tu es si jolie!... et moi... moi, avec la meilleure volonté du monde, je ne peux me le dissimuler... je ne suis pas beau...

MADAME VILLARSEAU.

C'est vrai!

VILLARSEAU.

Je crois même que je ne l'ai jamais été.

MADAME VILLARSEAU.

C'est bien possible... Eh bien, mon ami, il y a quinze jours que je m'en suis aperçue!...

VILLARSEAU.

La jolie découverte que tu as faite là!...

MADAME VILLARSEAU.

Depuis notre arrivée ici, chez ma cousine, qui, entre nous, je crois, ne nous a invités à venir à sa campagne que pour nous montrer son mari dont elle est si fière!

VILLARSEAU.

Il est vrai que je ne dois guère briller à côté de lui... Désé-

_____

(1) Villarseau, madame Villarseau.

tangs! le lion le plus à la mode avant son mariage... l'Antinoüs de la loge infernale.

MADAME VILLARSEAU.

Eh bien, au lion à la mode, à l'Antinoüs de la loge infernale, j'ai le mauvais goût de préférer mon pauvre Villarseau,
tout vieux qu'il se dise... tout laid qu'il se croie!...

VILLARSEAU.

Vraiment!

MADAME VILLARSEAU.

Par une raison toute simple... c'est que son cœur est à moi,
à moi seule...

VILLARSEAU.

Oh! sous ce rapport, le fait est que j'offre toute garantie.

MADAME VILLARSEAU.

Et qu'avec lui la moindre prévenance, la moindre attention, n'est jamais perdue...

AIR d'*Aristippe.*

C'est qu'à sa femme il sait gré d'un sourire,
D'un simple mot, d'un regard d'amitié;
    C'est qu'il semble toujours lui dire :
Soyez heureuse et je suis trop payé,
De tous mes soins je serai trop payé.
    A l'amour dont il l'environne
    Quand le premier il aurait droit,
    Lui seul semble ignorer qu'il donne
    Plus de bonheur qu'il n'en reçoit.

VILLARSEAU, *lui baisant la main.*

Chère Louise, tu es un ange!

SCÈNE II.

LES MÊMES, DÉSÉTANGS.

DÉSÉTANGS, *entrant par le fond* (1).

A merveille! ne vous dérangez pas... ce diable de Villarseau! le phénix des maris, comme dit Héloïse.

VILLARSEAU.

Mme Désétangs est trop bonne!

DÉSÉTANGS.

Du tout, mon cher Villarseau... prétexte de déclamations conjugales... pas davantage... je reçois toujours le contre-coup de vos galanteries... sans compter que la chère tante renchérit encore sur sa nièce.

VILLARSEAU.

Je suis vraiment désolé...

DÉSÉTANGS.

Laissez donc, je ne vous en veux pas... je n'en veux pas même à Héloïse!... cette pauvre amie, c'est tout simple... elle sait ce que je vaux... D'ailleurs j'y suis fait... toute ma vie j'ai eu le malheur d'inspirer une jalousie atroce!

MADAME VILLARSEAU, *retournant à son ouvrage sur le guéridon.*

En vérité!

DÉSÉTANGS, *s'asseyant sur la causeuse.*

Écoutez donc, cousine, on n'est pas joli garçon impunément... Oh! je le dis sans vanité... maintenant qu'il ne m'est plus permis d'être beau que pour ma femme... Chère Héloïse... ma dernière conquête... et entre nous la plus extraordinaire, peut-être.

VILLARSEAU.

Comment cela?

DÉSÉTANGS.

Sans doute! quand on n'a pour dot que des dettes, et la

(1) Désétangs, Villarseau, madame Villarseau.

réputation de mauvais sujet la mieux établie... épouser une femme charmante et une fortune plus charmante encore !

VILLARSEAU.

Je le crois bien ! une terre de huit cent mille francs au moins... et avec cela une tante... (*Il s'assied à gauche sur un fauteuil.*)

DÉSÉTANGS.

De plus d'un million ! brave tante ! la cause involontaire de mon mariage !

MADAME VILLARSEAU.

Mlle de Romilly.

DÉSÉTANGS.

Précisément !... figurez-vous qu'à la suite d'un dîner de garçons, j'avais parié... j'ai toujours aimé les paris... oh ! le pari le plus extravagant... j'avais parié qu'avant huit jours la première femme que je rencontrerais au foyer de l'Opéra... pardon, belle cousine !

VILLARSEAU.

Mauvais sujet !

DÉSÉTANGS.

Nous entrons... et voilà que je me trouve vis-à-vis de la figure la plus respectable... Mlle de Romilly !

VILLARSEAU.

Pauvre garçon !

DÉSÉTANGS.

Jugez des lazzis... des brocards... qui pleuvent sur moi... Piqué au jeu, je m'arme de courage... je me fais présenter chez elle... A la seconde entrevue, j'allais me lancer dans une déclaration... fantastique... Tout à coup, je la vois qui pâlit, qui rougit, qui balbutie... enfin, tous les symptômes d'une pudeur qui capitule, ou qui va capituler !

VILLARSEAU.

Vous aviez gagné votre pari ? (*On se lève.*)

---

(1) Villarseau, Désétangs, madame Villarseau.

DÉSÉTANGS.

Je l'avais perdu... heureusement! Cette rougeur... cette pâleur... ce n'était pas pour son propre compte... c'était par procuration... pour sa nièce...

MADAME VILLARSEAU.

Héloïse!

DÉSÉTANGS.

Elle-même! Il paraît que depuis six mois, rien que pour m'avoir aperçu à l'Opéra, cette pauvre Héloïse brûlait pour moi d'un amour irrésistible... ce qui ne me surprit pas... Oh! je le dis sans vanité! l'habitude d'inspirer les grandes passions... Or, la glace une fois rompue, on ne me laissa pas le temps de respirer... et quinze jours après avoir reçu la déclaration de la tante... je recevais la main de la nièce...

VILLARSEAU.

Quinze jours! en effet, c'est d'une promptitude...

DÉSÉTANGS.

Qui, en toute circonstance, eût paru singulière, n'est-ce pas? Mais avec moi... la crainte de me perdre... c'était si naturel... Oh! je le dis sans vanité...

SCÈNE III.

LES MÊMES, MADAME DÉSÉTANGS, MADEMOISELLE DE ROMILLY.

MADAME DÉSÉTANGS, *à la cantonade.*

Comment! il est revenu!

MADEMOISELLE DE ROMILLY.

Depuis une heure.

MADAME DÉSÉTANGS, *entrant en scène.*

Ah! c'est vous, Achille!

DÉSÉTANGS, *bas, à Villarseau.*

Quand je vous le disais!

MADAME DÉSÉTANGS.

Depuis cinq heures du matin que vous êtes parti.

DÉSÉTANGS.

Chère Héloïse, vous savez bien...

MADEMOISELLE DE ROMILLY (1).

Nous réveiller à cinq heures... pour nous quitter... Si c'est pour cela que nous vous avons épousé, monsieur Désétangs...

DÉSÉTANGS.

Ma chère tante !...

MADEMOISELLE DE ROMILLY.

Non, monsieur, vous avez beau dire... (*S'interrompant et changeant de ton.*) Tiens, regarde-le donc, Héloïse! est-il bien, notre mari, dans son costume de chasse... Je ne sais pas comment il fait, ce mauvais sujet-là... tout lui sied !... jusqu'à ces vilaines moustaches !

DÉSÉTANGS.

Comment, vilaines?

MADEMOISELLE DE ROMILLY.

Certainement, monsieur... quand on a une jolie bouche, ce n'est pas pour la cacher.

MADAME DÉSÉTANGS.

Ma tante... si vous le lui répétez encore...

MADEMOISELLE DE ROMILLY.

Que veux-tu! j'en suis fière de notre mari... Je sais bien que tout le monde ne peut pas épouser de jolis garçons.

DÉSÉTANGS, *lui faisant un signe.*

Ma tante !...

MADEMOISELLE DE ROMILLY, *bas.*

C'est juste, le cousin... (*Haut.*) J'oubliais que vous étiez là, mon cher Villarseau.

MADAME DÉSÉTANGS, *à part.*

Elle a une manière de raccommoder les choses... (*Haut.*) Pardon, ma chère cousine, j'ai un service à vous demander.

---

(1) Madame Désétangs, Désétangs, mademoiselle de Romilly, Villarseau, madame Villarseau.

MADAME VILLARSEAU.

A moi?

MADAME DÉSÉTANGS.

L'on vient de m'envoyer la plus charmante parure de bal,
et vous êtes de si excellent conseil...

MADAME VILLARSEAU (1).

Comment donc? vous appelez cela un service !... mais c'est
un plaisir.

MADAME DÉSÉTANGS.

AIR : *Les plaisirs d'Allemagne.*

Sur ce point, pour eux, si futile,
Venez me donner votre avis.
Cousin, je vous confie Achille,
A vous, la perle des maris !

VILLARSEAU (2).

C'est le seul mérite à mon âge.

MADAME VILLARSEAU.

Eh quoi, si vous aviez trente ans...

VILLARSEAU.

Je n'aimerais pas davantage,
Mais je t'aimerais plus longtemps.

ENSEMBLE.

MADAME DÉSÉTANGS, MADEMOISELLE DE ROMILLY.

En ses mains je vous laisse Achille,
Suivez, en tout point, ses avis.
Avec lui je suis bien tranquille,
C'est le modèle des maris.

VILLARSEAU.

Entre mes mains, mon cher Achille,
Vous voilà bien dûment remis.
(*A Mme Désétangs.*)
Sur son compte soyez tranquille,
Pourvu qu'il suive mes avis.

(1) Désétangs, mademoiselle de Romilly, madame Villarseau, Villarseau.

(2) Mademoiselle de Romilly, Désétangs, madame Désétangs, madame Villarseau, Villarseau.

DÉSÉTANGS.

Entre ses mains, soyez tranquille,
Me voilà bien dûment remis,
Et, cher tuteur, votre pupille,
Se réglera sur vos avis.

MADAME VILLARSEAU.

Vous pouvez lui laisser Achille,
C'est le modèle des maris.
Avec lui soyez bien tranquille,
Pourvu qu'il suive ses avis.

(*Mme Villarseau, Mlle de Romilly et Mme Désétangs sortent ensemble par la gauche.*)

SCÈNE IV.

DÉSÉTANGS, VILLARSEAU (1).

DÉSÉTANGS.

Vous le voyez, mon cher Villarseau, une jalousie charmante... Oh! je le dis sans vanité... ma femme m'adore!

VILLARSEAU.

Ah! vous êtes bien heureux, mon cher Désétangs!

DÉSÉTANGS.

Comment! est-ce que Mme Villarseau...?

VILLARSEAU.

Oh! Louise m'aime... elle m'aime beaucoup, certainement... Mais que voulez-vous... au milieu de mon bonheur, j'ai une idée qui me tourmente... qui me torture... une idée fixe... un cauchemar... c'est que... Mais vous allez vous moquer de moi...

DÉSÉTANGS.

Ne suis-je pas votre cousin?

VILLARSEAU.

Eh bien... avant de me marier, je m'amusais beaucoup sur

(1) Villarseau, Désétangs.

le compte des maris... de ceux surtout que M. de Balzac appelle les prédestinés... c'est une catégorie à part... dont le sort est écrit d'avance... Ils ont beau faire... beau dire... de quelque manière qu'ils s'y prennent... le destin les a marqués au front... Que leur femme soit jolie ou laide... bonne ou méchante... sage ou légère... que ce soit l'effet du hasard... ou volonté expresse de leur moitié... un peu plus tôt, un peu plus tard... ils sont sûrs de leur fait.

Air : *Soldat français, né d'obscurs laboureurs.*

Eh bien, mon cher, de ces prédestinés,
Qu'en dépit d'eux, à leur mésaventure,
Là haut, le ciel d'avance a condamnés,
J'ai peur d'avoir le sort et la figure!
Et, si j'osais enfin vous confier
Le vague effroi dont je ne suis pas maître,
J'ai beau moi même en rire le premier,
J'entends toujours une voix me crier :
    Tu l'es, le fus, ou le dois être!...

DÉSÉTANGS.

Allons! c'est de la monomanie! que diable! soyez comme moi... je ne crains rien!

VILLARSEAU.

Oh! vous, quelle différence!

DÉSÉTANGS.

Il est vrai que ce serait jouer de malheur! car, entre nous, je n'ai jamais pu l'être, même quand j'étais garçon.

VILLARSEAU.

En vérité?

DÉSÉTANGS.

Parole d'honneur... une constance qui approchait de l'entêtement... une fidélité de caniche... même chez des danseuses de l'Opéra.

VILLARSEAU.

Pas possible!

DÉSÉTANGS.

Oh! je le dis sans vanité!... Et, tenez, ma dernière...

12

Clara... Vous vous rappelez la petite Clara du Palais-Royal...
Pardon, de la Montansier... Non!... je dis bien... du Palais-
Royal... Une femme délicieuse... Mais, avec elle, c'était réglé
d'avance... elle ne gardait pas un amant plus de huit jours...
Eh bien, mon cher, pendant huit mois entiers, pas le moindre
accroc, le plus léger coup de canif... c'est à confondre... Et
sans mon mariage, dont elle n'est pas encore revenue...

VILLARSEAU.

C'est ce que je vous disais... Nous avons tous notre destinée écrite... et malheureusement la mienne...

SCÈNE V.

LES MÊMES, UN DOMESTIQUE.

LE DOMESTIQUE, *du fond, présentant une carte à Désétangs.*
Monsieur!

DÉSÉTANGS.

Qu'est-ce? Une visite ici, à la campagne... à vingt lieues de
Paris!

VILLARSEAU.

Écoutez donc! grâce aux chemins de fer, à vingt lieues de
Paris on est encore dans la banlieue.

LE DOMESTIQUE.

Faut-il faire entrer?...

DÉSÉTANGS, *ayant lu la carte.*

Certainement!... Blaveau!... mon ami Blaveau! qu'il entre... et tout de suite encore... (*Le domestique sort.*) Nous allons rire, mon cher Villarseau!... Un bon enfant dans toute
la force du terme... qui nous servait de plastron à nous autres
de la loge infernale... Un de nos admirateurs à la suite... un
de nos élèves qui n'a pas fait grand honneur à ses maîtres...

VILLARSEAU.

Vraiment!

DÉSÉTANGS.

Non, impossible de le former. Par exemple, il est sûr de
son étoile... Un prédestiné, comme vous... Mais le voici!

SCÈNE VI.

Les Mêmes, BLAVEAU, *introduit par un domestique.*

BLAVEAU.

Eh! ce cher Désétangs!

DÉSÉTANGS (1).

C'est toi! par quel hasard?

BLAVEAU.

Tu as bien raison... c'est le hasard le plus extraordinaire...
A la dernière station, pendant que les voyageurs descendaient,
j'aperçois un magnifique château à mi-côte, au milieu d'un
parc superbe... Je demande à qui appartient cette propriété?
A M. Désétangs. — Achille Désétangs? — Lui-même.

DÉSÉTANGS.

C'est-à-dire à ma femme!

BLAVEAU.

Tu es marié?

DÉSÉTANGS (2).

Une femme charmante, et riche!... Cinquante mille livres
de rente... un mariage unique... J'ai été presque enlevé... Je
te conterai cela plus tard.

BLAVEAU.

Ma foi, me suis-je dit, Désétangs, mon ami, mon conseil,
mon maître... je ne puis mieux m'adresser qu'à lui dans les
circonstances délicates où la fatalité la plus étrange...

DÉSÉTANGS.

Quelle phrase!... et quel soupir!... Est-ce qu'à la fin, mon
cher Blaveau...

(1) Villarseau, Désétangs, Blaveau.
(2) Désétangs, Blaveau, Villarseau.

BLAVEAU, *mystérieusement.*

Oui, mon ami, l'aventure la plus délicieuse, et en même temps la plus horrible!

DÉSÉTANGS.

Ah! mon Dieu! tu me fais trembler! Voyons... explique-toi... pendant que nous sommes seuls... entre garçons... (*Blaveau regarde Villarseau.*) M. Villarseau, le mari d'une femme charmante... mon cousin... mon ami. (*Bas.*) Un prédestiné, s'il en fut!

VILLARSEAU.

Je l'espère bien, mon cher Désétangs.

DÉSÉTANGS.

Avant tout, comment s'appelle l'héroïne?

BLAVEAU.

Je n'en sais rien.

DÉSÉTANGS.

Est-elle femme, veuve ou fille?

BLAVEAU.

Je n'en sais rien.

DÉSÉTANGS.

Est-elle blonde, brune ou rousse?

BLAVEAU.

Je n'en sais rien.

DÉSÉTANGS.

Ah! pour le coup!...

BLAVEAU.

Non, mon ami, je ne l'ai jamais vue...

DÉSÉTANGS.

Tu ne l'as pas vue?

VILLARSEAU.

Voici qui devient piquant!

BLAVEAU.

Écoute donc... puisque tu le veux absolument... Il y a six mois, le ministre ordonna une inspection générale...

DÉSÉTANGS.

Blaveau est inspecteur des finances. (*Blaveau et Villarseau se saluent.*)

BLAVEAU.

Arrivé au Havre dans la matinée, j'avais commencé par vé-
rifier la caisse d'un comptable qui m'était signalé comme sus-
pect... à tort, heureusement... Le soir, n'ayant rien de mieux
à faire, je me promenais, comme tous les badauds, sur la je-
tée... tout à coup, j'aperçois à quelque distance une petite
femme...

DÉSÉTANGS.

Séducteur !

BLAVEAU.

Un pied ! une taille !... une tournure !... une de ces tournures
qui n'appartiennent qu'à la capitale, et que nous autres, avec
notre habitude, nous savons reconnaître entre mille... Je ne
m'étais pas trompé... c'était Clara !

DÉSÉTANGS, *vivement.*

Hein ?... que dis-tu ?

VILLARSEAU.

Par exemple ! ce serait drôle !

BLAVEAU.

Elle-même, qui avait obtenu un congé de quelques jours.

DÉSÉTANGS.

C'est juste ! Je me rappelle ! c'était encore de mon temps...
un mois avant mon mariage !

BLAVEAU.

Ma foi, mon ami, une idée satanique me traverse le cerveau... Je l'aborde... Je ne sais ce qui se passait en moi... Était-
ce le voyage, l'air de la mer ou un reste de champagne...
mais j'étais d'un entrain, d'une verve, d'un esprit...

DÉSÉTANGS.

Pas possible !

BLAVEAU.

Enfin, je n'étais plus le même... Bref, entre Parisien et Parisienne du Palais-Royal, la connaissance est bientôt faite... Je
décline mon nom, ma qualité...

VILLARSEAU.

Inspecteur des finances, c'est un titre...

12.

BLAVEAU.

Qui ne déplaît pas à ces dames... je m'en aperçois, et après
les difficultés, la résistance d'usage...

Air : *du Verre.*

En protestant de sa vertu,
Pour minuit la belle me donne
Rendez-vous.

DÉSÉTANGS.

Pour minuit, dis-tu?

BLAVEAU.

Que ton amitié me pardonne !

VILLARSEAU.

Ma foi, pour vous, cousin, le cas
Paraît grave, je le confesse ;
A minuit l'on ne se rend pas
Des visites de politesse.

BLAVEAU.

Nous logions tous les deux à l'hôtel Frascati... tu sais, ce bel
hôtel?

DÉSÉTANGS.

Parbleu! c'était moi qui le lui avais indiqué.

BLAVEAU.

Minuit sonne!... Le cœur me battait d'une violence!... Je
sors à pas lents... J'arrive dans le corridor indiqué... La clef
était sur la serrure, comme nous en étions convenus...
J'ouvre... pas de lumière dans la chambre, et le silence le plus
complet...

DÉSÉTANGS.

J'en ai la sueur froide.

BLAVEAU.

Je crus qu'on faisait semblant de dormir... Moi qui suis timide, je n'en étais pas autrement fâché... Puis tout à coup o
pousse un cri de terreur.

DÉSÉTANGS.

Ce n'était pas elle?

BLAVEAU.

Non, mon ami.

DÉSÉTANGS.

Je l'aurais parié... Cette chère Clara, la fidélité même...

BLAVEAU.

Tu comprends que je n'attendis pas les explications; je m'é-lançai hors de la chambre sans m'apercevoir que, dans ma précipitation, j'avais laissé tomber mon portefeuille.

VILLARSEAU.

Votre portefeuille!

DÉSÉTANGS.

Que tu n'es pas allé redemander, sans doute.

BLAVEAU.

Je le crois bien! Je rentrai chez moi plus mort que vif, et le matin, à cinq heures, obligé de partir avec le receveur gé-néral pour continuer l'inspection, je m'éloignai le cœur bour-relé de remords, mais plein d'amour pour celle...

DÉSÉTANGS.

Que tu n'avais pas vue... Tu es admirable! Et aujourd'hui sans doute, tu retournes au Havre pour tâcher de retrouver sa trace?

BLAVEAU.

. Et si je suis assez heureux pour y parvenir...

DÉSÉTANGS.

Eh bien?

BLAVEAU.

Je me jette aux pieds du père et de la mère.

VILLARSEAU.

Bien, jeune homme!

BLAVEAU.

Et, pour réparer autant qu'il dépend de moi mes torts in-volontaires...

DÉSÉTANGS.

Tu leur offres ta main... Jolie réparation... Et si ce n'est pas une jeune fille... si c'est une femme mariée...

VILLARSEAU, *à part*.

Ah mon Dieu!

BLAVEAU.

Alors c'est différent... Je me jette aux pieds du mari, et je lui dis...

DÉSÉTANGS.

Qu'est-ce que tu dis, imbécile?... Jolie confidence à faire à un brave homme qui dort tranquille dans toute l'ignorance de la candeur conjugale!

BLAVEAU.

Tu as raison, je suis fou! que veux-tu? je n'ai plus la tête à moi depuis ce jour fatal... ce funeste vendredi!

DÉSÉTANGS (1).

C'était un vendredi?

BLAVEAU.

Oui, mon ami, le 17 avril!

VILLARSEAU (2).

Hein? vous dites?... le 17 avril... (*A part.*) Précisément le jour... Quelle coïncidence! Mais non... cela n'a pas le sens commun...

DÉSÉTANGS, *qui a entendu les derniers mots.*

Villarseau a raison; cela n'a pas le sens commun. (*A Villarseau.*) Qu'avez-vous donc, cousin?

VILLARSEAU.

Moi!

BLAVEAU.

En effet, vous voilà tout pâle!

VILLARSEAU.

Vous croyez?... la chaleur peut-être!... (*A part.*) Oh! non, c'est impossible... Ma femme n'a jamais été au Havre... (3).

(1) Blaveau, Désétangs, Villarseau.
(2) Blaveau, Villarseau, Désétangs.
(3) Blaveau, Désétangs, Villarseau.

SCÈNE VII.

LES MÊMES, MADAME VILLARSEAU.

DÉSÉTANGS.

Eh! arrivez donc, madame! Ce pauvre Villarseau qui se sent indisposé !

MADAME VILLARSEAU.

Mon mari!

VILLARSEAU (1).

Rassure-toi... un éblouissement... Un peu d'air...

MADAME VILLARSEAU.

Viens au jardin... (*Apercevant Blaveau.*) Ah !

BLAVEAU.

Madame... pardon, je ne sais si je me trompe... mais j'ai un souvenir confus... Il me semble que ce n'est pas la première fois...

VILLARSEAU.

Que dit-il?

DÉSÉTANGS.

Comment?... tu connais madame Villarseau?

MADAME VILLARSEAU, *avec embarras.*

Moi, monsieur!... c'est possible!... Dans le monde... au spectacle... au bal... (*A son mari.*) Viens-tu, mon ami?

VILLARSEAU.

Me voici. (*A part.*) C'est absurde... (*Il prend son chapeau.*

MADAME VILLARSEAU, *bas, à Blaveau.*

Monsieur, pas un mot de plus... Vous ne m'avez jamais vue au Havre.

BLAVEAU.

Ah!

VILLARSEAU.

Hein?

(1) Blaveau, Désétangs, madame Villarseau, Villarseau.

DÉSÉTANGS.

Quoi !

BLAVEAU.

Rien... ce n'est rien !

MADAME VILLARSEAU (1).

Appuie-toi sur mon bras, mon ami.

AIR *de M. Hormille.*

Au jardin nous allons descendre,
Le grand air te fera du bien !
(*A part.*)
Devais-je à le revoir m'attendre?
Pourvu qu'on ne soupçonne rien !

DÉSÉTANGS, *à Blaveau.*

Eh ! mais, quelle figure blême ?
Serait-ce un éblouissement,
Comme au cousin ?

BLAVEAU.

C'est cela même...
Cela se gagne apparemment.

ENSEMBLE.

MADAME VILLARSEAU.

Au jardin nous allons descendre,
Le grand air te fera du bien.
Devais-je à le revoir m'attendre?
Pourvu qu'on ne soupçonne rien !

BLAVEAU.

Ah grand Dieu ! que viens-je d'apprendre.
Si c'était elle !... qu'elle est bien !
Devais-je à la revoir m'attendre?
Pourvu qu'on ne soupçonne rien !

VILLARSEAU.

Au jardin, oui, je vais descendre,
Le grand air me fera du bien.
De la peur qui vient de me prendre,
Tâchons qu'on ne soupçonne rien !

(1) Désétangs, Blaveau, Villarseau, madame Villarseau.

DÉSÉTANGS.

Au jardin il vaut mieux descendre,
Le grand air vous fera du bien!
Mais au mal qui vient de les prendre
Pour ma part je ne conçois rien!

(*M. Villarseau sort avec sa femme par le fond.*)

SCÈNE VIII.

BLAVEAU, DÉSÉTANGS.

DÉSÉTANGS.

Eh bien, qu'as-tu donc à rester là comme un terme?

BLAVEAU.

Ce que j'ai... ce que j'éprouve! c'est que... Oh! non... non...
je ne dois pas... je ne peux pas...

DÉSÉTANGS (1).

Que diable veux-tu dire, avec tes exclamations, tes réti-
cences?

BLAVEAU.

Oh! mon cher Désétangs!... si tu savais! Quel bonheur!
c'est-à-dire quel malheur!

DÉSÉTANGS.

Ah çà! décidément la tête déménage! Quand tu aurais retrouvé ton inconnue...

BLAVEAU.

Chut! chut! Tais-toi!....

DÉSÉTANGS.

Que je me taise?

BLAVEAU.

De grâce... je t'en supplie!

DÉSÉTANGS.

Comment? Est-ce que par hasard... Au fait, ton trouble...

_____

(1) Blaveau, Désétangs.

celui de Mme Villarseau... cette demi-reconnaissance! C'est elle?

BLAVEAU.

Eh bien, oui!

DÉSÉTANGS.

Est-il possible! Mme Villarseau! Est-il heureux, ce gaillard-là! On a bien raison de le dire... aux innocents... une petite femme adorable!

BLAVEAU.

Ah! mon ami! Si tu l'avais entendue tout à l'heure me dire, à l'oreille, d'une voix si douce et si tremblante : « Monsieur, vous ne m'avez jamais vue au Havre!... »

DÉSÉTANGS.

Elle a dit cela?

BLAVEAU.

Elle l'a dit; et, maintenant, je n'ai plus qu'un parti à prendre!

DÉSÉTANGS.

Certainement!

BLAVEAU.

C'est de m'en aller... de retourner à Paris.

DÉSÉTANGS.

T'en aller!... Retourner à Paris!... quand tu viens de la retrouver! quand tu es le maître de la situation... Ah! si j'étais à ta place! Je donnerais toutes mes bonnes fortunes pour celle-là!

BLAVEAU.

Vraiment!

DÉSÉTANGS.

Une aventure si romanesque et si piquante!... Il n'en faut pas davantage pour te mettre à la mode!

BLAVEAU.

Tu crois?

DÉSÉTANGS.

Te voilà lancé maintenant... Du premier coup, tu deviens comme moi... un lion!

BLAVEAU.

Mais tu ne songes pas qu'elle doit me haïr, me détester!

DÉSÉTANGS.

Tu n'y comprends rien!... Je parie vingt-cinq napoléons qu'a-
vant le dîner vous êtes d'accord.

BLAVEAU.

Oh! par exemple! je parie bien que non!... Si je pouvais perdre!

DÉSÉTANGS.

Tu perdras... je t'en réponds... si tu veux jouer franc jeu...
suivre mes conseils...

BLAVEAU.

Je m'abandonne à toi... Pourtant, il me reste un scrupule...
M. Villarseau a l'air d'un si galant homme!

DÉSÉTANGS.

Innocent! Comme si tous les maris n'avaient pas cet air-là..
Et puis, au point où en sont les choses...

BLAVEAU.

Tu as raison; mais ton ami, ton cousin!

DÉSÉTANGS.

Un cousin par alliance! qui semblait me narguer, quand
croyait que Clara... D'ailleurs, ce serait mon propre frère...
ce serait moi-même... je te donne carte blanche.

BLAVEAU (1).

Je me décide, et je vais...

DÉSÉTANGS.

Chut! ma femme!

SCÈNE IX.

Les Mêmes, MADAME DÉSÉTANGS.

MADAME DÉSÉTANGS.

Monsieur Désétangs, je venais... Ah! vous n'êtes pas seul

(1) Madame Désétangs, Désétangs, Blaveau.

DÉSÉTANGS.

Un de mes amis, chère Héloïse... de mes bons amis, que je vous demande la permission de vous présenter...

MADAME DÉSÉTANGS, *saluant.*

Monsieur...

BLAVEAU, *de même.*

Madame... pardon... Je ne sais si je ne me trompe... mais j'ai un souvenir confus... Il me semble que ce n'est pas la première fois...

MADAME DÉSÉTANGS.

J'ignore tout à fait, monsieur.

DÉSÉTANGS.

Ah çà! tu crois donc reconnaître tout le monde... Mais cette fois-ci, tu te trompes, j'en réponds... (*A sa femme.*) M. Blaveau.

MADAME DÉSÉTANGS, *à part.*

Ciel!

DÉSÉTANGS.

Inspecteur des finances...

BLAVEAU (1).

J'ai mille excuses à vous demander, madame... Me présenter ainsi chez vous... si brusquement... Mais l'espoir de renouer une liaison qui m'est bien chère...

MADAME DÉSÉTANGS, *avec embarras.*

Monsieur... certainement , vous pouvez compter... (*Bas, à Blaveau.*) Ah! monsieur, pas un mot de plus... Vous ne m'avez jamais vue au Havre!...

BLAVEAU.

Ah!

DÉSÉTANGS (2).

Plaît-il?

BLAVEAU.

Rien, rien...

_____

(1) Madame Désétangs, Blaveau, Désétangs.
(2) Madame Désétangs, Désétangs, Blaveau.

DÉSÉTANGS, *riant.*

Un éblouissement, encore !

BLAVEAU.

Non... je ne sais... (*A part.*) Est-il possible ! elle aussi...
Comme Mme Villarseau !

DÉSÉTANGS, *qui a entendu le dernier mot, à part.*

Mme Villarseau !... (*Bas, à Blaveau.*) Je comprends, tu veux la
rejoindre... (*Haut.*) Mais, pardon, mon ami, en causant, j'oublie que tu as sans doute besoin de te reposer.

BLAVEAU.

Qui, moi ? (*A part, en regardant Mme Désétangs.*) Si je pouvais lui parler !

DÉSÉTANGS, *prenant une sonnette.*

Certainement, rien ne fatigue comme le roulis du chemin de
fer.

BLAVEAU.

Mais je t'assure...

DÉSÉTANGS, *au domestique qui paraît au fond.*

Conduisez monsieur au n° 1. Une chambre superbe... à côté
de notre appartement...

BLAVEAU.

Allons, puisqu'il le faut ! (*Saluant.*) Madame...

DÉSÉTANGS, *bas.*

Hein ! comment la trouves-tu, ma femme ! Charmante, n'est-
ce pas ?... Et elle m'aime... si tu savais... J'ai été presque enlevé... Je te conterai cela plus tard.

BLAVEAU, *sortant.*

Laquelle des deux ? je m'y perds !... (*Il sort par la gauche.*)

SCÈNE X.

MADAME DÉSÉTANGS, DÉSÉTANGS.

DÉSÉTANGS (1).

Ah ! ah ! ah ! ce pauvre Blaveau, quel air décontenancé !

(1) Désétangs, madame Désétangs, *près du guéridon.*

MADAME DÉSÉTANGS.

Que voulez-vous dire?

DÉSÉTANGS.

L'aventure la plus singulière... une aventure de nuit...

MADAME DÉSÉTANGS.

Monsieur!

DÉSÉTANGS.

Parce que tu penses bien que sans cela... il n'est pas beau,
le pauvre garçon .. et voici que, par le hasard le plus singulier, il retrouve tout à coup son héroïne qu'il n'avait pas vue...
dont il ne savait pas même le nom.

MADAME DÉSÉTANGS.

Ciel!

DÉSÉTANGS.

Et qui, d'une voix mystérieuse, vient lui dire à l'oreille :
« Monsieur, vous ne m'avez pas vue au Havre!... » C'est fort
amusant, n'est-ce pas!

MADAME DÉSÉTANGS.

Achille... je ne vous comprends pas... si c'est une plaisanterie...

DÉSÉTANGS.

Une plaisanterie! quand devant moi, tout à l'heure, Mme
Villarseau...

MADAME DÉSÉTANGS.

Ma cousine?

DÉSÉTANGS.

Elle-même!

MADAME DÉSÉTANGS.

Je ne puis croire...

DÉSÉTANGS.

Quand je t'assure...

MADAME DÉSÉTANGS.

Eh bien, alors, s'il en est ainsi, comment se fait-il que vous
m'exposiez... que vous exposiez ma cousine...

Air *de* Julie.

Sans pitié d'une pauvre femme,
Et sans respect pour la pudeur,
Voulez-vous aux yeux de l'infâme
La livrer! Monsieur, quelle horreur!

DÉSÉTANGS.

A quoi bon pour l'honneur d'un autre,
Ma foi, prendre tant de souci,
C'est l'affaire de son mari.

MADAME DÉSÉTANGS.

Moi, je vous dis que c'est la vôtre.

DÉSÉTANGS.

Comment?

MADAME DÉSÉTANGS.

Oui, monsieur... pour M. Villarseau, pour votre cousin...
vous allez signifier à M. Blaveau qu'il ait à partir à l'instant
même.

DÉSÉTANGS.

Y penses-tu? Tu veux que je dise à mon ami, à un ancien
camarade, qui arrive à peine...

MADAME DÉSÉTANGS.

Alors, si ce n'est pas vous, monsieur, ce sera moi.

DÉSÉTANGS.

Toi? comme tu voudras! parce que, enfin, tu n'es pas son
ami... Ce matin encore il ne te connaissait pas... il ne t'avait
jamais vue...

MADAME DÉSÉTANGS.

Certainement. (*Elle s'assied à la table à droite.*)

DÉSÉTANGS.

Mais que fais-tu donc?

MADAME DÉSÉTANGS.

J'écris à M. Blaveau.

DÉSÉTANGS.

Tu lui écris?

MADAME DÉSÉTANGS.

Sans doute... Pensez-vous que les convenances me permettent...

DÉSÉTANGS.

Tu as raison, c'est juste... D'ailleurs, une lettre... cela coupe court à toute explication... et pour les éviter... (*A part.*) Je vais aller faire un tour de promenade jusqu'à son départ. (*Apercevant Blaveau qui rentre par la gauche.*) Ciel ! le voici !...

SCÈNE XI.

LES MÊMES, BLAVEAU.

BLAVEAU, *à part* (1).

Je ne sais plus que penser !... Est-ce Mme Désétangs? est-ce Mme Villarseau?

DÉSÉTANGS, *bas, à Blaveau.*

Mon ami, c'est ma femme.

BLAVEAU.

Que dis-tu?

DÉSÉTANGS.

C'est ma femme qui veut te parler.

BLAVEAU.

A moi?

DÉSÉTANGS.

Chut ! je te laisse ! Je vais faire un tour à cheval. (*A part.*) Pauvre Blaveau... ma foi, qu'ils s'en tirent comme ils pourront. (*Il sort par le fond.*)

(1) Blaveau, Désétangs, madame Désétangs.

SCÈNE XII.

BLAVEAU, MADAME DÉSÉTANGS.

BLAVEAU, *à part* (1).

Elle veut me parler! serait-il possible! Mais alors il n'y a plus à en douter... c'est elle...

MADAME DÉSÉTANGS, *sans se retourner.*

Écoutez ce que j'écris à M. Blaveau.

BLAVEAU.

A moi... elle m'écrit!

MADAME DÉSÉTANGS, *de même.*

« Monsieur, quand un homme a été assez malheureux pour
« compromettre une pauvre femme... le seul parti qui lui reste
« à prendre, c'est de fuir, de s'éloigner, sans chercher à la
« revoir. »

BLAVEAU, *s'avançant.*

Sans la revoir!

MADAME DÉSÉTANGS, *avec un cri de surprise et se levant* (2).

Ah!

BLAVEAU, *à part.*

Cette voix... je la reconnais!

MADAME DÉSÉTANGS.

Monsieur!

BLAVEAU.

Pardon... madame... mais si vous saviez ce que je souffre, ce que j'éprouve depuis qu'un hasard bien heureux et fatal...

AIR : *Sans murmurer.*

Lorsque je vois cette taille adorable,
Ces blonds cheveux, ce regard fier et doux!

(1) Blaveau, madame Désétangs.
(2) Madame Désétangs, Blaveau.

> Malgré l'horreur du remords qui m'accable,
> Ah! quel bonheur d'avoir été coupable,
> Si c'était vous! (*bis*)

MADAME DÉSÉTANGS.

Monsieur... ce langage que je ne comprends pas... que je ne peux pas comprendre...

BLAVEAU.

Quoi, madame...

MADAME DÉSÉTANGS.

Pas un mot de plus... Vous avez entendu ce que contenait cette lettre... vous ne me forcerez pas, je l'espère, à vous répéter de vive voix ce que je rougis d'avoir été obligée de vous écrire. (*Elle le salue avec dignité et sort par la gauche.*)

BLAVEAU, *seul*.

C'est un congé, n'importe... je resterai... car c'est elle... ce trouble, cet embarras qu'elle veut en vain dissimuler... Pauvre Désétangs!... mon ami!... mon maître!... Ma foi! tant pis pour lui! puisqu'il m'a donné carte blanche! C'est qu'elle est ravissante... plus jolie que Mme Villarseau... cet air noble et imposant... Mais comment la revoir malgré elle?... C'est cela, puisqu'elle m'a écrit la première, je puis bien lui répondre... une intrigue épistolaire. (*Il va à la table de droite.*)

SCÈNE XIII.

BLAVEAU, MADAME VILLARSEAU.

MADAME VILLARSEAU, *entrant du fond*.

Monsieur Blaveau! monsieur Blaveau!...

BLAVEAU.

Qu'est-ce? plaît-il!... Ah! Mme Villarseau!

MADAME VILLARSEAU.

Je vous cherchais, monsieur.

BLAVEAU, *se levant*.

Moi, madame?

MADAME VILLARSEAU, *avec mystère*.

Nous sommes seuls, n'est-ce pas?... Personne ne peut nous entendre?

BLAVEAU.

Certainement... personne...

MADAME VILLARSEAU.

C'est que... voyez-vous... j'ai si peur... si peur que mon mari n'ait conçu quelque soupçon !

BLAVEAU.

Votre mari?

MADAME VILLARSEAU.

Sans doute... mon émotion tantôt... en vous reconnaissant... car je vous ai reconnu tout de suite...

BLAVEAU.

Quoi, madame... (*A part.*) Est-ce que par hasard ce serait elle?

MADAME VILLARSEAU.

Ah! monsieur, quelle situation! être obligée de mentir... de tromper M. Villarseau...

BLAVEAU, *à part*.

Plus de doute, c'est mon inconnue !

MADAME VILLARSEAU.

C'est si terrible, monsieur, surtout... quand on n'en a pas l'habitude...

BLAVEAU, *à part*.

Pauvre ange !

MADAME VILLARSEAU.

Car c'est la première fois, sachez-le bien... lui si bon! si excellent! avoir un secret pour lui... et quel secret! Que de fois j'ai été sur le point de lui tout avouer !

BLAVEAU.

Ciel! que dites-vous? quelle imprudence !

MADAME VILLARSEAU.

Oh! oui, vous avez raison... il vaut mieux me taire... et vous aussi, n'est-ce pas, vous vous tairez?

13.

BLAVEAU.

En doutez-vous, madame?

MADAME VILLARSEAU.

Merci, monsieur! Pauvre Villarseau!... délicat, susceptible comme il l'est sur un pareil chapitre!

BLAVEAU, *à part.*

Parbleu! on le serait à moins!

MADAME VILLARSEAU.

Aussi jamais le moindre mot sur cette rencontre qu'il ignore... qu'il doit ignorer pour son repos... pour son bonheur...

BLAVEAU.

Ne craignez rien... la discrétion la plus absolue... Trop heureux de vous avoir retrouvée... de savoir que vous ne m'en voulez pas...

MADAME VILLARSEAU.

Qui, moi?... monsieur... au contraire...

BLAVEAU.

Qu'entends-je? Vous seriez assez bonne!...

MADAME VILLARSEAU, *prêtant l'oreille.*

Écoutez!

AIR *de M. Ghis.*

Silence!... on vient ici!
Si c'était mon mari!
Il faut que je vous quitte!

BLAVEAU.

Eh quoi! partir si vite!

MADAME VILLARSEAU.

Bientôt, j'en ai l'espoir,
Nous pourrons nous revoir.

BLAVEAU, *reprenant avec elle.*

Oui, bientôt, quel espoir!
Nous pourrons nous revoir!

(*Elle sort par la gauche.*)

SCÈNE XIV.

BLAVEAU, *et un peu après* MADEMOISELLE DE ROMILLY.

BLAVEAU.

Elle est charmante!... cent fois mieux que madame Désétangs! un mélange de candeur... de sensibilité... Pauvre petite
femme!... C'est qu'elle aime son mari... elle l'aime beaucoup...
et tout en l'aimant, il semble qu'elle ne me déteste pas non
plus... C'est amusant une bonne fortune!... Qu'ils viennent
donc se moquer de moi maintenant, les autres de la loge infernale! Me voilà comme eux... un mauvais sujet... un homme
à femmes! (*Apercevant M*lle *de Romilly.*) Encore une... (*Il
tousse; elle se retourne.*) Aïe... aïe...

MADEMOISELLE DE ROMILLY, *qui est entrée du fond, un livre à la
main, jusque sur le devant de la scène.*

Pardon... je ne vous voyais pas, j'étais si absorbée dans ma
lecture... la situation la plus intéressante... un jeune homme,
une jeune femme qui se retrouvent.

BLAVEAU, à part (1).

Quelle est cette vieille folle?

MADEMOISELLE DE ROMILLY, à part.

Il a une physionomie qui me revient tout à fait, ce monsieur... (*Haut.*) Puis-je savoir à qui j'ai le plaisir...

BLAVEAU.

Un ami de Désétangs, madame...

MADEMOISELLE DE ROMILLY.

Mademoiselle, s'il vous plaît... Un ami de mon neveu?...

BLAVEAU.

Qui vient passer quelques jours avec lui... Blaveau.

MADEMOISELLE DE ROMILLY.

Vous dites?

(1) Blaveau, mademoiselle de Romilly.

BLAVEAU.

Sosthène Blaveau.

MADEMOISELLE DE ROMILLY.

Sosthène Blaveau! inspecteur des finances?

BLAVEAU.

Oui, mademoiselle.

MADEMOISELLE DE ROMILLY.

Ciel!

BLAVEAU.

Mais, pardon... je ne croyais pas avoir l'honneur...

MADEMOISELLE DE ROMILLY.

Ah! monsieur, est-il possible! (*Regardant autour d'elle.*)
Nous sommes seuls?

BLAVEAU.

Oui, mademoiselle.

MADEMOISELLE DE ROMILLY, *de même.*

Personne ne peut nous entendre?

BLAVEAU.

Personne! (*A part.*) Où veut-elle en venir?

MADEMOISELLE DE ROMILLY.

Pardonnez mon émotion... mon trouble... une situation s
étrange... que je n'ai encore vue dans aucun roman.

BLAVEAU, *à part.*

A qui diable en a-t-elle, la chère tante?

MADEMOISELLE DE ROMILLY.

Monsieur... n'étiez-vous pas au Havre, cette année, au printemps?...

BLAVEAU.

Oui, madame, ce fut ma dernière inspection.

MADEMOISELLE DE ROMILLY.

Le 17 avril?

BLAVEAU.

Précisément!

MADEMOISELLE DE ROMILLY.

A l'hôtel Frascati?

BLAVEAU.

Oui! madame... c'est-à-dire mademoiselle!

MADEMOISELLE DE ROMILLY, *tombant sur la causeuse.*

Ah!

BLAVEAU.

Grand Dieu! cette voix... Il me semble que j'ai reconnu... Eh! mais, la voilà évanouie, maintenant... Madame... madame... Elle ne m'entend pas... (*Allant à la fenêtre et appelant.*) Ah! Désétangs... Désétangs! au secours! arrive donc!

MADEMOISELLE DE ROMILLY, *se levant tout à coup.*

Mon neveu! ah! de grâce! je vous en supplie... si vous êtes homme d'honneur, pas un mot de plus... un seul mot devant lui... Vous ne m'avez jamais vue au Havre. (*Elle sort précipitamment par la droite.*)

BLAVEAU.

Hein? elle aussi... Ah mon Dieu!... laquelle des trois... Oh! ce serait affreux! (*Il tombe sur la causeuse.*)

SCÈNE XV.

BLAVEAU, DÉSÉTANGS.

DÉSÉTANGS.

Me voilà, mon ami, me voilà! que se passe-t-il donc?

BLAVEAU.

Rien... rien... mon cher Désétangs.

DÉSÉTANGS.

Comment rien? quand tu m'appelles à ton secours?

BLAVEAU.

Je t'ai appelé... tu crois?

DÉSÉTANGS.

J'en suis sûr... et d'un air effaré... comme si tu avais affaire au diable...

BLAVEAU, *se levant* (1).

C'était ta tante, mon ami, voilà tout.

DÉSÉTANGS.

Ma tante?

BLAVEAU.

Oui... que... qui, je crois... je suppose... se trouvait mal...

DÉSÉTANGS.

En tête-à-tête avec toi! Ah çà, mon cher Blaveau, prends-y garde au moins... c'est que je n'entends pas raillerie sur ce chapitre-là... Que tu fasses la cour à Mme Villarseau... rien de mieux... mais Mlle de Romilly... une tante à succession... halte-là... d'autant plus qu'elle a la tête la plus romanesque, et le cœur le plus inflammable!

BLAVEAU.

Tais-toi! je t'en supplie... tais-toi... tu es capable de me porter malheur!

DÉSÉTANGS.

Que dis-tu?

BLAVEAU.

Je dis que je n'y comprends plus rien... tout ce que je vois... tout ce que j'entends, me confond... les oreilles me bourdonnent... le sang me monte à la tête... et pour peu que cela continue...

DÉSÉTANGS, *remontant* (2).

Reprends tes esprits... voici l'ennemi qui s'approche!

BLAVEAU.

L'ennemi? (*A part.*) La vieille!

DÉSÉTANGS.

Sans doute... M. Villarseau.

BLAVEAU.

M. Villarseau! il ne manquerait plus que lui, maintenant! (*Il se sauve par la gauche.*)

(1) Désétangs, Blaveau.
(2) Blaveau, Désétangs.

DÉSÉTANGS.

Tu vas voir comment il faut s'y prendre... (*Se retournant et n'apercevant plus personne.*) En voilà un brave! si c'est ainsi qu'il me seconde, adieu mon pari!

SCÈNE XVI.

VILLARSEAU, DÉSÉTANGS.

VILLARSEAU, *à part, venant s'asseoir à gauche* (1).

Quelle fatalité! quelle horrible fatalité!

DÉSÉTANGS, *à part.*

Ah mon Dieu! cette figure... cet air bouleversé... se douterait-il?... (*Haut.*) Qu'est-ce donc? qu'avez-vous?

VILLARSEAU.

Ce que j'ai? vous me le demandez!... ah mon pauvre ami... si vous appreniez que votre femme, Mme Désétangs, au Havre... le 17 avril...

DÉSÉTANGS.

Morbleu, s'il était vrai...

VILLARSEAU.

Il n'est que trop vrai...

DÉSÉTANGS.

Se peut-il! ma femme...

VILLARSEAU, *se levant* (2).

Eh! non, mon ami... la mienne!

DÉSÉTANGS.

Ah! la vôtre?

VILLARSEAU.

Hélas! oui, mon cher Désétangs, une preuve matérielle, irrécusable... que le hasard vient de placer sous mes yeux...

DÉSÉTANGS.

Comment?

(1) Villarseau, Désétangs.
(2) Désétangs, Villarseau.

VILLARSEAU.

Cette marque des chemins de fer... cette marque accusatrice que l'on appose sur les bagages des voyageurs...

DÉSÉTANGS.

Eh bien?

VILLARSEAU.

Je viens de la retrouver tout à l'heure, sur son nécessaire de voyage... pleine et entière, en toutes lettres... sur papier jaune... Chemin de fer du Havre... 17 avril, la date fatale... il n'y a plus moyen d'en douter. (*Il s'assied à droite.*)

DÉSÉTANGS.

Pauvre cousin... allons... que diable! soyez homme... vous n'êtes ni le premier... ni le dernier... et puis il y a longtemps que vous vous y attendiez, n'est-ce pas?

VILLARSEAU.

Sans doute... mais la certitude...

DÉSÉTANGS.

N'en est pas moins désagréable... je le sais... pourtant vous devez penser que Mme Villarseau est aussi malheureuse... plus malheureuse encore que vous, si c'est possible...

VILLARSEAU.

Certainement, ma femme. (*On entend Mme Villarseau chantant à tue-tête.*)

DÉSÉTANGS, *à part.*

Ah! mon Dieu!... je tombe bien!

SCÈNE XVII.

Les Mêmes, MADAME VILLARSEAU.

MADAME VILLARSEAU, *entrant de gauche* (1).

Pardon, messieurs, je vous dérange...

(1) Madame Villarseau, Désétangs, Villarseau.

DÉSÉTANGS.

Du tout, madame, c'est moi qui me retire... votre mari veut
vous parler...

MADAME VILLARSEAU.

A moi?

DÉSÉTANGS.

A vous seule! (*Bas, à Villarseau.*) Du courage... questionnez-
la... vous vous êtes peut-être trompé... (*A part.*) Pauvre cher
homme! (*Haut, à Mme Villarseau.*) Madame... (*Bas.*) Du sang-
froid, de l'aplomb... niez tout hardiment... il finira par vous
croire... (*Il sort à gauche.*)

SCÈNE XVIII.

VILLARSEAU, MADAME VILLARSEAU.

MADAME VILLARSEAU, *à part, étonnée.*

Hein? que veut-il dire? (*Haut.*) Eh bien, mon bon ami,
parle, je t'écoute.

VILLARSEAU, *à part.*

Son bon ami... elle me fait mal... (*Haut.*) Madame...

MADAME VILLARSEAU.

Est-ce que nous sommes fâchés, monsieur...

VILLARSEAU.

Pardon, je souffre... je souffre tant!

MADAME VILLARSEAU, *se levant.*

Que dis-tu?

VILLARSEAU.

Réponds-moi, Louise, réponds-moi franchement... il n'est
plus temps de rien dissimuler...

MADAME VILLARSEAU, *à part.*

Grand Dieu! saurait-il que son fils...

VILLARSEAU.

N'as-tu pas été au Havre, cette année, le 17 avril?...

MADAME VILLARSEAU.

Moi !...

VILLARSEAU.

Toi-même... et ce matin quand tu as vu M. Blaveau...

MADAME VILLARSEAU.

Mon ami...

Air *de Téniers*.

Je t'ai juré, ne crois pas que j'oublie,
Lorsqu'à l'autel, je t'engageai ma foi,
Que je ferais deux parts de notre vie,
A moi la peine, et le bonheur pour toi.
Cette parole, ah! mon cœur te l'atteste.
Je l'ai tenue, et même en ce moment,
Si je me tais encor, c'est que je reste
Plus que jamais fidèle à mon serment,
Je suis toujours fidèle à mon serment.

VILLARSEAU.

Oh! ce n'est pas à toi que j'en veux... Si tu as gardé le silence jusqu'ici, c'est pour m'épargner un chagrin, je le sais...
mais lui... ce misérable!...

MADAME VILLARSEAU.

Edouard! écoute-moi! je ne l'excuse pas... je ne prétends
pas l'excuser.

VILLARSEAU.

Hein!... par exemple... je voudrais bien voir...

MADAME VILLARSEAU.

Sans doute il est coupable... bien coupable... mais si tu
avais vu ses larmes, son repentir...

VILLARSEAU.

Il est bien temps, morbleu!

MADAME VILLARSEAU.

Tu as raison... cependant les circonstances... sa jeunesse...
un moment d'entrainement...

VILLARSEAU.

Oh! pour le coup c'est trop fort...

MADAME VILLARSEAU.

Non, mon ami, c'est tout naturel... C'est à moi de m'inter-
poser entre vous...

VILLARSEAU.

Madame, quelle audace !

AIR *de Robert le Diable.*

C'en est trop ! osez-vous,
En faveur de l'infâme,
Ainsi de votre époux
Affronter le courroux !
Mais, malgré vous, madame,
S'il a su m'outrager,
Je saurai, sur mon âme,
Le punir, me venger.

ENSEMBLE.

MADAME VILLARSEAU.	VILLARSEAU.
Ah ! craignons d'irriter	Ah ! c'est trop m'irriter,
Son honneur si sévère !	Redoutez ma colère !
Ce serait tout gâter !	Mais pourquoi m'emporter ?
Il vaut mieux le quitter !	Il vaut mieux la quitter !
Laissons à sa colère	Malheur au téméraire,
Le temps de se calmer,	S'il osa m'outrager :
Je saurai, je l'espère,	Oui, je vais, je l'espère,
Plus tard le désarmer.	Le punir, me venger !

(*Ils sortent chacun de leur côté au moment où Mlle de Romilly
paraît.*)

SCÈNE XIX.

MADEMOISELLE DE ROMILLY, *les voyant partir.*

Ils s'éloignent tous les deux... heureusement... me voici la
première au rendez-vous... J'éprouve, malgré moi, une émotion... cette démarche que je hasarde... et pourtant elle est
nécessaire, l'honneur de mon neveu... de ma nièce... tout
l'exige. (*Apercevant Blaveau.*) C'est lui !

SCÈNE XX.

MADEMOISELLE DE ROMILLY, BLAVEAU, *entrant précipitamment du fond, une lettre à la main, et sans la voir.*

BLAVEAU, *lisant la lettre* (1).

« Vous n'êtes point parti... Il faut que je vous parle... Trou-
« vez-vous au salon, tout à l'heure. Votre malheureuse vic-
« time. » Enfin, me voilà sorti de mon incertitude... C'est
elle... c'est Mme Désétangs... « Vous n'êtes point parti; » elle
seule a pu... Quel bonheur! Je vais donc la revoir! Dieu! la
tante!

MADEMOISELLE DE ROMILLY.

Merci, monsieur, merci! L'empressement que vous mon-
trez...

BLAVEAU, *à part.*

Que dit-elle?

MADEMOISELLE DE ROMILLY.

Ma lettre, que vous tenez encore dans vos mains...

BLAVEAU.

Votre lettre? Comment, mademoiselle!

MADEMOISELLE DE ROMILLY, *baissant les yeux.*

Dites madame...

BLAVEAU.

Madame... Je ne me soutiens plus!...

MADEMOISELLE DE ROMILLY.

Monsieur, après ce qui s'est passé... vous devez sentir tout
ce qu'un pareil entretien a de pénible pour moi!

BLAVEAU, *à part.*

Et pour moi donc!

AIR : *Sans murmurer.*

Lorsque je vois cet air si vénérable,
Qui vous donnait droit au respect de tous.

(1) Mademoiselle de Romilly, Blaveau.

Plein du remords qui m'oppresse et m'accable.
Ah ! quelle horreur d'avoir été coupable,
   Si c'était vous ! (*bis*)

MADEMOISELLE DE ROMILLY.

Hélas ! après cinquante-cinq ans d'innocence !

BLAVEAU, *à part.*

Cinquante-cinq ans, miséricorde !

MADEMOISELLE DE ROMILLY.

C'est affreux !

BLAVEAU.

A qui le dites-vous !

MADEMOISELLE DE ROMILLY.

Mais, enfin, vous êtes homme d'honneur... Et puisque vous
n'avez pas compris ce que voulait vous faire entendre ma pauvre nièce...

BLAVEAU.

Mme Désétangs ?

MADEMOISELLE DE ROMILLY.

Ma seule confidente... Eh bien, monsieur, il est une réparation...

BLAVEAU, *à part.*

Je suis mort !

MADEMOISELLE DE ROMILLY.

Une réparation que la morale et les lois me donnent le
droit d'exiger... Vous m'épouserez sur-le-champ...

BLAVEAU.

Ah ! mademoiselle... madame !...

MADEMOISELLE DE ROMILLY.

Vous m'épouserez, monsieur... ou aujourd'hui même, vous
partirez d'ici...

BLAVEAU.

Où donc ai-je mis mon chapeau ? Je pars tout de suite.

MADEMOISELLE DE ROMILLY.

Sans essayer de me revoir... en me jurant...

BLAVEAU.

Tout ce que vous voudrez.

MADEMOISELLE DE ROMILLY.

De ne plus vous présenter ni devant moi, ni devant ma nièce.

BLAVEAU

Ni devant le neveu, les petits-neveux, les cousins, arrière-cousins jusqu'à la dixième génération inclusivement... Je le jure, trop heureux à ce prix...

MADEMOISELLE DE ROMILLY.

Hein?

BLAVEAU, *se reprenant*.

Trop heureux de vous prouver par mon obéissance le repentir profond...

MADEMOISELLE DE ROMILLY.

A la bonne heure!... Mais si jamais la moindre indiscrétion...

BLAVEAU.

Soyez tranquille!

MADEMOISELLE DE ROMILLY.

AIR *de Dumolet.*

Adieu donc, monsieur, pour jamais!
Votre victime
Oubliera votre crime ;
Adieu donc, monsieur, et jamais
Ne paraissez devant nous désormais!
A ce serment sur lequel je me fonde,
Si vous manquiez... songez-y... tout exprès,
Pour vous punir, fussé-je en l'autre monde,
Je reviendrais !
Et vous épouserais!

ENSEMBLE.

MADEMOISELLE DE ROMILLY.	BLAVEAU.
Adieu donc, monsieur, pour jamais!	Sur l'honneur je vous le promets,
Votre victime	Triste victime
Oubliera votre crime ;	De mon funeste crime,

MADEMOISELLE DE ROMILLY.   BLAVEAU.

Adieu donc, monsieur, et jamais   Sur l'honneur je vous le promets,
Ne paraissez devant nous désormais. Oui de ces lieux je m'enfuis pour
[jamais.

(M{{lle}} *de Romilly sort par la droite.*)

SCÈNE XXI.

BLAVEAU, *seul.*

Il n'y a pas un moment à perdre... il faut que je parte tout
de suite... Si elle allait se raviser... Est-ce avoir du guignon!...
Une aventure qui s'annonçait si bien!... Quel dénoûment! quel
affreux dénoûment!

SCÈNE XXII.

BLAVEAU, VILLARSEAU.

VILLARSEAU, *à part, du fond* (1).
Enfin, le voilà! (*Haut.*) Monsieur!

BLAVEAU.
Ah! mon pauvre monsieur Villarseau!

VILLARSEAU.
Monsieur, je sais tout!

BLAVEAU.
Plaît-il?

VILLARSEAU.
Je sais tout, vous dis-je!

BLAVEAU.
Est-il possible? Ah! monsieur, j'ignore qui peut vous avoir
livré mon secret... mais, au moins, je vous en supplie, que
tout reste entre vous et moi.

(1) Blaveau, Villarseau.

VILLARSEAU, *furieux.*

Monsieur!... oubliez-vous à qui vous parlez?

BLAVEAU.

Que dit-il?

VILLARSEAU.

Vous m'avez outragé dans ce que j'ai de plus cher... Ma femme...

BLAVEAU.

Votre femme!...

VILLARSEAU.

Souvenez-vous du 17 avril.

BLAVEAU.

Comment! c'était elle... Vous en êtes bien sûr?...

VILLARSEAU.

Monsieur!

BLAVEAU.

Eh bien, j'aime mieux cela, ma parole d'honneur!... Maudite vieille! Je vois que c'est une ruse pour m'éloigner... Mais je reste, je ne partirai pas.

VILLARSEAU.

Votre heure?

BLAVEAU, *à part.*

Diable! (*Haut.*) C'est juste... vous avez le droit... Quand vous voudrez... Tout de suite.

VILLARSEAU.

Merci! Dans cinq minutes, je suis à vous... Ma boîte de pistolets à aller chercher... quelques dispositions à prendre... Vous-même, vous ne serez peut-être pas fâché de mettre ordre à vos affaires.

BLAVEAU.

Moi!

VILLARSEAU.

Car, vous le comprenez, n'est-ce pas?... c'est votre vie ou la mienne!... (*Il entre dans la chambre à coucher.*)

SCÈNE XXIII.

BLAVEAU, *seul.*

Je comprends! Elle est jolie l'alternative! Ayez donc des
bonnes fortunes... C'était bien la peine de commencer si
tard!... Un duel!... et un duel à mort, pour une première af-
aire... comme l'autre... J'ai de la chance pour mes débuts...
N'importe... depuis que j'ai la certitude que ce n'est pas
Mlle de Romilly, il me semble que je respire plus à mon
aise... La crainte de mon bonheur m'étouffait. (*Apercevant
Mme Villarseau.*) Mme Villarseau! Qu'elle est jolie!... Et dire
que je vais la perdre, au moment où peut-être...

SCÈNE XXIV.

BLAVEAU, MADAME VILLARSEAU.

MADAME VILLARSEAU, *entrant par le fond* (1).
Eh bien! est-il parti?

BLAVEAU.
Qui donc, madame?

MADAME VILLARSEAU.
Mon mari.

BLAVEAU.
M. Villarseau? oui... c'est-à-dire, non... Il est là...

MADAME VILLARSEAU, *faisant un mouvement.*
Ah!

BLAVEAU, *la retenant.*
Pardon, madame... Puisque le hasard me procure un bonheur
que je n'espérais plus... puisqu'il m'est donné de vous revoir... une dernière fois encore!

(1) Blaveau, madame Villarseau.

14

MADAME VILLARSEAU.

Comment, monsieur?

BLAVEAU.

Oui, madame, je pars!

MADAME VILLARSEAU.

Vous partez!

BLAVEAU.

Pour un voyage bien lointain. (*A part.*) Pour l'autre monde, peut-être!

MADAME VILLARSEAU.

Il serait vrai!

BLAVEAU.

Mais si du moins mon souvenir...

MADAME VILLARSEAU.

Ah! monsieur! pouvez-vous en douter?

BLAVEAU.

Merci, ange de bonté! merci, premières et dernières amours de l'infortuné Blaveau!

MADAME VILLARSEAU, *avec étonnement.*

Monsieur!

BLAVEAU.

Ah! permettez qu'en ce moment solennel, je vous ouvre mon cœur... ce cœur dévoré de remords et d'amour, depuis le 17 avril... depuis ce jour... c'est-à-dire... car, sans l'obscurité...

SCÈNE XXV.

Les Mêmes, VILLARSEAU, *sortant du cabinet de gauche.*

VILLARSEAU, *à part, en apercevant sa femme* (1).

Ciel!

MADAME VILLARSEAU, *sans le voir.*

Pardon, monsieur, mais plus je vous écoute, moins je vous

(1) Blaveau, Villarseau, madame Villarseau.

comprends... l'obscurité... vos remords... expliquez-vous...

BLAVEAU.

Oui, madame... à l'hôtel Frascati...

MADAME VILLARSEAU.

L'hôtel Frascati! Je ne sais pas ce que vous voulez me dire...

VILLARSEAU, *à part*.

Qu'entends-je?

MADAME VILLARSEAU.

Je n'ai jamais mis le pied à l'hôtel Frascati!

VILLARSEAU, *à part*.

Est-il possible!

MADAME VILLARSEAU.

Et ce n'est pas au Havre que j'ai eu l'honneur de vous rencontrer.

BLAVEAU.

Que dites-vous?

VILLARSEAU, *à part*.

La joie... le saisissement... je ne me soutiens plus.

MADAME VILLARSEAU.

Non, monsieur, c'est à Ingouville, chez M. Brémont.

VILLARSEAU, *à part*.

Brémont!

MADAME VILLARSEAU.

Fils naturel de mon mari.

BLAVEAU.

M. Brémont... un percepteur dont la caisse, m'avait-on dit...

MADAME VILLARSEAU.

Plus bas... Oui, monsieur, maintenant que tout est réparé... je puis vous l'avouer... une imprudence de jeune homme... un déficit...

VILLARSEAU, *à part*.

Le malheureux!

MADAME VILLARSEAU.

Au moment de se brûler la cervelle, il avait écrit à son

père. M. Villarseau était parti le matin même... Heureusement... j'ouvris la lettre, et, grâce au chemin de fer, j'arrivai encore avant vous, assez à temps pour sauver à M. Brémont l'honneur et la vie... voilà ce que je voulais cacher à M. Villarseau...

BLAVEAU, *à part.*

Tout s'explique! mais alors c'est donc la vieille...

VILLARSEAU, *s'avançant* (1).

Ah! Louise! mon amie!... c'est à genoux qu'il faut que je te demande pardon... et à vous aussi monsieur Blaveau!

MADAME VILLARSEAU.

Quoi donc?

BLAVEAU, *lui faisant signe de se taire.*

Monsieur!

VILLARSEAU.

Vous avez raison... Vous êtes un digne et loyal jeune homme...

SCÈNE XXVI.

LES MÊMES, DÉSÉTANGS, MADAME DÉSÉTANGS, MADEMOISELLE DE ROMILLY (2).

DÉSÉTANGS, *dans le fond.*

Quoi, ma tante! vous aussi vous exigez qu'il parte!

MADEMOISELLE DE ROMILLY.

Il le faut, mon neveu.

VILLARSEAU, *continuant.*

Et si vous voulez accepter mon amitié..... celle de ma femme...

MADAME VILLARSEAU.

De tout mon cœur.

BLAVEAU.

Monsieur... Madame...

(1) Blaveau, Villarseau, madame Villarseau.
(2) Madame Désétangs. Mademoiselle de Romilly, Désétangs.

DÉSÉTANGS, *bas, à Blaveau* (1).

A merveille! la femme et le mari... C'est perdre deux fois...
tu paieras double.

BLAVEAU, *soupirant.*

Du tout, mon ami, j'ai gagné.

DÉSÉTANGS.

Pas possible!

BLAVEAU.

Parole d'honneur! ce n'est pas elle.

MADEMOISELLE DE ROMILLY.

Monsieur... votre promesse...

BLAVEAU.

La vieille! quel cauchemar! (*Bas, à M*lle *de Romilly.*) Oui,
mademoiselle... madame... à l'instant même... (*Haut.*) Pardon... mon ami... des affaires très-pénibles... c'est-à-dire au
contraire... enfin, je suis obligé de partir...

DÉSÉTANGS.

Mais puisque ce n'est pas elle...

BLAVEAU.

Mesdames... j'ai bien l'honneur...

DÉSÉTANGS.

Puisque tu le veux absolument... Mais avant que tu nous
quittes, il faut que je m'exécute... et que je paie... (*Il tire son
portefeuille.*)

BLAVEAU.

Ah! mon Dieu! ce portefeuille entre tes mains... où l'as-tu
pris?

MADAME DÉSÉTANGS, *à part.*

Ciel!

DÉSÉTANGS.

Parbleu! dans le secrétaire de ma femme!

BLAVEAU.

De ta femme!...

---

(1) Madame Désétangs, mademoiselle de Romilly, Blaveau, Désétangs, Villarseau, madame Villarseau.

MADEMOISELLE DE ROMILLY.

A qui je l'avais donné, monsieur...

MADAME DÉSÉTANGS, *à part.*

Je suis sauvée!

BLAVEAU.

Vous!...

MADEMOISELLE DE ROMILLY

Sans doute, à mon retour du Havre, où j'étais allée cette année, au mois d'avril...

DÉSÉTANGS.

Du Havre, au mois d'avril... ce portefeuille... Est-ce que, par hasard... je comprends... Ah! ah!

VILLARSEAU, *à part, regardant madame Désétangs.*

Et moi aussi!

BLAVEAU, *soupirant.*

Et moi aussi!

MADAME VILLARSEAU.

Quant à moi, je n'y comprends rien.

DÉSÉTANGS.

Mon pauvre ami... pour une première fois, c'est jouer de malheur!...

BLAVEAU.

Hélas!

VILLARSEAU, *à part, regardant madame Désétangs.*

Peut-être! pauvre Désétangs!...

MADEMOISELLE DE ROMILLY, *à Blaveau.*

Monsieur, vous partirez.

DÉSÉTANGS, *riant.*

C'est juste... ce cher oncle!...

CHOEUR.

AIR *de Louise.*

Gardons sur ce mystère
Un silence discret,
Et sachons toujours taire
Ce terrible secret.

BLAVEAU, *au public.*

Messieurs... Oh! pardon!... l'habitude... Mesdames...

AIR *du Piége.*

Je n'ose vous interroger,
Quel malheur dois-je encore attendre ?
Ici pour me dédommager,
Vous devriez bien vous entendre.
Ah! si mon zèle recevait
Un rire, un bravo de chacune,
Vous le savez, mesdames, ce serait
Ma première bonne fortune.

REPRISE DU CHOEUR.

FIN.

LES TROIS LUNES,

COMÉDIE

EN TROIS ACTES ET EN PROSE;

PAR

MM. GUSTAVE DE WAILLY ET JULES DE WAILLY.

REÇUE AU THÉATRE-FRANÇAIS LE 19 AOUT 1848.

PERSONNAGES.

Le Baron ÉDOUARD DE MÉRIGNY, secrétaire d'ambassade à Naples.

La Baronne ERNESTINE DE MÉRIGNY, sa femme.

M. BONARDET, notaire à Paris.

Mme BONARDET, sa femme.

ARTHUR D'HENNEVILLE.

ROSALIE, femme de chambre de Mme Mérigny.

AU 3e ACTE.

PERSONNAGES NOUVEAUX.

GABRIELLE DE MÉRIGNY, fille de M. et Mme de Mérigny.

ANATOLE DESVALLIÈRES, substitut du procureur du roi, neveu de Mme Bonardet.

CHARLES ROLAND, neveu d'Arthur d'Henneville.

La scène se passe dans une maison de campagne près de Paris, chez M. Bonardet :

Au 1er acte, en 1820 ;

Au 2e acte, en 1830 ;

Au 3e acte, en 1847.

LES TROIS LUNES,

COMÉDIE EN TROIS ACTES.

ACTE PREMIER.

(Le théâtre représente un salon de rez-de-chaussée, ouvrant sur un jardin ; à droite et à gauche, appartements.)

PERSONNAGES.

LE BARON ÉDOUARD DE MÉRIGNY (35 ans).
LA BARONNE ERNESTINE DE MÉRIGNY (20 ans).
M. BONARDET (41 ans).
Mme BONARDET (28 ans).
ARTHUR D'HENNEVILLE (26 ans).
ROSALIE.

SCÈNE PREMIÈRE.

BONARDET, MADAME BONARDET.

MADAME BONARDET.

Oui, je vous le répète, monsieur Bonardet, ce que vous dites là est inconvenant, ridicule, et absurde.

BONARDET, *à part*.

Rien que cela, pas davantage !

MADAME BONARDET.

Et si ce n'était le respect que je vous dois, comme à mon mari, comme au chef de la communauté, je vous dirais tout franchement que vous n'avez pas le sens commun.

BONARDET.

Merci de la franchise!

MADAME BONARDET.

La veille du mariage d'Ernestine, vos réflexions étaient déjà fort déplacées... je vous laisse à juger ce qu'elles sont aujourd'hui, le lendemain même de ce mariage.

BONARDET.

Je n'en disconviens pas.

MADAME BONARDET.

Comment! Vous avez une nièce, une pupille de vingt ans, jolie et sans fortune, double inconvénient pour un oncle et un tuteur... je lui trouve un excellent parti, un jeune homme fort aimable!

BONARDET.

Un jeune homme de trente-cinq ans!

MADAME BONARDET.

L'âge que vous aviez vous-même, il y a six ans, en 1814, quand je vous ai fait l'honneur de vous épouser.

BONARDET.

C'est vrai!

MADAME BONARDET.

M. Édouard de Mérigny est baron.

BONARDET.

C'est encore vrai!

MADAME BONARDET.

Non pas de la façon de Buonaparte... un vrai baron de l'ancienne roche, ce qui s'appelle un homme né; en sorte que vous pouvez dire hautement : Mon neveu le baron, ma nièce la baronne!

BONARDET.

Je le dis hautement!

MADAME BONARDET.

De plus, premier secrétaire d'ambassade à Naples, et frère d'un député ministériel, ce qui ne nuira pas à son avancement.

BONARDET.

Ce qui n'a jamais nui à l'avancement.

MADAME BONARDET.

Et dans huit jours il emmène sa femme sous le beau ciel d'Italie !

BONARDET.

Charmant voyage !

MADAME BONARDET.

En quoi donc alors Ernestine vous semble-t-elle si fort à plaindre ?

BONARDET.

Mais, s'il faut vous l'avouer, c'est que...

MADAME BONARDET.

Eh bien ?

BONARDET.

C'est qu'Ernestine ne me paraissait pas avoir pour son futur un goût bien prononcé.

MADAME BONARDET.

Est-ce là tout ? après ?

BONARDET.

Après ?.. Est-ce que cela ne suffit pas ?

MADAME BONARDET.

Vous êtes fou !... Hier, Ernestine n'aimait pas son mari, c'est possible !.. aujourd'hui sans doute elle l'adore.

BONARDET.

Comment cela ?

MADAME BONARDET.

Tenez, nous sommes seuls, et entre soi, dans un bon ménage, on peut se dire la vérité : eh bien, quand je vous ai épousé, moi, est-ce que j'avais de l'amour pour vous ?

BONARDET.

Plaît-il ? vous ne m'aimiez pas ?

MADAME BONARDET.

Certainement non.

BONARDET.

Bien obligé ! mais au moins vous n'en aimiez pas un autre !

MADAME BONARDET.

Peut-être.

BONARDET.

Hein? peut-être! Madame Bonardet, je veux savoir...

MADAME BONARDET.

Ce qui ne vous regarde pas, monsieur Bonardet.

BONARDET.

Ce qui ne me regarde pas? c'est un peu fort.

MADAME BONARDET.

Sans doute, si c'était avant votre règne, en 1814.

BONARDET.

En 1814?

MADAME BONARDET.

Précisément; c'était la mode alors, vous vous le rappelez;
nous autres, jeunes royalistes, nous n'avions des yeux que
pour nos amis les alliés. L'une adorait un Allemand blond et
frais comme une rose; l'autre un Anglais bien pâle et bien
sentimental; moi...

BONARDET.

Vous!

MADAME BONARDET.

C'était un officier russe!

BONARDET.

Un cosaque!

MADAME BONARDET.

Ah! si vous l'aviez vu!

BONARDET.

Par exemple!

MADAME BONARDET, *soupirant.*

Malheureusement l'empereur Alexandre le rappela.

BONARDET.

Hein?

MADAME BONARDET.

Je veux dire... heureusement... car, au bout de six mois,
ma mère, qui avait du tact et de l'expérience, vous ren-
contra... Vous me fûtes présenté. Vous n'étiez pas un Adonis,

monsieur Bonardet... vous n'aviez pas l'air martial... vous étiez notaire... mais vous aviez une de ces physionomies qui annoncent un brave homme, et qui tiennent parole... je vous acceptai, et aujourd'hui, après six ans de mariage, je puis vous rendre ce témoignage que peu de femmes rendraient à leurs maris, c'est que, si j'étais libre encore, je n'en choisirais pas d'autre que vous.

BONARDET.

Est-il vrai ? ma chère Élise !

MADAME BONARDET.

Eh bien, ce que ma mère a fait pour moi, j'ai voulu le faire pour Ernestine... Son officier russe, à elle, était M. Arthur d'Henneville. .

BONARDET.

Pauvre jeune homme ! qui m'avait pris pour son confident... qui est parti depuis deux mois... afin d'obtenir le consentement de son père... Quand il va revenir, quand il trouvera Ernestine mariée !

MADAME BONARDET.

Il se désolera huit grands jours ! plus ou moins...

BONARDET.

Tu ne crois donc pas à la fidélité ?

MADAME BONARDET.

Si fait... à la fidélité conjugale... à la vôtre, comme à la mienne... mais à vingt-six ans, lorsqu'on est libre, un amour chasse l'autre... D'ailleurs, est-ce que M. Arthur convenait à Ernestine ? Un fort joli garçon, cela est vrai... mais point d'état, et le plus grand mérite d'un mari, vous le savez, c'est d'être occupé... Puis, entre nous, je le soupçonne de ne pas bien penser... d'avoir des opinions libérales... pour ne pas dire révolutionnaires...

BONARDET.

Tu crois ?

MADAME BONARDET.

J'en suis sûre... ce serait une conversion à faire, mon cher Bonardet, et les conversions ne sont point le fait d'Ernes-

tine... elle est trop douce, trop timide, trop sentimentale...
Ce qu'il lui faut, c'est un mari à principes arrêtés, d'un caractère ferme... très-ferme, comme M. de Mérigny, qui la
dirigera, la mènera... Oh! elle sera bien heureuse!

BONARDET.

Comment?

MADAME BONARDET.

N'avoir de volonté que celle de son mari, la suivre en
tout... lui obéir en tout... n'est-ce pas le vrai bonheur en
ménage?... Hélas! c'est ce que je regretterai toute ma vie,
moi!... mais vous êtes si faible, qu'il m'a fallu dès les premiers jours changer de rôle avec vous, tout voir par moi-
même, tout conduire, tout diriger... car vous ne savez prendre
de parti pour rien... vous décider sur rien... Tenez, cette
maison de campagne sur les bords de la Seine qui vous plaît
tant aujourd'hui... n'ai-je pas été obligée de la louer malgré
vous, et pour vous; car je suis forcée d'y rester seule, toute
la semaine, puisque votre étude vous retient à Paris... Mais
au moins, le dimanche, vous pouvez vous livrer à votre passion favorite... à votre seule passion, la pêche à la ligne.

BONARDET.

Tu ris, madame Bonardet... Mais tu ne sais donc pas que
c'est un art, un art véritable... quand toute la semaine on a
eu la tête bourrelée d'ennuis et de clients, tu ne sais donc
pas le bonheur qu'on éprouve à se trouver au bord de l'eau,
en face de sa ligne, à suivre des yeux le liége qui s'enfonce,
à distinguer par la résistance que le poisson oppose si c'est
une carpe ou un brochet qui a mordu à l'hameçon... Tiens...
je n'en ai pas fermé l'œil de la nuit, et dès ce matin j'ai envoyé prévenir notre voisin Durmont pour notre partie de
tantôt.

MADAME BONARDET.

Tantôt! impossible, monsieur Bonardet, vous avez donc
oublié que je monte à cheval, et que vous devez m'accompagner.

BONARDET.

A cheval! chère amie... tu sais bien que je ne puis y monter sans être malade.

MADAME BONARDET.

Raison de plus pour vous y habituer.

BONARDET.

C'est juste!

MADAME BONARDET.

D'ailleurs, il faut aujourd'hui laisser les nouveaux époux à eux-mêmes... jouir en tête-à-tête de leur bonheur...

BONARDET, *secouant la tête*.

De leur bonheur!

MADAME BONARDET.

Encore!

SCÈNE II.

Les Mêmes, ROSALIE.

MADAME BONARDET, *continuant*.

Mais voici précisément Rosalie qui va nous donner des nouvelles... Eh bien, madame de Mérigny, où est-elle?

ROSALIE.

Au jardin; elle vient d'y descendre à l'instant avec monsieur le baron.

MADAME BONARDET.

A la bonne heure!

ROSALIE.

C'est à peine, même, si je les ai vus! Madame était déjà tout habillée quand monsieur a sonné pour demander l'ombrelle de madame la baronne.

BONARDET.

Comment, habillée?

ROSALIE.

Il paraît que Monsieur a voulu servir lui-même de femme de chambre à Madame, et je suis obligée de convenir que je n'aurais pas mieux fait... Mais, pardon, je vais porter à Madame son ombrelle!

SCÈNE III.

BONARDET, MADAME BONARDET.

MADAME BONARDET.

Eh bien?

BONARDET.

Eh bien?

MADAME BONARDET.

Voilà un mari... un mari charmant! Quand je vous disais qu'Ernestine serait trop heureuse! Ah! ce n'est pas vous qui vous seriez conduit ainsi! Vous n'avez jamais su mettre ni ôter une épingle.

BONARDET.

C'est vrai! je me pique toujours les doigts.

MADAME BONARDET.

Vous êtes d'une maladresse!

BONARDET.

Mais, ma chère amie...

MADAME BONARDET.

Mais, monsieur... Silence, on vient.

BONARDET, *apercevant Arthur.*

Ciel! Arthur! Déjà de retour... que lui dire?

SCÈNE IV.

LES MÊMES, ARTHUR.

ARTHUR.

Ah! Monsieur Bonardet... Madame... Est-il possible! ce que je viens d'apprendre à Paris serait-il vrai? Mais non... l'on

m'a trompé, n'est-ce pas? Vous ne voulez point sacrifier Ernestine!

BONARDET.

Pauvre garçon! il me fait de la peine!

ARTHUR.

Grâce au ciel, je suis arrivé à temps! j'ai le consentement
de mon père, et maintenant je puis dire tout haut que je
l'aime!

BONARDET.

Ah mon Dieu!

ARTHUR.

Que je l'adore!

BONARDET.

Taisez-vous donc!

ARTHUR.

Que nous nous adorons tous les deux!

BONARDET.

Chut! imprudent! Voulez-vous donc la perdre? Si monsieur de Mérigny vous entendait!

ARTHUR.

Monsieur de Mérigny? En effet, c'est bien là le nom que
j'ai entendu prononcer, son futur, à ce qu'on m'a dit!

MADAME BONARDET.

Son futur! Si ce n'était que cela!

ARTHUR.

Comment? Que dites-vous?

BONARDET.

Son mari, mon pauvre Arthur.

ARTHUR.

Son mari!

BONARDET.

Depuis hier!

ARTHUR.

Ah! vous m'avez trahi, monsieur Bonardet!

BONARDET.

Qui? moi! Par exemple! mon cher Arthur, croyez au contraire que s'il eût dépendu de moi...

MADAME BONARDET, *le regardant.*

Monsieur...

BONARDET.

C'est-à-dire... Cela ne dépendait que de moi... de moi
seul... certainement... ma femme et moi nous n'avons toujours qu'une même volonté... une seule. . mais enfin, vous
concevez... Ernestine est ma pupille, et par conséquent je
suis son tuteur... dès lors ma responsabilité.. (*A part.*) Je ne
sais plus que lui dire...

MADAME BONARDET.

L'intérêt d'Ernestine.

BONARDET.

C'est cela... l'intérêt d'Ernestine.

MADAME BONARDET.

Car, enfin, vous êtes un brave jeune homme, monsieur Arthur.

BONARDET.

Un excellent jeune homme!

MADAME BONARDET.

Mais vos opinions ne sont pas sûres.

BONARDET.

Vous pensez mal... très-mal!

MADAME BONARDET.

Vous chantez souvent les chansons de Béranger.

BONARDET.

Fort souvent!

MADAME BONARDET.

Comme M. Bonardet lui-même, dans les premiers temps de
notre mariage.

BONARDET, *à part.*

Hum!

MADAME BONARDET.

Seulement vous avez une jolie voix... une voix charmante

'en conviens, et M. Bonardet chantait faux... comme au-
ourd'hui... c'est une qualité qu'il a toujours conservée...
mais vous n'en êtes que plus dangereux pour Ernestine... un
caractère si faible... vous nous l'auriez entièrement per-
vertie... perdue...

ARTHUR.

Que dites-vous?

MADAME BONARDET.

Et puis vous êtes si jeune! à votre âge les impressions sont
si mobiles... vous croyez aimer Ernestine?

ARTHUR.

Ah! madame, je l'adore!

MADAME BONARDET.

Vous l'adorez... je le veux bien... comme vous en avez déjà
adoré d'autres... Comme elle-même, Ernestine, croyait vous
aimer... ou vous aimait, si cela vous fait plaisir... enfantil-
lages, monsieur Arthur, rêves de jeune fille qui s'évanouissent
devant la réalité, et la réalité c'est un mari... Eh bien, maintenant, si vous avez quelque amitié pour elle...

ARTHUR.

En doutez-vous?

MADAME BONARDET.

La seule preuve qu'il vous soit permis de lui en donner,
c'est de ne pas chercher à la revoir; votre présence en ces
lieux...

ARTHUR.

J'entends! vous me renvoyez, vous me chassez!

BONARDET.

Quelle idée! vous renvoyer, vous chasser! nous vous prions
seulement de partir le plus tôt possible.

MADAME BONARDET.

Pour revenir dans quelque temps, lorsqu'elle aura quitté la
France.

ARTHUR.

La France!

15.

MADAME BONARDET.

Car nous vous aimons, monsieur Bonardet et moi.

BONARDET.

Certainement... ma femme et moi, nous vous aimons beaucoup.

MADAME BONARDET.

Et nous aurons toujours beaucoup de plaisir, à vous voir...
Allons, monsieur Arthur, du courage; je vais rejoindre Mme
de Mérigny.

BONARDET.

Oui... du courage, mon cher Arthur, et revenez vite, n'est-
ce pas? nous irons pêcher ensemble... Ah! mon ami! la
pêche! vous ne savez pas quelle puissante distraction! quand
on est là, sa ligne en main, on oublie tout... jusqu'à sa
femme!

MADAME BONARDET, *dans le fond.*

Eh bien, vous ne venez pas?

BONARDET.

Si fait, je suis à toi, ma bonne amie.

SCÈNE V.

ARTHUR, *seul.*

Mariée! elle est mariée!.. depuis hier! Un jour, un seul
jour de retard me l'enlève à jamais... et elle a pu y consentir... Ernestine qui semblait m'aimer si naïvement! n'est-ce
pas un rêve, mon Dieu? n'est-ce pas ici même... dans ce salon, que tous les matins, au signal convenu, nous accourions
l'un et l'autre... et le soir au bal, sa main qui tremblait si
doucement dans la mienne, quand je la reconduisais à sa
place, après cette première contredanse qui m'était toujours
réservée... et cette promesse qu'elle me fit la veille même de
mon départ!... Deux mois, deux mois d'absence auraient
suffi... Oh! non, cela ne se peut pas... on aura surpris son

consentement... abusé de sa faiblesse! Pauvre Ernestine! elle
souffre comme moi... elle pleure comme moi... Si je pouvais
la voir une fois... une seule fois, encore... lui jurer... Mais
on vient... c'est elle... oui... elle n'est pas seule! sortons, je
ne serais pas assez maître de moi pour supporter la vue de
sa douleur.

SCÈNE VI.

ERNESTINE MÉRIGNY, M. MÉRIGNY.

MÉRIGNY, *à la cantonade.*

Soyez tranquille, madame Bonardet, ma chère tante... tout
à l'heure Ernestine va vous rejoindre, je vous le promets.

ERNESTINE.

Enfin nous en voilà débarrassés!

MÉRIGNY.

Comment?

ERNESTINE.

Vous allez sans doute m'en vouloir et ce que je vais vous
dire est peut-être mal... mais je ne sais comment cela se fait...
certainement j'aime beaucoup ma tante... elle est pour moi
comme une sœur...

MÉRIGNY.

Une sœur aînée, par exemple! car, entre nous, elle approche de la trentaine.

ERNESTINE.

Eh bien, hier encore, je craignais de la quitter, de me séparer d'elle un seul instant... aujourd'hui il me semble qu'elle
me gène, m'embarrasse... comme mon oncle, qui est pourtant
le meilleur des hommes... comme tout le monde... je ne me
sens bien que près de vous, avec vous.

MÉRIGNY.

Je ne vous fais donc plus peur comme ces jours derniers,
comme hier?...

ERNESTINE.

Oh! hier, c'était bien différent! vous n'étiez que mon prétendu... maintenant vous êtes mon mari, je vous appartiens

MÉRIGNY.

Chère enfant!

ERNESTINE.

Et tenez, tout à l'heure, quand je me promenais avec vous
sur cette terrasse, à l'ombre de ces marronniers qui ne m'ont
jamais paru si beaux, j'étais si fière de vous donner le bras,
si heureuse de sentir votre main presser la mienne... j'aurais
voulu pouvoir dire à tous ces passants qui nous apercevaient :
Je suis sa femme, je suis Mme de Mérigny.

MÉRIGNY.

Mon amie, ma chère Ernestine!

ERNESTINE.

Oh dites! dites toujours ainsi! Vous ne savez pas comme le
cœur me bat, quand vous prononcez ainsi mon nom.

MÉRIGNY.

A la bonne heure! mais à une condition, c'est qu'Ernestine, de son côté, ne m'appellera plus qu'Édouard.

ERNESTINE.

Monsieur Édouard... Édouard... Êtes-vous content?

MÉRIGNY.

Je le serais plus encore, si tu avais dit : Es-tu content?

ERNESTINE.

Je n'oserai jamais te le dire.

MÉRIGNY.

Merci, mille fois merci.

ERNESTINE.

Pardon... cela m'est échappé... car je connais bien votre
manière de voir... quand vous veniez le soir dans le salon de
ma tante, souvent je n'avais pas l'air d'écouter, mais je ne
perdais pas une seule de vos paroles, et pour vous un mari
et une femme qui se tutoient...

MÉRIGNY.

Dans le monde, je ne dis pas, cela est vrai; mais entre

nous, si tu me parlais comme à ton oncle, comme à un étranger, je croirais presque que tu ne m'aimes pas.

ERNESTINE.

En ce cas, sois tranquille... je n'oublierai pas la leçon : devant le monde, nous serons toujours monsieur le baron et madame la baronne... en tête-à-tête, Édouard et Ernestine... Et puis, je ne sais, mais il me semble que mettre le public dans la confidence de son bonheur, c'est l'affaiblir. Mais si l'on est obligé de se contraindre devant les autres, d'affecter une indifférence qu'on n'éprouve pas, quand on se retrouve ensuite en tête-à-tête, c'est comme un secret, un mystère qui donne à l'intimité plus de prix, à l'amour plus de charme... Ne pensez-vous pas, comme moi, monsieur?

MÉRIGNY.

Chère Ernestine! ma bonne petite femme! que je voudrais donc ne pas te quitter un instant!

ERNESTINE.

Quoi, monsieur, vous allez sortir?

MÉRIGNY.

Il le faut.

ERNESTINE.

Vous choisissez bien votre moment!

MÉRIGNY.

Dans un quart d'heure, je serai de retour... j'ai rendez-vous, ici près, chez le confrère de ton oncle. Il faut bien terminer nos affaires, puisque dans huit jours nous partons pour Naples... Je devrais déjà être rendu à mon poste, et notre ambassadeur ne sera peut-être pas content; mais quand je lui présenterai mon excuse, tu es si jolie qu'il comprendra mon retard.

ERNESTINE.

A la bonne heure! voilà qui me raccommode un peu avec vous!

MÉRIGNY.

A bientôt.

ERNESTINE.

Un instant donc, monsieur... votre cravate est toute chif-
fonnée... Approche, que j'essaie... dame! je ne serai pas
aussi habile que vous... Baisse-toi donc un peu...

MÉRIGNY.

Est-ce fini ?

ERNESTINE.

Oui, monsieur, et regarde-toi dans la glace... pour une première fois je n'ai pas été trop maladroite.

MÉRIGNY, *l'embrassant.*

Et voilà ta récompense!

ERNESTINE.

Édouard, finissez donc.

MÉRIGNY.

A bientôt.

ERNESTINE.

A bientôt.

SCÈNE VII.

ERNESTINE, *puis* ARTHUR.

ERNESTINE.

Cher Édouard! qu'il est bon! qu'il est aimable! et que je
serai heureuse avec lui!

ARTHUR, *dans le fond.*

Il est parti... la voilà seule enfin! Courons... je tremble
moi-même en l'abordant... Ernestine!

ERNESTINE.

Ciel! Arthur! Permettez, monsieur, que je me retire.

ARTHUR.

Vous me fuyez! ma seule présence est-elle déjà un reproche
que vous ne puissiez soutenir?

ERNESTINE.

Monsieur Arthur, je ne m'en défends pas... j'ai éprouvé en
vous revoyant une émotion involontaire...

ARTHUR.

Se peut-il?

ERNESTINE.

Mais cette émotion, que vous partagez vous-même, ne vous dit-elle pas que le moment n'était pas venu de nous revoir; qu'au lieu de chercher ma rencontre, il fallait l'éviter... Vous en avez jugé autrement... Eh bien, cette explication que je n'ai point provoquée, je ne veux pas m'y soustraire.

ARTHUR.

Que dites-vous?

ERNESTINE.

Oui, j'en conviens : il a existé une jeune fille inconséquente, légère peut-être à son insu... dont vous avez pu vous croire aimé, parce qu'un instant elle a cru vous aimer elle-même... Elle se trompait en se servant d'un mot qu'elle ne comprenait pas, pour exprimer un sentiment qu'elle ne pouvait connaître...

ARTHUR.

Ernestine!

ERNESTINE.

Mais si la jeune fille a eu quelques torts avec vous, la jeune femme du moins n'aura rien à se reprocher, et elle aura le courage de vous dire : J'ai un mari que j'aime, que j'ai choisi moi-même... et, fière de partager l'amour que je lui inspire, je vous demande, Arthur, au nom même d'un passé que vous devez oublier comme moi, de ne pas chercher à troubler par votre présence son repos, et son bonheur qui est le mien.

ARTHUR.

Son bonheur qui est le vôtre!... et vous ne craignez pas de me le déclarer, vous, Ernestine... ici, dans ce salon si souvent témoin de vos promesses et de nos aveux... Non... vous voulez me tromper, ou vous vous trompez vous-même... les impressions d'un premier amour ne sont pas, grâce au ciel, si fugitives... Un jour, et ce jour n'est pas loin... ces souvenirs que vous croyez éteints se réveilleront dans votre cœur, et

alors peut-être vous donnerez un regret à celui dont vous
avez brisé l'existence, dont vous comprendrez la douleur et
le désespoir.

ERNESTINE.

Arthur, de grâce, un peu de calme... de courage... vous
ne voudriez pas me faire de la peine...

ARTHUR.

Est-il possible? Ernestine, vous me plaignez... vous paraissez souffrir comme moi... Ah! si un reste d'amour...

ERNESTINE.

Monsieur Arthur, vous vous méprenez... faut-il encore que
je vous le répète... Après ce qui s'est passé entre nous, rien
de ce qui vous touche ne peut m'être indifférent... A vous, si
si vous voulez l'accepter, le dévouement d'une amie... l'affection d'une sœur... à Édouard, à mon mari, mon amour
pour jamais. Adieu !

(*Elle sort.*)

SCÈNE VIII.

ARTHUR, *seul.*

Elle part ! elle me laisse ainsi ! Madame Bonardet avait-elle
raison ? Ernestine ne m'aurait point aimé ! j'aurais été la dupe
de sa coquetterie ! Eh ! que m'importe, après tout ? Oui, je
ferai comme elle, je l'oublierai... j'en aimerai une autre, plus
fidèle, si c'est possible... Il doit s'en trouver... il s'en trouvera pour la faire enrager, pour lui montrer quel cœur elle a
trahi, quelle affection elle a méconnue ! Ce sera ma consolation et ma vengeance.

SCÈNE IX.

ARTHUR, MADAME BONARDET.

MADAME BONARDET, *à part.*

Ce bon monsieur Arthur! il a l'air furieux!

ARTHUR.

Ah madame! c'est vous! je vous cherchais! je vous désirais!

MADAME BONARDET.

Moi, monsieur?

ARTHUR.

Vous, mon amie... ma meilleure amie... qui n'avez pas craint de me dire la vérité... toute la vérité!

MADAME BONARDET, *en riant.*

Il paraît que vous avez vu Ernestine!

ARTHUR.

Ah! vous la connaissiez mieux que moi... elle ne m'aime plus, madame!

MADAME BONARDET.

Vraiment?

ARTHUR.

Elle ne m'a jamais aimé!

MADAME BONARDET.

Est-il possible?

ARTHUR.

Et qui plus est, elle adore son mari!

MADAME BONARDET, *riant.*

Quelle indignité!

ARTHUR.

N'est-ce pas? mais je me vengerai...

MADAME BONARDET.

En ne l'aimant plus... c'est trop juste...

ARTHUR.

Oui, madame...

MADAME BONARDET.

Et puis, ensuite, en aimant ailleurs, c'est l'usage.

ARTHUR, *la regardant.*

Oui, madame, en aimant ailleurs... (*A part.*) Je ne l'ai jamais vue si jolie... si fraîche... Ah! si j'osais!...

MADAME BONARDET.

Vous avez raison... Ernestine, après tout, n'est pas la seule...

ARTHUR.

Oh! ce n'est pas une jeune fille que je choisirai... que je veux choisir... elles sont trop légères, trop coquettes... c'est une femme... une femme dans toute la fraîcheur de la jeunesse, dans toute la grâce de la beauté... qui à l'élégance de la taille, aux charmes de la figure, réunisse l'esprit le plus fin, le plus délicat...

MADAME BONARDET.

Je vous comprends... une huitième merveille... il ne reste plus qu'à la trouver.

ARTHUR.

Elle est toute trouvée, madame.

MADAME BONARDET.

En vérité!

ARTHUR.

Oui... Ce n'est point un rêve de mon imagination... elle existe... je la connais... vous la connaissez vous-même...

MADAME BONARDET.

Permettez...

ARTHUR.

Ah! si vous consentiez seulement à être mon avocat auprès d'elle, si grâce à vous elle daignait non pas répondre à mon amour, je n'en demande pas tant...

MADAME BONARDET.

Monsieur...

ARTHUR.

Mais souffrir l'hommage d'un cœur qui se donne tout entier à elle, mettre à l'épreuve le dévouement et la reconnaissance de l'esclave le plus soumis...

MADAME BONARDET.

Alors vous tomberiez à ses genoux pour lui jurer une passion éternelle... comme l'amour que vous auriez juré ce
matin encore à Ernestine... Allons, mon bon monsieur Arthur,
me voilà complétement rassurée sur votre chagrin, sur votre
profond désespoir... et je vais à mon tour rassurer M. Bonardet lui-même.

ARTHUR.

M. Bonardet! ah madame!.. de grâce... que ce secret demeure entre vous et moi... je sens combien je suis coupable
envers lui... je sens que ma témérité me bannit à jamais de
votre présence... et je vais, en vous disant un dernier adieu...
M. Bonardet! il est trop tard.

SCÈNE X.

LES MÊMES, BONARDET, MÉRIGNY, ERNESTINE.

BONARDET.

Oui, ma chère Ernestine, ton mari et moi nous te promet-
tons... (*Apercevant Arthur.*) Ah mon Dieu! Arthur! et moi
qui le croyais parti!... quel embarras!

MADAME BONARDET.

Monsieur Bonardet... Voulez-vous bien présenter M. Arthur
à votre neveu?

ARTHUR.

Madame...

BONARDET

Hein? que je présente...

MADAME BONARDET, *bas.*

Soyez tranquille, il n'y a pas de danger!

BONARDET, *de même.*

Puisque tu le veux.. (*Haut.*) Mon cher baron, **M.** Arthur
d'Henneville, un de nos amis...

MADAME BONARDET.

Un de nos meilleurs amis... qui nous fait le plaisir de venir
passer quelques jours avec nous.

ARTHUR, *à part.*

Que dit-elle?

ERNESTINE.

Ah!

BONARDET.

Ah!

MÉRIGNY.

Monsieur, j'espère que vous nous permettrez bientôt aussi
à ma femme et à moi de vous donner ce titre.

BONARDET, *bas, à sa femme.*

Dis donc, il est bon enfant notre neveu!

ARTHUR.

Monsieur... certainement... Madame veut-elle bien recevoir
mes compliments sincères d'une union qui... que..

ERNESTINE.

Monsieur...

BONARDET, *à part.*

Pauvres enfants! comme ils s'embrouillent! si je ne vais
à leur secours... (*Haut.*) Allons, allons c'est très-bien! les
compliments à une autre fois. (*A sa femme.*) Et puis n'oubliez
pas que nous avons à faire une promenade avant le dîner...
je suis tout prêt, vous le voyez... Costume complet... éperons
et cravache !

MADAME BONARDET.

Pour aller à la pêche?

BONARDET.

Comment? tu consentirais...

MADAME BONARDET.

Puisque cette partie te fait tant de plaisir...

BONARDET.

Que tu es bonne! Mais toi, mon amie, qui devais monter à cheval.

MADAME BONARDET.

Eh bien, j'y monterai seule.

ARTHUR.

Si madame daignait accepter...

BONARDET.

Au fait, pourquoi pas? Arthur est un excellent cavalier.

MADAME BONARDET.

Mais...

BONARDET.

Accepte... accepte, ma bonne amie... pour moi.. ça me rassurera... en te sachant avec lui, je serai tout à fait tranquille.

MADAME BONARDET.

Puisque tu le veux absolument...

ARTHUR.

Ah! madame!

BONARDET.

Merci, Arthur, mon ami, mon excellent ami! (*Bas.*) A charge de revanche, quand vous serez marié.

MÉRIGNY.

C'est très-bien... chacun à ses plaisirs... les uns à cheval, l'autre à la pêche... et nous deux, ma chère Ernestine, nous deux, nous garderons la maison.

FIN DU PREMIER ACTE.

ACTE II.

Même décoration qu'au premier acte.

PERSONNAGES.

LE BARON ÉDOUARD DE MÉRIGNY (45 ans).
LA BARONNE ERNESTINE DE MÉRIGNY (30 ans).
M. BONARDET (51 ans).
Mme BONARDET (38 ans).
ARTHUR D'HENNEVILLE (36 ans).

(*La scène se passe en* 1830.)

SCÈNE PREMIÈRE.

MONSIEUR DE MÉRIGNY, ERNESTINE.

(*Ils sont assis tous les deux et chacun de leur côté. Mérigny
tient un journal à la main.*)

ERNESTINE.

C'est pourtant ici, dans ce salon, qu'il y a dix ans, tout
émue, toute tremblante, j'acceptais votre main..; c'est ici
qu'avant notre départ pour Naples, j'ai passé les plus beaux
jours de ma vie... Ah! que nous étions heureux alors! vous
en souvenez-vous, monsieur de Mérigny?

MÉRIGNY, *bâillant.*

Certainement, ma chère amie, je m'en souviens!... la lune
de miel, n'est-ce pas?

ERNESTINE.

Et depuis, quel changement!

MÉRIGNY, *se levant brusquement.*

A qui le dites-vous? une révolution accomplie en trois jours; Charles X renversé du trône, ma position diplomatique compromise, et mon retour de Naples à Paris pour la consolider... car enfin, si Charles X n'a pas su défendre sa couronne, ce n'est pas une raison pour que je ne cherche pas à défendre ma place.

ERNESTINE, *se levant.*

Et que m'importe à moi la restauration, ou la révolution de Juillet? Ce n'est point des bouleversements politiques que je m'occupe, mais de votre cœur si changé pour moi... de votre affection...

MÉRIGNY.

Vous voilà encore avec vos idées folles!

ERNESTINE.

Non, Édouard, vous ne m'aimez plus!

MÉRIGNY.

Si fait, ma chère amie... je vous adore... nous nous adorons... C'est un point convenu...parfaitement convenu depuis dix ans... et c'est pour cela que nous n'avons pas besoin de nous le répéter sans cesse...; mais, vous autres femmes, vous faites toujours de la vie un roman, sans descendre jamais dans la réalité... Si l'on vous écoutait, il faudrait toujours être à vos genoux du matin au soir, à soupirer, à roucouler... comme un mari de la veille... ou du lendemain... Que diable! lorsque l'on a comme nous sur la tête dix années de ménage...

ERNESTINE.

Alors tout est fini... il faut renoncer au bonheur!

MÉRIGNY.

Eh non, tout n'est pas fini... l'on ne renonce pas au bonheur... seulement on est heureux d'une autre façon, voilà tout... tranquillement, raisonnablement... chacun de son côté... Dans les premiers jours de mariage, c'est tout simple, on ne se quitte pas, on ne se perd pas de vue, chaque minute de séparation paraît un siècle... mais bientôt, si l'on n'y prend garde, entre le mari et la femme il se glisse un tiers inévitable... l'ennui. Quand on est sage, on le prévient, et, pour le prévenir, il faut savoir ménager à temps son bonheur et le tête-à-tête... c'est ce que nous avons fait... A Naples, le matin, vous vous occupiez de votre intérieur, de votre petite fille... moi, de l'ambassade, de mes travaux de cabinet, et après être restés toute la journée séparés par les affaires, le soir, quand nous nous retrouvions, nous n'en avions que plus de plaisir à nous serrer la main.

ERNESTINE.

Oui... quand nous nous retrouvions... mais lorsque vous m'abandonniez des semaines entières, passant toutes les nuits dans les bals, dans les fêtes...

MÉRIGNY.

Je croyais que vous auriez laissé à Naples vos reproches et votre jalousie!

ERNESTINE.

Vous avez raison... la jalousie rend maussade, ennuyeuse... et une femme ne doit ennuyer personne... pas même son mari.

MÉRIGNY.

A la bonne heure, ma chère Ernestine!

ERNESTINE.

Oui, monsieur, dès aujourd'hui je prends modèle sur vous je veux m'amuser comme vous, me distraire comme vous, et puisque le bal est pour vous la plus agréable des distractions...

MÉRIGNY.

Que voulez-vous dire?

ERNESTINE.

Dès ce soir, je vais au bal, à l'hôtel de ville.

MÉRIGNY.

Au bal! à l'hôtel de ville, ce soir!

ERNESTINE.

Certainement... on dit que la fête sera magnifique.

MÉRIGNY.

Magnifique! un bal de garde nationale! un pêle-mêle...
une véritable cohue... comme à la cour... rien que des épi-
ciers!

ERNESTINE.

Vous y allez bien, vous-même!

MÉRIGNY.

Oh! moi... c'est différent... Si la révolution de juillet s'en-
canaille, je suis obligé de faire comme la révolution... comme
mes collègues!

ERNESTINE.

Ah! et les femmes de vos collègues, sans doute!

MÉRIGNY.

Ernestine, encore! (A part.) Elle a un instinct de jalousie!

ERNESTINE.

Voilà qui m'eût décidée tout à fait, si mon parti n'eût été
déjà pris d'avance.

MÉRIGNY.

Eh bien, madame... non... décidément non... cela ne sera
pas : vous n'irez point.

ERNESTINE.

Et pourquoi, s'il vous plaît?

MÉRIGNY.

Pourquoi? parce que... je ne le veux pas.

ERNESTINE.

Raison tout à fait maritale, mais à laquelle j'en opposerai
une autre plus concluante encore.

MÉRIGNY.

C'est que...

ERNESTINE.

C'est que je le veux.

MÉRIGNY.

Madame...

SCÈNE II.

Les Précédents, BONARDET.

BONARDET, *à la cantonade*.

Ne crains rien, madame Bonardet, ne crains rien... je serai prudent.... *(Entrant en scène.)* Cette chère Élise, elle est si bonne! elle prend tant soin de moi! Elle a toujours peur qu'en jetant l'épervier, je ne me jette à l'eau moi-même! Ah! vous voilà, mes amis.

MÉRIGNY, *bas, à Ernestine.*

Votre oncle! pas un mot devant lui.

ERNESTINE, *de même.*

Au contraire, Monsieur; je veux qu'il juge entre nous.

BONARDET.

Eh bien! on chuchote... on se parle tout bas... quelque secret d'amour sans doute... heureux couple! Vous en êtes encore comme au premier jour.

ERNESTINE.

Vous tombez bien, en vérité!

BONARDET.

Comment? Qu'y a-t-il donc? Une brouille, une dispute, par hasard!

MÉRIGNY.

Oh! rien, monsieur... Madame veut être la maîtresse, et je prétends, moi, être le maître; voilà tout!

BONARDET.

Et vous avez raison. C'est toujours au mari de commander... d'ordonner... à la femme d'obéir.

ERNESTINE.

Mais...

BONARDET.

Tiens! regarde nous tous les deux, ta tante et moi! Qui or-

donne dans la maison, qui commande? Moi... toujours moi...
Cela t'étonne? parce qu'autrefois j'avais l'air de me laisser
mener un peu, pour avoir la paix... Oh! les commencements ont
été rudes, j'en conviens... mais petit à petit... après votre départ
pour Naples... j'ai pris le dessus, je me suis montré comme il
convient à un homme, à un mari... et maintenant je suis le
maître, le seul maître... je fais ce que je veux, je pêche
quand je veux... Ce n'est pas que parfois madame Bonardet
n'ait encore quelques moments de vivacité... de mauvaise hu-
meur... mais ce n'est pas à moi qu'elle s'en prend : c'est à ce
pauvre Arthur, qui est bien le meilleur, le plus patient des amis...
c'est lui qu'elle gronde, qu'elle taquine, qu'elle brusque...
pour n'en pas perdre l'habitude... mais entre elle et moi plus
de querelle, plus de discussion, et l'on peut dire que, depuis
dix ans, nons donnons l'exemple du plus calme, du plus tranquille, du plus heureux de tous les ménages.

ERNESTINE.

Ainsi, mon oncle, me voilà d'avance condamnée par vous!

BONARDET.

Certainement!

ERNESTINE.

Sans que vous sachiez...

BONARDET.

Je ne demande pas mieux que de savoir.

MÉRIGNY.

Un caprice de Madame, qui veut aller au bal, malgré son
mari.

BONARDET.

Ah! ma nièce!

ERNESTINE.

Un caprice! quand Monsieur prétend s'y rendre malgré sa
femme!

BONARDET.

Ah! mon neveu!

MÉRIGNY.

Madame, vous connaissez mes intentions... ce que j'ai eu

l'honneur de vous dire, tout à l'heure, quand nous étions seuls, vous ne me forcerez pas de le répéter devant M. Bonardet.

ERNESTINE.

Et moi, Monsieur, ce que j'ai eu l'honneur de vous répondre entre nous, je ne craindrai pas de vous le redire devant mon oncle... Accompagnez-moi, je ne demande pas mieux... Ne m'accompagnez pas, je le veux bien... mais ce soir, avec vous, ou sans vous, certainement j'irai au bal. Monsieur... (*Elle fait une profonde révérence, et rentre chez elle, à droite.*)

BONARDET, *la suivant.*

Mais, ma chère Ernestine...

MÉRIGNY.

Madame... nous verrons...

BONARDET, *revenant à Mérigny.*

Pourtant, mon cher Mérigny...

MÉRIGNY.

Mon cher monsieur Bonardet, vous êtes l'oncle d'Ernestine, un brave homme que j'aime, que j'estime infiniment... mais, si j'ai une grâce à vous demander, c'est de ne pas vous mêler de mes affaires.

(*Il sort par le fond.*)

SCÈNE III.

BONARDET, *seul.*

Diable ! il n'est guère poli, mon neveu... Après tout, il a raison... chacun pour soi... chacun chez soi... C'est singulier... depuis quinze jours qu'ils sont revenus de Naples, je les croyais encore dans la lune de miel, comme avant leur départ... Décidément il y a des hauts et des bas dans tous les ménages. Heureusement pour moi je suis en hausse... Si l'on m'avait dit, il y a dix ans, que madame Bonardet deviendrait douce comme un mouton... Ce n'est pas l'embarras, elle est bien devenue libérale! Une royaliste pur sang, qui voulait convertir tout le monde, elle s'est laissé convertir par Arthur... C'est drôle, très-drôle... et maintenant nous lisons le *Constitutionnel,* nous nous permettons les chansons de Béranger... Par exemple, elle prétend toujours que je chante faux ! c'est une idée fixe, dont Arthur n'a pas pu la déshabituer.

SCÈNE IV.

BONARDET, MADAME BONARDET, ARTHUR, *entrant ensemble en scène.*

MADAME BONARDET.

Eh bien, moi, je vous dis que vous n'irez pas, que je ne le veux pas!

BONARDET, *se retournant.*

Hein? plait-il? Comme tu l'entendras, ma bonne amie... tu sais bien que ta volonté... Qu'est-ce que je dis donc!... C'est ce pauvre Arthur...

MADAME BONARDET.

Et qui donc, excepté lui, se ferait un plaisir de me contrarier, de m'irriter?... moi qui déteste tant les querelles, les disputes.

ARTHUR, *à part.*

Ah! pour le coup!...

MADAME BONARDET, *à son mari.*

Ce n'est pas toi, sans doute, pauvre ami, toi la bonté, la complaisance même, la perle des maris... Mais monsieur, depuis quelques jours surtout, semble prendre à tâche de me contrecarrer, de me tourmenter... Il sait qu'un rien m'agace, me bouleverse... me fait trouver mal... peu lui importe!

ARTHUR.

Mais, madame, permettez...

MADAME BONARDET.

Je ne vous permets que de vous taire.

16.

BONARDET, *à part.*

Pauvre garçon! (*A sa femme.*) Encore, ma chère Elise, faudrait-il savoir...?

MADAME BONARDET.

Oh! toi, tout ce que tu voudras, monsieur Bonardet, c'est différent... Est-ce que j'ai rien de caché pour toi, mon pauvre ami?... Eh bien donc, tu sais que c'est ce soir mon jour d'Opéra?

BONARDET.

C'est juste, ton mercredi.

MADAME BONARDET.

On donne *la Muette*, et Nourrit doit chanter *la Marseillaise.* Monsieur n'ignore pas que j'adore *la Marseillaise.*

BONARDET, *bas, à Arthur.*

Elle l'adore! Rien que le nom, autrefois, lui faisait dresser les cheveux sur la tête!

MADAME BONARDET.

Eh bien, le croirais-tu? il refuse de m'y accompagner.

BONARDET.

Pas possible!

MADAME BONARDET.

Lorsque je ne peux y aller qu'avec lui, ou avec toi!

BONARDET.

Ma chère Elise, je suis toujours à tes ordres.

MADAME BONARDET.

Y penses-tu, monsieur Bonardet? Quand le docteur t'a défendu, sous peine d'un coup de sang, de dormir après le diner... Te conduire à l'Opéra, pauvre ami! avec ta complexion antimusicale et apoplectique... Ce serait un meurtre, un véritable meurtre, et je ne veux pas devenir veuve encore.

BONARDET.

Bonne petite femme!

MADAME BONARDET.

Aussi monsieur sentira-t-il la nécessité de renoncer à ce bal.

BONARDET.

Comment? il s'agit encore de ce bal, vous voulez aller au

bal? (*A part.*) Comme madame de Mérigny! Est-ce que par hasard...?

ARTHUR.

Mais, encore une fois, laissez-moi vous dire...

MADAME BONARDET.

Tout est dit, monsieur : vous êtes libre, parfaitement libre d'agir comme il vous plaira... mais à huit heures, ce soir, la voiture sera prête... Si vous avez l'impolitesse de m'y laisser monter seule, je sais, monsieur, ce que signifiera votre conduite, et... nous verrons. (*Elle sort.*)

SCÈNE V.

BONARDET, ARTHUR.

BONARDET.

Nous voilà seuls; à mon tour maintenant.

ARTHUR, *à part.*

Où veut-il en venir?

BONARDET.

Tout à l'heure, je n'ai pas voulu vous donner tort devant elle... parce que, entre hommes, il faut toujours se soutenir... mais à présent qu'elle est partie, je vous le dis franchement, c'est mal, très-mal, mauvais sujet!

ARTHUR.

Que voulez-vous dire?

BONARDET.

Ah! ah! messieurs les jeunes gens! vous avez l'habitude de nous traiter en imbéciles... en Cassandres... Un vieux mari... un vieux notaire... ça ne voit rien, n'entend rien!... C'est ce qui vous trompe... nous voyons tout, nous entendons tout.

ARTHUR.

Je ne comprends pas...

BONARDET.

Vous ne comprenez pas pourquoi M. Arthur veut aller au

bal ce soir, comme Mme de Mérigny de son côté veut s'y rendre, malgré son mari.

ARTHUR.

Qu'entends-je? il lui défend! mais c'est une tyrannie!

BONARDET.

N'est ce-pas? Quand on s'est promis de se revoir, quand on espère profiter du bal pour... heureusement nous sommes là, ma femme et moi...

ARTHUR.

Mme Bonardet.

BONARDET.

Elle surtout, qui est si chatouilleuse sur le chapitre de la morale, et je ne souffrirai pas, par esprit de corps avant tout, que ce pauvre Mérigny...

ARTHUR, à part.

Comment détourner ses soupçons? (Haut.) Mon cher Bonardet...

BONARDET.

Non, non, laissez-moi!

ARTHUR, à part.

C'est cela, c'est le seul moyen... (Haut.) Eh bien, oui... je l'avoue, puisque votre pénétration a tout deviné... en partie du moins... il s'agit pour moi ce soir d'une entrevue... non pas d'une entrevue d'amour, comme vous le supposez... c'est une affaire plus grave, plus sérieuse... que je puis vous confier... mais à vous seul, comme à mon notaire... comme au notaire, je crois, de l'autre famille.

BONARDET.

De l'autre famille!...

ARTHUR.

C'est d'un mariage enfin qu'il est question.

BONARDET.

D'un mariage pour vous! Vous voulez vous marier, Arthur! Mais, songez-y donc! vous marier, c'est nous quitter, vous séparer de nous!

ARTHUR.

Mon cher Bonardet...

BONARDET.

Nous qui vous aimons tant! moi surtout... depuis dix ans que nous demeurons ensemble, car il y a dix ans, mon cher Arthur...

ARTHUR.

Permettez...

BONARDET.

Oh! je sais bien ce que vous m'allez dire : c'est de l'égoïsme, n'est-ce pas? C'est possible, j'en conviens... mais, que voulez-vous? quand Ernestine est partie pour Naples, c'était ma nièce, ma propre nièce, la fille de mon pauvre frère, auquel j'avais promis à son lit de mort de ne pas l'abandonner... de lui servir de père, puisque Mme Bonardet ne m'a pas donné d'enfants... Eh bien, quand elle est partie, sans doute j'ai éprouvé un grand vide, un grand chagrin... mais vous, mon ami, je sens que c'est différent, très-différent... J'ai tellement pris l'habitude de vous voir, de vivre avec vous!... Tenez, lorsque je vais à Paris, je sais que je vous laisse à la maison, e pars tranquille. Lorsque je reviens, je sais que je dois vous retrouver... je rentre content... Quand vous n'êtes pas là, il me semble toujours qu'il me manque quelque chose.

MADAME BONARDET, *en dehors*.

Monsieur Bonardet! Monsieur Bonardet!...

BONARDET.

Ah mon Dieu! rien qu'à l'entendre maintenant, il me court comme un frisson par tout le corps... Aujourd'hui, du moins, si elle gronde, vous êtes là... nous sommes deux... mais demain, si vous êtes marié, je serai seul.

MADAME BONARDET, *toujours en dehors*.

Allons donc, monsieur Bonardet, et M. Durmont qui vous attend!...

BONARDET.

M. Durmont... c'est juste... j'oubliais... j'oubliais ma partie de pêche, ma dernière partie de pêche peut-être... (*En remon-*

tant la scène.) J'y vais, ma chère Élise, j'y vais! (*En la redescendant.*) Ah! mon cher Arthur, je le crains bien... décidément j'en perdrai la tête.   (*Il sort.*)

SCÈNE VI.

ARTHUR, *seul.*

Grâce au ciel, j'ai pu lui faire prendre le change, et maintenant me voilà tranquille de ce côté... Ah! s'il avait dit vrai!
Si ce désir d'Ernestine de se rendre au bal... mais depuis
quinze jours que je l'ai revue, depuis qu'en la revoyant j'ai
senti se réveiller en moi ces souvenirs que je croyais éteints,
ce premier amour qui n'était qu'endormi, c'est à peine si j'ai
pu échanger avec elle une seule parole... On dirait qu'elle
évite mes regards, ma présence... Mais on sort de sa chambre...
oui, c'est elle!

SCÈNE VII.

ERNESTINE, ARTHUR.

ARTHUR.

Ah! madame, enfin, je vous vois, je puis vous dire...

ERNESTINE.

Pardon, je croyais que mon oncle...

ARTHUR.

Ah! de grâce, restez, madame... ne m'enlevez pas la seule
occasion qui s'est offerte à moi, depuis votre retour, de vous
parler sans témoins, de vous ouvrir mon cœur...

ERNESTINE.

Monsieur... voilà ce que je craignais... ce que je voulais
éviter...

ARTHUR.

Que dites-vous?

ERNESTINE.

Pensez-vous donc que j'aie pu me méprendre sur vos sentiments, que je n'aie pas compris vos regards, vos paroles,
votre silence?...

ARTHUR.

Se peut-il?... je serais assez heureux...

ERNESTINE.

Écoutez-moi... Il y a dix ans, le lendemain même de mon
mariage, ici, dans ce même salon, vous l'avez oublié peut-
être, je fus forcée d'avoir avec vous un entretien... une explication pénible pour vous, comme pour moi... Eh bien, je
vous en prie, épargnons-nous à tous deux un nouveau chagrin.

ARTHUR.

Ernestine...

ERNESTINE.

Après dix ans de séparation, le hasard nous réunit encore
sous le même toit. Ce hasard, il dépend de vous que je le bénisse, et je le bénirai, croyez-moi, si en me retrouvant au sein
de ma famille, au milieu des amis de mon enfance, je puis
espérer de revoir en vous aussi, Arthur, un ami de plus.

ARTHUR.

Ah! madame!...

ERNESTINE.

Mais rien qu'un ami, un frère, comme je vous l'avais demandé autrefois, un frère dont la sœur absente n'a jamais
perdu le souvenir...

ARTHUR.

Serait-il vrai? Au milieu de votre bonheur, parfois votre
pensée...

ERNESTINE.

Mon bonheur! et qui vous dit que j'étais heureuse!

ARTHUR.

Qu'entends-je! Quoi! Madame! Vous aussi vous souffriez...
comme moi... ah! de grâce, achevez, Ernestine... Ce secret
qui vient en partie de vous échapper, s'il est vrai que vous

ayez conservé pour moi quelque affection, quelque amitié...
eh bien, c'est un ami, c'est un frère, comme vous le disiez,
qui en réclame la confidence de sa sœur...

ERNESTINE.

Arthur!... oh! non... laissez-moi... je ne puis vous dire ce
que je souffre, vous devez l'ignorer.

ARTHUR.

Ernestine, au nom du ciel... M. de Mérigny!...

SCENE VIII.

LES PRÉCÉDENTS, MÉRIGNY.

MÉRIGNY, *dans le fond, à part.*

Ils ont l'air bien émus tous les deux! ma femme surtout...
(*Haut.*) Eh bien, qu'y a-t-il donc, mon cher Arthur? Est-ce
que ma présence doit gêner en rien votre conversation?

ARTHUR.

Monsieur...

MÉRIGNY.

Voyons, de quoi parliez-vous?

ERNESTINE.

Oh! de rien, mon ami, de choses tout à fait insignifiantes...
de bal.

MÉRIGNY, *à part.*

Je m'en doutais. (*Haut.*) Vous appelez cela des choses insignifiantes, un bal auquel vous attachez tant de prix!

ERNESTINE.

C'est-à-dire...

MÉRIGNY.

Ne vous en défendez point : je ne suis pas un tyran, et
puisque le bal a décidément pour vous tant de charmes...

ERNESTINE.

Monsieur...

MÉRIGNY.

Eh bien, madame, vous pouvez y aller, je vous le permets.
Seulement, une affaire imprévue qui m'appelle forcément à
Paris de mon côté, me privera du plaisir de vous accompagner, comme je l'aurais voulu; mais vous ne manquerez pas
de cavaliers, j'en suis certain, n'est-ce pas mon cher Arthur?

ARTHUR.

Comment donc? je serais trop heureux...

ERNESTINE.

Pardon, monsieur Arthur, si je n'accepte pas...

MÉRIGNY.

Et pourquoi donc, s'il vous plaît?

ERNESTINE.

Moi-même, depuis ce matin, j'ai changé d'intention... Il
n'est pas convenable que sans vous... et puis je ne me sens
pas bien!

MÉRIGNY.

En effet, vous paraissez souffrante.

ARTHUR, s'avançant vivement vers elle.

Est-il possible! Ah! madame.

MÉRIGNY, le repoussant froidement.

Merci, mon cher Arthur... Cela me regarde... (*Donnant le
bras à sa femme.*) Un peu d'air et quelques tours de jardin
vont vous remettre. (*A part.*) Avant ce soir j'aurai éclairci
mes soupçons. (*Il sort avec Ernestine.*)

SCÈNE IX.

ARTHUR, *seul.*

Oh! elle m'aime... j'en suis sûr... je l'espère, du moins...
Elle veut en vain me le cacher... se le cacher à elle-même...
Cette émotion... ce trouble... ce demi-aveu qui lui est
échappé... Moi qui me croyais entièrement oublié d'elle!
bonne Ernestine! et son mari qui la rend malheureuse...

qui l'a trompée peut-être... c'est une indignité... Si je pouvais
la revoir... oh! oui, il faut absolument que je la revoie,
seule... C'est cela... ce soir, après le départ de Mérigny, dans
ce salon, comme autrefois... (*Il se met a la table, et il écrit.*)
Mais voudra-t-elle y consentir?... n'importe... essayons... je
trouverai bien toujours quelque moyen de lui faire parvenir
ma lettre... (*Se levant.*) Mme Bonardet! quel contre-temps!...

SCÈNE X.

MADAME BONARDET, ARTHUR.

MADAME BONARDET.

A la fin, je vous trouve, monsieur.

ARTHUR.

Madame, je...

MADAME BONARDET.

Ne m'interrompez pas... je suis si faible... si fatiguée...
c'est à peine si je peux me soutenir.

ARTHUR, *à part.*

Allons! encore une scène!

MADAME BONARDET.

Monsieur, vous devez comprendre que j'ai besoin d'avoir
avec vous une explication...

ARTHUR, *à part.*

Nous y voilà!

MADAME BONARDET.

Une explication sérieuse...

ARTHUR, *regardant du côté du jardin.*

J'entends du bruit, je crois.

MADAME BONARDET.

Rassurez-vous... ce n'est pas le moment... mais ce soir, ici,
je vous attendrai.

ARTHUR.

Ce soir... ici... impossible, madame.

MADAME BONARDET.

Et pourquoi donc, monsieur?

ARTHUR, *vivement.*

Demain, après-demain, quand vous voudrez, à la bonne heure; mais ce soir, je vous l'ai déjà dit, je ne le peux pas; ce bal...

MADAME BONARDET.

Quoi! monsieur, vous persistez encore! Ah mon Dieu!.., votre bras... vous voulez donc me tuer... soutenez-moi... c'est affreux... je me trouve mal.

(*Elle se laisse aller dans un fauteuil.*)

ARTHUR, *à part.*

J'en étais sûr! (*Haut.*) Madame... Élise, revenez à vous. (*A part.*) Et ma lettre? Comment faire? on vient... M. Bonardet! c'est le ciel qui l'envoie... Ma foi, qu'il s'en tire comme il pourra.

(*Il sort, sans être vu de Bonardet.*)

SCÈNE XI.

BONARDET, *dans le fond,* MADAME BONARDET, *évanouie, sur le devant.*

BONARDET, *à la cantonade.*

Et moi, je vous dis que rien ne vaut une carpe de Seine... quand on la laisse dégorger... Ah mon Dieu! qu'est-ce que je vois? ma femme... Elle est évanouie... Élise! ma chère Élise!...

MADAME BONARDET, *languissamment.*

Vous ne me dites pas cela comme autrefois!

BONARDET.

Comment? ma bonne amie, comme autrefois?

MADAME BONARDET, *se levant précipitamment.*

M. Bonardet! c'est une infamie!

BONARDET.

Une infamie! que veux-tu dire?

MADAME BONARDET.

Sans doute... la conduite de M. Arthur, prétendez-vous l'excuser?

BONARDET.

Moi, par exemple!... tu sais donc tout?... qu'il va se marier...

MADAME BONARDET.

Se marier, lui, Arthur?

BONARDET, *à part.*

Est-il possible? elle l'ignorait!

MADAME BONARDET.

Je ne m'étonne plus alors! Ce bal...

BONARDET.

C'est pour une entrevue, ma chère..

MADAME BONARDET.

Une entrevue! et avec qui, monsieur, avec qui?

BONARDET.

Je n'en sais rien, mais je le saurai, car il paraît que c'est une de mes clientes.

MADAME BONARDET.

Une de vos clientes?

BONARDET.

Et alors, quand je ferai le contrat...

MADAME BONARDET.

Le contrat! vous auriez l'impudence de faire le contrat!

BONARDET.

Écoute donc, je suis notaire.

MADAME BONARDET.

Vous êtes mon mari avant tout, monsieur Bonardet, et je ne souffrirai pas... Ce soir... c'est ce soir que doit avoir lieu l'entrevue!... eh bien j'y serai aussi moi, j'y serai... Monsieur Bonardet...

BONARDET.

Ma chère Élise...

MADAME BONARDET.

Vous allez partir pour Paris.

BONARDET,

Pour Paris!

MADAME BONARDET.

Vous passerez chez ma marchande de modes.

BONARDET.

Ta marchande de modes! mais il me semble...

MADAME BONARDET.

Hein?

BONARDET.

J'y passerai, chère amie...

MADAME BONARDET.

Mais non... vous avez raison, il est trop tard... oui, cela
vaut mieux... je veux voir si... la tête me brûle... ne vous
éloignez pas... que je vous aie toujours sous la main.

SCÈNE XII.

BONARDET, *seul.*

Je m'en étais bien douté! voilà le baromètre redescendu à
la tempête... les bourrasques qui recommencent comme autrefois, comme il y a dix ans! Mon pauvre Bonardet! ta lune
de miel est finie! c'est la lune rousse qui se lève! Adieu le
repos, l'indépendance... les parties de pèche!.. Ah! messieurs
nos libéraux de la presse ou de la chambre, qui nous parlez
tant et si souvent de nos libertés publiques!... je ne connais
au monde qu'une liberté, moi... c'est la liberté conjugale...
Encore s'il était aussi facile de s'insurger contre sa femme
que contre le gouvernement... qui est-ce qui ne se sent pas
brave un jour en sa vie!... je vous le demande... Mais le courage d'un mari, c'est le courage de tous les jours, de toutes
les heures, de toutes les minutes... si l'on faiblit un seul instant, l'on est perdu.

SCÈNE XIII.

BONARDET, MÉRIGNY.

MÉRIGNY.

Monsieur Bonardet... mon cher oncle...

BONARDET.

Mon pauvre neveu...

MÉRIGNY.

Je vous cherchais.

BONARDET.

Moi! (*A part.*) Quel air furieux!

MÉRIGNY.

J'ai un conseil à vous demander.

BONARDET.

Parlez, je suis tout oreilles.

MÉRIGNY.

Si vous aviez entre les mains la preuve de la trahison de votre femme... que feriez-vous?

BONARDET.

Hein? qu'est-ce que vous dites?

MÉRIGNY.

Oui... que feriez-vous? répondez.

BONARDET.

Ce que je ferais... Écoutez donc un peu.. c'est une question que l'on ne jette pas ainsi à brûle-pourpoint à la tête d'un mari... que diable?... il y a tant de manières de prendre la chose.

MÉRIGNY.

Il n'y en a qu'une... pour moi du moins... c'est de se battre.

BONARDET.

Se battre!

MÉRIGNY.

Oui, pour le tuer... ou être tué par lui.

BONARDET.

Jolie alternative!

MÉRIGNY, *lui remettant une lettre.*

Tenez! lisez mon oncle.

BONARDET, *l'ouvrant, à part.*

Une lettre d'Arthur! pour Ernestine peut-être : son mariage n'était donc qu'une ruse!

MÉRIGNY.

Lisez donc!

BONARDET, *lisant.*

« Après ce qui s'est passé ce matin, j'éprouve plus que jamais le besoin de vous revoir, de vous parler... Ce soir, quand on sera parti, je serai au salon. Ne me répondez pas, j'attendrai. »

MÉRIGNY.

Eh bien! est-ce clair?

BONARDET.

C'est clair... si l'on veut... car enfin, j'ai beau regarder, j'ai beau chercher... je ne vois pas d'adresse... par conséquent..

MÉRIGNY.

Mais ce billet, mon oncle, savez-vous où je l'ai trouvé?

BONARDET.

Au fait... où l'avez-vous trouvé? je n'en sais rien.

MÉRIGNY.

Dans ce bosquet... là-bas... au pied du banc.

BONARDET.

Eh bien?

MÉRIGNY.

Eh bien, qui est-ce qui vient travailler sous ce bosquet? qui est-ce qui vient s'asseoir sur ce banc tous les jours? Ernestine et Mme Bonardet... elles seules.

BONARDET.

Madame Bonardet! par exemple!... après tout, quand cette lettre serait adressée à Ernestine, qu'est-ce que cela prouve? Une femme peut-elle empêcher qu'on ne lui écrive, qu'on

ne lui demande un rendez-vous... mais si elle n'y vient pas.
à ce rendez-vous?...

MÉRIGNY.

Elle y viendra !

BONARDET.

C'est ce qu'il faut voir !

MÉRIGNY.

Au fait, vous avez raison, c'est ce qu'il faut voir...

BONARDET.

A la bonne heure. (*A part.*) Si je peux le prévenir.

MÉRIGNY.

Et pour cela nous n'avons pas de temps à perdre. Voici la
nuit qui arrive... je pars pour Paris.

BONARDET, *à part.*

Dieu soit loué !

MÉRIGNY.

C'est-à-dire, nous partons pour Paris.

BONARDET.

Comment?

MÉRIGNY.

Oui, je vous emmène... puis, quand on nous croira bien
loin, alors...

BONARDET.

Alors?

MÉRIGNY.

Nous revenons sans bruit... nous les surprenons en tête-à-
tête..

BONARDET, *à part.*

Diable d'homme ! il a bien peur de ne pas être sûr de son fait !

MÉRIGNY.

Si c'est votre femme...

BONARDET.

Ma femme ! par exemple !

MÉRIGNY.

En ce cas comptez sur moi, mon oncle... Si c'est la mienne...
vous serez mon témoin.

BONARDET.

Votre témoin? un instant!

MÉRIGNY.

Je ne m'étonne plus qu'elle ait si brusquement renoncé à
ce bal... tout s'explique à présent... Silence... j'aperçois
Arthur!

BONARDET, *à part.*

Pauvre garçon! comment le tirer de là?

SCÈNE XIV.

LES PRÉCÉDENTS, ARTHUR.

ARTHUR, *à part.*

Il n'est pas encore parti! aurait-il changé d'intention?

MÉRIGNY.

Ah! c'est vous, mon cher Arthur, je suis bien aise de vous
voir.

BONARDET, *à part.*

Son cher Arthur! quand il voudrait...!

MÉRIGNY

Je pars à l'instant même avec mon oncle.

ARTHUR, *à part.*

Quel bonheur!

MÉRIGNY, *bas, à Bonardet.*

Voyez-vous quel changement de physionomie!

BONARDET, *à part.*

Le maladroit!

MÉRIGNY, *à Arthur.*

Oui... ne nous trahissez pas... c'est une partie de plaisir
que nous venons d'organiser.

BONARDET, *à part.*

Une partie de plaisir! il appelle cela une partie de plaisir!

MÉRIGNY.

Et comme nous reviendrons sans doute fort tard...

17.

ARTHUR, *vivement.*

Vous croyez?

BONARDET, *à part.*

Nous ne reviendrons que trop tôt. (*Il lui fait des signes.*) Il ne me regarde pas!

MÉRIGNY.

Si par hasard on était inquiet...

ARTHUR.

Soyez tranquille... je m'en charge.

BONARDET, *à part, continuant de lui faire des signes.*

Le malheureux! il ne voit rien, ne comprend rien!

MÉRIGNY.

Allons, venez, mon oncle, on nous attend.

BONARDET.

Adieu, mon cher Arthur... (*Cherchant à lui parler.*) Je...

MÉRIGNY, *se retournant.*

Hein?

BONARDET.

Me voilà, mon cher neveu, me voilà!... (*A part.*) Impossible de lui glisser un mot. (*Haut.*) Je suis à vous... (*Dans le fond de la scène.*) Adieu, mon ami, mon pauvre ami.

SCÈNE XV.

ARTHUR, *seul.*

Quel air singulier! ce brave Bonardet! voilà une partie de plaisir qui ne paraît pas l'amuser beaucoup... N'importe! l'essentiel, c'est qu'ils sont partis, et dans quelques minutes ils seront loin. Mais viendra-t-elle? consentira-t-elle à venir? Si ma lettre l'avait offensée, irritée contre moi... Je tremble, comme il y a dix ans, lorsque j'échangeais avec elle une première parole... lorsque j'attendais dans ce salon un premier rendez-vous... J'entends du bruit... non, ce n'est rien, rien encore... Cette fois, je ne me trompe pas, l'on vient, c'est le froissement d'une robe, c'est elle...

SCÈNE XVI.

ARTHUR, ERNESTINE.

ARTHUR.

Ernestine...

ERNESTINE.

Monsieur Arthur...

ARTHUR.

Vous, ici, près de moi! je n'ose encore croire à tant de
bonheur!

ERNESTINE.

Oh! non, Arthur, ne croyez pas... je ne voulais pas venir...
si vous me voyez, c'est l'inquiétude, l'effroi qui m'amène près
de vous...

ARTHUR.

Que voulez-vous dire?

ERNESTINE.

Cette lettre que vous m'avez écrite.. que vous m'avez remise
malgré moi... je ne l'ai plus... J'ai beau la chercher... je ne
la trouve pas...

ARTHUR.

Grand Dieu!

ERNESTINE.

Qu'est-elle devenue? je l'ignore... Si elle est tombée aux
mains de mon mari!

ARTHUR.

Rassurez-vous, il est bien loin!

SCÈNE XVII.

Les Mêmes, BONARDET.

BONARDET.

Il est ici, tout près... sauvez-vous, Arthur, sauvez-vous...
il sait tout, il a surpris votre lettre... (*Apercevant Ernestine..*
Ciel! Ernestine!.. tout est perdu!

ERNESTINE.

Mon oncle, je vais au-devant de lui... je vais tout lui dire...
lui expliquer...

BONARDET.

Est-ce qu'il est en état de rien entendre... de rien écouter... Il vous tuera, mes enfants, il vous tuera tous les deux,
voilà tout. Mon Dieu! que faire?

ARTHUR.

Eh bien, qu'il vienne!

BONARDET.

Non, non... oui, c'est le seul parti à prendre... Ernestine!..

ERNESTINE.

Mon oncle?

BONARDET.

Va-t'en, va-t'en, rentre chez toi... il est peut-être temps
encore .. eh vite, habille-toi... comme pour le bal.

ERNESTINE.

Pour le bal?

BONARDET.

Eh vite, te dis-je... c'est la seule chance de salut qui nous
reste.

ERNESTINE, *se retirant.*

Ah! monsieur Arthur, vous m'avez perdue!

ARTHUR, *lui baisant la main.*

Ernestine!...

(*Elle rentre chez elle.*)

SCÈNE XVIII.

BONARDET, ARTHUR.

(*Il fait nuit.*)

BONARDET, *qui a vu Ernestine.*

Le malheureux! il s'agit bien de cela... Maintenant, à vous, Arthur.

ARTHUR, *se dirigeant vers le fond.*

Soyez tranquille... je saurai bien m'échapper sans qu'il me voie.

BONARDET, *le retenant.*

Au contraire... s'il ne vous voyait pas, il croirait que je vous ai averti : il faut qu'il vous trouve ici, au rendez-vous où il vous a laissé, où il sait que vous devez attendre... mais qu'il vous y trouve seul... qu'il soit bien persuadé que personne n'est venu... que personne ne viendra... et pour le convaincre, il nous faudrait un signal qu'il pût entendre, auquel personne ne répondrait... C'est cela.... toussez... toussez fort...

ARTHUR.

Ah mon Dieu! qu'est-ce que vous dites!

BONARDET.

Ou plutôt... oui, cela vaut mieux, comme dans mon jeune temps : trois coups dans la main.

ARTHUR.

Trois coups dans la main! c'est encore pis!

BONARDET.

Du courage... du sang-froid, surtout, quand il sera là... je vais les frapper moi-même.

(*Il frappe les trois coups.*)

Maintenant, à la grâce de Dieu!   (*Il sort.*)

SCÈNE XIX.

ARTHUR, MADAME BONARDET, *puis* MÉRIGNY.

(Il fait toujours nuit.)

MADAME BONARDET, *entr'ouvrant sa porte.*

Est-il possible ? Ne me suis-je pas trompée ? Ce signal, comme autrefois.... Arthur... Arthur... est-ce bien vous ?

ARTHUR.

Élise ! j'en étais sûr !

MÉRIGNY, *dans le fond.*

Plus de doute... les voilà ensemble... la perfide !

ARTHUR.

J'entends marcher... silence !

MADAME BONARDET.

Mérigny !

MÉRIGNY.

Lui-même !... que vous n'attendiez pas, madame, et qui vient... (*La reconnaissant.*) Madame Bonardet !

ARTHUR.

Arrêtez ! je ne souffrirai pas...

MADAME BONARDET.

Arthur, du calme... Oui, monsieur, c'est moi... moi dont vous avez surpris le secret... mais vous êtes honnête homme... je me confie à votre loyauté.

MÉRIGNY.

Madame... Ainsi donc ce rendez-vous donné... cette lettre...

MADAME BONARDET.

Cette lettre ?

ARTHUR, *vivement.*

Que je vous écrivais pour vous prévenir... pour vous faire savoir...

MADAME BONARDET.

Cher Arthur !... Donnez, monsieur, donnez... (*Mérigny lui remet la lettre.*) Merci, Arthur, merci !

MÉRIGNY, *à part.*

Et moi qui soupçonnais Ernestine... cependant ce bal qu'elle
désirait si vivement, pourquoi y renoncer?
(*Ernestine sort de chez elle tout habillée. Le théâtre s'éclaire.*)
Mais que vois-je? plus de doute... c'est elle-même en toilette...
j'étais fou.

SCÈNE XX.

Les Précédents, ERNESTINE, domestiques, *avec flambeaux.*

MÉRIGNY.

Ah! mon amie, pardon!

ERNESTINE.

Monsieur... je ne sais...

MÉRIGNY.

Oh! n'importe... pardonne-moi... j'étais bien coupable...

SCÈNE XXI.

Les Précédents, BONARDET.

BONARDET, *bas, à Mérigny.*

Eh bien, mon ami, qu'y a-t-il de nouveau? (*Haut.*) Tiens!
ma femme!

MÉRIGNY.

Rien, mon oncle... Mon cher oncle, je me trompais... je
vous expliquerai tout... (*A part.*) Pauvre Bonardet!...

BONARDET, *à part.*

Pauvre Mérigny! et un diplomate encore!

ARTHUR, *à part.*

Elle est perdue pour moi!

FIN DU SECOND ACTE.

ACTE III.

Même décoration qu'aux autres actes.

PERSONNAGES.

LE BARON ÉDOUARD DE MÉRIGNY (62 ans).
LA BARONNE ERNESTINE DE MÉRIGNY (47 ans).
BONARDET, notaire honoraire (68 ans).
Mme BONARDET (55 ans).
ARTHUR D'HENNEVILLE (53 ans).
GABRIELLE DE MÉRIGNY.
ANATOLE DESVALLIÈRES, substitut du procureur du roi, neveu de Mme Bo-
  nardet.
CHARLES ROLAND, neveu d'Arthur d'Henneville.

(La scène se passe en 1847.)

SCÈNE PREMIÈRE.

MÉRIGNY, MADAME DE MÉRIGNY, GABRIELLE, *leur fille,*
BONARDET.

*(Au lever du rideau, Bonardet et Mérigny sont assis devant une
table, et jouent au domino. Madame de Mérigny et sa fille tra-
vaillent.)*

MÉRIGNY, *à sa femme.*

Oui, ma chère Ernestine, c'est aujourd'hui 12 septembre
1847, notre vingt-septième anniversaire.

BONARDET.

A vous la pose, monsieur le marié !

MADAME MÉRIGNY.

Quoi, déjà, mon cher Mérigny, vingt-sept ans de ménage !

MÉRIGNY, *s'interrompant.*

Et de bonheur, chère amie... le double six.

BONARDET.

Et moi, vienne la Saint-Sylvestre, trente-trois ans de mariage... et de galères !

GABRIELLE.

Pauvre oncle !

MÉRIGNY.

Vous rappelez-vous, Bonardet, comme votre nièce était
jolie, la veille ? (*Baissant la voix.*) Et plus jolie encore le
lendemain.

BONARDET, *de même.*

Mauvais sujet !

MÉRIGNY.

Je boude.

BONARDET.

Si je m'en souviens ! et la colère de ma femme quand, le
soir de la noce, j'ai voulu chanter la chanson de Béranger :

> Tous nos billets de mariage
> Sont des billets...

MÉRIGNY, *l'interrompant et lui montrant Gabrielle.*

Chut !

BONARDET.

Je n'y pensais pas... c'est juste !

GABRIELLE.

C'est faux, mon cher oncle, très-faux, je vous assure !

BONARDET.

Allons, toi aussi, petite, comme ta tante !... Domino !

(*Ils se lèvent.*)

MADAME MÉRIGNY.

Savez-vous bien, mon cher oncle, que tout cela ne nous
rajeunit pas ? Si j'étais encore coquette !... mais je ne le suis
plus que pour ma fille, pour Gabrielle.

GABRIELLE.

Bonne mère !

MADAME MÉRIGNY.

A chacun son tour dans ce monde! Nous avons fait notre temps... c'est le sien qui commence... A elle toutes les joies du présent, toutes les espérances de l'avenir; à nous les souvenirs du passé, et se souvenir, mon cher Mérigny, c'est encore être heureux!

BONARDET.

Bien obligé! Pour mon compte, je ne connais rien d'ennuyeux comme ce bonheur-là!... Le bel amusement, par exemple, de penser pour tout plaisir aux parties de pêche qu'on a faites autrefois! Je donnerais, vois-tu, tous les brochets que j'ai pu prendre en ma vie pour un simple goujon que je sentirais aujourd'hui frétiller au bout de ma ligne... Pourtant je m'étais choisi une passion bien tranquille... qui n'offusquait personne... une passion de tous les âges... Je me disais : J'ai pêché dans ma jeunesse, je pêche dans mon âge mur... je pêcherai encore dans mes vieux ans... Bah! j'avais compté sans ma femme... Quand elle était jeune, il fallait l'accompagner à cheval... maintenant qu'elle est vieille, il faut la mener au sermon... Je n'ai eu qu'un bon temps dans ma vie!

MÉRIGNY.

Avant votre mariage?

BONARDET.

Non, après le vôtre, pendant qu'Arthur était notre commensal.

MADAME MÉRIGNY, *vivement*.

M. Arthur?

BONARDET.

Pauvre garçon! quand je pense que je ne le verrai plus!

MADAME MÉRIGNY.

Que dites-vous? lui serait-il arrivé quelque malheur?

BONARDET.

Qui sait? depuis dix-sept ans qu'il est parti!

MADAME MÉRIGNY.

Dix-sept ans!

BONARDET.

Oui, en 1830, le lendemain du jour où vous nous avez quittés vous-même pour retourner à votre poste. Au moins, quand il était là, j'avais quelque répit.... Maintenant que je suis tout seul...

GABRIELLE, *allant à lui.*

Tout seul, mon oncle! Est-ce que depuis notre retour en France, depuis que mon père est fixé ici près de vous, nous ne sommes pas là, ma mère et moi?...

MÉRIGNY, *riant.*

Toi, Gabrielle!

GABRIELLE.

Oh! je sais bien que je ne suis pas brave! la grosse voix de ma tante me fait une peur! Mais, à nous deux, mon oncle, en mettant ensemble tout ce que nous avons de courage... Qui sait? je remplacerai peut-être ce M. Arthur que vous aimez tant.

BONARDET.

Impossible, petite, impossible! et puis, quand tu te marieras...

GABRIELLE.

Eh bien, mon oncle, mon mari fera comme moi... nous serons trois contre une, et alors...

BONARDET.

Mais tu ignores donc que ton mari...

MADAME MÉRIGNY, *interrompant Bonardet.*

Chut!

MÉRIGNY, *bas à Bonardet, de l'autre côté.*

Silence! elle ne sait rien encore!

BONARDET.

Ah!

MADAME MÉRIGNY.

Non... Mme Bonardet n'a pas voulu, jusqu'à l'arrivée de son neveu.

MÉRIGNY.

Qu'elle attend aujourd'hui...

MADAME MÉRIGNY.

Et nous allons tout à l'heure passer chez le voisin pour le contrat... Pourvu que notre anniversaire lui porte bonheur! Chère enfant! je ne puis penser à ce moment-là sans que les larmes me viennent aux yeux.

MÉRIGNY.

Tu es folle, ma bonne amie!

MADAME MÉRIGNY.

Je suis mère, mon cher Édouard, et tu ne peux comprendre ce que le cœur d'une mère... (*Regardant Gabrielle.*) Tiens, ma fille...

GABRIELLE.

Maman?

MADAME MÉRIGNY.

Embrasse-moi, ma fille, ma chère fille.

GABRIELLE.

Bien volontiers.

(*Elles s'embrassent.*)

MÉRIGNY.

Quel enfantillage! elle pleure, pourtant! (*A Gabrielle.*) Et moi, Gabrielle, est-ce que tu m'oublies?

GABRIELLE.

Vous, mon père?   (*Elle l'embrasse.*)

MÉRIGNY, *retenant une larme.*

Ma chère enfant! Allons, sortons, ma femme. (*A part.*) Il me semble que je m'attendris comme elle!

(*Ils sortent tous les deux.*)

SCÈNE II.

GABRIELLE, BONARDET.

GABRIELLE.

Et vous, mon oncle, est-ce que vous ne m'embrassez pas aussi?

BONARDET.

Moi, petite? Certainement si, et de bien bon cœur... (*S'attendrissant.*) Pauvre Gabrielle!... je crois que je deviens bête ·comme eux.

GABRIELLE.

Ah çà, mon oncle, maintenant que nous sommes seuls, vous allez tout me dire, n'est-ce pas?

BONARDET.

Comment?

GABRIELLE.

Sans doute. Tout le monde se parle à l'oreille : maman m'embrasse, mon père m'embrasse, voilà que vous venez de m'embrasser vous-même, et vous faites tous en m'embrassant une figure si drôle! Vous riez d'un œil, vous pleurez de l'autre... Il y a quelque chose là-dessous.

BONARDET.

C'est bien possible.

GABRIELLE.

En ce cas, vous m'allez conter...

BONARDET.

Du tout!... c'est un secret!

GABRIELLE.

Un secret? raison de plus... cela se dit, un secret.

BONARDET.

Non, cela se garde.

GABRIELLE.

Quand on n'aime pas les gens... mais quand on a de l'amitié pour eux, comme vous en avez pour votre petite nièce...

BONARDET, *lui frappant sur la joue.*

Vraiment! petite friponne! tu fais de ton vieil oncle tout ce que tu veux!

GABRIELLE.

Eh bien?

BONARDET.

Mais au moins la plus grande discrétion... Si ma femme venait à le savoir...

GABRIELLE.

Soyez tranquille !

BONARDET.

Apprends donc... (*Bas.*) qu'on va te marier !...

GABRIELLE.

Me marier !... Et savez-vous avec qui ?

BONARDET.

Avec le neveu de ta tante, Anatole.

GABRIELLE.

Le substitut ! ah mon Dieu !

BONARDET.

Tu ne l'aimes pas ?

GABRIELLE.

Je ne peux pas le souffrir.

BONARDET.

J'en étais sûr !

GABRIELLE.

Une longue figure ennuyeuse comme un réquisitoire !

BONARDET.

Un sournois qui fait toujours de la morale, et qui se met-trait volontiers de moitié avec ta tante pour me chercher querelle !

GABRIELLE.

Mon petit oncle... mon bon oncle... vous ne m'abandon nerez point, n'est-ce-pas ? Vous parlerez pour nous.

BONARDET.

Comment, pour nous ?... Est-ce que par hasard ton anti-pathie pour le substitut viendrait de ton amour...

GABRIELLE, *baissant les yeux.*

Peut-être bien, mon oncle.

BONARDET.

Et quel est l'heureux mortel ?

GABRIELLE.

Oh ! pour cela, mon oncle, c'est un secret !

BONARDET.

A la bonne heure, mais un secret, petite, tu le sais, quand on aime les gens...

GABRIELLE.

Ah! mon oncle, ce n'est pas bien, vous profitez...

BONARDET.

Eh bien, Gabrielle ?

GABRIELLE.

Eh bien, mon oncle... j'entends du bruit.

BONARDET, *allant au fond.*

C'est sans doute Anatole qui arrive avec ta tante.

GABRIELLE.

Monsieur Anatole!... oh oui... j'en suis bien sûre... c'est lui... je me sauve, je ne veux pas le voir... Adieu, adieu, mon oncle!

(*Elle sort en courant.*)

BONARDET, *redescendant la scène.*

Eh non... ce n'est rien... Comment! déjà partie!... Ah! petite rusée! elle m'échappe avec son secret, et je me laisse attraper...

ARTHUR, *en dehors.*

C'est bien. c'est bien... portez la malle dans la chambre du second, la chambre jaune.. et ne vous dérangez pas... je connais la maison.

BONARDET.

Est-il possible? cette voix... quelle ressemblance!... je ne me trompe pas... Arthur!

SCÈNE III.

ARTHUR, BONARDET.

ARTHUR.

Mon cher Bonardet!

BONARDET.

Ah mon Dieu!

ARTHUR.

Qu'avez-vous ?

BONARDET.

Rien... le saisissement... la joie...

(Ils s'embrassent.)

ARTHUR.

Mon bon ami!

BONARDET.

Mon cher Arthur! que je vous regarde encore ! j'ai peine à
en croire mes yeux !

ARTHUR.

Vous me trouvez un peu changé, un peu vieilli, n'est-ce
pas? Dame, goutteux et vieux garçon, cela ne rajeunit guère.

BONARDET.

Et moi, mon bon Arthur, point de goutte, mais toujours
marié... Est-ce qu'il n'y a pas compensation?

ARTHUR.

Et Mme Bonardet... Mérigny?

BONARDET.

Ma femme ! elle fait comme nous, mon ami... au physique
elle a cinquante-cinq ans; au moral, elle est dévote... ce qui
ne l'empêche pas de me tourmenter... au contraire!

ARTHUR.

Pauvre Bonardet!

BONARDET.

Quant à Mérigny, en voilà un gaillard heureux, tranquille...
on croirait qu'il recommence la lune de miel! Et dire que
sans moi, en 1830, vous... par bonheur il ne s'en est jamais douté!... il y a une providence pour les maris... et
maintenant il demeure avec nous, diplomate retraité depuis
l'année dernière, comme moi, mon cher Arthur, notaire honoraire depuis trois ans, et, depuis deux, marguillier en exercice.

ARTHUR.

Allons ! de nous trois, c'est encore moi le moins bien par-
agé !

BONARDET.

Vous !

ARTHUR.

Sans doute ! Si Mme Bonardet vous mène, vous gronde,
c'est votre femme après tout... c'est légitime... mais moi, un
ieux garçon, en puissance de gouvernante, qui a une famille encore ! Si vous saviez quel enfer, mon pauvre ami ! Je
n'avais qu'un neveu, un brave garçon... il a fallu l'éloigner
de moi pour avoir la paix ! mais que madame ait un cousin
à établir, une fille à marier...

BONARDET.

Libertin !

ARTHUR.

Non, parole d'honneur... je n'y suis pour rien... Cette fois
la fille s'est mariée toute seule. Quand je dis mariée... elle
s'est laissé séduire par un jeune homme qui est parti : la fille
court après son amant, et moi il faut que je coure après l'a-
mant et la fille pour qu'il épouse ou qu'il finance... C'est ce
qui m'amène à Paris, et je ne pouvais pas me trouver si près
de vous, mon cher Bonardet, sans venir vous serrer la main,
et passer avec vous mes vingt-quatre heures de liberté.

BONARDET.

Vingt-quatre heures ! par exemple ! si vous croyez que je
vous laisserai partir !

ARTHUR.

Vous voulez donc voir débarquer ma vieille gouvernante?

BONARDET.

Qu'elle vienne.... qu'elle vienne... je l'attends... Allons,
Arthur, du courage... que diable ! Est-ce qu'on a peur d'une
femme? (*Apercevant madame Bonardet.*) Va-t-elle être étonnée !

ARTHUR.

Pourvu qu'elle prenne bien la surprise !

18

SCÈNE IV.

Les Mêmes. MADAME BONARDET, ANATOLE.

ANATOLE.

Oui, ma tante, je vous le répète, on s'est permis d'installer quelqu'un dans mon appartement!

MADAME BONARDET.

M'expliquerez-vous, monsieur Bonardet, ce que signifie... (*Apercevant Arthur.*) Quel est ce monsieur?

BONARDET.

Comment, tu ne reconnais pas?... Dites-donc, elle ne vous reconnaît pas, Arthur, c'est un peu fort!

MADAME BONARDET.

Monsieur d'Henneville... Pardon, monsieur, il y a si longtemps. (*A part.*) Qu'il est vieilli, le pauvre homme!

ARTHUR, *à part.*

Pauvre femme! qu'elle est changée! (*Haut.*) C'est moi, madame, qui vous dois des excuses; en ma qualité de vieil ami de la maison, j'avais cru pouvoir faire porter sans façon mon petit bagage dans la chambre que j'occupais autrefois, vous savez...

MADAME BONARDET.

Monsieur, mon neveu est trop poli pour ne pas vouloir vous céder la place.

ANATOLE, *à part.*

Qu'est-ce qu'elle dit donc, ma tante?

ARTHUR, *s'inclinant.*

Madame...

MADAME BONARDET.

Malheureusement nous n'avons qu'une chambre disponible... et vous concevez qu'un homme du roi... mon neveu a l'honneur d'être substitut... Saluez, Anatole.

(*Anatole salue.*)

ARTHUR, *lui rendant le salut.*

Monsieur... (*A part.*) Quel air cafard !

MADAME BONARDET, *continuant.*

Dans les circonstances particulières où il se trouve... je vais le marier... (*Anatole salue.*) Eh non, tenez-vous donc... Anatole ne peut pas décemment loger à l'auberge... Aussi, monsieur...

ARTHUR.

Je comprends parfaitement, madame.

MADAME BONARDET.

Vous voyez que j'agis comme vous, sans façon, entre vieux amis...

BONARDET.

Il me semble pourtant, chère Élise...

MADAME BONARDET, *à part.*

Taisez-vous, et débarrassez-moi de lui au plus vite. (*Haut.*) Mille pardons, messieurs, de vous quitter aussi brusquement... une maîtresse de maison... Ah! monsieur Bonardet... j'ai quelques commissions à vous donner pour Paris.

BONARDET.

Mais, ma femme...

MADAME BONARDET.

Taisez-vous... vous passerez d'abord au bureau de l'univers... pour renouveler mon abonnement.. de là vous irez à Notre-Dame nous retenir deux chaises pour demain.. Le père Lacordaire doit prêcher.

ANATOLE.

Ah! ma tante, si vous me permettiez de vous offrir le bras!

BONARDET *à part.*

Bon! me voilà libre!

MADAME BONARDET, *à Anatole.*

Certainement. (*A Bonardet.*) Vous retiendrez trois places.

BONARDET.

Mais...

MADAME BONARDET.

Trois... vous m'entendez... Messieurs...

(*Elle salue et sort.*)

ANATOLE.

Je vous suis, ma tante... Dites donc, mon oncle, puisque
vous allez à Paris, seriez-vous assez bon pour entrer chez
mon tailleur, rue Vivienne... Monsieur, j'ai bien l'honneur...

(*Il salue Arthur et sort.*)

SCÈNE V.

BONARDET, ARTHUR.

ARTHUR.

Et le neveu aussi! Oh! pour le coup, c'est trop fort!

BONARDET.

Certainement, c'est trop fort!... et quant à moi, je pense
comme Lafayette... il y a des cas où l'insurrection est le plus
saint des devoirs... pour les oncles et les maris.

ARTHUR.

A la bonne heure!

BONARDET.

Vous renvoyer de chez moi, quand j'étais si heureux de
vous revoir! c'est un procédé...

ARTHUR.

Mon cher Bonardet...

BONARDET.

Non, mon ami... je me révolte, à la fin.. je m'insurge... et
je lui signifie... à partir de demain... que je ne veux plus faire
ses commissions.

ARTHUR.

Ah!

BONARDET.

Ni celles de son neveu... pour aujourd'hui, passe encore...
Sans adieu, mon cher Arthur; dans une heure, je suis de
retour.

SCÈNE VI.

ARTHUR, *seul.*

Ma foi, pour le plaisir que ma présence paraît causer à madame Bonardet, je ferais bien, je crois, de partir avec lui ; pourtant je n'aurais pas voulu m'éloigner sans revoir Ernestine... On a bien raison de le dire : un premier amour laisse en nous des impressions que le temps n'efface pas... Tout à l'heure, quand je traversais le jardin, maintenant que je me retrouve dans ce salon... il y a cependant vingt-sept ans... c'était avant son mariage... eh bien, il me semble que mes souvenirs datent d'hier... Oui, c'est par ici qu'arrivait Ernestine ; c'est là, derrière ce bosquet, que j'attendais le signal convenu... Comme sa petite voix tremblait quand, pour le donner, elle toussait piano, piano, trois fois...

(*On entend tousser en dehors.*)

Ah mon Dieu! Qu'est-ce que j'entends ? (*Il remonte la scène.*) Et que vois-je?... Une jeune fille de ce côté, du côté d'Ernestine... (*On entend tousser trois fois de l'autre côté.*) Et de ce côté, du mien... mon bosquet qui répond, qui remue... un jeune homme qui en sort... Qu'est-ce que cela veut dire ? Le meilleur moyen de le savoir, c'est de me cacher... oui, là... chez Ernestine... Autrefois j'aurais craint de la compromettre, mais aujourd'hui je crois qu'il n'y a plus de danger ni pour l'un ni pour l'autre. (*Il entre dans le cabinet, dont il laisse la porte entr'ouverte.*)

SCÈNE VII.

ARTHUR, *caché*; GABRIELLE, *puis* CHARLES.

GABRIELLE, *appelant à voix basse.*

Monsieur Charles... monsieur Charles...

ARTHUR, *à part*.

Il paraît que nous nous appelons Charles !

GABRIELLE, *à voix basse*.

Venez, venez vite... je suis seule.

ARTHUR, *à part*.

C'est-à-dire, nous sommes seuls.

CHARLES, *entrant*.

Me voilà, mademoiselle, me voilà !...

ARTHUR, *à part*.

Eh mais, je ne me trompe pas... c'est mon neveu... Par quel hasard... ?

CHARLES.

Ah ! mademoiselle Gabrielle, si vous saviez !

ARTHUR, *à part*.

Gabrielle ! c'est bien la petite Mérigny.

GABRIELLE.

On veut me marier, monsieur Charles.

CHARLES.

Votre père vient de me l'annoncer lui-même !

GABRIELLE.

A vous !

CHARLES.

J'étais dans l'étude, tout seul, cherchant à travers le feuillage si je ne vous apercevrais pas au jardin ; M. Mérigny se présente avec votre mère, et, en l'absence de mon patron, ne voilà-t-il pas qu'il me dicte tous les renseignements nécessaires à votre contrat de mariage ! Quelle situation, mademoiselle !

GABRIELLE.

Et qu'avez-vous répondu ?

CHARLES.

Rien... mais, à ce qu'il paraît, j'avais l'air si singulier...

GABRIELLE.

Si singulier...

CHARLES.

Qu'ils sont partis, tous les deux, d'un grand éclat de rire...
(*Gabrielle se met à rire*) comme vous...

GABRIELLE.

C'est qu'en vérité vous faites une si drôle de grimace...
(*Elle rit.*) Ah! ah! ah!

ARTHUR, *à part.*

Pauvre garçon! En effet, il a une figure si malheureuse!
(*Il rit.*) Ah! ah! ah! (*Charles se retourne, Arthur referme la
porte du cabinet.*)

CHARLES.

Mademoiselle, il me semble qu'on a ri derrière nous.

GABRIELLE, *regardant.*

Il n'y a personne, et il ne s'agit pas de perdre la tête... il
faut songer à détourner l'orage; et tenez, quant à moi, j'ai
déjà recruté un allié, mon oncle Bonardet.

ARTHUR, *à part.*

Jolie recrue!

CHARLES.

Fameux allié, M. Bonardet!... Sauf le respect que je lui
dois, une poule mouillée, mademoiselle...

ARTHUR, *à part.*

Une véritable girouette!

CHARLES.

Le second tome de mon oncle d'Henneville!

ARTHUR, *à part.*

Hein? par exemple! l'insolent!

GABRIELLE.

Comment? votre tante le mène aussi?

CHARLES.

Je n'ai pas de tante, mademoiselle, c'est bien pis... sa vieille
gouvernante!

ARTHUR, *à part.*

Hum! voilà les bénéfices de l'incognito!

GABRIELLE.

N'importe, monsieur Charles : vous êtes son neveu, son

unique héritier... et si, comme vous le dites, il ressemble à
mon oncle Bonardet, certainement c'est un brave homme!

ARTHUR, *à part.*

Bonne petite ! à la bonne heure !

GABRIELLE.

Il vous aime, j'en suis sûre!

ARTHUR, *à part.*

C'est qu'elle a raison : je l'aime ce malheureux-là.

GABRIELLE.

Et si vous lui écriviez...

CHARLES.

Lui écrire!... pour que la vieille décachette ma lettre!

ARTHUR, *sortant du cabinet.*

Oh! pour le coup, vous en avez menti, mon cher neveu !

CHARLES.

Mon oncle !

ARTHUR.

Peste! vous faites joliment les honneurs de ma personne!

CHARLES.

Pardon, mon oncle : si j'avais su que vous nous écoutiez...!

ARTHUR.

Parbleu! il ne manquerait plus que cela!

GABRIELLE.

Oh! monsieur, pardonnez-lui!

ARTHUR.

Lui pardonner? Au fait, je n'ai rien de mieux à faire pour
le moment... L'ennemi est dans la place, mes enfants!

CHARLES.

Quel ennemi?

ARTHUR.

Eh! ton rival, imbécile!... Voyons, ormons notre conseil de
guerre... un fauteuil pour le président, qui est un peu las.
(*Gabrielle lui apporte un fauteuil. Arthur s'asseoit. Charles et
Gabrielle debout, chacun d'un côté du fauteuil.*)

ARTHUR.

Eh bien, où en êtes-vous ?

GABRIELLE.

D'abord, il faut vous dire que nous nous aimons.

CHARLES.

Comme on n'a jamais aimé!

ARTHUR.

Comme on aime à ton âge, nigaud, voilà tout!... Et depuis quand?

GABRIELLE.

Depuis l'hiver dernier.

CHARLES.

Où je la vis à un premier bal...

GABRIELLE.

Et puis à un second.

CHARLES.

Et puis...

ARTHUR.

A un troisième, et ainsi de suite... Après?

CHARLES.

Mais avec l'hiver les bals ont cessé.

ARTHUR.

Et avec les bals, les rendez-vous!

GABRIELLE.

Mais il lui est venu une excellente idée.

ARTHUR.

A lui?

CHARLES.

A moi, mon oncle... j'ai quitté mon étude de Paris.

GABRIELLE.

Pour entrer dans celle du voisin.

ARTHUR.

Ah!

CHARLES.

Une très-bonne étude... le cabinet du maître clerc donne sur le jardin de M. Bonardet.

GABRIELLE.

Et, depuis ce temps-là, je travaille tous les jours sous les marronniers, là bas, d'où l'on a une vue magnifique!

ARTHUR.

La vue du cabinet du maître clerc.

CHARLES.

Oui, mon oncle.

ARTHUR.

Je m'en doutais... Mais dans tout cela il n'est pas question de la partie essentielle... le papa et la maman.

GABRIELLE.

Oh! monsieur, ils n'en savent rien !

ARTHUR, *se levant.*

Il faut pourtant bien qu'ils le sachent.

GABRIELLE.

Ce n'est pas moi qui oserai le leur dire!

CHARLES.

Ni moi non plus.

ARTHUR.

Alors, ce sera donc moi!

CHARLES.

Oh! oui, mon oncle.

GABRIELLE.

Certainement, mon oncle... que vous êtes bon !

ARTHUR.

Hein? je crois que vous avez dit mon oncle... Elle est charmante... eh bien, ma petite nièce, allez prévenir votre mère que je désire lui parler.

GABRIELLE.

J'y cours... ce ne sera pas long. (*Revenant sur ses pas.*) Dites donc, mon oncle, comment vous appelez-vous?

ARTHUR.

C'est juste, ma nièce... vous ne savez pas mon nom... Annoncez M. Arthur.

GABRIELLE.

M. Arthur! celui que monsieur Bonardet regrette tant! qui l'a rendu si heureux!

ARTHUR, *à part*.

Ah mon Dieu! qui a pu lui dire?...

GABRIELLE.

Soyez tranquille... je serai bien reçue... Ce matin, encore maman demandait de vos nouvelles avec un intérêt !...

(*Elle sort en courant.*)

SCÈNE VIII.

ARTHUR, CHARLES.

ARTHUR.

Elle est vraiment gentille!

CHARLES.

N'est-ce pas, mon oncle?

ARTHUR.

Pas tout à fait si bien que sa mère, pourtant!

CHARLES.

Oh! mon oncle! Gabrielle est bien mieux!

ARTHUR.

Bien mieux! Si tu avais vu Ernestine autrefois!

CHARLES.

Laissez donc! quelle différence!

ARTHUR.

Par exemple! voilà bien les amoureux! ils croient toujours... ce que je crois moi-même... Il voit Gabrielle avec son cœur de vingt-cinq ans, comme je vois Ernestine avec mes souvenirs!

CHARLES.

Dites donc, mon oncle, c'est qu'il y a une grande difficulté à mon mariage, une difficulté que vous n'aviez pas prévue peut-être...

ARTHUR.

Laquelle?

CHARLES.

Un père de famille ne donne pas sa fille à un maître clerc.

ARTHUR.

A un maître clerc, je ne dis pas, mais à un notaire!

CHARLES.

C'est que, pour être notaire, il faut deux choses : une étude et des fonds... Quant à l'étude, celle de mon patron est à vendre... quant aux fonds... je n'en ai pas.

ARTHUR.

Mais si je veux te servir de banquier...

CHARLES.

Ah! mon bon oncle, vous consentiriez...

ARTHUR.

Eh! vite! j'aperçois Ernestine.

CHARLES.

Je me sauve, mon oncle, et à mon retour je vous présente le successeur de mon patron.   (*Il sort.*)

SCÈNE IX.

ARTHUR, MADAME MÉRIGNY.

MADAME MÉRIGNY.

Arthur, mon ami... mon frère... je vous revois donc enfin!

ARTHUR.

Ernestine... ma sœur, puisque vous le voulez, puisqu'il faut bien aujourd'hui me contenter de ce nom-là, faute de mieux... Mais il me semble qu'entre frère et sœur de notre âge, lorsqu'on se retrouve après une si longue absence, au moins on peut se permettre les bénéfices de la parenté.

(*Il s'avance pour l'embrasser.*)

MADAME MÉRIGNY, *présentant la joue.*

Mais... si cela peut vous faire plaisir encore...

ARTHUR, *l'embrassant.*

Enfin... ce n'est pas sans peine!

(*Il l'embrasse de nouveau.*)

MADAME MÉRIGNY.

Que faites-vous donc?

ARTHUR.

C'est pour les intérêts!... Et dire que ce baiser-là, je l'ai attendu vingt-sept ans! Ah! mon amie! s'il était venu à son temps... en temps utile...

MADAME MÉRIGNY.

Et n'est-ce donc rien que de pouvoir ainsi nous revoir... sans remords?...

ARTHUR.

Sans doute... c'est quelque chose... pour Mérigny surtout... Mais quand je pense que ce bonheur-là, dont il a joui tout seul...

MADAME MÉRIGNY.

Arthur!

ARTHUR.

Vous avez raison... n'y pensons plus... Ce qui est fait, est fait... mais ce qui dépend de vous encore, c'est de me dédommager du passé.

MADAME MÉRIGNY.

Que voulez-vous dire?

ARTHUR.

Oui, vous avez une fille... une fille charmante... tout le portrait de sa mère...

MADAME MÉRIGNY.

Eh bien?

ARTHUR.

Je viens vous la demander en mariage.

MADAME MÉRIGNY.

Gabrielle?

ARTHUR.

Non pas pour moi, mon amie... le ciel l'en préserve, la

pauvre enfant! et moi aussi... mais j'ai un neveu que vous connaissez, Charles Roland.

MADAME MÉRIGNY.

M. Roland, le maître clerc du voisin?

ARTHUR.

Et son successeur, bientôt, je l'espère... et mon héritier, le plus tard possible, par exemple!

MADAME MÉRIGNY.

Mon cher Arthur, que je suis désolée!... Gabrielle est promise!

ARTHUR.

Je le sais, Ernestine; mais ce que vous ne savez pas sans doute, c'est que nos jeunes gens s'aiment depuis longtemps.

MADAME MÉRIGNY.

Que dites-vous? Gabrielle...!

ARTHUR.

Oui, mon amie... elle n'a pas attendu le consentement des grands-parents... c'est ce qui arrive quelquefois...

MADAME MÉRIGNY.

Et comment avez-vous découvert...?

ARTHUR.

Rien de plus simple, en écoutant... (*Appuyant sur le mot.*) J'étais... dans ce salon...

MADAME MÉRIGNY.

Dans ce salon?

ARTHUR.

Quand tout à coup, derrière moi, j'entends tousser.

MADAME MÉRIGNY.

Ah!

ARTHUR.

Oui... légèrement... trois fois... de ce côté... Vous comprenez?

MADAME MÉRIGNY.

A merveille!

ARTHUR.

Puis immédiatement on répond de l'autre... derrière le bosquet.

MADAME MÉRIGNY.

Le bosquet de lilas ?

ARTHUR.

Précisément.

MADAME MÉRIGNY.

Et Gabrielle?

ARTHUR.

Est arrivée... et puis Charles, après elle... ce qu'ils ont pu se dire, ce qu'ils se sont promis tous les deux, vous le devinez... Ce qu'on se promet tous les jours.

MADAME MÉRIGNY.

Et ce que l'on tient bien rarement peut-être... N'importe... je vais causer avec Gabrielle... et si ce sentiment est vraiment sérieux, si ce n'est pas un simple enfantillage!... je tâcherai d'assurer le bonheur de votre neveu, puisqu'il ne m'a pas été permis de faire le vôtre.   (*Elle sort.*)

ARTHUR, *la suivant.*

Merci... merci pour Charles! (*Redescendant la scène.*) C'est qu'elle est charmante encore! Je crois qu'il est heureux que je parte ce soir... à force de remuer les souvenirs du passé, je finirais par demander au présent...

MÉRIGNY, *en dehors.*

Où est-il donc ce cher Arthur?

SCÈNE X.

ARTHUR, MÉRIGNY, BONARDET.

BONARDET, *entrant.*

Par ici, mon cher neveu, par ici!

MÉRIGNY, *allant à Arthur.*

Ce bon Arthur! (*Il lui serre la main.*)

ARTHUR, *de même.*

Mon cher Mérigny!

MÉRIGNY.

Quel bonheur de se revoir, de se retrouver après si long-temps!... Et dire qu'ici même, dans ce salon, vous en sou-venez-vous, mon cher Bonardet, je voulais le tuer, rien que cela!

BONARDET.

Si je m'en souviens! à cause de cette lettre que vous aviez surprise...

ARTHUR, *voulant l'empêcher de parler.*

Bonardet...

BONARDET, *gaiement.*

Laissez donc... au bout de dix-sept ans, entre vieux maris et vieux garçon on peut tout se dire, n'est-ce pas? Eh bien, savez-vous à qui elle était adressée, cette lettre?

MÉRIGNY.

Si je le sais!

ARTHUR, *voulant l'empêcher de parler.*

Mon cher Mérigny, de grâce...

MÉRIGNY.

Laissez donc... il a raison... au bout de dix-sept ans... entre vieux maris et vieux garçon... C'était à Mme Bonardet, parbleu!

BONARDET.

A madame Bonardet? dites donc à Ernestine.

ARTHUR.

Ah mon Dieu!

MÉRIGNY.

A votre femme!

ARTHUR.

Mérigny...

BONARDET.

A la vôtre!

ARTHUR.

Bonardet...

MÉRIGNY.

Monsieur, si vous n'étiez pas mon oncle...

BONARDET.

Vous avez beau être mon neveu...

ARTHUR, *passant entre eux.*

Ah çà, décidément, êtes-vous fous, l'un et l'autre! (*Bas, à Bonardet.*) Ne savez-vous pas mieux que personne à quoi vous en tenir?...

BONARDET, *de même.*

Parbleu! puisque je vous ai surpris avec sa femme!

ARTHUR, *bas, à Mérigny.*

N'est-ce pas vous-même qui avez remis la lettre à Mme Bonardet?

MÉRIGNY.

C'est juste... au fait, c'est moi qui ai tort.

ARTHUR.

Allons, mes amis, qu'on s'embrasse et qu'il n'en soit plus question. (*Ils s'embrassent tous les deux.*)

BONARDET.

Et ce bon Arthur que nous allions oublier...

(*Ils l'embrassent tous les deux.*)

SCÈNE XI.

Les Mêmes, MADAME BONARDET.

MADAME BONARDET.

Pardon, messieurs, de troubler un entretien si touchant... mais Ernestine veut vous parler, mon cher neveu...

MÉRIGNY.

Merci, madame... je vais la trouver... A bientôt, chers amis!   (*Il sort.*)

MADAME BONARDET.

Quant à vous, monsieur Bonardet, je présume que toutes mes commissions sont faites, puisque vous êtes déjà revenu?

BONARDET.

Chère Elise, je...

MADAME BONARDET.

Et vous, mon bon monsieur Arthur, que vous attendez ma réponse aux propositions d'Ernestine, puisque vous n'êtes pas encore parti?

ARTHUR.

Madame...

MADAME BONARDET.

Eh bien, vous jouez de malheur, mon pauvre monsieur... vous arrivez toujours trop tard.

ARTHUR.

Que dites-vous?

MADAME BONARDET.

Sans doute... pour Ernestine, le lendemain même du mariage... c'était piquant; pour votre neveu, la veille du contrat...

ARTHUR.

Mais, madame...

BONARDET.

Mais, ma bonne amie, tu ignores donc ce qui se passe?... les jeunes gens s'adorent.

MADAME BONARDET.

Comme s'adoraient Ernestine et monsieur!

BONARDET.

Justement!

MADAME BONARDET.

Eh bien, au bout de quinze jours, ils n'y penseront plus ni l'un ni l'autre, comme monsieur et Ernestine.

BONARDET.

C'est ce qui te trompe!

MADAME BONARDET.

Comment?

BONARDET.

Ils y ont toujours pensé!

MADAME BONARDET.

Que voulez-vous dire ?

ARTHUR, *faisant des signes à Bonardet.*

Bonardet !...

BONARDET.

Qu'importe ? puisque Mérigny n'est plus là... et quand ils se sont revus, en 1830, ils se sont aimés de plus belle !

MADAME BONARDET.

Qu'entends-je !

ARTHUR, *à part.*

Il va tout perdre !

BONARDET.

Oui, ma bonne amie, sous tes yeux, sous tes propres yeux, sans que tu t'en sois jamais doutée...

ARTHUR, *à part.*

Nous voilà bien !

BONARDET.

Tandis que, moi qui te parle, j'avais découvert leur secret, surpris leurs rendez-vous !

MADAME BONARDET, *furieuse, à Arthur.*

Monsieur... vous ne dites rien... vous ne le démentez pas... il est donc vrai ! mais c'est une indignité !... vous être joué ainsi de l'honneur, de la confiance d'une pauvre femme !

ARTHUR, *à part.*

J'en étais sûr, la voilà partie !

MADAME BONARDET.

Ah ! vous aimiez Ernestine !

ARTHUR.

Mais, madame...

MADAME BONARDET.

Vous êtes un monstre !

BONARDET.

Ma bonne amie...

MADAME BONARDET.

Et vous, un infâme ! Fi monsieur Bonardet, un oncle favoriser l'intrigue de sa nièce dans sa propre maison... sous les

yeux de sa femme... sans l'avertir, encore! Quel scandale!
quelle horreur!

BONARDET.

Mais...

MADAME BONARDET.

Laissez-moi... je ne vous le pardonnerai de ma vie...

(*Elle sort.*)

SCÈNE XII.

BONARDET, ARTHUR.

ARTHUR.

Vous avez bien avancé les affaires avec votre indiscrétion...
vous pouvez vous en vanter!

BONARDET.

Mais je croyais, au contraire...

ARTHUR.

La voilà furieuse, maintenant, contre moi... contre vous...
contre tout le monde... Et le moyen de la ramener? Quant à
moi, j'y renonce!

SCÈNE XIII.

LES MÊMES, GABRIELLE.

GABRIELLE.

Eh bien, mon oncle... monsieur... je viens de voir sortir
ma tante, consent-elle...

ARTHUR.

Moins que jamais, ma pauvre enfant : plus d'espoir?

GABRIELLE.

Ah mon Dieu!

ARTHUR.

Tout est perdu... je n'ai plus qu'à faire mes paquets, et
vous, mademoiselle, à vous résigner au substitut.

BONARDET, *le suivant.*

Mais, mon cher Arthur...

ARTHUR.

Mais, mon cher Bonardet, vous êtes d'une maladresse...

(*Ils sortent à droite.*)

SCÈNE XIV.

GABRIELLE, *puis* CHARLES.

GABRIELLE.

Me résigner!... c'est bien facile à dire... moi qui depuis ce matin avais tant d'espoir !

CHARLES, *accourant par la gauche.*

Mademoiselle, mademoiselle, tout va bien... je serai notaire !

GABRIELLE.

Tout va mal, monsieur Charles : vous ne serez point mon mari.

CHARLES.

O ciel !

GABRIELLE.

Tout est fini ! votre oncle vient de me l'annoncer ! il faut que j'épouse ce vilain M. Anatole. (*Regardant dans le fond.*) Ah mon Dieu! je l'aperçois! s'il m'avait entendue...

CHARLES.

M. Anatole! quelle idée!.. oui... notre seule ressource, maintenant, c'est qu'il vous refuse lui-même... et pour cela, il faut qu'il vous entende, mademoiselle.

GABRIELLE.

Comment ?

CHARLES.

Répétez bien haut ce que vous venez de dire.

GABRIELLE.

Quoi ! vous voulez...

19.

SCÈNE XV.

LES MÊMES, ANATOLE.

ANATOLE, *dans le fond.*

M. Charles et ma future en tête-à-tête !... Écoutons.

CHARLES, *bas.*

Du courage ! il est là.

GABRIELLE.

Oui, monsieur Charles... il faut que j'épouse...

(*Elle s'arrête.*)

CHARLES, *la soufflant.*

Ce vilain M. Anatole !

GABRIELLE *répétant.*

Ce vilain M. Anatole.

CHARLES.

Très-bien !

ANATOLE, *par derrière.*

Hein ? il me semble qu'elle a dit vilain !

CHARLES, *la soufflant.*

Moi, qui vous aime tant, monsieur Charles !

GABRIELLE, *répétant.*

Moi qui vous aime tant, monsieur Charles.

CHARLES, *bas.*

Qui n'aimerai jamais personne que vous.

GABRIELLE, *bas.*

Oh ! cela est bien vrai. (*Haut.*) Qui n'aimerai jamais personne que vous.

ANATOLE, *par derrière.*

Voilà un gaillard que je consignerai à ma porte, dès le lendemain du mariage !

CHARLES.

Ah ! mademoiselle, que vous êtes bonne ! que de remerciements ne vous dois-je pas ?

(*Il lui prend la main.*)

GABRIELLE, *bas.*

Que faites-vous donc ?

CHARLES, *bas.*

Permettez. (*Il lui baise la main.*) C'est pour qu'il nous voie !

ANATOLE, *par derrière.*

Il lui prend la main ! il la lui baise à ma barbe !... C'est un peu fort !

CHARLES.

Mais ce n'est point assez, mademoiselle... dans les circonstances où nous sommes, il ne nous reste plus qu'une ressource !... l'enlèvement !

GABRIELLE.

L'enlèvement !

ANATOLE, *par derrière.*

L'enlèvement !

CHARLES, *bas.*

Vous le voyez, il y a de l'écho. (*Haut.*) Oui, mademoiselle, il faut que je vous enlève... (*Bas.*) Répondez donc !

GABRIELLE.

Eh bien, monsieur Charles, enlevez-moi... je ne demande pas mieux... enlevez-moi tout de suite !

ANATOLE, *se montrant.*

Un instant, monsieur le maître clerc... un instant, mademoiselle...

CHARLES.

Monsieur... vous nous écoutiez ! c'est une infamie !...

GABRIELLE, *effrayée.*

Charles...

ANATOLE.

Monsieur...

CHARLES, *à Gabrielle.*

Rassurez-vous... monsieur est trop honnête homme pour ne pas être discret... ou trop brave pour ne pas m'en rendre raison.

ANATOLE.

Monsieur ! qu'est-ce que cela signifie ? des menaces, une

provocation en duel ! à moi! à un substitut, par ses fonctions comme par son caractère l'ennemi légal des duels et des duellistes !... mais c'est une lâcheté, monsieur !

CHARLES.

Ah! pour cette fois, monsieur le substitut....

MADAME BONARDET, *en dehors.*

Où est-il, où est-il, ce cher neveu?

GABRIELLE.

Ma tante! je me sauve !...   (*Elle sort.*)

SCÈNE XVI.

CHARLES, ANATOLE, MADAME BONARDET.

MADAME BONARDET, *entrant une lettre à la main.*

Ah! mon bon Anatole, enfin! j'en reçois la nouvelle à l'instant, tu es nommé, mon ami... procureur du roi!

ANATOLE.

Est-il possible !

MADAME BONARDET, *à Charles.*

Mon neveu est procureur du roi, monsieur!

CHARLES.

Tous les bonheurs à la fois!

MADAME BONARDET.

Tiens, lis toi-même, Anatole... la lettre du ministre!

(*Elle lui passe la lettre.*)

SCÈNE XVII.

LES MÊMES, ARTHUR *dans le fond avec un domestique chargé d'une malle.* (*Arthur est en casquette, un parapluie sous le bras, un carton de chapeau à la main.*)

ARTHUR.

Oui, mon ami, portez la malle jusqu'à l'omnibus. Je vous suis.

ANATOLE, *lisant sur le devant de la scène.*

« Madame, je suis heureux d'avoir à vous annoncer que monsieur Anatole des Vallières, votre neveu...

ARTHUR, *dans le fond.*

Hein? Qu'est-ce qu'il dit donc?

ANATOLE, *continuant.*

« Actuellement substitut à Senlis.

ARTHUR, *de même.*

A Senlis! Mais c'est mon homme. (*Il laisse tomber son chapeau et son parapluie.*)

CHARLES.

Mon oncle !

ANATOLE, *continuant.*

« Vient d'être nommé...

ARTHUR.

Pardon, monsieur, de vous interrompre. Vous avez dit monsieur Anatole des Vallières ?

MADAME BONARDET, *avec fierté.*

Mon neveu !

ARTHUR.

Actuellement substitut à Senlis?

ANATOLE.

C'est-à-dire, monsieur, qui l'était encore il y a un quart d'heure, mais qui vient d'être nommé... (*Il veut continuer à lire.*)

ARTHUR, *l'interrompant.*

Et c'est bien vous, monsieur, qui êtes monsieur des Vallières? c'est à M. des Vallières en personne que j'ai l'honneur de parler?

ANATOLE, *saluant.*

A lui-même, monsieur, vous êtes trop honnête... (*Reprenant sa lecture.*) « Qui vient d'être nommé...

ARTHUR, *lui sautant au cou.*

Ah! monsieur!

ANATOLE, *se dégageant.*

Quelle amitié! J'ai cru qu'il m'étoufferait!

ARTHUR, *embrassant Charles.*

Ah! mon cher neveu!...

CHARLES.

Mais, mon oncle...

ARTHUR, *se retournant vers madame Bonardet, pour l'embrasser*
aussi.

Ma chère madame...

MADAME BONARDET, *se reculant.*

Monsieur...

ARTHUR, *s'arrêtant.*

C'est juste... Et moi qui ce matin donnais au diable ma
vieille gouvernante et sa famille! Hein, Charles! quel bonheur
qu'elle ait une famille, et du sexe féminin encore!

CHARLES, *à part.*

Je crois que mon oncle devient fou!

MADAME BONARDET.

M'expliquerez-vous, à la fin, ce que signifie...

ARTHUR.

Tout à l'heure, madame, allons au plus pressé.

ANATOLE.

C'est d'achever ma lecture. (*Reprenant.*) « Qui vient d'être
nommé...

ARTHUR, *l'interrompant.*

Eh non, mon cher monsieur, c'est d'annoncer votre nomi-
nation à votre future, à votre beau-père.

ANATOLE.

Il a ma foi raison!

ARTHUR.

Allez vite, et ramenez-nous toute la famille!

ANATOLE, *sortant.*

Décidément j'ai fait la conquête de ce brave homme!

(*Il sort.*)

ARTHUR.

Et toi, Charles, vite chez ton patron, mon ami, nous avons
besoin de lui pour le contrat.

CHARLES.

Quoi! mon oncle...

ARTHUR.

Et reviens avec lui, entends-tu... n'y manque pas, ou je te déshérite!

(Charles sort.)

SCÈNE XVIII.

ARTHUR, MADAME BONARDET.

MADAME BONARDET.

Eh bien, monsieur?

ARTHUR, *après l'avoir regardée pendant quelque temps.*

A la fin, nous voilà donc seuls!... en tête-à-tête... j'ai cru que je n'y parviendrais pas... Autrefois j'étais plus heureux.

MADAME BONARDET.

Monsieur... je ne sais pas ce que vous voulez dire...

ARTHUR.

Vous avez la mémoire courte, Élise. (*Il veut lui prendre la main.*)

MADAME BONARDET, *se reculant.*

Vous croyez sans doute parler à Mme Mérigny... Quant à moi, je vous en préviens, cette familiarité de manières et de langage ne va nullement à mes principes!

ARTHUR.

A vos principes! vous me rappelez l'objet de notre entretien... Ce que les femmes à principes redoutent le plus, c'est l'éclat, le scandale, lorsqu'il compromet les personnes à principes, bien entendu!

MADAME BONARDET.

Quand il vous plaira de me donner la clef de cette énigme?

ARTHUR.

La voici, madame. J'attache un grand prix au mariage de mon neveu et de Gabrielle.

MADAME BONARDET.

C'est possible, monsieur; mais vous prêchez dans le désert.

ARTHUR, *froidement.*

Vous y consentirez.

MADAME BONARDET.

Vous dites?

ARTHUR.

J'ai de quoi vous forcer à y consentir.

MADAME BONARDET.

Monsieur...

ARTHUR.

Oui, madame, j'ai entre les mains, sur moi, dans mon portefeuille, certaine correspondance...

MADAME BONARDET, *effrayée.*

Certaine correspondance... ah mon Dieu!... vous auriez conservé...

ARTHUR.

Rassurez-vous, madame, j'ai tout brûlé.

MADAME BONARDET, *se rassurant.*

Alors, mon cher monsieur...

ARTHUR.

Mais vous avez un neveu, madame...

MADAME BONARDET.

Vertueux et respectable magistrat.

ARTHUR.

Qui s'est permis, tout respectable magistrat qu'il est, et envers une mineure encore, une séduction...

MADAME BONARDET.

Une séduction!

ARTHUR.

Oui, madame, complète... entière... rien n'y manque... d'après son aveu, son propre aveu... Tenez, lisez plutôt.

MADAME BONARDET, *lisant.*

Le maladroit!

ARTHUR, *reprenant la lettre.*

Eh bien, madame, tout dépend de vous, maintenant. Si vous consentez...

MADAME BONARDET.

Monsieur...

ARTHUR.

Je vous remets ces lettres, et ce n'est plus qu'une affaire de famille entre vous et M. Anatole. Si vous refusez votre consentement... eh bien, je m'en passerai, et avant d'aller jusqu'au ministre...!

MADAME BONARDET.

Au ministre!

ARTHUR.

Je commence par déclarer devant tout le monde... à Mérigny... et tenez, voilà ce brave Anatole qui me l'amène.. et Bonardet avec mon neveu, et madame Mérigny avec sa fille; l'assemblée est complète!

MADAME BONARDET.

Faites ce que vous voudrez, vilain homme!...

SCÈNE XIX.

LES PRÉCÉDENTS, MÉRIGNY, ANATOLE, BONARDET, CHARLES, MADAME MÉRIGNY, GABRIELLE.

MADAME MÉRIGNY, *dans le fond.*

Allons, ma fille, du courage!

MÉRIGNY.

Eh bien, Arthur?

ARTHUR.

Eh bien, madame est, comme toujours, la meilleure, la plus douce, la pl us conciliante des femmes!

BONARDET, *à part.*

Qu'est-ce qu'il dit donc? Mme Bonardet! a-t-il perdu la tête?

ARTHUR.

Oui, ma chère Gabrielle, embrassez votre tante, elle consent à votre mariage.

GABRIELLE.

Ah! ma mère!

CHARLES.

Ah! mon oncle!

ANATOLE.

Pas possible!

MÉRIGNY.

Ah çà, qu'est-ce qu'il est donc venu me conter, ce nigaud-là!

ARTHUR, *remettant les lettres à Mme Bonardet.*

Prenez, madame...

BONARDET.

Un paquet de lettres! Est-ce que, par hasard...

MADAME BONARDET, *les donnant à Anatole.*

Tenez, libertin!

ANATOLE, *stupéfait.*

Mes lettres à Pauline!

BONARDET, *qui est passé près de lui, et qui lit par-dessus son épaule.*

C'est l'écriture d'Anatole!... Cet imbécile de Mérigny, avec ses bêtises!

ARTHUR.

Mes chers enfants, vous vous aimez, vous vous épousez!... c'est du moins une consolation pour moi, et demain, quand je repartirai...

GABRIELLE.

Quoi! sitôt!

ARTHUR.

Il le faut bien, vous le savez...

GABRIELLE.

La vieille!

ARTHUR.

Précisément... mon congé expire, et un vieux garçon, voyez-vous, c'est comme un soldat... consigne militaire... mais je reviendrai, je vous le promets.

GABRIELLE.

Bientôt, mon oncle?

ARTHUR.

Pour le baptême, petite!

GABRIELLE.

Ah!

ARTHUR.

Je veux être le parrain.

BONARDET.

Avec ma femme, c'est cela!

ARTHUR.

Si madame veut bien le permettre.

MADAME BONARDET.

Monsieur...

BONARDET.

Et moi, j'apprendrai à pêcher à leurs enfants... si tu veux bien le permettre aussi, chère Élise.

ARTHUR, *à Anatole.*

Monsieur le procureur du roi...

ANATOLE.

Monsieur...

ARTHUR, *bas, à Anatole.*

Si vous avez quelques commissions pour la belle-mère... je suis à vous.

FIN DU TROISIÈME ET DERNIER ACTE.

UNE

FAMILLE D'OUVRIERS

EN 1848,

COMÉDIE EN TROIS ACTES ET EN PROSE;

PAR

M. GUSTAVE DE WAILLY.

PERSONNAGES.

MOUILLARD, contre-maître dans une fabrique de papiers peints.
Mme MOUILLARD, sa femme.
PAULINE MOUILLARD, sa fille.
HENRIETTE DUVERGER, sœur de lait de Pauline, fille de M. Duverger, banquier.
LE COMTE FÉLICIEN DE BLANGY, commis dans la maison Duverger.
DUBARLE, propriétaire de la fabrique.
CABICHON,
LEYRAUD, } ouvriers de la fabrique.
AUTRES OUVRIERS.
JACQUES, domestique de M. Dubarle.
MICHEL, apprenti.

La scène se passe, au premier et au troisième acte, chez Mouillard; au deuxième, chez M. Dubarle.

UNE
FAMILLE D'OUVRIERS
EN 1848;
COMÉDIE EN TROIS ACTES ET EN PROSE.

ACTE PREMIER.

Une grande pièce chez Mouillard; sortie par le fond; sortie de côté; porte vitrée menant dans l'appartement; cabinet à droite.

SCÈNE PREMIÈRE.

MOUILLARD, *et un instant après,* MADAME MOUILLARD.

MOUILLARD, *assis, un journal à la main.*

A la bonne heure! en voilà un ami du peuple, et qui ne leur mâche pas leurs vérités! (*Se levant.*) Ah! si je siégeais seulement à l'Assemblée nationale, je leur dirais : Citoyens... citoyens, que leur dirais-je...

MADAME MOUILLARD, *en dehors de la scène.*

Pauline! Pauline!

PAULINE, *en dehors.*

Maman?

MADAME MOUILLARD, *de même.*

Tu ne peux donc pas le trouver?

PAULINE.

Non, maman. Si vous demandiez à papa...

MOUILLARD.

Citoyens, que leur dirais-je...

MADAME MOUILLARD, *en dehors.*

Mouillard!.. (*Entrant.*) Monsieur Mouillard...

MOUILLARD.

S'il est possible, avec un bruit pareil, de se livrer à l'improvisation!

MADAME MOUILLARD.

Il s'agit bien de ton improvisation! c'est de notre couvert d'argent qu'il s'agit! Depuis deux heures que je le cherche, sans pouvoir mettre la main dessus; il est perdu, volé peut-être!

MOUILLARD.

Non, madame Mouillard, rassure-toi : il n'est ni perdu, ni volé!

MADAME MOUILLARD.

C'est toi qui l'as?

MOUILLARD.

C'est-à-dire, c'est moi qui l'avais.

MADAME MOUILLARD.

Comment?

MOUILLARD.

Je l'ai déposé sur l'autel de la patrie!

MADAME MOUILLARD.

L'autel de la patrie! qu'est ce que c'est que cela? Serait-ce le mont-de-piété, par hasard?

MOUILLARD.

Fi! madame Mouillard, quelle idée! l'autel de la patrie, c'est l'hôtel de la Monnaie, où tout bon patriote vient apporter son offrande à la république; et quand je lirai demain dans mon journal : Le citoyen Mouillard...

MADAME MOUILLARD.

Imbécile! notre pauvre couvert! nous qui nous étions tant gênés pour compléter la demi-douzaine! le voilà fondu avec les 45 centimes, et l'argent des caisses d'épargne!

MOUILLARD, *gravement.*

Madame Mouillard, je te prie de croire que je sais ce que je dis, et ce que je fais.

MADAME MOUILLARD.

Et moi aussi, je le sais! Tu dis des bêtises, et tu fais des dettes, voilà tout!

MOUILLARD.

Anastasie!

MADAME MOUILLARD.

Toi, le meilleur ouvrier du faubourg autrefois!

MOUILLARD.

Je t'ai déjà dit qu'il n'y a plus d'ouvriers maintenant... il n'y a que des travailleurs!

MADAME MOUILLARD.

Des travailleurs? soit! puisque c'est là le mot, depuis qu'on ne travaille plus! Enfin toi, qui es arrivé à être contre-maître dans la fabrique de M. Dubarle, la première fabrique de papiers peints de la capitale... toi, qui gagnais, sans te gêner, tes sept ou huit francs par jour!

MOUILLARD.

Je le crois bien!

MADAME MOUILLARD.

Et, entre nous, je connais plus d'un aristo, comme vous les appelez, plus d'un habit noir qui serait trop heureux d'en gagner autant... Mais aussi l'on ne faisait pas son lundi, l'on ne quittait pas l'atelier les jours du club ou de promenades patriotiques, l'on n'était pas président de la Société fraternelle, l'on ne tenait pas table ouverte pour le premier fainéant en blouse, ou le premier braillard de faubourg qui vient faire chorus avec toi et se griser avec ton vin ou tes journaux!

MOUILLARD.

Si on ne croirait pas entendre la femme d'un réac!.. Tiens!

20

depuis que tu as nourri la fille d'un gros banquier, l'on dirait que tu en as sucé les principes! Mais les journaux, Anastasie, c'est notre pain quotidien!.. c'est eux qui nous instruisent de nos droits... qui apprennent au peuple comment on l'opprime et on le trompe!.. Sans eux, il ne s'en douterait pas... grâce à eux, Dieu merci, il a rejeté ses langes, il s'avance à pas de géant dans la carrière du progrès .. Oui, en dépit d'un gouvernement corrupteur, je vois poindre l'aurore de l'émancipation du labeur général, et bientôt, désaltérées au courant du fleuve humanitaire, les classes déshéritées vont s'asseoir triomphantes au banquet de la solidarité universelle!

MADAME MOUILLARD.

Encore un banquet! l'on ne voit plus que cela, maintenant!

MOUILLARD.

Intelligence retardataire! c'est un banquet qui n'en est pas un... c'est une façon de parler, voilà tout!... pour te faire comprendre que le monde se régénère.

MADAME MOUILLARD.

Hein?

MOUILLARD.

Que l'homme va prendre sa place au soleil!

MADAME MOUILLARD.

Au soleil, ou à l'ombre... Après?

MOUILLARD.

Et qu'il ne se classera plus désormais que par son utilité rationnelle!

MADAME MOUILLARD.

Ah! si tu recommences ton galimatias!.. Dis-moi la chose clairement... si tu veux que je te comprenne.

MOUILLARD.

La chose, c'est que nous ne sommes plus ce que nous étions... c'est que le temps des riches, des nobles, des bourgeois est passé... c'est que le peuple est souverain, et comme le peuple, c'est nous, il s'ensuit maintenant que c'est nous qui sommes les rois.

MADAME MOUILLARD.

Les rois de quoi ?

MOUILLARD.

Les rois de la république donc !.. la voilà, la chose !

MADAME MOUILLARD.

Je commence à comprendre.

MOUILLARD.

Et alors, c'est au riche à recevoir la loi du travailleur, et il
faut que le riche perde, et que le travailleur gagne, pour que
l'égalité s'établisse !

MADAME MOUILLARD.

Je crois que je comprends tout à fait... comme dit le proverbe, Ote-toi de là, que je m'y mette ! Tiens, mon pauvre
Mouillard, au train dont vont les choses, je ne sais pas trop
si les travailleurs s'enrichiront, mais je sais bien que les riches seront bientôt ruinés, s'ils ne le sont déjà !

MOUILLARD.

Laisse donc ! des trembleurs qui enterrent leurs capitaux...
comme le patron. M. Dubarle, qui crie depuis plus d'un an
qu'il ne peut plus tenir, et qui tient toujours... D'ailleurs,
tant pis pour eux... pourquoi sont-ils riches ?

MADAME MOUILLARD.

Et c'est toi qui parles ainsi ! toi le plus doux et le plus honnête des hommes !

MOUILLARD.

Madame Mouillard, il ne s'agit pas de mon individu en particulier, mais des travailleurs généralement quelconques... or
le riche et le noble, c'est l'ennemi né du travailleur... c'est
des gens sans pitié, sans probité, sans moralité; c'est convenu !

MADAME MOUILLARD.

C'est convenu, mais ce n'est pas vrai. Il y a d'honnêtes gens
même parmi les riches, comme il y des vauriens même parmi
les ouvriers. Nous le savons mieux que personne.

MOUILLARD.

Comment ?

MADAME MOUILLARD.

Il y a deux mois, quand ta fille revenait le soir à la maison, qui l'a insultée dans cette rue déserte? une bande de tes camarades à moitié ivres! Qui l'a défendue, seul contre tous, un noble, le fils d'un comte, M. Felicien de Blangy!

MOUILLARD.

C'est vrai!

MADAME MOUILLARD.

Brave jeune homme, qui, pour gagner honorablement sa vie, s'est placé commis à 1,200 franc chez M. Duverger, le père d'Henriette, la sœur de lait de Pauline!

MOUILLARD.

C'est encore vrai! et toutes les fois qu'il passe devant la maison, il entre toujours pour savoir de mes nouvelles.

MADAME MOUILLARD.

De tes nouvelles, ou de celles de ta fille!

MOUILLARD.

Qu'est-ce que tu dis?

MADAME MOUILLARD.

Je dis qu'heureusement pour notre Pauline, la mère Mouillard n'est pas faite d'hier... elle sait de quoi il retourne.

MOUILLARD.

Et de quoi donc?

MADAME MOUILLARD.

Dame! ta fille est jeune et jolie. M. Blangy est bien, très-bien... et vous avez beau décréter l'abolition des nobles, pour nous autres femmes, le fils d'un comte est toujours un comte... nous sommes aristos par le cœur... et comme ta fille ne peut pas épouser M. de Blangy...

MOUILLARD.

Et pourquoi donc qu'elle ne l'épouserait pas! Je n'aime pas les aristos, c'est vrai, mais je n'ai pas de préjugés, entendez-vous...

MADAME MOUILLARD.

Est-ce que tu perds la tête?

MOUILLARD.

Non, madame Mouillard; quand un homme est honnête,
noble ou simple travailleur, qu'importe? je ne connais que
l'égalité, moi... et M. le comte de Blangy, ou cet imbécile
de Michel, pour moi, c'est tout un... Voilà comme je suis.

SCÈNE II.

LES MÊMES, MICHEL, *qui est entré pendant que Mouillard parlait.*

MICHEL.

Dieu! les oreilles ne me cornent pas? est-il bien possible?
pensez-vous bien tout ce que vous dites-là, monsieur Mouillard?

MOUILLARD.

Comment, si je le pense?

MICHEL.

Cet imbécile de Michel qu'il a dit... car vous l'avez dit, je
l'ai bien entendu!

MOUILLARD.

Je l'ai dit, et je le répète!

MICHEL.

Vous le répétez! Est-il bon, ce papa Mouillard! (*A part.*)
C'est le moment de lui déclarer mon amour.

MOUILLARD.

Hein? qu'est-ce que c'est? papa Mouillard! oublies-tu que
tu n'es qu'un méchant apprenti, et que je suis ton contre-
maitre?

MICHEL.

C'est juste, monsieur Mouillard, il faut tenir son rang...
c'est égal... encouragé par vos bontés...

MOUILLARD, *l'interrompant.*

Et ta casquette? Est-ce qu'elle est collée sur ta tête?

MICHEL.

C'est encore juste, monsieur Mouillard; mais avec ou sans

casquette... croyez bien que le respect... Encouragé par vos
bontés... je viens... je me permets... j'ose me permettre...

MOUILLARD.

Accoucheras-tu à la fin?

MICHEL.

Eh bien, non, tout considéré... permettez-moi de ne pas
accoucher... (A part.) Il vaut mieux parler à la bourgeoise!
une femme, c'est moins intimidant!

MOUILLARD.

Et moi qui perds mon temps à l'écouter, encore! Pourquoi
n'es-tu pas à l'atelier, fainéant? pourquoi est tu venu?

MICHEL.

Pardon, excuse, ce n'est pas moi qui me suis envoyé de
moi-même... c'est le patron, M. Dubarle.

MOUILLARD.

Eh bien? qu'est-ce qu'il chante, le patron?

MICHEL.

Il chante qu'il n'y a personne dans les ateliers, et il m'envoie savoir si les camarades et vous, vous n'êtes pas malades.

MOUILLARD.

Sournois, va! et la séance de la Société fraternelle dont
j'ai l'honneur d'être président, faut-il que les camarades et
moi nous la manquions pour ses beaux yeux! Mais les patrons! ce n'est pas leur compte que les ouvriers s'entendent!
Ah! si j'étais à l'Assemblée nationale, je leur dirais : Citoyens...
citoyens, que leur dirais-je...

MICHEL.

A-t-il un beau creux, M. Mouillard!

MOUILLARD.

Citoyens... On va y faire un tour, à son atelier... C'est sur
mon chemin... et qu'on ne tarde pas à t'y voir... entends-tu,
paresseux?

(Il sort.)

SCÈNE III.

MADAME MOUILLARD, MICHEL.

MADAME MOUILLARD, *à part.*
Pauvre garçon ! et il le gronde, encore !

MICHEL, *à part.*
Nous voilà seuls ! si j'osais lui déclarer la chose !

MADAME MOUILLARD.
Quel dommage que ce ne soit pas lui que Pauline...

MICHEL.
Madame Mouillard... encouragé par vos bontés, je viens, je
me permets...

MADAME MOUILLARD.
Qu'est-ce que tu te permets, mon pauvre Michel ?

MICHEL, *à part.*
Eh bien, non... tout considéré, j'aime mieux parler à
Mlle Pauline.

MADAME MOUILLARD.
Tiens, écoute, Michel, tu es un bon enfant...

MICHEL.
Oui, madame Mouillard.

MADAME MOUILLARD.
Tu ne vas ni au cabaret ni au club...

MICHEL.
Non, madame Mouillard.

MADAME MOUILLARD.
Dans un an, tu seras un ouvrier fini.

MICHEL.
Oh ! pour ce qui est de l'ouvrage... je ne le crains pas... et
l'on a déjà son petit boursicot à la caisse d'épargne... trois
cent trente-deux francs soixante-quinze centimes.

MADAME MOUILLARD.
Bref, mon brave Michel, tu as tout ce qu'il faut pour les

papas et les mamans; mais cela ne suffit pas pour les jeunes
filles... par le temps qui court, vois-tu, c'est glorieux, une
jeunesse... Ça veut se faire honneur de l'homme qu'elle tient
sous son bras comme du chiffon qu'elle porte sur sa tête...
Et bien, toi, Michel, c'est là ton défaut... tu n'es pas plus
bête ni plus laid qu'un autre...

MICHEL.

Vous êtes bien honnête, madame Mouillard!

MADAME MOUILLARD.

Mais tu ne sais pas faire valoir tes avantages physiques et
moraux...

MICHEL.

Dame !

MADAME MOUILLARD.

Par exemple, maintenant... tiens! voilà que tu te dandines
sur le pied droit... puis sur le pied gauche... et puis, tu
tournes et retournes ta casquette, ni plus ni moins qu'un
rouleau de papiers peints...

MICHEL.

Comme vous connaissez le cœur humain, madame Mouillard!

MADAME MOUILLARD.

Quand on veut faire sa cour, un peu de coquetterie ne nuit
pas... Regarde donc... tu as l'air d'un sac dans ta blouse!...
On serre un peu sa ceinture... on se dessine la taille, comme
ça... Et la cravate... on dirait une corde autour de ton cou...
Viens un peu, que je t'arrange.

MICHEL.

Êtes-vous bonne ?

MADAME MOUILLARD.

Voilà ce que c'est... tu n'es plus reconnaissable!

MICHEL.

Vrai! tenez, si j'osais... je vous embrasserais, madame
Mouillard.

MADAME MOUILLARD.

Ose, mon garçon... il faut toujours oser avec les femmes.

MICHEL, *à part.*

Dieu! si elle était sa fille, au lieu d'être sa mère!...

SCÈNE IV.

LES MÊMES, PAULINE.

PAULINE, *accourant.*

Maman! maman!

MICHEL, *à part.*

Mademoiselle Pauline!... voilà mon courage qui s'en va!

PAULINE.

Bonjour, monsieur Michel.

MICHEL.

Bien obligé, mademoiselle Pauline.

PAULINE.

Tout est prêt pour le déjeuner, maman, et Henriette peut venir quand il lui plaira.

MICHEL.

Henriette!... la fille à l'épicier du coin.

PAULINE.

Non, ma sœur de lait, mademoiselle Duverger... Si tu veux m'aider à passer la table...

MADAME MOUILLARD.

Ah bien oui! j'ai autre chose à faire... mais voilà un joli garçon qui ne refusera pas de te donner un coup de main.

MICHEL.

Un coup de main! mais pour vous, mademoiselle Pauline, je donnerais un coup de pied... jusqu'à Rome.

PAULINE.

Merci de votre obligeance, monsieur Michel.

MADAME MOUILLARD, *bas, à Michel.*

Bien, mon garçon, un peu d'assurance. *(A part, dans le fond.)* Si ça pouvait leur venir à tous deux! *(Elle sort.)*

SCÈNE V.

MICHEL, PAULINE.

PAULINE.

Quand vous voudrez, monsieur Michel.

MICHEL, *à part.*

C'est le moment, ou jamais... (*Haut.*) Mademoiselle, encouragé par vos bontés, je viens... je me permets...

PAULINE.

Vous dites, monsieur Michel?

MICHEL, *à part.*

Eh bien, non, je n'oserai jamais... il vaut mieux m'adresser au papa Mouillard.

PAULINE, *à part.*

Pauvre garçon!... il m'aime bien, celui-là! si c'était l'autre!...

MICHEL.

Je suis à vos ordres, mademoiselle. (*Tout en arrangeant la table avec elle.*) Dieu! qu'elle est heureuse, mademoiselle Henriette, de déjeuner ainsi en tête-à-tête avec vous et du chocolat!

PAULINE.

Est-ce que vous l'aimez, le chocolat, monsieur Michel ?

MICHEL.

Si je l'aime?... je n'y ai jamais goûté... mais fait par vous, par une petite main si jolie!

PAULINE.

Voyez donc un peu, mes pauvres doigts! que de piqûres!

MICHEL.

Dame! c'est l'état qui le veut... c'est honorable, ces marques-là... ça prouve que vous ne levez pas le nez en l'air pour regarder les passants... Vous n'êtes pas comme les jeunesses d'aujourd'hui... toujours au travail, à la maison, ne courant ni les bals ni les fêtes!

PAULINE.

Il me semble qu'on en pourrait dire autant de vous, monsieur Michel.

MICHEL.

Oh pour cela, il ne faut pas m'en vouloir... ce n'est pas ma faute... c'est la vôtre !

PAULINE.

La mienne?

MICHEL.

Je ne sais pas comment cela se fait, mais tout ce que vous aimez, il faut que je l'aime... tout ce que vous détestez, je le déteste... Tenez, autrefois, j'avais toujours la pipe à la bouche... maintenant, rien que l'odeur, ça me fait mal... Autrefois, je me plongeais avec délices dans la lecture des romans, je dévorais M. Eugène Sue...

PAULINE.

Il vaut mieux en lire, monsieur Michel, que d'en bâtir dans sa tête.

MICHEL.

Est-ce que vous en bâtiriez, mademoiselle?... absolument comme moi... pendant que je tourne la machine aux papiers... en dedans de moi, je me fais toujours un petit roman... je me figure que je suis dans mon ménage... avec ma femme... une petite femme bien douce... bien accorte... bien ouvrière... Et ce qu'il y a de plus drôle, c'est que toujours cette petite femme-là vous ressemble comme deux gouttes d'eau... c'est votre portrait tout craché... Cela ne vous fâche pas ce que je vous dis là, mademoiselle Pauline?

PAULINE.

Comment donc, monsieur Michel? vous en trouverez qui valent mieux que moi... beaucoup mieux... qui vous aimeront comme vous le méritez... qui seront trop heureuses de pouvoir vous aimer...

HENRIETTE, *au dehors.*

Ne te dérange pas, nourrice, je vais voir Pauline...

PAULINE.

Henriette? Sans adieu, monsieur Michel.

MICHEL.

Sans adieu? ah oui!... c'est comme qui dirait : Allez-vous...
Est-elle gentille? elle a une manière de vous dire la chose!

SCÈNE VI.

LES MÊMES, HENRIETTE.

HENRIETTE, *embrassant Pauline.*

Ma bonne Pauline! (*Saluant Michel.*) Monsieur...

MICHEL.

Sans adieu, mademoiselle. (*A part.*) C'est égal, je crois que,
la première fois, j'oserai me déclarer.

(*Il sort.*)

HENRIETTE, *le regardant sortir.*

Je te dérange peut-être, petite sœur.

PAULINE.

Moi, Henriette? pourquoi donc?

HENRIETTE.

Ce jeune homme qui sort, et qui te regarde avec des
yeux!...

PAULINE.

C'est vrai! pauvre Michel! il m'aime!

HENRIETTE.

Eh bien, Pauline, il n'est pas mal, ce garçon-là!

PAULINE.

C'est encore vrai! Malheureusement, je ne l'aime pas.

HENRIETTE.

C'est-à-dire que tu en aimes un autre.

PAULINE.

Quelle idée!

HENRIETTE.

Tiens, mettons-nous à table, et tout en déjeunant, raconte-moi tes amours.

(*Elles s'assoient à la table.*)   •

PAULINE.

Mais je n'ai rien à te raconter, je t'assure.

HENRIETTE.

Ce n'est pas bien, mademoiselle, de manquer ainsi à sa parole.

PAULINE.

Que veux-tu dire?

HENRIETTE.

Ne nous sommes-nous pas promis de n'avoir jamais de secret l'une pour l'autre?... et que la première de nous deux qui aurait le cœur pris...

PAULINE.

Ma chère Henriette... puisqu'il faut te l'avouer... je crois bien...

HENRIETTE.

Quel bonheur! toi aussi!

PAULINE.

Hein? comment?

HENRIETTE.

Ah mon Dieu! qu'est-ce que j'ai dit là!... eh bien oui, je suis comme toi, Pauline, j'en ai peur.

PAULINE.

Voyez-vous, la petite sournoise!

HENRIETTE.

Ah! si tu savais comme il est bien! les plus beaux cheveux noirs, la physionomie la plus douce... la tournure la plus distinguée!

PAULINE.

Comme le mien... absolument... et puis un air si respectueux... il ne m'a jamais dit qu'il m'aimait.

HENRIETTE.

Ni moi non plus... mais ces choses-là... est-ce qu'on a be-

soin de les dire... ça se devine... Mais où tout cela nous mè-
nera-t-il? je ne peux pas l'épouser, je suis trop riche!

(Elles se lèvent.)

PAULINE.

Ni moi non plus... je suis trop pauvre !

HENRIETTE.

Vrai? c'est là le seul obstacle ? que je suis contente!

PAULINE.

Que dis-tu ?

HENRIETTE.

Sans doute, qui sait? D'un jour à l'autre, ne peut-il pas
t'arriver une petite fortune? tandis que moi, c'est bien différent... tout ce qu'entreprend mon père lui réussit... il est
en affaires d'un bonheur désolant !

PAULINE.

Pauvre Henriette! du courage... Mais dis-moi, comment
s'appelle-t-il ton amoureux ?

HENRIETTE.

Et le tien, petite sœur? car c'est la seule chose que tu aies
oubliée!

PAULINE.

Oh! le mien... le mien... c'est que... A toi d'abord, Henriette, je n'oserai jamais commencer...

HENRIETTE.

Enfant que tu es! (Se retournant.) Mais quel est ce bruit ?
on dirait une dispute.

PAULINE.

C'est mon père qui rentre avec ses camarades.

HENRIETTE.

En ce cas, je me sauve par ici. (Entr'ouvrant la porte du
petit escalier.) Adieu, Pauline : tu auras bientôt de mes nouvelles par quelqu'un qui doit venir... qui devrait déjà être
venu... M. Félicien. (Elle sort.)

PAULINE.

M. Félicien ! ah mon Dieu ! je crois qu'elle m'a devinée.

(Elle rentre chez elle.)

SCÈNE VII.

MOUILLARD, LEYRAUD, CABICHON.

MOUILLARD.

Soyez tranquilles, mes amis! puisque les camarades m'ont fait l'honneur de me choisir, je vais l'aller trouver, le patron, et lui signifier notre ultimatum... ou la grève, ou une augmentation de salaire!

CABICHON.

C'est cela! augmentation dans la paye, et diminution dans le travail... nous n'en demandons pas davantage.

MOUILLARD.

Et il faudra bien qu'il en passe par là ; car enfin, qu'est-ce qui produit tout ce qui est nécessaire à la population?

CABICHON.

Pardine, c'est nous!

MOUILLARD.

Et que deviendrait la population, si nous ne produisions pas?

CABICHON.

Oui... qu'est-ce qu'elle deviendrait, Leyraud? A bas la population, et vivent les travailleurs! En a-t-il des idées, ce père Mouillard!

MOUILLARD.

Si j'en ai, Cabichon! J'en ai même trop, vois-tu! j'en ai tant que parfois je reste court... ça ne peut pas sortir... Mais je vais me renfermer dans mon cabinet pour écrire mon improvisation : c'est plus sûr... Adieu, camarades! soyez certains que Mouillard ne trahira pas la cause du peuple.

CABICHON.

Et le peuple t'en tiendra compte, citoyen Mouillard : il te le promet par ma bouche!

(*Mouillard rentre chez lui.*)

SCÈNE VIII.

CABICHON LEYRAUD.

LEYRAUD, *à part.*

Le peuple! imbécile! Une centaine d'ouvriers en papiers peints!

CABICHON.

Quel homme que ce Mouillard! comme il raisonne crànement! C'est ma foi vrai que les travailleurs sont tout, puisque c'est eux qui produisent tout!

LEYRAUD.

C'est bon pour la blague, ce que tu dis là, mais tu n'es pas assez bête pour le croire, n'est-ce pas?

CABICHON.

Comment?

LEYRAUD.

La belle avance que ta production, s'il n'y avait pas des consommateurs! et les consommateurs, c'est le riche et le bourgeois.

CABICHON.

Enfoncés le riche et le bourgeois! nous n'en voulons plus.

LEYRAUD.

Pauvre niais! Est-ce qu'il n'y en a pas toujours eu?... Est-ce qu'il n'y en aura pas toujours? Seulement ceux qui le sont aujourd'hui... il y a trop longtemps qu'ils tiennent la place... faut la leur prendre... Chacun son tour; et dans ce temps-ci, le tour arrive plus vite, voilà tout... quand on pêche en eau trouble.

CABICHON.

Comment, Leyraud, toi un patriote, tu aurais le front de devenir riche?

LEYRAUD.

Cette bètise!

CABICHON.

Un de ces hommes qui s'engraissent des sueurs du peuple !

LEYRAUD.

Laisse-moi donc tranquille ! Est-ce que tu n'en vis pas des sueurs du peuple ? Et le pain que tu manges, et le vin que tu bois, crois-tu qu'ils viennent au monde tout seuls ?... Mais, à propos de vin, tu m'altères à force de me faire parler... Si nous allions dire un mot à une bouteille à quinze, hein ? C'est toi qui paye, Cabichon.

CABICHON.

Du tout... (*Apercevant Michel qui entre.*) Ce sera Michel.

SCÈNE IX.

LES MÊMES, MICHEL.

MICHEL, *à la cantonade.*

C'est bien, madame Mouillard ; je ferai la commission. Ouf... Tiens, vous voilà, les anciens !

CABICHON.

Ce pauvre Michel, comme il a chaud ! Tu as besoin de te rafraichir, Michel.

LEYRAUD.

Et de régaler les amis, mon garçon.

MICHEL.

Ma foi, qu'ils se régalent eux-mêmes, si cela leur fait plaisir, je ne vais pas au cabaret.

CABICHON.

Qu'est-ce que tu fais donc de ton argent, imbécile ?

MICHEL.

J'économise pour me marier, donc ? Et puis... je n'ai pas le temps d'ailleurs : on m'attend à l'atelier.

LEYRAUD.

A l'atelier? Tu ne sais donc pas qu'il y a grève, petit?

MICHEL.

Comment?

CABICHON.

Sans doute. Les anciens l'ont décidé.

MICHEL.

Les anciens? ce n'est pas eux qui me payent, c'est le patron; et tant qu'il me donnera de l'ouvrage...

CABICHON.

Tu dis?

LEYRAUD.

Tu prétendrais travailler, fainéant, quand les autres ont arrêté de ne rien faire?

MICHEL.

Certainement! Le patron est un brave homme. Quand je suis débarqué à Paris, ne m'a-t-il pas avancé mes deux premiers mois? Quand je suis tombé malade, il m'a envoyé son médecin. Depuis que le commerce ne va plus, il mange son argent pour nous donner du pain à tous. Ni vous ni moi, nous ne devons lui causer de la peine.

CABICHON.

Ah! tu ne fais pas grève avec tes frères, méchant gamin?

LEYRAUD.

Et tu ne veux pas leur payer à boire, aristo? Prends garde, ou sinon...

MICHEL.

Que je prenne garde? Est-ce que je ne suis pas libre, par hasard?

LEYRAUD.

Tu es libre, c'est selon... Tu es libre de faire ce qu'ont décidé les anciens... Voilà!

MICHEL.

Jolie, votre liberté!

CABICHON.

Et par-dessus le marché, d'être rossé par les frères, si tu ne marches pas droit.

MICHEL.

Moi?

CABICHON.

Et proprement, encore!

MICHEL.

Jolie, votre fraternité!... (*Mouvement de Cabichon.*) Ah çà, n'avancez pas, l'ancien, ou je tape!

LEYRAUD.

Toi, méchant apprenti?

SCÈNE X.

LES MÊMES, PAULINE.

PAULINE.

Qu'est-ce donc? qu'y a-t-il, Michel?

LEYRAUD, *bas, à Cabichon.*

Respect au sexe, Cabichon!

MICHEL.

Oh! rien, mademoiselle Pauline; une plaisanterie de ces messieurs.

LEYRAUD, *bas, à Michel.*

On te retrouvera plus tard, petit!

MICHEL, *de même.*

Pas plus tard que tout de suite, l'ancien. Je descends avec vous... (*Haut.*) Au revoir, mademoiselle Pauline.

(*Il sort avec les autres.*)

PAULINE.

Au revoir, mon bon Michel!

SCÈNE XI.

PAULINE, *et un peu après*, FÉLICIEN.

PAULINE.

Les voilà partis, heureusement. Je craignais tant que Félicien n'arrivât avant leur départ. Oh! c'est lui! Je l'ai bien
reconnu par la fenêtre... Comme le cœur me bat! (*Écoutant.*)
Mon Dieu, je n'entends rien... Si je m'étais trompée. (*On
frappe à la petite porte.*) Non... le voilà.

FÉLICIEN, *entrant.*

Vous êtes seule, mademoiselle Pauline?

PAULINE.

Toute seule, monsieur Félicien.

FÉLICIEN.

Pardon... je croyais que mademoiselle Henriette.

PAULINE.

Elle est partie.

FÉLICIEN, *à part.*

Déjà... J'arrive trop tard!

PAULINE.

Mais elle m'avait annoncé votre visite.

FÉLICIEN.

Et vous en a-t-elle dit le motif?

PAULINE.

Du tout, monsieur Félicien.

FÉLICIEN.

J'en étais sûr! Quel ange de bonté, de délicatesse! Elle n'a
pas voulu attendre vos remercîments.

PAULINE.

Que dites-vous?

FELICIEN.

Que grâce à elle, grâce à son père, vous êtes riche, mademoiselle Pauline.

PAULINE.

Moi?

FÉLICIEN.

Vous avez une dot.

PAULINE.

Une dot?

FÉLICIEN.

Oui... depuis la naissance de sa fille, monsieur Duverger plaçait sur votre tête une faible somme qui, avec les intérêts accumulés, est devenue un capital considérable, cinquante mille francs.

PAULINE.

Est-il possible! cinquante mille francs!

FÉLICIEN.

Que tout à l'heure, en vous quittant, je vais toucher pour vous à la banque.

PAULINE.

Chère Henriette! et ce bon monsieur Duverger... Et vous aussi, monsieur Félicien, que ne vous dois-je pas?

FÉLICIEN.

A moi, mademoiselle?

PAULINE.

Vous qui venez m'apporter cette bonne nouvelle, après le service que vous m'avez déjà rendu... Comment pourrai-je m'acquitter jamais envers vous?

FÉLICIEN.

Vous le pouvez, mademoiselle.

PAULINE.

Parlez.

FÉLICIEN, à part.

Si je lui déclarais mon amour pour Henriette... son intimité avec elle... (Haut.) Oui, mademoiselle, sachez donc... que je suis amoureux.

PAULINE, baissant les yeux.

Vous, monsieur?

21.

FÉLICIEN.

Amoureux comme un fou d'une jeune personne que vous connaissez...

PAULINE, *de même.*

Que je connais...

SCÈNE XII.

LES MÊMES, MADAME MOUILLARD.

MADAME MOUILLARD, *dans le fond.*

M. de Blangy!

PAULINE, *l'apercevant.*

Dieu! ma mère!

FÉLICIEN, *à part.*

Mme Mouillard! quel contre-temps! (*Haut, et après avoir tiré sa montre.*) Déjà une heure! c'est à peine si j'arriverai avant la fermeture des bureaux... Pardon de vous quitter si brusquement, madame Mouillard... (*A Pauline.*) Je vais revenir vous apporter moi-même... (*Bas.*) Et nous reprendrons cet entretien, n'est-ce pas? (*Haut.*) Sans adieu, madame Mouillard.

(*Il sort.*)

MADAME MOUILLARD.

Qu'est-ce que cela signifie?

PAULINE.

Que je suis bien heureuse, maman... je crois qu'il m'aime, et j'ai une dot.

MADAME MOUILLARD.

Une dot?

PAULINE.

Que me donne le père d'Henriette... Cinquante mille francs!

MADAME MOUILLARD.

Ah mon Dieu! mais te voilà riche!

PAULINE.

Dis donc que nous voilà riches. Est-ce que la fortune de ta Pauline n'est pas la tienne, celle de mon père?

MADAME MOUILLARD.

Chère enfant! Ah! l'honnête homme que monsieur Duverger! le brave garçon que monsieur Félicien! Et c'est pourtant
tous ces gens-là que ton malheureux père appelle des aristos!
Ah! qu'il y vienne, maintenant, m'échauffer les oreilles de
ses bêtises!

SCÈNE XIII.

Les Mêmes, **MOUILLARD,** *sortant de son cabinet, un papier*
à la main.

MOUILLARD, *dans le fond, déclamant.*

Oui, monsieur Dubarle, plus d'exploitation de l'homme par
l'homme... nous n'en voulons plus! mais participation du
maître dans les bénéfices de l'ouvrier... hein, qu'est-ce que je
dis là?... mais participation de l'ouvrier dans les bénéfices...
(*Apercevant sa femme.*) Ah! Pauline, Anastasie! écoutez, mes
enfants, comme c'est rédigé, notre ultimatum!

MADAME MOUILLARD.

Il est bien question de ton ultimatum! M. de Blangy vient
de venir de la part de M. Duverger.

PAULINE.

Devine pourquoi, bon père?

MOUILLARD.

Pardine! c'est bien difficile! pour t'envoyer comme d'habitude une loge de la Gaîté ou de l'Ambigu, à l'occasion de la
naissance de ta sœur de lait... puisque c'est là son seul cadeau
tous les ans! Si ce n'est pas une honte! un crésus comme lui,
au lieu de faire des rentes à la nourrice... ou au père nour-
ricier.

MADAME MOUILLARD.

C'est ce qu'il a fait, méchant sournois!

MOUILLARD.

Comment?

PAULINE.

Oui, mon père, sans en rien dire, M. Duverger plaçait sur ma tête.

MOUILLARD.

Vrai? pauvre cher homme!

MADAME MOUILLARD.

Et aujourd'hui nous sommes à la tête de cinquante mille francs, rien que cela!

MOUILLARD.

Hein? ce n'est pas une farce, Anastasie, ah mon Dieu!... la tête me tourne... je me trouve mal...

MADAME MOUILLARD, *le secouant.*

Monsieur Mouillard!

PAULINE.

Mon bon père!

MOUILLARD.

Cinquante mille francs! ah! je te tiens donc à la fin, infâme capital, gueux de capital!... me voilà bourgeois! plus rien à faire... qu'à me promener les mains dans les poches... dans les poches de mon habit noir... car j'aurai un habit noir, comme un franc aristo... et tu porteras des capotes, madame Mouillard, comme leurs femmes!

MADAME MOUILLARD.

Moi?

MOUILLARD.

Toi! je le veux! faut se faire honneur de ce qu'on a... Mais dites donc, mes enfants, ce n'est pas le tout d'être riche : qu'est-ce que nous ferons de notre argent?.. car faut le faire travailler ce fainéant-là!

MADAME MOUILLARD.

C'est juste, tu penses à tout.

PAULINE.

Si nous le placions sur l'État?

MADAME MOUILLARD.

Tu as raison! c'est si commode! Tous les six mois on tou-

che son argent sans retard... ça m'amuserait-il de faire queue
au trésor !

MOUILLARD.

Du tout, sur l'État ! Autrefois, je ne dis pas... c'était solide...
mais maintenant, avec des gaillards qui veulent brûler le grand
livre... halte-là !

PAULINE.

Eh bien, mon père, une maison... une petite maison dans
le faubourg ?

MOUILLARD.

Du tout... bon pour autrefois ! on recevait ses loyers, mais
aujourd'hui qu'ils ne vous payent plus, ou qu'ils vous payent
en inscription sur les murs : Honneur au bon propriétaire !
merci!.. Ah ! quelle idée ! dis donc, Anastasie, ce pauvre père
Dubarle qui me disait encore l'autre jour qu'il voulait se retirer des affaires... si je lui achetais sa fabrique ! hein ? ça me
connaît les papiers peints... ça m'irait comme un gant !

MADAME MOUILLARD.

Tu n'y penses pas ! une fabrique dont le patron a refusé
cent cinquante mille francs !

MOUILLARD.

Autrefois ! mais aujourd'hui c'est tout au plus si elle en vaut
la moitié... et nous qui avons de l'argent comptant... il n'y a
pas de temps à perdre, je vais l'aller trouver.

MADAME MOUILLARD.

Y songes-tu? dans ce costume !

MOUILLARD.

C'est juste ! faut de la représentation : donne-moi ma re-
dingote... la neuve... Dans deux ans, j'aurai doublé notre fortune... et mon gilet brodé, Pauline? (*Mettant son gilet.*) Et
alors, Anastasie, ce mariage dont je te parlais ce matin...

MADAME MOUILLARD.

Allons! ne vas-tu pas lui donner de ces idées-là !

MOUILLARD.

Oh! ce matin tu avais raison! la fille de Mouillard, d'un
simple travailleur ! ça n'avait pas le sens commun... faut se

marier entre ses égaux... mais à présent, quelle différence ! la fille d'un industriel, d'un propriétaire, électeur, éligible... ah ! tout le monde l'est aujourd'hui... c'est dommage !

MADAME MOUILLARD.

Eh mais, effectivement, je n'y avais pas réfléchi... Cette chère enfant... je serais la belle-mère...

MOUILLARD.

Chut ! madame Mouillard : c'est toi qui à ton tour lui donnerais des idées !... Pourtant, si l'affaire s'arrangeait... Mouillard, fabricant ! à la tête de cent vingt travailleurs... non, de cent vingt ouvriers...

PAULINE, *lui présentant son papier qu'il a déposé sur la table.*

Mon père... et ce papier que tu oublies ?

MOUILLARD.

Ah ! l'ultimatum ! une augmentation ! qu'ils y comptent !... et puis, s'ils ne sont pas raisonnables, qu'ils y prennent garde... il y a coalition... coalition flagrante... et la justice est là pour tout le monde, pour le maître comme pour l'ouvrier, Dieu merci !

MADAME MOUILLARD.

Partiras-tu, bavard ?

MOUILLARD.

Me voilà prêt, j'y cours... Si tu savais comme je me sens léger, rajeuni ! il me semble que je n'ai pas vingt ans... que je danserais, comme à notre bal de noces... Allons, en avant, maman Mouillard... en avant deux... et vive la joie ! (*Il prend sa femme à bras le corps.*)

MADAME MOUILLARD.

Mais laisse-moi donc, monsieur Mouillard !

(*Mouillard entraîne sa femme et disparaît en dansant avec elle.*)

PAULINE, *seule sur le devant de la scène.*

Félicien ! mon Dieu ! si cela se pouvait !

(*La toile tombe.*)

FIN DU PREMIER ACTE.

ACTE II.

Le théâtre représente une grande salle avec bureaux chez M. Dubarle.

SCÈNE PREMIÈRE.

MONSIEUR DUBARLE, MICHEL.

MICHEL, *remettant un paquet à M. Dubarle.*
Voilà votre affaire, notre patron.

DUBARLE.

Merci, Michel.

MICHEL.

Dieu de dieu! que de monde dans ce magasin-là!... il y a une queue! quoi! on dirait un rassemblement. Doivent-ils en gagner, du bel et du bon argent, tout en vendant du faux, ces MM. Christofle et Ruolz!

DUBARLE.

Il y a tant de gens comme moi!... quand on se défait de son argenterie, il faut bien la remplacer tant bien que mal!

MICHEL.

Est-il possible, monsieur Dubarle? ces deux douzaines de couverts que je rapporte...

DUBARLE.

Chut! mon pauvre Michel! que ma pauvre femme ne s'en doute pas... A son âge! si je peux lui épargner ce chagrin-là... mais, moi, je ne peux pas me tromper moi-même; je suis ruiné.

MICHEL.

Vous?

DUBARLE.

Le mois dernier j'ai vendu mes rentes à moitié perte... hier
j'ai vendu mon argenterie pour la paye de demain et les
échéances fin courant..... après-demain je mets la clef sous
la porte... je n'ai plus rien à vendre.

MICHEL.

Monsieur Dubarle, je ne suis qu'un pauvre apprenti, et vous
êtes mon patron... cependant, si j'osais... sauf votre respect,
j'ai trois cent trente-deux francs soixante-quinze centimes qui
ne doivent rien à personne...

DUBARLE, *lui prenant la main.*

Merci, mon cher Michel, merci; tu es un brave garçon, et le
ciel te bénira... Tu me prouves ce que je savais déjà, qu'il y a
un cœur d'or sous ces blouses que l'on cherche à tromper, à
égarer... et lorsque le temps aura dissipé leurs illusions...

MICHEL.

Cela commence, monsieur Dubarle, cela commence. Il y en
a déjà bien comme moi qui comprennent que tous ces grands
faiseurs-là ne veulent que nous entortiller... et vous verrez
bientôt...

DUBARLE.

Ce n'est pas moi qui le verrai, je suis trop vieux, et le mal
ne s'en va pas si vite que le bien, mon bon Michel. Mais il en
est du monde moral comme du monde physique : après la
tempête, le calme; après l'anarchie, l'ordre et la tranquillité.
Chaque chose finira par reprendre son cours... mon seul regret, c'est de quitter ma fabrique et mes ouvriers... car ma
fabrique, c'est moi qui l'ai créée, Michel, et tu es la troisième
génération qui s'élève sous mes yeux... et autrefois, mon garçon, établir à grands frais, au prix de ses veilles et de ses
sueurs ces fabriques, ces manufactures, qui sont la vie de la
classe ouvrière, c'était honorable et honoré... aujourd'hui
cela s'appelle exploiter l'homme par l'homme, s'engraisser de
la substance du peuple! Je le veux bien, quoique pour ma
part cela ne m'ait guère profité... mais pourvu que ma conscience me reste... Adieu, mon bon Michel, et si tu vois le

père Mouillard, dis-lui qu'il peut venir quand il voudra pour la paye : les fonds sont prêts.

(Il rentre chez lui.)

MICHEL, *seul.*

Respectable vieillard, va! et pas fier encore. Comme il m'a serré la main, en me disant : Dieu te bénira! J'ai idée que ça me portera bonheur... il me semble déjà que ça me donne du courage... et si je rencontrais mademoiselle Pauline. (*Apercevant Mouillard*) Dieu! le beau-père!

SCÈNE II.

MICHEL, MOUILLARD, UN DOMESTIQUE.

MOUILLARD, *au domestique.*

Je ne suis pas pressé, mon bon monsieur Jacques; quand M. Dubarle voudra!

MICHEL, *à part.*

Comme il file doux, le père Mouillard!

MOUILLARD, *l'apercevant.*

Ah! c'est toi, Michel!

MICHEL.

Pardon, je venais rendre compte à M. Dubarle...

MOUILLARD.

Ne t'excuse pas, mon bon Michel! toi le garçon le plus exact, le plus laborieux... si nous avions dans la fabrique cinquante ouvriers comme toi!...

MICHEL.

Bien vrai? j'ai votre estime, monsieur Mouillard! ah si j'osais! sauf le respect que je vous dois!...

MOUILLARD.

Laisse-là ton respect, mon garçon! ne sommes-nous pas tous égaux, tous frères?

MICHEL.

Eh bien... c'est que je ne veux pas être votre frère, moi!

MOUILLARD.

Comment ?

MICHEL.

Non... j'ai de l'ambition, voyez-vous ! je veux être mieux
que cela... votre fils, monsieur Mouillard !

MOUILLARD.

Mon fils ?

MICHEL.

Oui, votre fils par alliance... l'époux de mademoiselle Pauline !

MOUILLARD.

Tu dis ?

MICHEL, *à part.*

Voilà le grand mot lâché !

MOUILLARD.

Ah ! tu veux devenir mon gendre, petit ! tu n'es pas dégoûté.
(*Riant.*) Ah ! ah !

MICHEL, *à part.*

Il rit, c'est bon signe. (*Haut.*) Oui, monsieur Mouillard, je
l'adore, votre fille... j'en perds le boire et le manger... j'en
sèche... tant il y a, qu'à l'atelier, au lieu de tourner la mani-
velle, je m'arrête comme une bête... le bras tendu... qu'on
dirait le télégraphe de Montmartre... et si vous ne venez à mon
secours, en m'accordant sa main...

MOUILLARD.

Es-tu fou, Michel ?

MICHEL.

Oui, monsieur Mouillard, fou d'amour ?

MOUILLARD.

Assez causé, imbécile ! c'est bien pour toi que le four chauffe !
la fille de Mouillard, d'un homme comme moi !

MICHEL.

Pardon, excuse ; si vous ne m'aviez pas dit que nous étions
tous égaux !

MOUILLARD.

Certainement que nous le sommes !... chacun est égal entre

soi... les apprentis avec les apprentis, les ouvriers avec les ouvriers... les maîtres avec les maîtres... la voilà la bonne égalité, la vraie... telle que je la comprends, qu'il faut la comprendre !

SCÈNE III.

Les Mêmes, le Domestique.

LE DOMESTIQUE.

M. Dubarle vous attend.

MOUILLARD.

Bien obligé, monsieur Jacques; et toi, Michel, qu'on file à l'atelier, et lestement encore... et si je t'y reprends à lever les yeux sur ma fille, petit drôle...

MICHEL, *seul.*

Jolie, votre égalité, comme la liberté des autres, et leur fraternité... la liberté de leur obéir, ou d'être rossé fraternellement! Mon Dieu, qui aurait pu le croire! mais tous ces grands mots-là, c'est de la graine de niais pour Michel et les imbéciles comme lui... En voilà une leçon!... à quoi donc que cela sert d'être bon sujet, de se tuer le corps et l'âme à l'atelier... c'est pour Mlle Pauline que je travaillais, que je mettais à la caisse d'épargne... eh bien, puisque M. Mouillard ne veut plus de moi, je vais devenir un bambocheur... un godailleur... un fricoteur... toutes les horreurs, quoi! et à la première émeute, ce qui ne sera pas long, car il y a huit jours que nous n'en avons eu... je fais comme les autres... je casse les vitres et les réverbères... je crie : A bas le gouvernement!... à bas les sergents de ville!... à bas tout le monde !... et si je me fais pincer, tant pis pour M. Mouillard, c'est sa faute !

SCÈNE IV.

MICHEL, MADAME MOUILLARD, PAULINE.

MADAME MOUILLARD, *en dehors.*

Par ici, mon enfant, par ici!

MICHEL, *à part.*

Mme Mouillard et Pauline! Dieu, est-elle gentille! et Mme Mouillard, quelle capote! quand je pense que j'aurais pu avoir pour belle-mère une femme à capote! faut-il en avoir, du malheur!

MADAME MOUILLARD.

Qu'as-tu donc, mon bon Michel? tu as les larmes aux yeux!

PAULINE.

En effet, monsieur Michel...

MICHEL.

Du tout, mademoiselle, je ne pleure pas, bien au contraire... je ris... je suis si gai, si content!... je m'amuse, comme un roi!... (*A part.*) Je vais à l'émeute.

(*Il sort en courant.*)

SCÈNE V.

MADAME MOUILLARD, PAULINE.

PAULINE.

Que dit-il? quel air triste! moi qui voudrais tant le voir heureux!

MADAME MOUILLARD.

Dame! cela dépend de toi! si tu ne t'étais pas fourré des folies dans la tête!

PAULINE.

Des folies! vous-même, qui tantôt me faisiez espérer...

MADAME MOUILLARD.

Moi?

PAULINE.

Certainement... je vous ai bien entendue, avec mon père!

MADAME MOUILLARD.

C'est vrai! Dans le premier moment, l'idée de te voir comtesse... un mouvement de vanité, bien excusable chez une
mère... Mais écoute, mon enfant... on aura beau dire et beau
faire, il y aura toujours des grands et des petits... eh bien,
quand on est né dans le petit, il ne faut pas se marier dans
le grand... le fils d'un comte et la fille d'un ouvrier, ça ne va
pas... ça jure... comme la capote dont je me suis affublée
pour faire plaisir à Mouillard... Il faut laisser les chapeaux
aux belles dames, et garder les bonnets pour nous.

PAULINE.

Cependant, ma mère, si papa traitait avec M. Dubarle, si
l'établissement prospérait entre ses mains, alors...

MADAME MOUILLARD.

Oh! alors, comme alors... le plus pressé, c'est de savoir si
ton père... ah! le voici!

SCÈNE VI.

MOUILLARD, LES MÊMES.

MOUILLARD, *à la cantonade.*

Pas de façons avec moi, je vous en prie, mon cher prédécesseur!

MADAME MOUILLARD.

Hein? que dis-tu?

PAULINE.

Comment, mon père?

MOUILLARD, *les embrassant.*

Oui, mes enfants, affaire conclue, terminée!...

PAULINE.

Quel bonheur!

MOUILLARD.

La fabrique, le mobilier, les ateliers, les ouvriers, tout est à moi! un marché d'or! Ah! le brave homme que M. Dubarle! Il est ruiné, par exemple, complétement ruiné, mon prédécesseur!

MADAME MOUILLARD.

Là, quand je te le disais!

MOUILLARD.

J'avais tort, j'en conviens! mais aussi c'est sa faute... il était trop bon... beaucoup trop... Vois-tu, Anastasie, les ouvriers, c'est comme les enfants!... avec eux il faut être juste, mais sévère... il y a tant de gaillards, comme Leyraud et Cabichon, dont la montre retarde le matin et avance le soir!... et une heure de plus ou de moins dans la journée, c'est souvent tout le bénéfice du maître! Or, quand le maître donne son argent à l'ouvrier, il faut que l'ouvrier lui donne son travail, et l'ouvrier qui ne travaille pas, c'est absolument comme s'il volait le patron dans sa poche!

MADAME MOUILLARD.

A la bonne heure! je te reconnais, mon pauvre homme, tu parles comme un livre!

MOUILLARD.

Je parle selon mon état! j'ai été ouvrier, Anastasie; je n'en rougis pas, et quand je soutenais la cause des camarades, je ne boudais pas, tu le sais. Maintenant mes camarades, ce sont les maîtres; je ne les trahirai pas plus que les autres : voilà comme je suis.

MADAME MOUILLARD.

Et tu as raison... Mais en causant avec ton père, Pauline, nous oublions notre visite à ta sœur de lait.

MOUILLARD.

.A Henriette?

PAULINE.

Sans doute. Ne faut-il pas la remercier, cette bonne Henriette?

MOUILLARD.

Et son père, Pauline, cet excellent M. Duverger, qui, sans rien dire, pensait depuis si longtemps à nous faire un sort.

MADAME MOUILLARD.

Dis donc, Mouillard... cet excellent homme, comme tu l'arrangeais ce matin encore! une sangsue du peuple, un loup cervier, comme tu l'appelais!

MOUILLARD.

J'avais tort, j'en conviens, j'étais injuste...

MADAME MOUILLARD.

Tu n'étais pas injuste, mon pauvre Mouillard; seulement ce matin tu regardais avec les yeux d'un ouvrier... tu vois maintenant avec les yeux d'un patron... voilà tout... Le difficile, c'est d'avoir des lunettes qui aillent à tout le monde.

(*Elle sort avec Pauline.*)

SCÈNE VII.

MOUILLARD, *seul.*

Il y a pourtant du vrai dans ce qu'elle dit, la mère Mouillard... je n'ai pas changé d'opinion, certainement... et l'ouvrier qui travaille du matin au soir... Mais le patron, est-ce qu'il ne se donne pas du mal de son côté, beaucoup de mal... beaucoup plus de mal souvent... car enfin l'ouvrier, pourvu qu'il soit payé régulièrement et que la fabrique ne chôme pas... qu'est-ce qu'il peut demander de plus? tandis que le pauvre patron... toujours l'argent à la main... la paye de la semaine, les échéances fin de mois... et puis la vente qui s'arrête, les rentrées qui se font mal, ou qui ne se font pas... Malgré tout, si la tranquillité venait à se rétablir, au prix que j'achète de M. Dubarle, on pourrait encore faire sa pelote tout doucement... avec de l'ordre et de l'économie par exemple... la main-d'œuvre est si chère! (*Il s'assied sur un fauteuil.*) Quand je pense que je suis dans le fauteuil du patron!... dans mon fauteuil!... vont-ils être surpris les autres! il y en a plus d'un qui rira jaune... ils sont si envieux! si jaloux! au lieu de se réjouir du bonheur d'un frère!...

SCÈNE VIII.

MOUILLARD, LEYRAUD, CABICHON, Ouvriers, JACQUES.

JACQUES, *voulant les arrêter.*

Mais, messieurs, quand je vous dis...

LEYRAUD, *le repoussant.*

Laisse-nous donc tranquilles, esclave! nous nous annoncerons bien nous-mêmes... (*A Mouillard, qui se lève.*) Eh bien, Mouillard, où en es-tu? as-tu vu le vieux? l'affaire est-elle faite?

MOUILLARD.

Oui, mes amis, tout est conclu!

CABICHON.

Il a signé!

MOUILLARD.

J'ai sa parole!

LEYRAUD.

C'est la même chose!

CABICHON.

C'est de l'or en barre. (*Allant à la fenêtre et appelant.*) Oh! eh! les amis! c'est fait. Vive M. Dubarle! vive Mouillard!

VOIX D'OUVRIERS EN DEHORS.

Vive Dubarle! vive Mouillard!

MOUILLARD, *ému.*

Mes amis, mes chers camarades... c'est trop... je suis confus... (*A part.*) Les braves gens! et moi qui les soupçonnais!

CABICHON.

Ainsi donc, c'est à partir de demain que ça commence
l'augmentation ?

MOUILLARD.

Hein? qu'est-ce que tu dis? l'augmentation! mais du tout...
il est bien question de cela, vraiment!

CABICHON.

Et de quoi donc qu'il est question?

LEYRAUD.

Est-ce qu'il refuse, le vieux singe?

MOUILLARD.

Il ne refuse pas, mes amis! il ne le peut pas, le pauvre
cher homme!

LEYRAUD.

Dis donc qu'il ne veut pas, le grigou! mais nous savons
le moyen de le faire vouloir... il y a en bas le petit Joseph, le
fils du vitrier... il va travailler... comme pour son père, et
en un tour de main toutes les vitres de la fabrique...

MOUILLARD, *l'arrêtant.*

Un instant... elle ne lui appartient plus, la fabrique... il
l'a vendue.

LEYRAUD.

Diable, tant pis! c'est peut-être un dur à cuire que le nouveau propriétaire!

MOUILLARD.

Du tout... un bon enfant, comme le père Dubarle.

CABICHON.

Accorde-t-il l'augmentation, ce bon enfant?

MOUILLARD.

Impossible!

CABICHON.

En ce cas, en avant Joseph!

MOUILLARD, *l'arrêtant.*

Un instant, Cabichon... tu ne sais pas que c'est un frère...
un ancien ouvrier...

22

CABICHON.

Qu'est-ce que cela me fait!... puisqu'il est devenu maître!

LEYRAUD.

Cela fait beaucoup... un camarade! il doit s'y connaître!

MOUILLARD.

Je vous en réponds, et joliment!

LEYRAUD.

Alors, il sera difficile de lui faire voir le tour.

MOUILLARD.

D'autant plus difficile que les meneurs, il les a vus à l'œuvre, il sait leurs noms, et il leur dira : Vous ne voulez pas travailler, mes enfants? ne travaillez pas... vous êtes libres, nous le sommes tous... vive la liberté!... j'en prends d'autres.

CABICHON.

Il n'en trouvera pas!

MOUILLARD.

Il en trouvera!

LEYRAUD.

Certainement... il y a tant de lâches!

CABICHON.

Et comment s'appelle-t-il définitivement, le nouveau singe?

MOUILLARD.

Cabichon, un peu plus de respect... le nouveau singe, c'est moi!

LEYRAUD *et les autres.*

Toi!

MOUILLARD.

Votre serviteur.

CABICHON.

Pas possible!

LEYRAUD.

Tu as donc déterré un trésor?

CABICHON.

Est-ce que tu serais un des vainqueurs des Tuileries, par hasard?

MOUILLARD.

Fi donc !

CABICHON.

Ainsi, finalement, te voilà notre maître?

MOUILLARD.

Et un bon maître, Cabichon... un maître juste, mes amis!...

CABICHON, *à part.*

C'est-à-dire qu'il sera encore plus chien que les autres!

MOUILLARD, *continuant.*

Un maître qui saura remplir ses devoirs envers vous, comme
vous remplirez les vôtres envers lui.

CABICHON.

Hein? des devoirs !

LEYRAUD.

C'est tout simple, Cabichon; quand on paye, c'est pour
être servi... et vous pouvez être sûr, monsieur Mouillard....

MOUILLARD, *l'interrompant.*

M. Mouillard! Qu'est-ce que tu dis? Mouillard tout court,
comme autrefois... ton camarade Mouillard, mon cher Leyraud!... toujours... quand nous serons seuls, entre nous... à
l'atelier, devant les autres, c'est différent : M. Mouillard, si tu
veux !

LEYRAUD, *à part.*

Aristo fini, va! (*Haut.*) Enfin nous espérons que tu n'ou-
blieras pas les amis !

MOUILLARD.

Comment?

LEYRAUD.

Tu ne peux pas augmenter tout le monde... je le conçois,
quand on commence...

CABICHON.

Et puis les affaires vont si mal!

LEYRAUD.

Mais nous quatre, qui sommes de bons enfants... qui
avons de l'influence... qui te soutiendrons... si tu nous faisais
quelque petit avantage... rien qu'à nous.

MOUILLARD.

Impossible! ou tout le monde, ou personne... pas de privilége... l'égalité! je ne connais que cela, moi!

LEYRAUD.

L'égalité! à présent que tu tiens la fabrique!

CABICHON.

Ah! tu ne veux rien faire pour les amis! (*A la fenêtre.*) Citoyens, Mouillard est un traître, un faux frère... à bas Mouillard!

VOIX EN DEHORS.

A bas Mouillard!

LEYRAUD, *et les autres.*

A bas M...

MOUILLARD, *les interrompant.*

Hein?... qu'est-ce qui a parlé?...

LEYRAUD.

Ce n'est pas nous, patron... nous n'avons rien dit.

MOUILLARD.

Cabichon, ton compte est réglé, je te chasse de ma fabrique!

CABICHON.

Toi, et ta fabrique... je...

LEYRAUD, *l'arrêtant, et bas.*

File doux, Cabichon : nous lui revaudrons cela plus tard.

MOUILLARD.

Quant à vous, camarades, vous m'avez entendu; c'est à
prendre ou à laisser... à demain matin, cinq heures et demie.

LEYRAUD.

Oh! six heures, patron?

MOUILLARD.

Cinq heures et demie, précises, s'il vous plaît. Ce n'est pas
comme M. Dubarle, je serai là... et si on manque à l'appel...
Adieu, camarades; j'ai besoin d'être seul.

LEYRAUD.

Suffit, patron... en vous remerciant...

(*Ils se dirigent vers la porte.*)

SCÈNE IX.

LES MÊMES, MADAME MOUILLARD, PAULINE.

MADAME MOUILLARD, *effarée.*

Ah! mon ami!

PAULINE.

Ah! mon père!

MOUILLARD.

Qu'avez-vous? qu'y a-t-il donc?

MADAME MOUILLARD.

Il y a que nous sommes tombés dans une émeute!

MOUILLARD.

Encore? ils veulent donc nous ruiner tous!

CABICHON.

Une émeute! et nous n'y étions pas, Leyraud!

LEYRAUD.

Commence donc par écouter, Cabichon!

PAULINE.

Figure-toi que, pour aller chez Henriette, nous nous étions donné une petite citadine à un cheval.

CABICHON, *à part.*

Si ça ne fait pas suer... ça ne peut plus aller à pied, depuis que c'est riche!

MADAME MOUILLARD.

Voilà qu'en débouchant sur le boulevard, des hommes se précipitent à la tête du cheval : A bas les aristos! à bas les voitures! à bas la dame au chapeau!... La dame au chapeau, c'était moi, à cause de la capote!

LEYRAUD, *à part.*

Fameuse, la capote!

CABICHON, *de même.*

Comme je lui donnerais un renfoncement!

22.

MADAME MOUILLARD.

Nous avions à peine mis pied à terre que Pauline pousse un cri, et tombe dans mes bras!

MOUILLARD.

Ma fille!

MADAME MOUILLARD.

Elle avait vu, ou elle avait cru voir, une de nos connaissances, M. le comte de Blangy.

CABICHON.

Il n'y a plus de comtes!

PAULINE.

Oh non! je ne me suis pas trompée, je l'ai bien reconnu... c'était lui, en habit bleu, chapeau gris... Les lâches! ils étaient cent contre un, qui l'entouraient, qui le menaçaient... mais lui, il ne cédait pas, il leur tenait tête, d'un air si noble, si courageux... Tout à coup on l'a saisi par derrière, il m'a semblé qu'il tombait!

CABICHON.

Enfoncé!

PAULINE.

Et puis, je n'ai plus rien vu... j'étais évanouie, et quand je suis revenue à moi... (*S'arrêtant et regardant du côté de la fenêtre.*) Ah mon Dieu! c'est lui! il vient de traverser la cour tout en courant!

MADAME MOUILLARD.

M. de Blangy?

CABICHON, *à la fenêtre.*

Ah bien oui, un comte! c'est un ouvrier en blouse, voilà tout.

SCÈNE X.

LES MÊMES, FÉLICIEN, *en blouse.*

MOUILLARD.

M. de Blangy sous ce costume!

PAULINE, *vivement.*

Vous n'êtes pas blessé?

FÉLICIEN.

Non, mademoiselle, grâce au courage, à la présence d'esprit d'un jeune homme!... un ouvrier... qui, au péril de ses jours...

MOUILLARD.

Que dites-vous?

FÉLICIEN.

Je revenais de la banque, où j'avais été toucher votre argent, lorsqu'arrivé sur le boulevard Saint-Martin...

PAULINE, *à sa mère.*

C'était lui! j'en étais bien sûre.

FÉLICIEN.

J'aperçois un rassemblement nombreux... A ma vue un cri s'élève du milieu de la foule: Le voilà! le voilà!... et à l'instant même je suis entouré d'une bande furieuse qui profère contre moi des menaces de mort.

PAULINE.

Les misérables!

FÉLICIEN.

C'est tout simple! ils me faisaient l'honneur de me prendre pour un officier... un de nos braves officiers qui ont sauvé l'ordre et la liberté dans la rue. Enfin, j'allais périr, quand tout à coup, enlevé par deux bras vigoureux, jeté dans une allée obscure qui se referme sur moi, j'entends une voix me crier : « Votre habit, votre chapeau, bourgeois, dépêchons! » et en même temps on me jette une blouse sur le corps, on me coiffe d'une casquette... « Mais vous, mon ami? — N'ayez pas peur : est-ce que je n'ai pas mes mains à leur montrer, mes mains d'ouvrier? eh! vite, maintenant, faites comme moi, jouez des jambes. » Il se précipite en avant, au fond de l'allée qui s'ouvrait sur la rue de Bondy. Je m'élance après lui; impossible de le rejoindre. Enfin, après mille détours, tout essoufflé, hors d'haleine, j'arrive ici, n'ayant d'autre regret de ma mésaventure que de ne pouvoir témoigner ma reconnais-

sauce à mon libérateur, dont j'ignore le nom, et qui ne m'a
pas même laissé le temps de lui dire le mien.

PAULINE.

Brave garçon !

CABICHON, à part.

L'imbécile ! un aristo sauvé, c'est comme un chien qu'on
ramène... il y a toujours une récompense honnête !

FÉLICIEN, à Mouillard.

Mais puisque je vous trouve à la fabrique, comme je le
croyais, père Mouillard, je vais toujours vous remettre les
capitaux que j'ai touchés pour vous.

LEYRAUD.

Les capitaux ! est-il heureux ce Mouillard !

CABICHON.

Les capitaux ! ça fait mal à entendre ce mot-là !

FÉLICIEN, cherchant sur lui.

Ah mon Dieu ! ah mon Dieu !

MOUILLARD.

Quoi donc ?

PAULINE.

Qu'avez-vous ?

FÉLICIEN.

Mon portefeuille, qui contenait les billets de banque...

MOUILLARD ET MADAME MOUILLARD.

Eh bien ?

FÉLICIEN.

Je ne l'ai plus !

MOUILLARD.

Ciel !

FÉLICIEN.

Je l'ai laissé dans mon habit !

LEYRAUD.

Dans l'habit que l'autre a emporté ?

FÉLICIEN.

Justement !

LEYRAUD, *à part.*

Cours après, mon homme !

CABICHON, *à Leyraud.*

Dis donc, il n'est pas si bête cet imbécile-là !

PAULINE.

Rassurez-vous, monsieur Félicien ; c'est un brave homme qui vous le rapportera.

LEYRAUD, *à Cabichon.*

Le plus souvent ; si j'étais à sa place...

CABICHON.

Des billets de banque, ça n'a pas de nom... c'est à tout le monde !

LEYRAUD.

Et puis, reste à savoir si c'est lui qui les a gardés !

CABICHON.

Si le portefeuille n'était pas vide !

LEYRAUD.

S'il a été perdu, seulement !

PAULINE.

Monsieur Leyraud !

FÉLICIEN.

Hein ? que dites-vous ? ces soupçons... c'est affreux !

PAULINE.

Ah ! monsieur Félicien... ne croyez pas que mon père et moi...

MOUILLARD.

Certainement, je ne peux pas supposer...

MADAME MOUILLARD.

Oh non ! nous ne le pouvons pas...

FÉLICIEN.

Merci, mademoiselle ; merci, Mouillard... mais eux... mais les autres... ils ont raison ! et M. Duverger, quand demain matin il va falloir lui rendre compte...

PAULINE.

M. Duverger qui vous connaît, qui vous aime...

FÉLICIEN.

Il aimait, il estimait aussi un de nos camarades, un de ses

commis, qui a disparu, il y a quelque temps, avec une
somme qu'on lui avait confiée, comme à moi... Et voilà qu'aujourd'hui c'est moi-même... Pardon, mademoiselle, je cours...
un faible espoir... si ce portefeuille avait glissé de ma poche
dans cette allée... mais si je ne le retrouve pas... si demain matin il ne m'est pas rapporté... oh! ma tête se perd...
Le déshonneur... votre fortune... toutes mes espérances de
bonheur... plutôt mourir... Adieu, adieu, mademoiselle! je
suis bien malheureux!

(Il sort précipitamment.)

PAULINE.

Que dit-il? déshonoré, mon père!

MOUILLARD.

Et moi ruiné!

LEYRAUD.

C'est bien fait!

CABICHON.

Enfoncé, aristo!

LEYRAUD.

Plus de monnaie, plus de fabrique!

CABICHON.

Chasse-moi donc de tes ateliers! tu n'es plus notre maître.

LEYRAUD, *apercevant M. Dubarle.*

Le voilà, notre maître!

MOUILLARD.

Ciel! M. Dubarle!

SCÈNE XI.

LES MÊMES, DUBARLE.

CABICHON, *allant à lui.*

Notre bon patron!

LEYRAUD.

Notre excellent patron!

CABICHON.

Le père des ouvriers!

TOUS.

Oui, oui, le père des ouvriers!

DUBARLE.

Mes amis, mes bons amis, merci... mais votre patron, maintenant, c'est Mouillard!

CABICHON.

Ah bien oui! envolés les billets de banque!

LEYRAUD.

Ils courent les champs !

DUBARLE.

Que dites-vous?

LEYRAUD.

Il n'a plus rien! c'est vous qui nous restez!

DUBARLE.

Moi ?

CABICHON.

Nous vous gardons!

TOUS.

Oui, oui!

PAULINE.

Mon père !...

LEYRAUD.

Vous ne vendrez pas... nous ne voulons pas que vous vendiez...

TOUS.

Non, non !

DUBARLE.

Mes amis, mes bons amis, je ne demanderais pas mieux ; mais songez donc que je n'ai plus d'argent.

LEYRAUD.

Nous vous ferons crédit.

TOUS.

Oui, oui, nous vous ferons crédit!

CABICHON.

Nous avons bien mis trois mois de misère au service des grands faiseurs qui nous ont trompés; vous ne nous tromperez pas, vous.

DUBARLE.

Messieurs... citoyens... mes amis, tant de confiance...

LEYRAUD, *à la fenêtre, appelant les ouvriers.*

Oh! eh! les autres! par ici... Vive M. Dubarle!

LES OUVRIERS, *arrivant en scène.*

Vive M. Dubarle!

LEYRAUD.

Oui, mes amis, il nous reste cet excellent patron, il consent à rester.

DUBARLE.

Merci, mes enfants; puisque vous l'exigez, je ne vous quitterai pas... jamais... c'est, entre nous, à la vie et à la mort.

TOUS.

Vive M. Dubarle!

CABICHON.

Et à bas Mouillard!

TOUS.

A bas Mouillard!

LEYRAUD.

Triomphe à M. Dubarle, au père des ouvriers!

TOUS.

Vive Dubarle!

(*Ils entourent Dubarle, le portent en triomphe; les autres crient :
A bas Mouillard! La toile tombe.*)

FIN DU SECOND ACTE.

ACTE III.

Le théâtre représente une grande pièce chez Mouillard, comme au premier
acte, sortie de côté, sortie par le fond, porte vitrée conduisant dans l'appartement, cabinet à droite.

SCÈNE PREMIÈRE.

MOUILLARD, MADAME MOUILLARD.

MADAME MOUILLARD.

Et M. Félicien n'était pas encore rentré hier soir, quand tu
as porté chez lui la lettre de Pauline?

MOUILLARD.

Non, ma femme.

MADAME MOUILLARD.

Pourvu qu'il ne lui soit rien arrivé, à ce pauvre jeune
homme, dans le désespoir où il était plongé! Et tu as bien re-
commandé qu'on lui remît notre lettre dès qu'il rentrerait?

MOUILLARD.

Oui, ma femme.

MADAME MOUILLARD.

Dieu veuille qu'il accepte, seulement!

MOUILLARD.

Parbleu! il serait bien difficile, quand je lui donne quittance d'un argent que je n'ai pas reçu... mais puisque ta fille
l'a voulu ainsi!

MADAME MOUILLARD.

Et elle a eu raison, cette chère enfant, et tu en aurais fait
autant à sa place.

MOUILLARD.

Je ne dis pas non... mais ce n'en est pas moins désagréable!...
se trouver ruiné, sans avoir vu la couleur de son argent!

MADAME MOUILLARD.

Tout n'est peut-être pas encore perdu. Si le portefeuille est
tombé dans des mains honnêtes!...

MOUILLARD.

Ah bien oui! va-t'en voir s'ils viennent! un pauvre diable
en blouse!

MADAME MOUILLARD.

Et bien, après? Est-ce que c'est l'habit qui fait le moine?
Est-ce qu'un pauvre diable en blouse n'en vaut pas un autre
pour l'honneur?

MOUILLARD.

Je ne dis pas non, madame Mouillard; mais quand on est
riche, pourtant!...

MADAME MOUILLARD.

Quand on est riche! c'est plus facile d'être honnête; et
quand on est pauvre, on n'en a que plus de mérite, voilà
tout!

MOUILLARD.

Tu as raison, toujours raison... et moi qui t'accusais, hier,
de parler comme la femme d'un réac, c'est moi qui maintenant... mais je me souviendrai de la leçon... elle me coûte
cher, par exemple! cinquante mille francs! Si le bon Dieu
avait voulu me la donner à meilleur compte!...

MADAME MOUILLARD.

Allons, du courage, mon pauvre homme... après tout, tu
retombes sur tes pieds, comme hier, et tu n'es déjà pas si
malheureux! un bon état, une bonne santé... une belle et
bonne fille, qui te chérit, te respecte... une bonne et brave
femme qui te sermonne... qui te rognonne, c'est vrai...
mais qui aime bien, châtie bien... et si seulement tu laissais
là toute la clique des Cabichon et des Leyraud!...

MOUILLARD.

Méchants drôles! ils n'ont qu'à se bien tenir. Si je les rattrape!

MADAME MOUILLARD.

N'es-tu pas toujours leur contre-maître?

MOUILLARD.

C'est juste! et le premier qui ne sera pas exact...

MADAME MOUILLARD.

Commence donc par leur donner l'exemple!

MOUILLARD.

C'est encore juste. (*Tirant sa montre.*) Déjà sept heures... mais à partir de demain, je te promets... Je cours à la fabrique.

MADAME MOUILLARD.

Et moi, je descends pour les provisions.

MOUILLARD.

C'est cela! tout le monde au travail!

MADAME MOUILLARD.

Tiens, embrasse-moi, Mouillard! tu es un brave homme, tout de même!

(*Ils s'embrassent, et elle sort.*)

MOUILLARD, *seul.*

Excellente femme! si je l'avais toujours écoutée!... Allons, vaut mieux tard que jamais!

(*Il se dirige vers le fond.*)

SCÈNE II.

MOUILLARD, LEYRAUD, CABICHON.

LEYRAUD, *l'arrêtant.*

Où cours-tu donc si vite, Mouillard?

MOUILLARD.

Pardine! où vous devriez être vous-mêmes, à la fabrique!

LEYRAUD.

Oh! ne te presse pas!

CABICHON.

Tu as le temps, tout le temps.

MOUILLARD.

Comment cela ?

LEYRAUD, *d'un air patelin*.

Écoute, Mouillard : ce n'est pas d'aujourd'hui que nous nous connaissons.

CABICHON, *de même*.

Nous sommes de vieux camarades.

LEYRAUD.

C'est pour cela que nous avons accepté bien volontiers la commission.

MOUILLARD.

Quelle commission ?

CABICHON.

Pour t'apprendre la chose avec ménagement.

LEYRAUD.

Avec douceur. Tu es renvoyé, mon ami...

MOUILLARD.

Hein?

CABICHON.

Chassé de la fabrique, mon vieux.

MOUILLARD, *ému*.

Moi? qui? moi! renvoyé, chassé de la fabrique où je suis né, où mon père, où mon grand-père est mort, où je comptais mourir comme eux!

LEYRAUD.

Mon Dieu, oui!

MOUILLARD.

Et c'est M. Dubarle qui me renvoie! pas possible !

LEYRAUD.

C'est-à-dire que c'est une justice à lui rendre... il ne voulait pas, le pauvre cher homme, mais il a bien fallu... les camarades l'ont exigé!

MOUILLARD.

Les camarades

LEYRAUD.

Oui, les camarades de la Société fraternelle !

MOUILLARD.

Pas possible ! moi, leur président !

LEYRAUD.

C'est-à-dire leur ex-président. C'est Cabichon qui te remplace en qualité de président.

MOUILLARD.

Cabichon !

CABICHON.

Comme Leyraud te remplace à la fabrique en qualité de contre-maître.

LEYRAUD.

Et c'est lui qui a été chargé par les camarades de te signifier ton jugement.

MOUILLARD.

Ils m'ont jugé !

LEYRAUD.

Et condamné à l'unanimité... Citoyen président, si tu veux lui lire son arrêt.

CABICHON, *se découvrant, ainsi que* LEYRAUD, MOUILLARD *se découvre aussi.*

« La Société des ouvriers en papiers peints, sous la prési-
« dence du citoyen Cabichon, a arrêté et décrété ce qui suit :
« Le citoyen Mouillard est exclu de la Société, et mis en
« interdit pendant dix ans ! Tout fabricant qui le recevra sera
« frappé d'interdit, comme le citoyen Mouillard.
       « Fait en séance de la Société fraternelle. »

MOUILLARD.

Merci du peu, les amis ! dix ans ! rien que cela ! Mais c'est une infamie que votre décret ; c'est me condamner à mourir de faim, à demander l'aumône, à m'expatrier moi et ma famille ! Eh bien non, je ne m'expatrierai pas, je ne demanderai pas l'aumône, je ne mourrai pas de faim. Il y a en France plus d'humanité, plus de courage que vous ne le pensez encore. J'irai trouver un de ces aristos que vous méprisez, que vous calomniez, et il donnera du travail au pauvre ouvrier mis à l'index par ses frères.

CABICHON.

Ah bien oui! qu'il s'y frotte! toi et lui, vous verrez beau jeu!

SCÈNE III.

Les Mêmes, PAULINE.

PAULINE, *accourant.*

Mon père, mon père, bonne nouvelle!

MOUILLARD.

Que dis-tu? Est-ce que notre argent est retrouvé?

CABICHON.

Son argent?

LEYRAUD, *bas.*

Dis donc, Cabichon, si c'était vrai?

PAULINE.

Mieux que cela, mon père : tenez, la réponse de M. de Blangy; lisez. (*Elle lui donne la lettre.*)

MOUILLARD, *lisant.*

« Mademoiselle, vous me sauvez l'honneur et la vie. Pour « m'acquitter envers vous, je n'ai que mon nom à vous offrir : « voulez-vous être ma femme? Dans une heure je serai près « de vous, pour savoir votre réponse et celle de vos parents. »

PAULINE.

Eh bien, mon père?

MOUILLARD.

Eh bien, ma fille, j'accepte... pour moi, pour toi, pour Mme Mouillard, pour toute la famille Mouillard... Viens, mon enfant, je vais tout de suite lui porter mon consentement, ma bénédiction, tout ce qu'il voudra.

PAULINE.

Quel bonheur !

MOUILLARD.

Oui, ma Pauline, tu seras comtesse, quand ce ne serait que pour les faire enrager !... et mes petits-enfants seront comtes, entendez-vous, et mes arrière-enfants aussi, et les descendants de mes descendants, jusqu'à la dernière génération. Adieu, monsieur le contre-maître ; adieu, monsieur le président de la Société fraternelle, le beau-père du comte de Blangy a l'honneur de vous saluer.

(Il sort avec Pauline.)

SCÈNE IV.

LEYRAUD, CABICHON.

LEYRAUD.

Est-il heureux ce Mouillard ! épouser un comte.

CABICHON.

Si c'était au treizième encore ! comme ma fille, qui a eu un malheur avec un clerc d'huissier...

LEYRAUD.

·Il ne lui manquerait plus que de remettre la main sur le portefeuille maintenant.

CABICHON.

Diable ! cela ne serait pas drôle !

LEYRAUD.

Je le crois bien ! s'il rachetait la fabrique !

CABICHON.

Nous n'aurions plus qu'à gagner au large, tous les deux !

(On entend en dehors des éclats de rire.)

LEYRAUD.

Hein ? qu'est-ce que cela ?

CABICHON.

C'est la voix de Michel !

LEYRAUD.

Chante, mon petit, chante; je vais te faire déchanter tout
à l'heure.

CABICHON.

Comment cela?

LEYRAUD.

En lui apprenant le mariage de Pauline.

CABICHON.

Ah! il aime Pauline! encore un de vexé! nous allons rire!

SCÈNE V.

LES MÊMES, MICHEL.

MICHEL, *chantant sans les voir.*

AIR *et paroles d'un vieil opéra-comique.*

Comme on marche avec assurance,
Comme on s'exprime avec aisance,
Lorsque l'on peut d'un coup de main
Dans sa poche faire tintin!

CABICHON, *bas, par derrière.*

Vois donc, Leyraud, qu'est-ce que cela signifie? un **habit**
bleu, un chapeau gris!

LEYRAUD, *de même.*

Tais-toi donc!

MICHEL, *sans les voir.*

Cinquante mille francs en billets de banque, dans ma poche!

CABICHON, *bas, à Leyraud.*

Cinquante mille francs! dis donc, Leyraud!

LEYRAUD, *de même.*

Tais-toi donc!

MICHEL, *continuant.*

Si on le savait pourtant! y en a-t-il qui m'ôteraient leur
chapeau, qui me diraient Monsieur Michel gros comme le

bras... et le papa Mouillard lui-même, il ne ferait pas tant le
renchéri pour sa fille!... Mais soyez tranquille, mademoiselle
Pauline! si Michel vous aime bien, il est honnête!... et cet ar-
gent-là n'est pas à moi... c'est à ce jeune homme que j'ai tiré
des griffes des émeutiers!

CABICHON, *par derrière.*

Dis donc, Leyraud?

LEYRAUD, *de même.*

Tais-toi donc!

MICHEL.

Et si j'ai eu le bonheur de lui sauver la vie, ce n'est pas
pour lui voler son argent.

CABICHON, *bas.*

Petit niais!

LEYRAUD, *de même.*

Cabichon!

CABICHON.

Motus!

MICHEL, *toujours sans les voir.*

Le tout seulement est de le trouver, ce pauvre garçon, et,
depuis hier, j'ai eu beau me promener de long en large sur
le boulevard, avec son habit bleu et son chapeau gris, dans
l'espoir qu'il me reconnaîtrait... personne!... mais le père
Mouillard est un malin, et je suis sûr qu'avec ses conseils...

CABICHON, *bas.*

Dis donc, Leyraud?

LEYRAUD.

Laisse-moi faire!

MICHEL, *qui les a aperçus, en se retournant.*

Ah! vous voilà, les anciens!

LEYRAUD.

Tiens! comme tu es beau, petit!

MICHEL, *froidement.*

Vous trouvez?

CABICHON.

Tu as l'air d'un monsieur!

MICHEL.

Possible!

LEYRAUD.

Tu viens sans doute pour la noce, mon garçon?

MICHEL.

Quelle noce?

CABICHON.

Parbleu! celle de Mlle Pauline.

MICHEL.

De Mlle Paul...

LEYRAUD.

Eh oui! elle épouse un beau jeune homme qui la fréquentait depuis longtemps... M. le comte de Blangy.

MICHEL.

M. de Blangy? je ne connais pas...

LEYRAUD.

Il y a bien encore un petit obstacle...

MICHEL, *vivement*.

Lequel?

LEYRAUD.

C'est qu'il a perdu hier soir cinquante mille francs sur le boulevard.

MICHEL.

Cinquante mille francs!

LEYRAUD.

Oui, en changeant d'habit avec un camarade...

MICHEL.

Ciel!

CABICHON.

Un ouvrier, comme toi et moi.

LEYRAUD.

Mais dès que l'argent sera rapporté...!

MICHEL.

Eh bien?

LEYRAUD.

Le mariage aura lieu tout de suite.

MICHEL.

Ah! dès que l'argent sera rapporté... (*A part.*) Ainsi donc c'est moi, moi qui vais lui faire son bonheur... qui vais me mettre moi-même la corde au cou!... Et quand je pense que si je n'avais pas été là, dans la bagarre, tout exprès pour le tirer d'embarras!... N'est-ce pas jouer de malheur?... Oh non, non... c'est mal... c'est bien mal ce que je dis là! et si c'était à recommencer, certainement je le ferais encore... Mais ce portefeuille, s'il était tombé en d'autres mains pourtant... il y en a bien qui ne se presseraient pas de le rendre... il y en a même qui ne le rendraient pas du tout...

CABICHON, *bas, à Leyraud.*

Dis donc, Leyraud, il balance.

LEYRAUD, *de même.*

Tais-toi donc, Cabichon!

MICHEL.

Ma tête se perd! les mauvaises pensées se pressent dans mon cerveau! Mon Dieu, mon Dieu, le diable me tente, ne m'abandonnez pas!... Eh bien, non, arrive ce qui pourra... j'en mourrai peut-être, mais je mourrai honnête!

CABICHON, *à part.*

L'imbécile! il va tout rendre!

MICHEL, *qui s'est dirigé vers la porte vitrée de l'appartement de Mouillard.*

Ciel! que vois-je? Pauline avec un jeune homme!... c'est lui, c'est bien lui!

CABICHON, *regardant.*

Effectivement... il lui baise la main!

LEYRAUD, *regardant aussi.*

Et la petite! regarde donc, a-t-elle l'air contente!

MICHEL.

Ah! c'en est trop! c'en est plus que je n'en peux supporter... sortons!

LEYRAUD, *vivement.*

C'est cela... viens prendre l'air, mon garçon.

CABICHON.

Viens te rafraîchir d'un petit verre de dur... c'est souverain... dans les grandes douleurs.

MICHEL.

Mes amis, mes amis, ne me quittez pas; si vous saviez comme je souffre! Ah! Pauline, Pauline!

(*Il sort.*)

CABICHON, *sur la porte.*

Dis donc, Leyraud, je crois que cette fois-ci...

LEYRAUD, *le poussant.*

Tais-toi donc, Cabichon. (*Regardant du côté de la porte vitrée.*) Maintenant fais l'amour tout à ton aise, monsieur le comte. Enfoncé ton portefeuille, aristo!...

(*Il sort.*)

SCÈNE VI.

FÉLICIEN, *sortant de la chambre.*

Noble jeune fille! que de candeur et de délicatesse! Elle m'aimait depuis longtemps! depuis le jour où je l'ai préservée des insultes de ces ouvriers... et moi, qui lui dois l'honneur, qui pour acquitter ma dette envers elle n'avais que ma main à lui offrir... pourquoi faut-il que mon cœur ne soit pas libre, qu'en échange de son amour, je ne puisse lui donner que de la reconnaissance!... n'importe, je serai seul malheureux! ce secret, elle l'ignorera toujours, comme Henriette l'ignore elle-même... Ciel! Henriette!

SCÈNE VII.

FÉLICIEN, HENRIETTE.

HENRIETTE, *à part.*

Félicien! (*Haut.*) Ah! c'est vous, monsieur Félicien! que je suis contente de vous rencontrer!

FÉLICIEN.

Moi, mademoiselle?

HENRIETTE.

Oui, mon père veut vous voir... à cause de la lettre que
vous lui avez écrite... Comment, monsieur, vous songez à nous
quitter; à quitter mon père qui est si bon!

FÉLICIEN.

Mademoiselle...

HENRIETTE.

Mais il n'en sera pas ainsi... mon père ne le veut pas... et
il vous fait chercher pour vous le dire, et pour vous apprendre en même temps à vous, qui êtes l'ami de la maison... une
grande nouvelle... que je venais annoncer à ma bonne Pauline... Je me marie, monsieur.

FÉLICIEN.

Ciel!

HENRIETTE, *qui a vu son mouvement.*

Oh! moi aussi, j'ai eu peur comme vous... car je craignais
d'abord que mon père ne m'ordonnât d'épouser quelqu'un de
bien riche et de bien indifférent... qui ne m'eût recherchée
que pour ma fortune... eh bien, pas du tout... celui qu'il me
destine, c'est un jeune homme qui m'aime.

FÉLICIEN.

Grand Dieu!

HENRIETTE.

Oh! il ne me l'a jamais dit, mais je l'ai deviné.

FÉLICIEN.

Ah! vous l'aimez, sans doute!

HENRIETTE.

Tenez... avec tout autre, je n'en conviendrais pas... mais à
vous, à vous seul, je puis bien l'avouer, je crois qu'oui.

FÉLICIEN.

Merci de la préférence!

HENRIETTE.

Elle est bien naturelle! car ce jeune homme qui m'aime
d'un amour si réservé... si discret... vous le connaissez...

FÉLICIEN.

Moi!

HENRIETTE.

Vous le connaissez beaucoup... c'est M. le comte Félicien de Blangy.

FÉLICIEN, *avec joie.*

Est-il possible! moi! moi, Henriette!

HENRIETTE.

Ah! si vous aviez vu comme mon père était furieux contre vous en lisant votre lettre!... Des motifs particuliers ne lui permettent pas de rester chez moi!... Est-ce que je ne les connais pas ses motifs particuliers? croit-il donc que je ne me sois pas aperçu de son amour et du tien! (*S'interrompant.*) Il voit tout, mon père! (*Poursuivant.*) Pense-t-il donc que si cet amour n'était pas entré dans mes vues, j'aurais admis dans ma maison, dans mon intimité, un brave et beau garçon comme lui... (*S'arrêtant.*) C'est mon père qui parle, monsieur... (*Continuant.*) auprès d'une riche et jolie héritière comme toi... (*A Félicien.*) C'est toujours mon père qui parle... (*Reprenant.*) Non, non, ce mariage, je l'ai promis au vieux comte, à son lit de mort, et un honnête homme n'a que sa parole!

FÉLICIEN, *à part.*

Un honnête homme n'a que sa parole! il a raison, et moi qui ai promis à Pauline...

HENRIETTE.

Eh bien, qu'avez-vous donc? vous vous taisez, monsieur!

FÉLICIEN.

Henriette!

HENRIETTE.

Ah mon Dieu! est-ce que je me suis trompée? est-ce que vous ne m'aimez pas?

SCÈNE VIII.

Les Mêmes, PAULINE.

PAULINE, *sortant de la chambre et s'arrêtant.*
Qu'entends-je?

FÉLICIEN.
Non... vous ne vous êtes pas trompée... je vous aimais,
Henriette, et je vous aime encore de toutes les forces de mon
âme...

PAULINE, *par derrière.*
Ciel! (*Elle se dirige vers un cabinet qu'elle referme à moitié
sur elle.*)

FÉLICIEN.
Mais ce bonheur que vous venez m'offrir, ce bonheur que
j'osais à peine rêver, pour lequel, hier encore, j'aurais donné
mon sang et ma vie...

HENRIETTE.
Eh bien?

FÉLICIEN.
Eh bien, aujourd'hui je ne puis l'accepter!

HENRIETTE.
Grand Dieu!

FÉLICIEN.
Une autre a reçu mes serments, ma foi... Pauline.

HENRIETTE.
Vous l'aimez?

FÉLICIEN.
Oui, si la reconnaissance peut tenir lieu d'amour.

HENRIETTE.
Comment?

FÉLICIEN.
Noble fille! j'étais perdu, déshonoré sans elle, sans le généreux mensonge qui lui a fait donner quittance d'un argent
qu'elle n'a point reçu!

HENRIETTE.

Que dites-vous?

FÉLICIEN.

Cette dot que je devais lui remettre, je ne l'avais plus...
elle m'avait été soustraite... et comment me présenter devant votre père... comment échapper aux soupçons de mes
camarades... du monde... de M. Duverger lui-même?... c'en
était fait de mon honneur... de ma vie... Pauline m'a sauvé...
ce nom qu'elle a conservé pur, c'est tout ce que je pouvais
lui offrir... et aujourd'hui qu'elle a ma parole... que je suis
aimé d'elle... j'irais... non! Entre son malheur et le mien,
je n'ai point à hésiter... qu'elle soit heureuse! à moi de souffrir... le comte de Blangy ne sera pas moins généreux que la
fille de l'ouvrier.

HENRIETTE.

Vous avez raison, monsieur Félicien... épousez Pauline... il
le faut... aimez-la comme elle le mérite... et moi...
Pauline referme le cabinet, dont elle avait entr'ouvert la porte.)

HENRIETTE, *se retournant.*

Mon Dieu!... j'entends du bruit... séparons-nous... si c'é-
tait elle!... qu'elle ne nous voie pas ensemble... qu'elle ignore
toujours... Adieu, monsieur Félicien; oubliez-moi... comme
je tâcherai de vous oublier... (*Elle entre chez Mme Mouillard.*)

FÉLICIEN.

Oh jamais... jamais, Henriette!

(*Il sort par le fond.*)

SCÈNE IX.

PAULINE, *sortant du cabinet, et se soutenant à peine.*

Jamais... jamais il ne l'oubliera! Et moi qu'il épouse...
c'est par reconnaissance seulement... Ah! gardez-la, votre
reconnaissance! c'est votre amour que je veux... dont j'ai
besoin... et si je ne l'ai pas... que je souffre! Et ne pouvoir

lui dire : Reprenez votre parole, vous ne me devez rien... je
ne veux rien vous devoir !

(*Elle s'assied en pleurant.*)

SCÈNE X.

PAULINE, MICHEL *en blouse, un paquet à la main.*

MICHEL, *à moitié gris.*

Ils ont raison les anciens! il n'y a rien de tel que les petits
verres! le premier... ça gratte un peu le gosier... le second,
ça chatouille agréablement... le troisième, ça coule comme
une lettre à la poste... c'est un velours sur l'estomac. Satané
Cabichon! je crois qu'il voulait me griser, ce farceur-là! il
versait, versa toujours! (*Apercevant Pauline.*) Tiens! vous
voilà Mlle Pauline! toute seule?

PAULINE.

Oui, monsieur Michel.

MICHEL.

Et le papa Mouillard? qu'est-ce donc que vous en avez fait,
mademoiselle? moi qui venais pour lui donner ma démission!

PAULINE.

Votre démission, monsieur Michel?

MICHEL.

Oui, ma démission d'apprenti. Je quitte les papiers peints
pour entrer dans les zéphirs... dans les zéphirs d'Afrique...
des bons enfants qui n'engendrent pas la mélancolie! En
auras-tu de l'agrément avec eux, mon pauvre Michel! (*S'approchant de Pauline.*) Eh mais... c'est drôle!... est-ce que les
petits verres de Cabichon me troublent encore l'optique? On
dirait que vous pleurez?

PAULINE.

Moi!

MICHEL.

Vous... et si vous pleurez... c'est que vous avez du chagrin, bien sûr... et pourtant, quand je me rappelle ce qu'ils ont dit, les autres... ce serait à moi à en verser, des larmes de sang... (*Pleurant.*) Car vous, mademoiselle, vous vous mariez... vous êtes heureuse!

PAULINE.

Heureuse! si vous saviez...

MICHEL.

Si je savais?... comment... (*Cherchant à se rappeler.*) Oh! je le sais... ils me l'ont dit aussi... voilà la mémoire qui me revient tout à fait... c'est les cinquante mille francs que l'autre a perdus qui vous causent tout cet ennui-là, pas vrai?

PAULINE.

Oui, monsieur Michel, et si je les avais...

MICHEL.

Vous ne pleureriez plus, mademoiselle Pauline... vous seriez bien gaie, bien contente, n'est-ce pas?

PAULINE.

Oh oui, monsieur Michel!

MICHEL.

Eh bien, mademoiselle, je suis un monstre... un véritable monstre... car ce chagrin-là j'aurais pu vous l'épargner.

PAULINE.

Vous!

MICHEL.

Les cinquante mille francs, c'est moi qui les ai... les voilà... reprenez-les, mademoiselle, avec son habit bleu, son chapeau gris, son mouchoir de poche... rien n'y manque.

PAULINE.

Merci, mon brave, mon honnête Michel!

MICHEL.

Oh non! je ne suis pas honnête... Je dois vous l'avouer, mademoiselle, j'ai hésité... j'ai hésité à les rendre... non pas pour les garder! le ciel m'en préserve! mais pour les brûler, pour les détruire, afin de vous faire de la peine... à lui et à vous... et c'est bien mal... parce qu'enfin si vous l'aimez... si vous l'épousez... c'est qu'il le mérite!

PAULINE.

Eh bien, non... monsieur Michel, je ne l'épouse pas...

MICHEL.

Que dites-vous?

PAULINE.

C'est un autre que j'épouse... que je suis résolue à épouser!

MICHEL.

Encore un autre! ai-je du guignon!

PAULINE.

Non, monsieur Michel... car cet autre, c'est vous.

MICHEL.

Moi!

PAULINE.

Vous, le plus noble, le plus généreux des hommes! vous qui m'aimez... que j'aimerai, j'en suis sûre... Voulez-vous de moi pour votre femme?

MICHEL.

Si j'en veux, mademoiselle Pauline!...

(*Il se jette à ses pieds.*)

SCÈNE XI.

LES MÊMES, MOUILLARD *et* FÉLICIEN, *entrant par le fond, et un peu après* HENRIETTE *et* MADAME MOUILLARD, *sortant de la chambre.*

MOUILLARD, *apercevant Michel.*

Hein? qu'est-ce que je vois? comment, petit drôle! à mes yeux... aux yeux de mon gendre... de M. le comte, mon gendre!

FÉLICIEN.

Eh mais... je ne me trompe pas... ce brave garçon... c'est lui, c'est mon sauveur!

(*Il se précipite dans ses bras.*)

MICHEL.

Ah! monsieur le comte!

MOUILLARD.

Qu'est-ce que vous dites?

PAULINE.

Oui, monsieur Félicien, votre sauveur... et mon mari.

MOUILLARD.

Hein? ton mari!

PAULINE.

Si vous voulez bien le permettre.

HENRIETTE, *arrivant avec madame Mouillard.*

Ton mari!

PAULINE.

Oui, Henriette... et le tien, ma bonne sœur, le tien... (*Mettant sa main dans celle de M. de Blangy.*) le voilà!

HENRIETTE.

Ah mon Dieu!

FÉLICIEN.

Mademoiselle...

PAULINE, *bas, à Félicien.*

J'ai tout entendu.

FÉLICIEN.

Permettez... je dois...

PAULINE.

Vous ne me devez rien... voici votre portefeuille, que Michel vient de me remettre.

MOUILLARD.

Les cinquante mille francs! c'est Michel! oh! pour le coup, embrasse-moi, Michel, mon gendre!

MICHEL.

Bien vrai! moi! un apprenti! devenir le gendre d'un contre-maître!

MOUILLARD.

D'un patron, s'il te plaît... car demain, grâce à toi, je rachète la fabrique.

MADAME MOUILLARD.

Et demain, quand tu seras devenu maître à ton tour, n'oublie pas qu'aujourd'hui encore tu n'étais qu'un ouvrier... car, vois-tu, mon cher Mouillard, voilà la cause de tous les malentendus... c'est que les patrons ne se mettent pas assez souvent à la place des ouvriers, ni les ouvriers à la place des maîtres.

FIN DU TROISIÈME ET DERNIER ACTE.

FRANÇOIS II
ET MARIE STUART,

DRAME

EN TROIS ACTES ET EN PROSE;

PAR

M. GUSTAVE DE WAILLY.

Plan fait avec M. Germain Delavigne.

J'avais toujours eu le désir de mettre au théâtre Marie Stuart, mais Marie Stuart dans toute la fraîcheur de la jeunesse et de la beauté, Marie Stuart encore sans tache et pure de toute faute ou de tout crime.

Le hasard fit tomber entre mes mains une vieille chronique du temps qui supposait que François II n'était pas mort, mais avait été emprisonné au château de Gisors, par l'ordre de Catherine de Médicis, sa mère.

Je crus trouver dans cette légende le ressort principal de la pièce.

J'en parlai à Germain Delavigne, et nous fîmes le plan ensemble, sous les yeux et avec les conseils de Casimir qui s'amusait à causer avec nous, comme il l'avait fait si souvent avec Scribe et son frère Germain. Le plan terminé, nous nous partageâmes le travail. Quand j'eus achevé ma tâche, j'attendis bien longtemps que la paresse de Germain lui permît de commencer la sienne, et, pour ne pas attendre toujours, je fus obligé de finir l'ouvrage tout seul.

La pièce était destinée aux Français. Elle n'a été présentée ni aux Français ni à aucun autre théâtre.

Montglas, 18 octobre 1873.

G. DE WAILLY.

PERSONNAGES.

FRANÇOIS II, roi de France et d'Écosse (1).

MARIE STUART, reine de France et d'Écosse.

LORD DARNLEY, seigneur écossais du sang royal, cousin de la reine.

ALAIN NEUVILLE, secrétaire de la reine, et son vieux précepteur.

MARIE, jeune fille du peuple.

ANTOINE, son père, concierge du château de Calais.

LE CHANCELIER DE L'HOPITAL.

LE COMTE DE PAZZI, ministre.

MONSIEUR DE NEVERS, ministre.

CAMPBELL, capitaine des gardes de la reine d'Écosse.

MINISTRES, PEUPLE, etc.

Le premier acte se passe à Orléans; le deuxième, au château de Calais; le troisième en Écosse, au château d'Édimbourg.

(1) Le rôle de François II doit être joué de préférence par une femme.

FRANÇOIS II
ET MARIE STUART,

DRAME

EN TROIS ACTES ET EN PROSE.

ACTE PREMIER.

La scène est à Orléans, dans un des salons de l'hôtel occupé par le roi.

SCÈNE PREMIÈRE.

ALAIN NEUVILLE, MARIE, LE COMTE DE PAZZI, *dans le fond,*
causant avec des seigneurs, l'Hôpital sur le devant, le coude
appuyé sur une table.

MARIE, *regardant.*
Et qu'est-ce qu'ils ont donc écrit là-haut, monsieur Alain?
ALAIN.
Ce qu'il y a d'écrit, ma chère enfant? *Franciscus et Maria,*
Dei gratiâ rex et regina Franciæ, Scotiæ, Angliæ et Hiberniæ!
MARIE.
Et cela veut dire, monsieur Alain?
ALAIN.
C'est juste, tu ne sais pas le latin! je crois toujours parler

à la reine! cela veut dire : « François II et Marie Stuart, par
la grâce de Dieu roi et reine de France, d'Écosse, d'Angleterre
et d'Irlande! » car nous sommes rois de quatre royaumes...
rien que cela, pas davantage. Il est bien vrai qu'en Angleterre
et qu'en Irlande notre sœur Élisabeth règne pour le moment
en notre place!

L'HOPITAL, *à part.*

Et en France, messieurs de Guise, nos oncles, sous notre
nom!

ALAIN.

Mais pour le reste !...

MARIE.

Et ces grandes pièces que nous avons traversées, ces beaux
messieurs qui ont une hallebarde à la main, ces belles tapis-
series, tout cela est le palais du roi!

ALAIN.

Le palais! on voit bien que tu n'as pas l'habitude de la
cour! et que dirais-tu donc, si nous étions à Paris, au Louvre ?... Mais ici, à Orléans, la cour et moi, nous nous sommes
logés, comme nous avons pu, dans la maison que nous a prê-
tée Grolot, le lieutenant général de police, ce brave homme
qu'on va pendre demain ou après.

MARIE.

Ah! mon Dieu!

ALAIN.

C'est tout simple! un huguenot! On voit bien que tu n'as
pas l'habitude de la cour... et puis d'ailleurs, dans notre
royaume de France, les catholiques font pendre les huguenots...
dans notre royaume d'Écosse, les huguenots font pendre les
catholiques, et au total tout se compense.

L'HOPITAL, *à part.*

Singulière philosophie!

LE COMTE DE PAZZI, *descendant la scène.*

Peste! la jolie enfant! et mademoiselle vient à la cour?...

ALAIN.

Pour demander justice, monsieur le comte de Pazzi.

MARIE, *bas, avec frayeur.*

M. de Pazzi !

ALAIN, *de même.*

Tais-toi !

LE COMTE DE PAZZI.

Heureusement nous ne sommes plus à Fontainebleau !

ALAIN.

Comment ?

LE COMTE DE PAZZI.

Vous ne vous rappelez pas, l'été dernier, l'édit qu'un beau matin le cardinal de Guise fit afficher aux portes du palais : « De par le roi, il est ordonné à toute personne venue à la cour pour solliciter, d'en sortir sous vingt-quatre heures, à peine d'être pendue ! » Et le lendemain il n'y avait plus un solliciteur à dix lieues à la ronde ! c'était un sauve-qui-peut général ! Oh ! messieurs de Guise parfois ont d'heureuses inspirations !

L'HOPITAL.

Et c'est vous qui en convenez, monsieur de Pazzi, vous, leur ennemi intime, quoique leur collègue au conseil !

LE COMTE DE PAZZI.

L'un n'empêche pas l'autre, chancelier ! Mais après l'affront que j'ai reçu d'eux ! refuser de dîner chez moi, quand j'avais fait venir d'Italie un cuisinier... sublime, tout exprès pour les traiter eux et les envoyés d'Écosse... qui acceptèrent tous quatre mon dîner, les braves gens !

ALAIN, *au chancelier, à mi-voix.*

Et qui moururent tous quatre, le lendemain, des suites du dîner, les honnêtes gens ! comme le disait monsieur le comte, messieurs de Guise parfois ont d'heureuses inspirations.

LE COMTE DE PAZZI.

A propos, chancelier, vous savez la nouvelle ? ce jeune seigneur écossais qu'on voit toujours avec la reine, son cousin, à ce qu'il dit...

L'HOPITAL.

Lord Darnley ?

24.

LE COMTE DE PAZZI.

Lord Darnley s'est battu, ce matin, avec le maréchal Damville!

L'HOPITAL.

Encore quelque affaire de femme!

LE COMTE DE PAZZI.

Précisément!... hier soir, chez la reine mère... un ruban
ramassé par le maréchal Damville, et qui était tombé de la
coiffure... de la jeune reine.

L'HOPITAL.

De la reine!

LE COMTE DE PAZZI.

Oui, chancelier, ils en sont amoureux fous tous les deux!

L'HOPITAL.

Quelle audace! et le roi...?

LE COMTE DE PAZZI.

N'en sait rien... c'est la reine mère qui s'en est aperçue...
elle aime tant son fils!... Le roi s'était déjà retiré... il avait l'air
si souffrant!... Ah! je crains bien que Gautric n'ait prédit
vrai... et que le roi ne passe point la fin de décembre!

L'HOPITAL.

Le ciel nous en préserve! Une minorité, comte!

LE COMTE DE PAZZI.

Une minorité réelle sous Catherine de Médicis, chancelier,
ne vaut-elle pas une majorité imaginaire sous messieurs de
Guise? car la reine mère se résignerait à accepter la régence.

ALAIN.

Elle aime tant son fils!... Mais rassurez-vous, monsieur le
comte... d'abord le roi se porte bien... et ensuite un frère ne
succède à son frère qu'à défaut d'héritier direct.

L'HOPITAL.

Serait-il possible? La reine...

ALAIN.

Je ne dis pas cela, chancelier, mais avec un roi de seize ans
et une reine de dix-sept, qui s'adorent tous les deux, qui ne se
quittent presque pas le jour, et jamais la nuit... il y a de ces

événements qu'on peut prédire sans être astrologue ni sorcier.

LE COMTE DE PAZZI, *à part*.

Raison de plus pour décider Catherine !

L'HOPITAL.

Dieu vous entende, Alain, car c'est le plus grand bonheur qu'il puisse envoyer au royaume de France !... Mais Sa Majesté tarde bien à rentrer de la chasse, et les affaires ne me permettent pas d'attendre plus longtemps... Il faut cependant que je parle au roi avant le conseil... il le faut absolument... Je reviendrai... Adieu, mon cher Alain.

LE COMTE DE PAZZI.

Je vous suis, chancelier... La reine mère a quelques ordres à me donner pour sa fète de ce soir, dont elle a bien voulu me confier les apprêts ! un banquet magnifique... mais l'on ne vous y verra pas, sans doute... nos fêtes, nos bals, sont des plaisirs que votre gravité dédaigne !

L'HOPITAL.

Vous vous trompez ! j'aime beaucoup le bal, les fêtes, et j'irai au bal, à la fète; je danserai même, s'il le faut !

LE COMTE DE PAZZI.

Vous, chancelier ?

L'HOPITAL.

Oui, mais quand le trésor public ne sera plus obéré, quand le peuple ne gémira plus sous le poids des impôts, quand la guerre civile ne sera plus à nos portes, quand les catholiques et les protestants, au lieu de s'entr'égorger comme des bêtes féroces, se donneront la main, comme des frères... comme de bons français !

LE COMTE DE PAZZI.

Vous ne danserez jamais, chancelier !

(*Ils sortent tous les deux.*)

SCÈNE II.

ALAIN, MARIE.

MARIE.

Enfin, nous voilà seuls!

ALAIN.

Comment, tu es encore là!... je te croyais bien loin!

MARIE.

C'est que j'ai eu si peur, quand vous avez nommé ce vilain homme, M. de Pazzi!

ALAIN.

Il ne te connaît pas!... D'ailleurs, n'es-tu pas ma filleule?

MARIE.

Oui, mon parrain!

ALAIN.

La filleule d'Alain Neuville, du secrétaire de la reine, de celui qui l'a élevée!... et joliment encore!... Cette éducation-là me fera honneur, je m'en flatte!... une princesse qui n'a pas sa pareille dans l'univers entier!..... qui fait les vers français comme Ronsard, et sait le latin comme Cicéron.

MARIE.

En vérité!

ALAIN.

Ah! si tu l'avais entendue, il y a deux ans, en plein Louvre, soutenir sa thèse, comme un vieux docteur de Sorbonne, pendant plus de deux heures, en latin!... Dieu, que c'était amusant!

MARIE.

Je le crois bien, mon parrain!

ALAIN.

Eh bien, mon enfant, tu vas la voir tout à l'heure... elle pourrait te parler latin, italien, anglais, écossais, espagnol même!

MARIE.

Oui, mon parrain!

ALAIN.

Eh bien, pas du tout! elle te parlera français, tout comme
moi... pas davantage.

MARIE.

C'est singulier! et le roi?

ALAIN.

Le roi, c'est différent!... il a été élevé comme un prince!...
il ne sait rien, ou presque rien!... une éducation incomplète...
mais que nous compléterons... quand je dis nous, c'est-à-dire
la reine... parce que, moi, je ne sais pas comment cela se
fait, mais lorsque je veux lui montrer quelque chose, il lui
prend tout à coup comme une sorte de bâillement nerveux...
qui dure tant que je lui parle... au lieu que la reine, elle lui
apprend tout ce qu'elle veut!

MARIE.

Vraiment!

ALAIN.

Si tu les voyais, ces chers enfants! La reine assise dans un
grand fauteuil, un livre à la main, grave comme un magis-
ter... Le roi devant elle, à genoux, la dévorant des yeux, l'é-
coutant de toutes ses oreilles!

MARIE.

Ils s'aiment donc bien, tous les deux!

ALAIN.

Ça fait plaisir à voir!... d'autant plus que c'est un spectacle
auquel la cour n'est pas habituée!... Feu notre aïeul François Ier, feu notre père Henri II, étaient de grands princes as-
surément, mais qui ne possédaient pas au premier degré la
fidélité conjugale... tandis que, aujourd'hui, quelle différence!
il n'y a pas de bourgeoise qui aime mieux son mari, pas de
bourgeois qui aime mieux sa femme! Le favori de la reine,
c'est le roi... la favorite du roi, c'est la reine! ce qui est plus
moral d'abord, et ensuite un peu moins coûteux pour le peu-

ple... Mais on ouvre les appartements... C'est Sa Majesté avec
lord Darnley.

MARIE.

Dieu! qu'elle est belle, mon parrain !

ALAIN.

Silence! la voici.

SCÈNE III.

MARIE STUART, DARNLEY, ALAIN, MARIE, *un peu dans
le fond.*

MARIE STUART, *un papier à la main.*

Oui, milord, une déclaration brûlante... en vers les plus
passionnés !... c'est la seconde que je reçois depuis huit jours !

DARNLEY, *vivement.*

Et Votre Majesté n'a pas fait immédiatement arrêter l'insolent...

MARIE STUART.

Quoi, milord? la prison pour quelques hémistiches? ne
savez-vous pas que, nous autres poëtes, nous avons nos fran-
chises et nos licences comme la noblesse, et depuis le temps
que les neuf muses ont le privilége d'enflammer l'imagination de mes confrères, puis-je en vouloir à l'un deux de préférer Marie Stuart à ces déesses surannées? Non, milord, nous
ne sommes pas si sévères que vous, et de par Apollon nous
permettons à nos bons et loyaux sujets de nous adorer en
vers tant qu'il leur plaira... en prose, c'est différent !

ALAIN, *s'avançant.*

La reine me permettra-t-elle de lui présenter ma filleule,
une pauvre enfant qui vient réclamer sa protection?

MARIE STUART.

Et contre qui, mon cher Alain ?

ALAIN.

Contre M. de Pazzi.

MARIE STUART, *à Marie*.

Et que t'a-t-il donc fait, ce méchant italien?

MARIE.

Oh! rien à moi, Madame... c'est à Louise Grimblot qu'il en veut, la sœur de mon prétendu... la plus jolie fille d'Orléans... tout le portrait de son frère... car ce n'est pas parce que je devais être sa femme, mais ce pauvre Grimblot, c'était bien le plus joli garçon de toute la province... et devenir veuve avant la noce, c'est bien désagréable!

MARIE STUART.

Pauvre petite!... il est donc mort?

MARIE.

Oh non, Madame, il se porte bien... il va être pendu!

DARNLEY.

Pendu?

MARIE.

Oui, milord, sous prétexte qu'il est huguenot! En aussi bon catholique que vous et Sa Majesté!

MARIE STUART.

Et c'est M. de Pazzi...

MARIE.

Oui, Madame, parce qu'un soir, en rentrant à la maison, Grimblot l'a surpris aux genoux de sa sœur... Il faut vous dire que Grimblot c'est bien le plus doux garçon qu'on puisse voir... aussi sa première idée a été de jeter monsieur le comte par la fenêtre!

MARIE STUART.

Ah mon Dieu!

MARIE.

Heureusement il s'est contenu, et comme il a été militaire, il a demandé raison à monsieur le comte. Mais M. de Pazzi s'est mis à rire, en lui disant qu'un gentilhomme ne se battait pas avec un vilain... alors Grimblot, qui ne riait pas, lui, est revenu à sa première idée.

DARNLEY.

Celle de la fenêtre?

MARIE.

Oui, milord.

MARIE STUART.

Et M. de Pazzi...?

MARIE.

Ne se l'est pas fait dire deux fois... il a sauté... vingt pieds
de haut.

MARIE STUART.

Sans se faire de mal.

MARIE.

Oui, madame.

MARIE STUART.

J'en étais sûre... ces Italiens retombent toujours sur leurs
pieds!

MARIE.

Mais, deux heures après, la maison était cernée, Grimblot
arrêté, et conduit en prison, comme hérétique! Dame, quand
je l'ai su, vous jugez si j'ai pleuré!... et puis, je me suis dit:
Ce n'est pas cela qui peut le tirer de prison... Alors, je suis
bien vite partie de Calais.

MARIE STUART.

Comment, tu es de Calais, la ville qu'après Paris j'aime le
mieux! où j'ai été si heureuse, pendant le voyage que le feu
roi y fit avec toute la cour... nous n'étions encore que fiancés, le dauphin et moi... je vois d'ici l'appartement que j'occupais au château... le grand salon d'où l'on découvre la mer.

MARIE.

Et à gauche, la chambre à coucher, et au fond l'oratoire.

MARIE STUART.

Où tous les matins, sans nous le dire, le dauphin et moi,
nous nous retrouvions à prier Dieu... Comment, tu connais...

MARIE.

Si je le connais! mon père n'est-il pas à présent le concierge
du château, et quand il vient des étrangers pour le visiter,

n'est-ce pas moi qui leur dis : Voilà le salon de travail de la reine, voilà la chambre à coucher de la reine... car rien n'a été changé de place, et si Votre Majesté y retournait...

MARIE STUART.

Oh! j'y retournerai... j'y veux retourner... c'est un projet arrêté depuis longtemps entre Sa Majesté et moi... et je t'y retrouverai heureuse, mon enfant... Donne-moi ta pétition, je m'en charge!

MARIE.

Est-il possible! vous parlerez pour lui, ce pauvre François! car vous ne savez pas? lui aussi, il s'appelle François... tout comme le roi!

ALAIN, *bas.*

Tais-toi donc?

MARIE.

Et moi, madame, je me nomme Marie... tout comme Votre Majesté... de sorte que nous sommes presque les filleuls du roi et de la reine!

MARIE STUART.

Eh bien, ma petite filleule, sois tranquille! mon François protégera le tien... En attendant, mon cher Alain, il faut lui faire les honneurs de la cour... je veux qu'elle s'amuse, qu'elle se divertisse...

MARIE.

Ah! madame! certainement, si Votre Majesté l'ordonne, j'obéirai... mais tant qu'il sera en prison...

MARIE STUART.

Il va en sortir demain... aujourd'hui peut-être, je te le promets.

MARIE.

En ce cas, mon parrain, amusez-moi tant que vous voudrez... je me laisse faire!... Ah! madame! le revoir aujourd'hui, demain, toujours... quel bonheur! Vive le roi! vive la reine! vive mon parrain!...

(Elle sort avec Alain.)

SCÈNE IV.

MARIE STUART, LORD DARNLEY.

MARIE STUART.

Charmante enfant! est-on plus vive, plus aimable, plus jolie! quelle différence avec vos lourdes et froides Écossaises!

LORD DARNLEY.

Sa Majesté me pardonnera sans doute de ne pas être entièrement de son avis, et de faire au moins une exception en faveur... de la reine d'Écosse.

MARIE STUART.

Ne dites pas cela, je suis Française, je veux l'être, quand cela ne serait que par reconnaissance... ce qui ne m'empêche pas, milord, d'apprécier à sa juste valeur ma brave noblesse d'Écosse!

DARNLEY.

Et Votre Majesté a raison! quelle différence avec vos Français si légers, si capricieux, si inconstants! nous seuls, madame, nous savons aimer, être fidèles.

MARIE STUART.

Notre cousin nous permettra-t-il à son tour une exception, une seule... en faveur de lord Darnley que, sous le rapport de la constance et de la fidélité, nous proclamons aussi bon Français que tous nos féaux sujets ensemble!

DARNLEY.

Ah! madame, cette opinion...

MARIE STUART.

Est bien injuste, n'est-ce pas? vous dont nous ne devons la présence parmi nous qu'à la jalousie de Leicester, et qui, oubliant notre sœur Élisabeth, courtisez toutes nos femmes et nos filles, sans en excepter notre bonne mère, et mortelle ennemie Catherine, et qui sait... moi-même, peut-être, quelquefois!

DARNLEY.

Ah! madame!

MARIE STUART.

Ce que je vous pardonnerais plus volontiers, car ce serait un acte de folie, et non pas de trahison.

DARNLEY.

Il n'y a jamais eu de traîtres dans notre famille, madame.

MARIE STUART.

Est-ce à dire qu'il y ait des fous, milord?

DARNLEY.

Je tiendrais à honneur d'être le premier de ma race.

MARIE STUART.

Ah! milord! si Élisabeth vous entendait!

DARNLEY.

Que m'importe que la reine d'Angleterre m'entende, si la reine de France veut bien m'écouter.

MARIE STUART.

Qu'osez-vous dire?

SCÈNE V.

LES MÊMES, FRANÇOIS, UN HUISSIER.

L'HUISSIER.

Le roi!

FRANÇOIS, *dans le fond.*

Qu'on cherche le maréchal Damville, qu'on me l'amène... mais non... voici milord qui voudra bien, je l'espère, se charger de mes ordres.

DARNLEY.

Moi, sire?

FRANÇOIS.

Vous savez que le maréchal s'est battu en duel ce matin? vous savez le nom de son adversaire, et la cause du duel.

DARNLEY.

Sire...

FRANÇOIS.

Mais ce que vous ne savez pas, et ce que je veux vous apprendre, c'est qu'il faut que tous les deux aient quitté Orléans dans une heure.

DARNLEY.

Ciel !

FRANÇOIS.

Et la France, dans trois jours... c'est ce que je vous prie, milord, de faire savoir au maréchal et à son insolent adversaire ?

DARNLEY.

Sire...

FRANÇOIS.

Sortez !... il y a de ces ordres qu'un roi de France ne répète pas deux fois !

DARNLEY.

J'obéis, sire... car il y a de ces mots que lord Darnley ne saurait entendre deux fois, même dans la bouche d'un roi de France. *(Il sort.)*

SCÈNE VI.

FRANÇOIS, MARIE STUART.

MARIE STUART.

Quel regard sévère, sire ! c'est donc un crime d'État que ce duel ?

FRANÇOIS.

Ne me le demande pas, je ne puis te le dire.

MARIE STUART.

Je t'en prie.

FRANÇOIS.

Impossible.

MARIE STUART.

Et moi, je le sais... il s'agit d'une femme, j'en suis sûre.

FRANÇOIS.

Qui te l'a dit?

MARIE STUART.

D'une femme qu'ils aiment tous les deux... que vous aimez tous les trois peut-être ; et vous trouvez commode de vous débarrasser par l'exil de deux rivaux qui vous gênent.

FRANÇOIS.

Marie, vous êtes jalouse! fi le vilain défaut!

MARIE STUART.

Jalouse ou non, répondez... vous aimez cette femme...

FRANÇOIS.

Eh bien, s'il était vrai !

MARIE STUART.

Son nom, sire, son nom... je le veux tout de suite.

FRANÇOIS.

C'est... mais tu vas te fâcher... c'est la nièce...

MARIE.

De qui?

FRANÇOIS.

De monsieur de Guise.

MARIE STUART.

Méchant que vous êtes... (*Ils s'embrassent.*) Comment! c'est pour moi qu'ils se sont battus... pauvres gens!... vous êtes donc jaloux aussi, vous, sire?

FRANÇOIS.

Quelle idée!

MARIE STUART.

Fi! le vilain défaut!... mais je ne veux pas vous en corriger, au moins... car il me prouve que tu m'aimes!

FRANÇOIS.

En peux-tu douter?

MARIE STUART.

J'en suis sûre... mais une preuve de plus, cela fait toujours plaisir... et qui a pu t'apprendre?...

FRANÇOIS.

Ma mère, que je quitte à l'instant même...

MARIE STUART.

Et c'est pour cela que je vous ai attendu si longtemps, que vous avez laissé passer l'heure de votre leçon... mais n'importe, il faut réparer le temps perdu... mettez-vous là, sire, et pas de distractions, entendez-vous! (*La reine s'est assise dans un fauteuil, le roi est à côté d'elle.*)

FRANÇOIS, *un livre à la main.*

Je te le promets. (*Lisant.*) Chroniques... (*S'interrompant.*) La jolie coiffure que tu as ce matin, Marie! comme elle te sied bien!

MARIE STUART.

Vraiment? tant mieux!... je suis si heureuse quand je te plais... et puis, vois-tu, c'est une coiffure de mon invention, et pour la supporter, il faut être jolie comme ta femme... et quand Elisabeth va vouloir la prendre, elle qui a la prétention de porter tout ce que je porte, avec sa figure longue et maigre, elle sera laide à faire peur. (*Changeant de ton.*) Mais commencez donc, sire, vous voilà encore, comme hier, à vous occuper de futilités!

FRANÇOIS, *lisant.*

« Chroniques de la vie de saint Louis. » (*Il s'arrête.*) C'est bien amusant!

MARIE STUART.

Un prince n'est pas sur le trône pour s'amuser, mais pour s'instruire, pour se livrer à des études graves et sérieuses!... (*Changeant de ton.*) Il me semble que cette fraise monte un peu trop.

FRANÇOIS.

Tu crois!

MARIE STUART, *lui découvrant le cou.*

Je l'aimerais mieux plus ouverte... quand on a le cou joli, il faut le laisser voir; vous n'êtes pas assez coquet, sire... (*Reprenant le ton grave.*) Car, entendez-vous, vous devez songer qu'un jour nos petits-enfants étudieront aussi les chroniques de notre temps, et tout ce que vous dites, tout ce que vous faites y sera soigneusement enregistré!

FRANÇOIS.

Vraiment?

MARIE STUART.

Sans doute!

FRANÇOIS.

Ainsi, Marie, quand nous causons tous les deux, comme à présent, quand je presse ta main dans la mienne, quand je t'embrasse, c'est de l'histoire que nous faisons! Eh bien, tenons-nous-en à cette histoire-là!... ne vaut-elle pas bien mieux que celle de saint Louis?

MARIE STUART.

Taisez-vous! respectez la mémoire de votre aïeul, d'un prince que vous devez vous proposer pour modèle en tout point!... Lisez, sire!

FRANÇOIS, *lisant*.

« La reine mère voyait avec un extrême déplaisir l'ascendant que la jeune reine semblait prendre sur le roi, et elle cherchait tous les moyens de les séparer l'un de l'autre. »

MARIE STUART.

Vous le voyez, sire! les reines mères!... méchantes et jalouses! toujours les mêmes!

FRANÇOIS, *continuant*.

« On assure que plus d'une fois, le soir, pour pouvoir rester avec sa femme, le roi fut obligé de se cacher sous le lit de la jeune princesse. »

Est-ce là le modèle qu'il faut suivre en tout point, madame?... Si saint Louis était un grand roi, c'était au moins un singulier mari! et je voudrais bien voir ce que tu dirais si j'allais demander à ma mère la permission... de donner des héritiers à la couronne de France.

MARIE STUART.

Vantez-vous de votre courage! comme si la reine mère ne faisait pas de vous tout ce qu'elle veut, comme si je ne savais pas ce qu'elle vous a encore demandé ce matin! ce n'est pas assez d'avoir infecté le conseil de ses créatures; madame veut avoir le droit d'y siéger en personne!

FRANÇOIS.

Et qui a pu vous dire?

MARIE STUART.

Notre oncle de Guise, qui heureusement pour vous, sire, veille un peu plus que vous-même sur votre autorité royale!

FRANÇOIS.

Ah! vous avez vu monsieur de Guise ce matin! eh bien moi, aussi, je sais ce qu'il vous a chargé de me demander, l'arrestation de notre cousin Antoine de Bourbon.

MARIE STUART.

Et qui vous a dit...

FRANÇOIS.

La reine mère, madame, qui elle aussi veille de près sur les intérêts de notre couronne!

MARIE STUART.

Dites donc les siens! une femme tout orgueil et tout ambition!

FRANÇOIS.

Deux qualités, qui certes manquent tout à fait à la maison de Lorraine!

SCÈNE VII.

LES MÊMES, UN HUISSIER.

L'HUISSIER.

Le chancelier de l'Hopital demande à être admis devant Sa Majesté.

MARIE STUART.

Le chancelier! qu'il entre! il est le bien venu... Sire, vous connaissez son dévouement à votre personne.

FRANÇOIS.

Prenons-le pour juge!

MARIE STUART.

J'allais vous le proposer !

FRANÇOIS.

Je parie qu'il te donne tort !

MARIE STUART.

Je parie que non !

FRANÇOIS.

Un baiser ?

MARIE STUART.

Du tout... je n'aime pas les paris où tout le monde gagne...
si vous perdez... vous embrasserez le cardinal.

FRANÇOIS.

Et si tu perds, toi, tu embrasseras ma mère.

SCÈNE VIII.

Les Mêmes, L'HOPITAL.

L'HOPITAL.

Pardon, sire, je dérange peut-être Vos Majestés.

FRANÇOIS.

Jamais, chancelier ! vos visites sont si courtes et si rares !

L'HOPITAL.

Votre Majesté sait que je dois tout mon temps à l'État.

FRANÇOIS.

Mais pour l'État il ne faut pas négliger le roi.

L'HOPITAL.

En travaillant pour l'un, sire, je crois travailler pour l'autre.

MARIE STUART.

Mon père, vous êtes peut-être fatigué ?...

FRANÇOIS.

La reine a raison... asseyez-vous là, chancelier.

MARIE STUART.

Entre nous, mon père.

25.

FRANÇOIS.

Je le veux. (*Le chancelier s'asseoit. Marie et François sont ap-
puyés chacun sur un côté de son fauteuil.*)

MARIE STUART.

Comment se porte votre excellente femme, chancelier?

L'HOPITAL.

Comme moi, madame... Notre ménagère n'a pas le temps
d'être malade.

FRANÇOIS.

Et vos beaux ormes, chancelier, à l'ombre desquels vous
faites des vers latins si harmonieux!

L'HOPITAL.

Quoi, sire, vous connaissez...

MARIE STUART.

Ne le croyez point : c'est un flatteur qui veut vous influencer.
Il ne les comprend pas!

FRANÇOIS.

Si je ne les comprends pas, madame la savante, au moins
je ne les critique pas.

MARIE STUART.

Que voulez-vous dire?

FRANÇOIS.

Oui, chancelier, elle prétend que dans votre dernière pièce,
celle que vous avez faite pour l'éducation de mon frère Charles, il y a un énorme solécisme.

L'HOPITAL.

Un solécisme!

MARIE STUART.

Ne l'écoutez point. C'est pour vous prévenir contre moi,
parce que nous devons vous prendre pour arbitre dans une
querelle.

L'HOPITAL.

Une querelle d'amour, mes enfants? Le vieux l'Hopital n'est
guère compétent dans ces matières-là!

MARIE STUART.

C'est quelque chose de plus sérieux, mon père... une querelle politique !

L'HOPITAL.

Vraiment !

FRANÇOIS.

Oui, mon père, politique.

L'HOPITAL.

En ce cas, cela est de mon ressort, et me voilà dans mon fauteuil de juge... et je vous promets que le magistrat ne vengera point la rancune du poëte.

FRANÇOIS.

Figurez-vous, chancelier, que Marie est toute Lorraine.

L'HOPITAL.

En vérité !

MARIE STUART.

Et lui, mon père, tout Médicis ! au point qu'il veut aujourd'hui donner à sa mère libre entrée au conseil.

FRANÇOIS.

Et elle prétend que j'accorde à son oncle l'arrestation de mon cousin Antoine.

L'HOPITAL, *vivement.*

Gardez-vous en bien, sire; après l'emprisonnement du prince de Condé, c'est la plus grande faute qui puisse être conseillée au roi. La maison de Bourbon est le contre-poids naturel de la maison de Guise !

FRANÇOIS.

Là, quand je vous le disais !

L'HOPITAL.

Mais admettre en vos conseils la reine mère, sire, ne vous y trompez pas, c'est abdiquer entre ses mains !

MARIE STUART.

Quand je vous le disais, sire, vous entendez !

L'HOPITAL.

Vous avez demandé un conseil à votre vieux serviteur... eh bien, permettez-moi de vous le dire, c'est d'une politique cau-

teleuse et funeste que de caresser tour à tour les partis qui
s'agitent; il ne faut pas que vous alliez à eux, sire; il faut
qu'ils viennent à vous : être roi, voilà votre parti.

FRANÇOIS.

Chancelier, je suivrai vos avis, et pour vous le prouver, le
conseil devait s'assembler sans moi... eh bien, qu'il se réunisse ici, je le présiderai.

L'HOPITAL.

Sire! Dieu maintienne Votre Majesté dans ses royales réso-
lutions, et je réponds du salut de la France.

(*Il sort.*)

SCÈNE IX.

MARIE STUART, FRANÇOIS.

MARIE STUART.

A la bonne heure, sire! voilà comme je vous aime!... c'est
décidé! nous présiderons le conseil.

FRANÇOIS.

Hein? qu'est-ce que tu dis?

MARIE STUART.

Je dis que nous présiderons le conseil.

FRANÇOIS.

Y penses-tu, Marie? Lorsque j'en refuse l'entrée à ma mère,
tu voudrais, toi...

MARIE STUART.

Quelle différence! la reine mère, une ambitieuse, et dont
les intérêts sont si opposés aux tiens! tandis que moi, je suis
ta femme... ta bonne petite femme, qui n'ai d'autre ambition
que de te plaire, d'autre intérêt que ton amour... ce n'est pas
du tout la même chose!

FRANÇOIS.

Tu crois ?

MARIE STUART.

Et puis, vois-tu, la politique, ce n'est pas toujours amu-

sant, surtout pour quelqu'un qui n'en a pas l'habitude... eh
bien, je serai là... et si elle t'ennuie, te fatigue... vous me
regarderez, sire, et cela vous délassera... C'est convenu,
n'est-ce pas? je reste!

FRANÇOIS.

Est-ce que je puis rien te refuser!

MARIE STUART.

C'est que je vous connais, vous, sire, vous êtes faible... et
moi aussi... mais à nous deux nous serons bien forts, nous
nous soutiendrons mutuellement... il ne s'agit plus de mollir,
à présent!

FRANÇOIS.

Sans doute... nous ne sommes plus des enfants, et nous
n'acceptons la tutelle de personne, ni de messieurs de Guise...

MARIE STUART.

Ni de Catherine!

FRANÇOIS.

Et ils peuvent bien venir quand ils voudront! je leur dirai...

MARIE STUART.

Tu as raison, tu leur diras... qu'est-ce que nous leur di-
rons?

FRANÇOIS.

Oh! s'il ne s'agissait que de messieurs de Guise!

MARIE STUART.

Si ce n'était que de Catherine!

FRANÇOIS.

Eh bien, Marie, partageons la famille... à toi ma mère; à
moi tes oncles... quand il y aura pour messieurs de Guise
quelque nouvelle désagréable, je m'en charge.

MARIE STUART.

Et quand il y aura pour ta mère quelque refus un peu dur,
j'en fais mon affaire.

SCÈNE X.

Les Mêmes, L'HOPITAL, LE COMTE DE PAZZI, MONSIEUR DE NEVERS, plusieurs Ministres, un Huissier.

L'HUISSIER.

Messieurs les ministres secrétaires d'État!

MARIE STUART, *bas, au roi.*

Sire, les bonnes têtes! si j'avais mes crayons!

FRANÇOIS, *de même.*

Silence, Marie, de la gravité... et notre ministre des finances, regarde donc, se porte-t-il bien! on dirait qu'il a pris toute la santé du trésor. (*Haut.*) Messieurs, asseyez-vous!

L'HOPITAL.

Quoi, sire, la reine...

FRANÇOIS.

Elle nous reste, chancelier, pour aujourd'hui.

L'HOPITAL, *à part.*

Quelle imprudence!

MONSIEUR DE NEVERS, *à part.*

La reine nous reste, nous l'emportons.

LE COMTE DE PAZZI, *à part.*

La reine ici! nos affaires vont mal.

MONSIEUR DE NEVERS.

Sire, messieurs de Guise m'ont chargé de déposer aux pieds de Sa Majesté l'expression de leurs regrets... Retenus par une indisposition subite...

FRANÇOIS.

Maladie toute politique, et qui n'a rien de dangereux. Nous connaissons le tempérament de nos oncles. Le conseil a sans doute aujourd'hui quelque mesure à prendre dont messieurs de Guise veulent bien s'attribuer les bénéfices et nous laisser la responsabilité.

L'HOPITAL.

Sire, les juges du prince de Condé ont rendu leur arrêt.

FRANÇOIS.

Et quel est-il ?

L'HOPITAL.

La mort.

FRANÇOIS.

La mort à notre cousin, au plus digne et au plus loyal de nos gentilshommes, à un prince de notre maison, jamais ! c'est acheter trop cher la santé de messieurs de Guise, que de la payer de la vie de monsieur de Condé, ou de la liberté de monsieur de Bourbon.

MONSIEUR DE NEVERS.

Sire, messieurs de Guise ont-ils d'autre intérêt que celui de la couronne ? Plus le coupable est élevé, plus le châtiment est nécessaire... L'arrêt, sire, a été rendu à l'unanimité.

FRANÇOIS.

A l'unanimité !... est-il vrai ?

L'HOPITAL.

Moins une voix, sire.

FRANÇOIS.

Laquelle ?

L'HOPITAL.

La mienne... je n'ai point signé.

FRANÇOIS.

Il suffit, monsieur de Nevers, là où le chancelier de l'Hôpital n'a point apposé sa signature, le roi de France n'apposera pas la sienne !

MONSIEUR DE NEVERS.

Sire...

FRANÇOIS.

Passons... telle est notre volonté royale !

LE COMTE DE PAZZI, *à part*.

Le moment est favorable, le roi est à nous... (*Haut.*) Sire, me permettrez-vous de soumettre à Sa Majesté une proposition dont elle appréciera toute l'importance. Plus d'une fois le conseil a paru regretter l'absence de la reine mère, et si Votre Majesté !...

MARIE STUART.

Cela ne sera point... cela ne s'est jamais vu... Dieu merci,
le roi est majeur, et n'a pas besoin de tutrice!

LE COMTE DE PAZZI.

Madame, c'est une demande que la reine Catherine m'avait
chargé elle-même d'adresser au roi son fils.

MARIE STUART.

Et vous voudrez bien, alors, vous charger de la réponse du
roi pour la reine Catherine! Le roi refuse.

L'HUISSIER, annonçant.

Sa Majesté la reine mère, Catherine de Médicis.

FRANÇOIS.

Ma mère! (Le roi et les ministres se lèvent.)

MARIE STUART, vivement.

Le conseil est en séance, et personne n'a le droit d'interrompre ses délibérations... Dites à la reine qu'après le conseil,
le roi son fils aura l'honneur de se rendre près d'elle... Continuons, messieurs.

LE COMTE DE PAZZI, à part.

C'est une insolence qui te coûtera cher!

FRANÇOIS.

La reine a raison, messieurs, asseyez-vous!

(Tous les ministres se rassoient.)

MARIE STUART.

Puisqu'il n'y a plus rien en délibération, je vais présenter à
Sa Majesté une humble requête en faveur d'un homme du
peuple emprisonné sous prétexte de protestantisme, François
Grimblot!

LE COMTE DE PAZZI, à part.

Grimblot!

MARIE STUART.

Brave jeune homme, un peu prompt, un peu emporté peut-
être, et qui, dans un moment de vivacité, ferait sauter par
la fenêtre jusqu'à un ministre du roi... Demandez plutôt à
M. Pazzi, qui le connaît.

LE COMTE DE PAZZI.

Madame...

MARIE STUART.

Et qui, j'en suis sûre, se porterait garant de ses sentiments
religieux!

FRANÇOIS.

Dès que M. de Pazzi en répond, je signe de confiance.

LE COMTE DE PAZZI, *à part.*

C'est ton arrêt que tu signes!

FRANÇOIS.

Messieurs, la séance est levée.

(*Les ministres se lèvent et se retirent.*)

MARIE STUART, *au comte de Pazzi.*

Vous voyez comme j'ai été bonne!

LE COMTE DE PAZZI.

Et j'espère pouvoir en témoigner bientôt à Votre Majesté
toute ma reconnaissance... (*A part, en sortant.*) Il faut que
Catherine se décide aujourd'hui même!

(*Il sort.*)

FRANÇOIS, *à l'Hopital, qui se retire.*

Restez, chancelier.

SCÈNE XI.

FRANÇOIS, MARIE STUART, L'HOPITAL.

MARIE STUART.

Eh bien, mon père, êtes-vous content de nous?

FRANÇOIS.

Avons-nous bien rempli vos intentions?

MARIE STUART.

C'est qu'il n'a pas faibli un instant, au moins!

FRANÇOIS.

Et elle, chancelier, quand elle a répondu à M. de Pazzi, quel air imposant! comme elle était belle! ah! si le conseil n'eût pas été là, je t'aurais embrassée de bon cœur!

MARIE STUART.

Eh bien, monseigneur, le conseil n'y est plus!

FRANÇOIS, *l'embrassant.*

Chère Marie!

L'HOPITAL.

Pauvres enfants! vous jouez, quand l'abîme est sous vos pas, quand l'orage s'amoncelle sur vos têtes!

FRANÇOIS.

Que dites-vous?

MARIE STUART.

Qu'avons-nous donc fait?

L'HOPITAL.

Dois-je m'étonner, après tout, si vous ne savez que vous aimer? c'est la science de votre âge, et puissiez-vous la pratiquer longtemps! la faute en est à moi, imprudent vieillard, qui ai demandé à votre inexpérience de se diriger au milieu d'écueils où les plus vieux pilotes feraient naufrage! Ah! si du moins la tempête ne frappait que moi seul! mais vous, si jeune, si beaux, vous qui ne demandez au ciel que du bonheur et de l'amour!

MARIE STUART.

Mon père, vous m'effrayez!

FRANÇOIS.

Quel danger nous menace?

L'HOPITAL.

S'il ne s'agissait que de messieurs de Guise, leur ambition en ce moment ne peut avoir d'autre appui que vous-mêmes; mais Catherine!

FRANÇOIS.

Ma mère, chancelier! et que puis-je redouter de ma mère?

L'HOPITAL.

Pardon, sire; il y a de ces craintes que le respect sans doute devrait me défendre d'exprimer, mais que mon dévouement ne me permet pas de vous taire. Elle est votre mère,

Sire, mais elle a été publiquement outragée; mais autour
d'elle s'agitent ces hommes à pensées sinistres, à l'affût de
son ressentiment pour l'exploiter s'il parle, et pour l'inter-
préter s'il se tait! Sire, tout ce que j'ai d'influence et d'amis,
je vais l'employer à conjurer l'orage; mais vous, au nom du
ciel, hâtez-vous de vous rendre auprès de Catherine, priez,
caressez, promettez, ne négligez rien pour calmer sa colère,
et que Dieu protége le roi!

SCÈNE XII.

FRANÇOIS, MARIE STUART.

MARIE STUART.

Dit-il vrai! un abîme est sous nos pas?

FRANÇOIS.

Rassure-toi, Marie; tu connais le chancelier, sa fidélité
inquiète s'exagère sans doute le péril... Après tout, si pour
le conjurer il ne faut que flatter ma mère, la caresser... eh
bien, nous la flatterons, nous la caresserons... nous lui pro-
mettrons tout ce qu'elle demandera.

MARIE STUART.

Comment?

FRANÇOIS.

Quitte ensuite à ne tenir que ce que nous voudrons bien...
tu vois que je commence à devenir politique... Viens, Marie,
ne perdons pas de temps!

MARIE STUART.

Tu peux bien y aller tout seul... pour moi, je n'irai certainement pas!

FRANÇOIS.

Y penses-tu, Marie? quand c'est pour nous qu'elle donne
cette fête.

MARIE STUART.

N'importe! Irritée comme elle est, elle va redoubler d'inso-

lence et de hauteur; et moi, je sens là... comme une déman-
geaison d'impertinence, qui peut-être n'attendrait même pas
la sienne!

FRANÇOIS.

Tu ne voudrais pas me faire cette peine... tu viendras?

MARIE STUART.

Du tout...

FRANÇOIS.

Je t'en prie.

MARIE STUART.

Non, sire...

FRANÇOIS.

Je le veux!

MARIE STUART.

Vous le voulez! ah! voici un mot nouveau dans votre bouche... Eh bien, sire, quand un mari se permet de dire à sa
femme : Je le veux, la femme n'a qu'un seul mot à lui répondre : Je ne veux pas!

FRANÇOIS.

Adieu, Marie.   *(Il sort.)*

SCÈNE XIII.

MARIE STUART, *et un instant après* ALAIN.

MARIE STUART.

Il part! il s'éloigne fâché!... c'est la première fois que nous
nous séparons ainsi!.. je ne sais pourquoi cet adieu m'a laissé
une impression qui ne m'est pas ordinaire... mon Dieu! si les
craintes de l'Hôpital étaient fondées!.. oh non... cela n'est pas...
cela ne peut être.. Ah! la pétition de cette jeune fille! (*Appelant.*) Alain!

ALAIN, *entrant*.

Madame.

MARIE STUART, *lui remettant la demande*.

Voici la réponse du roi.

ALAIN.

La grâce! Que vous êtes bonne!

MARIE STUART.

Qu'ils s'aiment, qu'ils soient heureux, et qu'ils prient Dieu pour le roi!

ALAIN.

Et pour la reine, madame. Ces chers enfants! mais permettez, il n'y a pas un moment à perdre!... je vais le délivrer, le faire partir tout de suite.

MARIE STUART.

Et pourquoi donc?

ALAIN.

Quand on a eu le malheur d'offenser le comte de Pazzi, l'on ne saurait mettre entre lui et soi trop de distance! il ne pardonnerait pas au roi lui-même. (*Il sort.*)

MARIE STUART, *seule.*

Il ne pardonnerait pas au roi lui-même!... et moi qui l'ai si cruellement blessé?.. et ce soir, c'est lui qui dirige les apprêts de la fête! Ah! si quelque danger menaçait le roi, et que je ne fusse pas là, pour le partager avec lui... je ne suis plus maîtresse de mon inquiétude... courons...

SCÈNE XIV.

MARIE STUART, LORD DARNLEY.

MARIE STUART.

Vous ici, milord! malgré les ordres du roi!

LORD DARNLEY.

Oui, madame, et quand l'échafaud serait dressé sous vos fenêtres, quand le bourreau m'attendrait au sortir de cette entrevue, il n'est point de mort si horrible, de supplice si cruel que je n'eusse bravé pour vous revoir encore une fois!

MARIE STUART.

Milord!

LORD DARNLEY.

Avant de partir, j'ai voulu savoir de vous, si votre cœur était de moitié dans l'arrêt prononcé contre moi! Vous avez entendu ma sentence... savez-vous quel était mon crime?

MARIE STUART.

Je le sais, milord.

LORD DARNLEY.

Jugez donc, alors, de ce que je vais souffrir dans l'exil qu'on m'impose!

MARIE STUART.

L'exil!... quand l'Angleterre est prête à vous recevoir, quand l'Ecosse, votre patrie, vous tend les bras!

DARNLEY.

La patrie!... elle est aux lieux où l'on aime! ma patrie à moi, c'est le soleil qui vous éclaire, c'est le palais que vous habitez, c'est l'air que votre bouche respire!

MARIE STUART.

Milord, oubliez-vous qui je suis, et que vous me parlez pour la dernière fois?

DARNLEY.

Pour la dernière fois!... non, ne le croyez pas!.. un autre espoir se glisse dans mon âme! nous fûmes fiancés l'un à l'autre, vous le savez, avant qu'un hymen politique vous jetât dans les bras du roi de France... Eh bien... ce que le ciel a désuni, le ciel le réunira un jour. En vain l'on nous sépare : ce qui a été prédit s'accomplira!

MARIE STUART.

Une prédiction! milord croit maintenant aux astrologues!

DARNLEY.

Aux astrologues! non, madame, cette superstition n'est pas la mienne.. mais vous êtes Ecossaise, et dans ce pays privilégié qui vous a donné la naissance, il existe, vous le savez, de ces êtres surnaturels pour qui la destinée n'a pas de mystères, dont la vue infaillible plonge dans l'avenir et lui dérobe tous ses secrets... Eh bien, l'une de ces femmes me l'a prédit...

MARIE STUART.

Que dites-vous?

DARNLEY.

Un jour, la reine de France, l'épouse de François II, sera
la femme de Darnley, de Darnley, roi d'Écosse!

MARIE STUART.

Arrêtez, malheureux! pas un mot de plus! ne savez-vous
pas qu'en ce moment même la vie du roi est peut-être en
danger... Ciel! entendez-vous?... quels sont ces cris?...
    (*On entend derrière la coulisse* : Le roi! vive le roi!)

MARIE STUART.

Vive le roi! il est donc sauvé!... mais que veut dire ce retour imprévu?... qui le ramène si brusquement?... Ah! Dieu!
s'il vous trouvait ici, après ses soupçons jaloux, après l'ordre
qu'il vous a donné!... Sortez, milord, au nom du ciel!

DARNLEY *se dirige vers la porte du fond.*

Mais non, c'est impossible... on monte les escaliers!

DARNLEY, *se dirigeant vers la gauche.*

Ici, madame.

MARIE STUART.

Mon appartement, milord !

    •   DARNLEY, *montrant le balcon.*

Ce balcon... il donne sur la Loire... ne craignez rien, plutôt que de vous compromettre...

SCÈNE XV.

MARIE STUART, FRANÇOIS, DARNLEY, *caché.*

FRANÇOIS.

Marie, c'est toi! qu'il me tardait de te revoir!... mais qu'as-
tu donc? ce trouble, cette émotion...

MARIE STUART.

Ah! sire!.. après les craintes qui nous agitaient... ce retour si subit... j'ai tremblé que leur vengeance...

FRANÇOIS.

Rassure-toi... jamais ma mère n'a été si aimable, et je n'ai pas eu besoin de beaucoup de coquetterie pour la ramener entièrement; mais je ne sais si je dois te l'avouer, et tu vas peut-être m'en vouloir...

MARIE STUART.

Moi, sire!

FRANÇOIS.

Au moment où la réconciliation était opérée, et où je venais d'embrasser ma mère, après avoir bu à notre bonne intelligence un verre de ce vieux vin d'Italie dont le comte de Pazzi lui a fait présent...

MARIE STUART.

Le comte de Pazzi! eh bien?...

FRANÇOIS.

Un billet déposé, je ne sais comment, devant moi, frappe mes yeux... je l'ouvre, et j'y lis ces mots : Lord Darnley n'est pas parti!

MARIE STUART.

Ciel!

FRANÇOIS.

Pardonne, mais un affreux soupçon, dont je n'ai pas été le maître, s'est emparé de mon cœur; j'ai feint une indisposition subite, et je suis vite accouru... Ah! mon Dieu! je ne sais ce que j'éprouve...

MARIE STUART.

Que dis-tu!

FRANÇOIS.

Mes genoux se dérobent sous moi. . mes yeux se troublent... je ne te vois plus... un engourdissement et un froid mortel se répandent dans tout mon corps... ta main... je me meurs!...

(*Il tombe évanoui.*)

MARIE STUART.

Grand Dieu! ils l'ont empoisonné! au secours! le roi se meurt! au secours!

DARNLEY, *s'élançant du balcon.*

Le roi ! est-il possible !

MARIE STUART.

Ah ! milord ! un médecin, au nom du ciel, un médecin ! secourez-le.

(*On accourt de tous côtés.*)

FRANÇOIS, *ouvrant les yeux.*

Milord ! qui a dit milord ? (*Apercevant lord Darnley.*) Ciel ! lord Darnley ! ici... devant moi !... j'étais donc trahi !

MARIE STUART.

Sire ! quel soupçon !

FRANÇOIS, *la repoussant.*

Laissez-moi... je n'ai pas besoin de vous pour mourir... mais je ne mourrai pas sans vengeance... j'ai de la force encore, et je suis roi... c'en est fait... j'expire... Marie... je vous maudis !

MARIE STUART.

Sire, écoutez-moi... je suis innocente... Il ne m'entend plus, il est mort !

(*Elle se précipite sur son corps.*)

LE COMTE DE PAZZI, *qui est entré, s'approchant.*

Le roi est mort ! vive le roi !

·

FIN DU PREMIER ACTE.

ACTE II.

Le théâtre représente une des salles du château à Calais, donnant sur la mer.

SCÈNE PREMIÈRE.

ANTOINE, MARIE, *sa fille.*

MARIE.

En vérité, mon père, je ne reviens pas de mon étonnement! notre pauvre château de Calais transformé en prison!

ANTOINE.

Et ton pauvre père en geôlier! Chien de métier, va! si j'avais su!... moi qui aime tant la conversation, la société, n'avoir d'autre compagnie que celle d'un prisonnier qui ne parle pas, ne rit pas, n'écoute pas... C'était à périr d'ennui, mon enfant, et si M. de Pazzi ne m'eût pas accordé la permission de te faire venir près de moi...

MARIE.

M. de Pazzi! c'est lui qui est le gouverneur du château?

ANTOINE.

Du château et de la province.

MARIE.

Adieu, mon père!

ANTOINE.

Quelle peur te prend?

MARIE.

Je n'ai pas encore envie de devenir veuve! S'il venait à nous reconnaître, moi ou Grimblot!... C'est qu'il ne lui pardonnerait pas, à Calais, de ne pas s'être laissé pendre à Orléans!

ANTOINE.

Rassure-toi! depuis l'installation du prisonnier, jamais il

n'a mis le pied par ici; d'ailleurs il est comme moi... le métier finit par le lasser... Dans les commencements il ne lais-
sait point passer un seul jour sans me faire appeler... et alors
c'étaient des questions! Qu'a dit le prisonnier? qu'a-t-il fait?
qu'a-t il demandé? a-t-il dormi? a-t-il veillé?... que sais-je!
Maintenant il n'a plus l'air de s'occuper de rien... de temps
en temps même il fait un voyage à Paris pour voir la reine
mère... hier soir encore il est parti!

MARIE.

C'est donc un personnage important que ce prisonnier?

ANTOINE.

Je le crois bien!

MARIE.

Un grand personnage de la cour?

ANTOINE.

Mieux que cela!

MARIE.

Un prince, peut-être?

ANTOINE.

Mieux que cela... du moins, si on veut bien croire ce qu'il
dit!

MARIE.

Comment, mon père?

ANTOINE.

C'est le roi!

MARIE.

Charles IX?

ANTOINE.

Non, son prédécesseur, François II.

MARIE.

Le feu roi, dont nous avons suivi l'enterrement, Grimblot
et moi, à Orléans, il y a six mois!

ANTOINE.

Lui-même!

MARIE.

Il n'est pas mort?

ANTOINE.

C'est-à-dire, il prétend qu'il n'est pas mort.

MARIE.

Jésus, mon Dieu! un esprit!

ANTOINE.

Au contraire, un fou!... en chair et en os... comme toi et moi... un pauvre jeune homme dont l'amour a dérangé la cervelle, et qui se croit tout bonnement le mari de la jeune reine.

MARIE.

Pas possible!

ANTOINE.

Du reste, la folie la plus douce... à moins qu'on ne lui parle de sa femme prétendue!... car alors, ce sont des transports de colère!.. et puis, tout à coup, il tombe dans un abattement profond, et il pleure de si bon cœur, de si bonne foi, que moi-même, qui ne suis pas très-sensible...

MARIE.

Et depuis qu'il est ici, mon père, il n'a encore vu personne?

ANTOINE.

Et il ne verra personne... excepté moi... et toi, puisque maintenant le voilà devenu ton prisonnier, comme le mien!

MARIE.

Pauvre malheureux!

ANTOINE.

Laisse donc! il y a bien des gens en bonne santé qui voudraient être traités comme ce fou-là!.. bien logé, bien chauffé, bien nourri... tout ce qu'il demande, on le lui accorde! il est vrai qu'il ne demande jamais rien... qu'à être seul! Du reste, libre comme l'air! il peut se promener tout à son aise, de sa chambre dans ce salon, et de ce salon dans sa chambre!... en long ou en large, à son choix... permission dont il n'use pas souvent... Mais voici l'heure d'aller prendre le mot d'ordre chez notre commandant par intérim.

MARIE.

Vous me quittez, mon père!

ANTOINE.

Pour revenir tout de suite... j'ai tant de choses à te conter encore.. et si tu savais comme cela fait du bien, comme cela soulage de pouvoir jaser tranquillement avec quelqu'un qui vous écoute.... il me semble que j'avais là sur l'estomac comme un poids, une indigestion de paroles rentrées... Je suis à toi, tout à l'heure. *(Il sort.)*

SCÈNE II.

MARIE, *seule.*

C'est singulier! rien que d'entendre ces verrous se fermer sur moi!... quand on n'en a pas l'habitude!... et dire que ce pauvre jeune homme doit vivre ainsi... le reste de ses jours peut-être!... quel malheur! devenir fou! et fou d'amour encore! c'est si rare!... Sans le connaître, j'éprouve pour lui un intérêt... un désir de le voir... En regardant à travers la serrure... peut-être... impossible!.. je n'aperçois rien... Si je pouvais entr'ouvrir tout doucement la porte, sans faire de bruit... c'est cela!

FRANÇOIS, *en dehors.*

Hein? qu'est-ce?

MARIE, *se retirant vivement.*

Ah mon Dieu! il m'a entendue!

SCÈNE III.

MARIE, FRANÇOIS.

FRANÇOIS, *paraissant.*

Que voulez-vous, Antoine?

MARIE, *timidement.*

Pardon, ce n'est pas Antoine, c'est sa fille Marie...

26.

FRANÇOIS, *entrant en scène.*

Marie, dites-vous! Marie... qui ose prononcer ce nom-là!...
quand je l'ai défendu!... moi, le roi!

MARIE.

Excusez, sire... je ne savais pas que Votre Majesté...

FRANÇOIS, *vivement.*

Sire! Votre Majesté!.. oh! répète, répète encore, mon enfant!... il y a si longtemps que je ne me suis entendu appeler
ainsi!.. tu n'es donc pas comme les autres, toi! tu m'as donc
reconnu!... tu me reconnais donc pour ton véritable souverain, pour le roi de France et d'Écosse... Mais non... tu baisses
les yeux, tu n'as voulu que te moquer de moi!

MARIE.

Me moquer de vous! grand Dieu! moi qui vous plains tant!

FRANÇOIS.

De la pitié... de la pitié! voilà donc tout ce que je puis
attendre!

MARIE.

Pauvre malheureux!

FRANÇOIS.

Oui, tu dis vrai!... je suis bien malheureux!... Quel supplice! quel horrible supplice! posséder toute sa raison, et
sentir qu'on vous regarde comme un fou!... car, tu me crois
fou, n'est-ce pas?.

MARIE.

Moi!

FRANÇOIS.

Je ne t'en veux pas, c'est tout simple! et comment ne le
croirais-tu pas, quand moi-même... oui, mon enfant... écoute,
nous sommes seuls, et tu n'abuseras pas contre moi-même
de l'aveu que je vais te faire... Eh bien, cela est affreux...
mais il y a des instants où je commence à douter de moi...
où je me demande si je suis bien réellement François II... ou
plutôt, si je ne suis pas, comme le pense ton père, un insensé,
un misérable insensé... Oh! ma tête... ma pauvre tête... elle
brûle... j'ai beau me débattre contre les souvenirs du passé...

ils m'étreignent... ils m'étouffent!.. et quand je songe que c'est une mère!... une mère! le croirais-tu! qui, dans l'intérêt de son ambition... mais Catherine, lorsque la soif du pouvoir la dévore!...

MARIE.

Catherine? la reine mère!... On la dit si méchante!

FRANÇOIS.

Oui, mon enfant, bien méchante!... et pourtant ce n'est pas elle qui est la plus coupable... elle, du moins, elle ne m'a pas trompé... je la connaissais!... mais celle pour qui je bravais le ressentiment de Catherine, celle que j'aimais de toutes les forces de mon âme... la reine.

MARIE.

Marie Stuart.

FRANÇOIS.

Se jouer de mon amour!... me trahir pour cet étranger!... la misérable! l'infâme!...

MARIE.

Misérable! infâme!... la reine Marie! elle si généreuse, si bonne... ma protectrice! qui le jour même de la mort du roi lui avait fait signer la grâce de mon futur!

FRANÇOIS.

Que dis-tu? le jour de ma mort! ton futur?... son nom?

MARIE.

Grimblot, François Grimblot!

FRANÇOIS.

Grimblot... je ne me rappelle pas.

MARIE.

Vous voyez bien que vous n'êtes pas le roi!... si vous l'étiez, vous vous souviendriez à coup sûr...

FRANÇOIS.

Pauvre enfant! trop souvent sur le trône on fait le mal comme le bien, sans le savoir... mais le bien que font les rois, le peuple l'oublie vite, pour ne leur tenir compte que du mal!

MARIE.

Oh! nous ne sommes pas de ce peuple-là, Grimblot et moi...

nous ne sommes pas des ingrats, et nous l'avons bien re-
gretté, ce pauvre roi !

FRANÇOIS.

Merci, mon enfant, merci... c'est la première consolation
que j'aie goûtée depuis longtemps.

MARIE.

Mais les autres, voyez-vous, les courtisans ! c'était à qui
partirait le plus vite pour accompagner le roi Charles, et il
n'en est resté qu'un seul pour pleurer avec nous sur le cer-
cueil du défunt, M. de l'Hôpital !

FRANÇOIS.

Le chancelier ! noble vieillard ! ah ! s'il savait par quel odieux
mensonge on trompait sa douleur et la tienne, s'il savait que
plongé dans un sommeil infernal, mais respirant encore, ce
prince qu'il a cru mort comme toi...

MARIE.

François II !

FRANÇOIS.

Moi-même, mon enfant.

MARIE, *à part.*

Allons ! voilà encore la tête partie !

FRANÇOIS.

Combien de temps dura-t-il, cet étrange sommeil?.. je
l'ignore !... Quand je revins à moi, je sentis comme le mouvement d'une voiture qui m'entraînait... je voulus regarder...
un épais bandeau couvrait mes yeux... je voulus l'arracher...
mes mains étaient chargées de chaînes... je voulus crier... un
bâillon interceptait mes cris !

MARIE, *à part.*

Et dire qu'il se figure tout cela pourtant !

FRANÇOIS.

Enfin la voiture s'arrêta... on me fit monter les marches d'un
escalier... on ouvrit une porte qui se referma sur moi ! Oh !
quelle horrible douleur j'éprouvai ! cette chambre qui devait
me servir de prison, que par un raffinement de cruauté ils
semblent avoir choisie tout exprès pour me faire perdre le

peu de raison qui me reste... cette chambre, c'était la sienne... c'est ici que je reçus son premier serment... c'est là que nous fûmes fiancés!... Quand je voudrais oublier jusqu'à son nom, ici tout me la rappelle! par une inconcevable puissance de souvenirs, ma mémoire ressaisit dans le passé jusqu'à ses moindres gestes, ses moindres paroles!... les airs qu'elle composait elle-même, qu'elle aimait à chanter sur son luth... eh bien, ils me reviennent sans cesse... je les entends... j'éprouve le besoin de les chanter!... et malgré moi... je les répète... je les chante...

AIR :

Plaisant pays de France !
O ma patrie,
La plus chérie,
Qui as nourri ma jeune enfance,
A toi mes amours
Toujours !

Deuxième couplet.

Plaisant pays de France,
A ce que j'aime
Plus que moi-même
Tu as donné nom et naissance :
A toi mes amours
Toujours !

MARIE.

Pauvre garçon !

FRANÇOIS.

Et maintenant me voilà seul! pour jamais prisonnier dans ce château où j'ai été si heureux avec elle, où nous nous étions promis de revenir ensemble!

MARIE.

Ah mon Dieu! comment savez-vous?... comment pouvez-vous savoir? c'est ce que la reine me disait elle-même!

FRANÇOIS, *vivement.*

La reine! tu l'as vue?... tu lui as parlé... je t'en supplie.

mon enfant, raconte-moi tout, ne me cache rien... Oh! j'ai
le cœur bien gonflé... bien courroucé contre elle... n'importe...
toi qui es jeune, toi qui aimes peut-être, tu compatiras à ma
faiblesse... eh bien, oui, j'ai soif d'entendre parler d'elle, de
savoir tout ce qu'elle dit, tout ce qu'elle fait... Autrefois le roi
de France t'aurait donné beaucoup... refuseras-tu le pauvre
prisonnier qui ne peut t'offrir que sa reconnaissance?

MARIE.

Me promettez-vous d'être raisonnable, de ne plus vous mettre dans la tête ces folles idées qui vous tourmentent?

FRANÇOIS.

Je te le promets, parle... qu'a-t-elle dit ?.. qu'a-t-elle fait
après ma mort ?... (*Mouvement de Marie.*) Après la mort du roi,
si tu l'aimes mieux!

MARIE.

A la bonne heure!... Pauvre reine! ce qu'elle a fait?... elle a
pleuré, et bien bravement encore!

FRANÇOIS.

En vérité ?

MARIE.

Oh! ce n'étaient point des grimaces, des semblants, comme
la reine Catherine... c'étaient de vraies larmes bien sincères...
elle pleurait comme j'aurais pleuré moi-même, si j'avais perdu
mon Grimblot! c'est tout simple! elle aimait tant son mari!

FRANÇOIS.

Tu crois?

MARIE.

Ils s'aimaient tant tous les deux!

FRANÇOIS.

Oh! que tu me fais de bien en parlant ainsi!

MARIE.

Et depuis ce temps-là, elle n'a voulu recevoir personne...
pas même moi, la protégée de mon parrain, monseigneur Alain
de Neuville... et elle s'est retirée de la cour... elle est partie bien
loin, bien loin... pour la Lorraine, à ce qu'on dit, toute seule.

FRANÇOIS.

Est-il possible ! chère Marie !

MARIE.

Toute seule avec mon parrain, et ce jeune seigneur écossais, son parent.

FRANÇOIS, *vivement.*

. Lord Darnley !

MARIE.

C'est cela même.

FRANÇOIS.

Lord Darnley ! ils sont partis ensemble ! les misérables ! et tu osais tout à l'heure prendre sa défense, et tu osais me soutenir à moi...

MARIE, *effrayée.*

Ah mon Dieu ! mais je ne soutiens rien du tout, je vous prie de le croire !.. c'est qu'il est effrayant, quand il vous regarde ainsi !

FRANÇOIS.

Ah ! je sens là que je doutais encore ! et c'est vous qui avez l'air si bon, vous à qui j'ouvrais mon âme avec tant de confiance, c'est vous qui m'enfoncez le poignard dans le cœur !

MARIE.

Mais je vous jure...

FRANÇOIS.

Laissez-moi... laissez-moi ! je ne veux plus vous parler... je ne veux plus vous voir... ah ! s'ils vous ont payée pour me porter un dernier coup, soyez satisfaite, vous avez bien réussi !

(*Il rentre dans sa chambre.*)

SCÈNE IV.

MARIE, *seule.*

Comment ! il me soupçonne !.. il m'accuse, moi qui au contraire... que c'est terrible cette maladie-là... et pourtant, mal-

gré ses soupçons, sa colère, j'éprouve pour lui un sentiment
de pitié et de respect tout à la fois, comme à Orléans, lorsque
j'ai paru devant la reine ! c'est qu'à l'entendre parler, si l'on
n'était pas prévenu, on le prendrait réellement pour ce qu'il
dit, pour le roi.

SCÈNE V.

MARIE, ANTOINE.

ANTOINE.

Bonne nouvelle, mon enfant, bonne nouvelle !

MARIE.

Qu'avez-vous, mon père ?

ANTOINE.

Si tu savais quel mouvement, quel remue-ménage au château ! les soldats d'un côté, les officiers de l'autre !.. le commandant qui va, vient, monte, descend... je crois qu'il en perdra la tête de joie et de bonheur !

MARIE.

Comment, mon père !

ANTOINE.

Sans doute ! on dit que la reine mère vient d'arriver à l'im-
proviste !

MARIE.

La reine mère !

ANTOINE.

Et dame ! notre commandant, qui n'a jamais été à la cour !..
en l'absence de Mr de Pazzi, c'est à lui de recevoir Sa Majesté,
de lui présenter les clefs du château, comme ce serait à toi, en
mon absence de lui présenter les clefs de la prison.

MARIE.

Ah mon Dieu ! le ciel nous en préserve !

ANTOINE.

Écoute... n'entends-tu pas ces cris, et les tambours qui bat-

tent aux champs. (*A la fenêtre.*) Tiens, la voilà qui entre par
la petite cour du château ; et notre commandant qui est allé
l'attendre à la porte d'honneur ! Dieu ! comme elle paraît bien
conservée la reine mère !... quelle tournure jeune encore !

MARIE, à la fenêtre.

Je crois bien, mon père !... c'est la reine Marie, notre bonne
protectrice ! Quel bonheur ! je vais la revoir !... elle me l'avait
bien dit, qu'elle viendrait visiter son ancien appartement !

ANTOINE.

Hein ? qu'est-ce que tu dis là ? et notre prisonnier !

MARIE.

C'est juste ! il ne faut pas qu'elle le voie : cela lui ferait trop
de peine !

ANTOINE.

Et à moi donc ! sais-tu bien qu'il y va de ma tête, et mon -
sieur de Pazzi... mais elle n'entrera pas... je vais lui dire...

MARIE.

Y songez-vous ? la reine ! non, non... il en est temps encore...
en faisant descendre le prisonnier par la petite porte de l'oratoire.

ANTOINE.

Impossible ! la voilà qui monte l'escalier !... je suis perdu

MARIE.

Du tout mon père... la reine ne fera ici qu'une courte visite,
et en mettant le pauvre fou sous clef...

(Elle l'enferme.)

ANTOINE.

Mais, mon enfant...

MARIE.

Silence ! je vous réponds de tout... la reine !...

SCÈNE VI.

LES MÊMES, MARIE STUART, suite de la reine.

MARIE STUART.

Oui, c'est ici, c'est bien ici... Voilà bien l'oratoire, le salon.

la chambre !... Que ces souvenirs me font de mal et de bien tout à la fois... (*A Darnley.*) Allez trouver le commandant du château, milord; excusez-nous près de lui de ne pouvoir en ce moment lui donner audience... nous sommes si fatiguée de la longue route que nous venons de faire, depuis Nancy jusques à Calais, mais demain avant de prendre la mer, nous le recevrons.

MARIE STUART.

Oui, milord, telle est notre volonté; pour complaire à nos oncles de Guise nous avons consenti à nous condamner à l'exil, leur orgueil politique s'est souvenu que nous avions par delà les mers un royaume et des sujets... nous l'avions oublié.

DARNLEY.

Madame...

MARIE STUART.

Pardon, milord... quand une fois on a été reine de France... Noble terre qui m'a donné plus que la vie... où repose celui que j'aime... que j'aimerai toujours... je te quitterai... je l'ai promis... Mais permettez-moi, milord, de retarder d'un jour l'instant de l'exil... un jour encore à mes regrets... à ma douleur... Demain, je serai reine d'Écosse... Allez, et que personne ne puisse pénétrer ici sans votre ordre... qu'on me laisse...

ANTOINE, *bas, à Marie.*

Mais cependant...

MARIE.

Sortons, mon père.

MARIE STUART, *à Marie.*

Restez, mon enfant.

(*Tout le monde sort.*

SCÈNE VII.

MARIE STUART, MARIE.

MARIE.

Madame...

MARIE STUART.

Reste, Marie...

MARIE.

Sa Majesté a donc daigné me reconnaître !

MARIE STUART.

N'es-tu pas la jeune fille dont il a sauvé le fiancé? ton souvenir ne s'est-il pas gravé là par le bien qu'il t'a fait !... oh !
reste... avec toi du moins je puis parler de lui... tu compren-
dras ma douleur, comme j'avais compris la tienne.

MARIE.

Madame...

MARIE STUART.

Si tu savais quelle horrible chose !... se sentir deux la veille,
et se réveiller seule le lendemain !... seule, pour toujours...
oh! quel vide! quel vide affreux !... Encore si j'avais eu la
triste consolation de le presser une dernière fois dans mes
bras ! si sa main défaillante eût cherché la mienne... si son
regard mourant s'était reposé sur moi... mais non... il s'est
détourné avec horreur !

MARIE.

Que dites-vous ?

MARIE STUART.

Il m'a repoussée comme une coupable, comme une infâme !

MARIE.

Vous!

MARIE STUART.

Oui, je le vois encore... tout pâle de la mort qui l'étreignait
déjà... je le vois se relever terrible pour me jeter cet horrible
adieu : Marie, je te maudis !

MARIE.

Grand Dieu !

MARIE STUART.

Et il est parti sans que j'aie pu le détromper... Ah! je le
sens, tout innocente que je suis... cette malédiction pèsera
éternellement sur moi... il me semble qu'elle a fait deux parts
de ma vie : le passé, où j'ai vécu sous le ciel de la France,
passé d'amour et de bonheur; l'avenir, qui va s'ouvrir pour
moi loin de ces bords, avenir de misère et de malheur, si j'en
crois les pressentiments dont j'ai peine à me défendre ! (*Elle
s'asseoit.*) Et voilà pourquoi avant de m'éloigner pour toujours,
j'ai voulu revoir encore une fois ce château qu'il aimait tant,
où nous nous étions promis de revenir ensemble... Ah ! si lui
aussi était fidèle au rendez-vous... si Dieu permettait qu'il
m'apparût !

MARIE.

Le roi !

MARIE STUART.

Écoute... chez nous, en Écosse, il existe une vieille tradition,
tradition populaire dont l'on berce notre plus tendre enfance !...
c'est que l'âme, après la mort, revient aux lieux qu'elle affec-
tionnait pendant la vie... eh bien... puis-je t'avouer toute ma
faiblesse... cette superstition du peuple, moi aussi j'y crois...
j'ai besoin d'y croire... Oui, c'est ici que nous avons échangé
nos premiers serments, que Dieu lui-même a béni notre
amour... ici... je le reverrai... je l'espère... cette nuit... je
l'attendrai... là... dans cette chambre qui fut la mienne...

(*Elle s'endort petit à petit.*)

MARIE, *à part.*

Cette nuit... dans cette chambre... Comment faire ?... comment la prévenir à présent... Ah mon Dieu ! (*La regardant*)
on dirait que ses yeux se sont fermés... elle s'est endormie !...
pauvre reine !... tant de fatigue et de chagrin... Si j'osais, pendant son sommeil !...

MARIE STUART, *endormie.*

François !... François !...

MARIE, *à part.*

Ah mon Dieu! elle l'appelle! s'il allait venir!

MARIE STUART, *toujours endormie.*

Silence! n'entendez-vous pas... c'est lui!... Viens, viens, mon bien-aimé... oh! je n'ai pas peur de toi!... tu sais bien que je ne t'ai pas trompé... que ton image est toujours restée là, sur mon cœur... (*Elle tire son portrait, qu'elle semble lui montrer.*) Tiens, regarde!... (*Posant le portrait sur la table, et se levant.*) Mon Dieu, tu ne me réponds pas... tu ne me dis rien!... oh! parle... parle... Si tu me crois innocente... que j'entende ta voix...

FRANÇOIS, *derrière le théâtre.*

Plaisant pays de France,
A ce que j'aime
Plus que moi-même
Tu as donné nom et naissance :
A toi mes amours
Toujours!

MARIE STUART, *avec un cri étouffé, se précipitant vers la chambre.*

Ah! ah! François!... (*Portant la main sur son cœur.*) J'étouffe! (*Se réveillant.*) Hein? Qu'est-ce?... où suis-je? (*Reconnaissant Marie.*) Marie... comme je souffre!... Que s'est-il donc passé?

MARIE.

Un rêve, madame, un rêve qui tourmentait Sa Majesté!

MARIE STUART.

Un rêve? tu crois?... Non, je ne rêvais pas... Je l'ai bien vu, bien entendu... c'était lui!... c'était sa voix!... et toi qui étais éveillée, j'en suis sûre, tu l'as vu aussi, tu l'as entendu, Marie!

MARIE.

Moi, madame!...

MARIE STUART.

On vient... Lord Darnley... tais-toi, mon enfant... tais-toi... pas un mot, un seul mot devant lui!

SCÈNE VIII.

LES MÊMES, LORD DARNLEY.

DARNLEY.

Madame...

MARIE STUART, *brusquement.*

Qu'est-ce?... que me voulez-vous?... ne savez-vous pas bien, milord, que je désirais être seule... que j'avais besoin de repos?...

DARNLEY.

Pardon, madame... si le service de Sa Majesté ne l'eût pas exigé impérieusement... mais à l'instant même les vigies du port viennent de signaler deux bâtiments anglais...

MARIE STUART.

Eh bien, milord, ne le savions-nous pas d'avance? avions-nous cru notre bonne sœur Élisabeth assez peu courtoise pour nous refuser une garde d'honneur?... Grâce au ciel, nous sommes en mesure de lui rendre politesse pour politesse... avec nos deux bonnes frégates et les braves gentilhommes qui nous accompagnent, mon oncle d'Aumale, le maréchal Damville, Chastelard, Brantôme, et vous, milord... Mais, que disent les capitaines de nos deux navires?

DARNLEY.

Qu'aujourd'hui encore le vent nous est favorable, et la flotte anglaise tout entière fût-elle sous voiles, si Sa Majesté s'embarque immédiatement.

MARIE STUART.

Impossible!... plus que jamais j'y suis résolue... cette nuit, la dernière peut-être qu'il me sera permis de rester en France, c'est ici que je veux la passer!

DARNLEY.

Madame...

MARIE STUART.

Pardon, milord : vos conseils sont trop intéressés pour ne

pas m'être suspects! Mon enfant, je suis à toi tout à l'heure ; je veux moi-même me rendre à bord, tenir conseil avec nos braves marins, et demain, au point du jour, nous serons prêtes pour le voyage, ou pour le combat, s'il le faut. Suivez-moi, milord. (*Elle sort.*)

LORD DARNLEY, *à part.*

Aujourd'hui même, nous aurons fait voile pour l'Écosse !

(*Il sort.*)

SCÈNE IX.

MARIE, *et un instant après* FRANÇOIS.

MARIE, *à part.*

Il n'y a pas un moment à perdre... il faut qu'avant son retour le prisonnier... (*Allant à la chambre qu'elle ouvre, et appelant.*)

Venez, venez !...

FRANÇOIS, *entrant en scène.*

Qu'est-ce ? que me voulez-vous encore ?

MARIE.

Vous m'avez dit que ces lieux vous rappelaient de trop tristes souvenirs.

FRANÇOIS.

Eh bien ?

MARIE.

Suivez-moi, je vais vous conduire ailleurs, dans un autre appartement.

FRANÇOIS.

Est-il vrai ? bonne Marie !... que de remercîments ne te dois-je pas ?... et cependant, il me semble qu'au moment de m'éloigner, j'éprouve comme un serrement de cœur... (*Apercevant le portrait.*) Que vois-je ?... ce médaillon ?...

MARIE.

Ciel ! ce bijou laissé par la reine !...

FRANÇOIS.

La reine, as-tu dit?... elle est ici!... mon enfant... de grâce... par pitié... je t'en supplie... conduis-moi vers elle...

MARIE.

Vers elle, vous!...

FRANÇOIS.

Oh! je ne suis pas un insensé, je te le jure!... je suis son mari, François II, le roi!... malheureux que je suis!... tu ne me crois pas?... comment donc te persuader?... ah! tiens... (*Saisissant le portrait.*) Regarde!... ce portrait qu'elle vient d'oublier... ce portrait... c'est le mien!

MARIE.

Le sien?... (*A part.*) Pauvre fou... (*Le regardant.*) Dieu! ces traits, cette ressemblance!... (*Tombant à genoux.*) Sire!... ah! sire... pardon... que Votre Majesté...

FRANÇOIS.

Te pardonner!... à toi dont la parole est venue m'apporter la première consolation!... (*Il lui tend la main qu'elle couvre de baisers.*) Mais la reine?... où est-elle? parle... dis-moi...

MARIE.

Elle va revenir... tout à l'heure... ici même... je vous le promets!...

FRANÇOIS.

Elle va venir!... tu ne me trompes pas?... et elle m'aime encore!... elle est innocente!... oh! oui! je l'outrageais par d'injustes soupçons!... ce portrait qu'elle avait toujours conservé... Mon enfant, te figures-tu l'excès de son bonheur, quand elle va me revoir!... moi qu'elle croyait perdu pour toujours!... le cri de joie qui va lui échapper, quand je me jetterai dans ses bras, en lui disant : Marie, n'aie pas peur... c'est moi, c'est ton bien-aimé... je ne suis pas mort!... tiens, sens mon cœur... comme il bat d'espérance et d'amour!

MARIE.

Sire, du calme!... de la prudence... et pour elle et pour vous...

FRANÇOIS.

Ecoute... ces cris!... (*On entend les cris de* Vive *la reine!*) c'est elle... c'est elle... la voilà qui revient!

SCÈNE X.

Les Mêmes, ANTOINE.

FRANÇOIS.

Eh bien, Antoine?... la reine...

ANTOINE, *à Marie.*

Ah! mon enfant! quel enthousiasme!... quel spectacle!... je ne l'oublierai de ma vie... Au moment où la reine a mis le pied sur le vaisseau...

FRANÇOIS.

Que dit-il?...

ANTOINE.

Tous les marins suspendus dans les haubans, dans les vergues, la saluant de leurs acclamations mille fois répétées par la foule répandue sur le rivage... puis tout à coup, à un signal donné, l'étendard de la France, l'étendard royal se déployant au-dessus du vaisseau, et le bâtiment, qui cingle à pleines voiles vers la haute mer, emportant avec lui la reine et tous nos vœux!...

FRANÇOIS.

La reine!...

MARIE.

Que dites-vous?... elle est partie!...

FRANÇOIS.

Partie!... oh! non... cela ne se peut pas!... (*Se précipitant vers la fenêtre.*) Marie... Marie... oh! c'est bien elle... je la vois sur le pont. (*Il lui fait des signes.*) Mes amis, elle me regarde, elle m'entend... le vaisseau s'arrête... mais non... mes yeux se troublent... je ne vois plus rien... plus rien que la

27.

mer!... ah! je l'aperçois encore!... elle disparaît!... adieu, Marie... adieu pour toujours!... je me meurs!...

MARIE, *le soutenant.*

Sire... sire... du courage! tout n'est pas perdu!... il vous reste encore le dévouement d'une jeune fille et de son vieux père!

ANTOINE.

Que dis-tu? est-ce que cela se gagnerait, par hasard?... perds-tu donc aussi la tête, mon enfant?

MARIE.

A genoux, mon père, à genoux, comme moi, vous dis-je... c'est le roi de France et d'Ecosse!

(*François est assis dans le fauteuil, Marie à ses genoux d'un côté; Antoine se découvre machinalement, et tombe à genoux de l'autre. La toile baisse.*)

FIN DU SECOND ACTE.

ACTE III.

Une des salles du château d'Édimbourg.

SCÈNE PREMIÈRE.

MARIE STUART, ALAIN.

ALAIN, *des papiers à la main.*

Abominable jargon! et ils ont le front d'appeler cela une langue!

MARIE STUART.

Lis toujours!

ALAIN, *lisant.*

« Beloved Scotland's queen. »

MARIE STUART, *souriant.*

C'est qu'aussi tu prononces mal! « Beloved Scotland's queen... » rien de plus doux et de plus facile!

ALAIN.

J'entends bien! « Scotland's queen!... » et cela signifie : Reine d'Écosse! Tenez, j'aimerais mieux être condamné au bas-breton pour le reste de mes jours!

MARIE STUART.

Chut! toute vérité n'est pas bonne à dire!... Nous ne sommes plus à Paris, mon pauvre Alain, mais à Édimbourg!

ALAIN.

Agréable ville, où l'on ne peut se faire comprendre, à moins de parler écossais! ce qui est bien commode, quand on ne connaît que les langues mortes!... Et si on a le malheur de hasarder un mot de grec ou de latin, chacun crie au papiste!... comme s'il y avait la moindre ressemblance entre le latin du pape et celui de Cicéron!

MARIE.

Mon vieil ami, ne te repens pas trop d'avoir suivi Marie Stuart dans son exil! Si je ne t'avais pas, à qui confierais-je mes chagrins et mes peines, toi le seul Français que l'ombrageuse susceptibilité de lord Darnley n'ait pas encore éloigné de ma personne!

ALAIN.

Heureuse exception, que je dois moins aux bontés de milord qu'à des qualités toutes personnelles... ma vieillesse, et ma laideur, et Sa Majesté possédant, grâce au ciel, les deux défauts diamétralement contraires...

MARIE STUART.

Et à quoi donc m'a-t-elle servi jusqu'à présent, si ce n'est à mon malheur, cette beauté si vantée, mon cher Alain? Reine encore de nom, mais en réalité captive entre les protestants qui me persécutent, et les catholiques qui me vendent si cher leur appui! n'est-ce pas demain le dernier délai qu'ils ont osé assigner à mon veuvage et à ma douleur! n'est-ce pas demain qu'en pleine assemblée, sous peine de perdre ma couronne, je dois proclamer le nom du nouvel époux qu'ils me contraignent de choisir!... Ah! mes pressentiments ne m'avaient point trompée!... pourquoi donc ai-je écouté les conseils de mes oncles de Guise, et les tiens!

ALAIN.

Madame!

MARIE STUART.

Jour fatal, où je montai sur le vaisseau qui devait me ramener en Écosse! Au moment où je me sentis emportée malgré moi loin de ce rivage qui l'avait vu naître et mourir, j'ai cru le perdre pour la seconde fois!... Les yeux attachés sur ce gothique château qui fuyait loin de moi, immobile, respirant à peine, j'écoutais... je regardais... tout à coup il me sembla qu'à l'une des fenêtres une main amie agitait un mouchoir, comme pour saluer d'un dernier adieu l'infortunée qui s'éloignait... puis une figure mystérieuse se dressa devant cette fenêtre... et, te le dirai-je?... en un instant, par un prestige que je ne conçois pas, cette figure prit à mes yeux une ressemblance étrange... je poussai un cri, et tombai sans connaissance... car j'avais cru voir... non... je l'avais revu... c'était lui... François!... Quand je rouvris les yeux, nous étions en pleine mer... devant moi, rien que les flots et le ciel! le château et la vision, tout avait disparu!

ALAIN.

Pardon, madame, mais l'imagination de la reine, exaltée par de tristes souvenirs, n'a-t-elle pu...

MARIE STUART.

Oh! non, crois-moi, ce n'était pas un jeu de mon imagination, une illusion de mes sens... cette apparition, ce n'était pas la première fois que Dieu la permettait.

ALAIN.

Que dites-vous?

MARIE STUART.

Quelques instants avant mon départ, au château de Calais, pendant que j'étais seule avec Marie, je l'avais déjà vu... je l'avais entendu... ses traits, sa voix dont les accents retentissent encore à mon oreille.

(*Une voix derrière le théâtre.*)

Plaisant pays de France.
O ma patrie
La plus chérie!

MARIE STUART.

Alain... n'entends-tu pas? ne reconnais-tu pas?...

ALAIN.

Certainement, madame, je l'entends, je le reconnais... l'air favori de la reine!

MARIE STUART.

Ah mon Dieu! la voix s'arrête, le chant a cessé!...

ALAIN.

Je le crois bien, madame!... la sentinelle de garde sous les fenêtres de Sa Majesté vient de chasser nos musiciens.

MARIE STUART.

Que dis-tu?

ALAIN.

Un jeune homme... une jeune fille... de nouveaux débarqués de France, si j'en crois leur costume!

MARIE STUART.

Il serait possible!... plus rien!... il se sont éloignés!... oh! quelle étrange coïncidence! Alain, cours, tâche de les rejoindre! je veux les voir... leur parler... (*S'arrêtant à la vue de Darnley.*) Lord Darnley!

ALAIN, *sortant.*

Du calme, madame, de la prudence! songez qu'il doit être demain le maître de l'Ecosse et le vôtre.

SCÈNE II.

MARIE STUART, LORD DARNLEY.

LORD DARNLEY.

Madame... je venais prévenir Votre Majesté... Mais la reine ne m'écoute pas... ses regards inquiets se portent sur cette fenêtre... qu'y a-t-il donc? que se passe-t-il donc?...

MARIE STUART.

Rien, milord, rien dont puisse s'effaroucher votre jalousie... Parlez, je suis à vous...

LORD DARNLEY.

Le conseil des ministres, réuni en ce moment, n'attend plus que la présence de Sa Majesté.

MARIE STUART.

Le conseil des ministres... ah! n'est-ce que cela... qu'il décide sans moi, je signerai.

LORD DARNLEY.

Eh quoi! la reine a-t-elle donc oublié que les chefs es plus importants du parti catholique, Lord Ruthwen, sir Douglas, ont été appelés à ce conseil par ses ordres; qu'aujourd'hui

même elle a promis de confier à leur dévouement le nom de
l'époux qu'elle doit demain proclamer dans l'assemblée générale, et, à moins que cet époux ne soit plus l'heureux
Darnley, qu'à l'amour le plus pur, le plus désintéressé, la
reine ne préfère la protection ambitieuse de lord Murray, son
frère...

MARIE STUART.

Non, milord... mes intentions n'ont point changé. Ce que
j'ai promis, je suis résolue à le tenir.

LORD DARNLEY.

Ah! s'il en est ainsi, pourquoi donc ne craignez-vous pas
de blesser mon cœur?

MARIE STUART.

Moi, milord?

LORD DARNLEY.

Pourquoi donc, au moment même de m'engager votre foi,
conservez-vous encore ces vêtements lugubres?...

MARIE STUART.

Et quand j'aurai revêtu les habits de fête, le deuil en sera-
t-il moins au fond de mon cœur? Je puis vous donner ma
couronne, milord... quant à mon amour, ce n'est plus chose
qui soit mienne... celui auquel il appartient...

LORD DARNLEY.

De grâce, madame, n'achevez pas... épargnez à mes oreilles
ce nom... cet odieux nom, que je n'ai jamais pu entendre
sans frémir de jalousie et de rage... Je l'ai tant détesté pendant sa vie! faut-il aujourd'hui, qu'après sa mort...

MARIE STUART.

Arrêtez!... oubliez-vous que je suis reine et veuve? Reine,
e ne souffrirai de personne cet insolent langage; veuve, je
ferai respecter de tous la mémoire de mon époux! Oui, respect à lui que j'ai tant aimé... que j'aime tant encore... respect à lui, lord Darnley, ou, quel que soit l'avenir que le sort
me réserve, vous avez vu Marie Stuart pour la dernière fois.

SCÈNE III.

MARIE STUART, DARNLEY, CAMPBELL.

CAMPBELL.

Madame, un étranger, un jeune homme, suivi d'une jeune fille, demande avec instance à être admis devant Sa Majesté.

MARIE STUART.

Un jeune homme, une jeune fille... leurs noms, Campbell?

CAMPBELL.

Je l'ignore. Français et malheureux, a-t-il dit, si j'en crois ce qu'on publie de la reine, j'ai un double titre pour être reçu près d'elle. Quant à mon nom, c'est un secret que je ne puis confier qu'à elle seule.

MARIE STUART.

Qu'ils entrent, qu'ils viennent!

DARNLEY.

Madame...

MARIE STUART.

C'est juste... je l'avais oublié... le conseil réclame notre présence, et ce serait exposer ces malheureux à une rancune trop puissante... Qu'ils m'attendent ici, Campbell, dans ce salon... peut-être, à la sortie du conseil, le roi d'Écosse les verra-t-il d'un œil moins prévenu que lord Darnley.

DARNLEY.

Ah! madame!...

MARIE STUART.

Venez, milord, et que Dieu vous pardonne les amères paroles dont vous avez abreuvé mon cœur.

(Elle sort avec lui. Darnley échange en sortant un signe d'intelligence avec Campbell.)

CAMPBELL, seul.

Soyez tranquille... je vous comprends parfaitement, milord. Tous les Français me sont, comme à vous, plus ou moins suspects, et depuis que messire Chastelard a osé s'introduire jusque dans la chambre à coucher de la reine... mais, grâce au ciel, nous sommes là...

(*Il ouvre la porte du fond et fait un signe.*)

SCÈNE IV.

CAMPBELL, FRANÇOIS, MARIE.

FRANÇOIS, *vivement.*

Eh bien, vous l'avez vue? vous lui avez parlé?... que dit Marie, qu'a-t-elle répondu?

CAMPBELL.

Un moment, mon jeune gentilhomme; un peu moins de familiarité, s'il vous plaît... nous autres Écossais, quand il s'agit de la reine, nous disons Sa Majesté...

FRANÇOIS.

Vous avez raison... excusez un reste d'habitude... que j'avais prise en France!

CAMPBELL.

Mauvaise habitude, dont il faudra vous défaire en Écosse... Quand on a l'honneur de parler d'une tête couronnée, ou à une tête couronnée, l'on ne saurait être trop respectueux... (*Lui frappant sur l'épaule.*) Entendez-vous, mon brave! (*Mouvement de François.*)

MARIE, *bas, à François.*

Sire...

FRANÇOIS.

Eh bien... mon brave... quand Sa Majesté daignera-t-elle me recevoir?

CAMPBELL.

A la bonne heure! vous vous formez... je vous dirai donc que vos affaires ne vont pas mal.

FRANÇOIS.

Elle me recevra?

CAMPBELL.

Tout à l'heure, à la sortie du conseil.

FRANÇOIS.

Tout à l'heure... elle va venir... je vais la voir... (*S'appuyant sur un fauteuil, où il s'assied.*) Mon Dieu! pourrai-je supporter tant de bonheur et de joie?

CAMPBELL, *à part.*

Eh bien, il est sans façon... (*Allant à lui, et le secouant par le bras.*) Dites donc, mon jeune ami, est-ce que l'on s'asseoit dans le salon de la reine?

FRANÇOIS.

Hein? qui vous a permis...?

CAMPBELL.

Comment, qui m'a permis... eh! mais, qui donc êtes-vous, messire, pour avoir la parole si prompte et l'épaule si chatouilleuse?

FRANÇOIS.

Qui je suis?... (*S'arrêtant à un mouvement de Marie.*) Oh! rien... rien qu'un pauvre malheureux, qui ne suis point accoutumé à solliciter....

CAMPBELL.

On s'en aperçoit... Au fait, vous m'avez l'air d'un de ces pauvres diables qui ont perdu quelque bonne place à la cour de France!

FRANÇOIS.

Effectivement... la place n'était pas mauvaise!

CAMPBELL.

Et vous comptez la retrouver à la cour d'Écosse?

FRANÇOIS.

C'est cela même.

CAMPBELL.

Par malheur, toutes les places sont prises près de la reine.

FRANÇOIS.

Oh! celle-là ne l'est pas, je l'espère bien!

CAMPBELL.

Celle-là, comme les autres... et à moins d'être protégé par le roi...

FRANÇOIS.

Que dites-vous? le roi!

CAMPBELL.

Ou peu s'en faut... car, s'il ne l'est pas aujourd'hui, il le sera demain... Lord Darnley...

FRANÇOIS.

Darnley! qui, lui? ce misérable!... jamais... jamais!...

MARIE.

Sire, vous vous perdez!

CAMPBELL.

Misérable, lord Darnley! mon protecteur, mon frère de lait!... c'est une insolence qui vous coûtera cher... (*Allant vers le fond.*) Holà! quelqu'un!...

SCÈNE V.

LES MÊMES, ALAIN.

ALAIN, *entrant.*

Impossible de les retrouver!

MARIE.

Ah! mon parrain!... au nom du ciel.

ALAIN.

Comment? toi ici, ma petite filleule! (*Apercevant le roi.*) Grand Dieu! que vois-je? ce fantôme!... (*Reculant de frayeur.*) Vade retro, Satanas!

CAMPBELL, *à part.*

Qu'est-ce qu'il dit donc? Satanas!

FRANÇOIS.

Monsieur de Neuville!

ALAIN.

Est-il possible? cette ressemblance... cette voix... quel miracle, c'est lui! c'est...

MARIE, *vivement*.

Mon mari, mon parrain!

ALAIN, *surpris*.

Ton mari?

MARIE.

Sans doute... François Grimblot, que vous avez cru mort, n'est-ce pas?... comme moi... comme nous tous!... mais ils l'avaient seulement jeté en prison, comme un fou...

FRANÇOIS.

Et grâce à son père, grâce à elle, cette chère petite femme... je suis parvenu à m'échapper, mon parrain.

ALAIN.

Sa bonne petite femme!... mon parrain! ah! oui... certainement, mon cher filleul!...

CAMPBELL.

Et il n'a qu'à rendre grâce au ciel de ce titre-là, le cher filleul!... car, sans la considération que la reine et moi nous avons pour vous... Au surplus, qu'il se tienne pour averti... sinon, il pourra faire connaissance avec les prisons d'Écosse, le cher filleul... Sans adieu, monsieur François!

(*Il sort.*)

SCÈNE VI.

LES MÊMES, *excepté* CAMPBELL.

ALAIN.

Ah! sire! permettez...

FRANÇOIS.

Mon vieux Alain, mon vieil ami!... tu ne m'as donc pas oublié, toi... mais la reine!... oh! ne me cache rien... dis-moi la vérité tout entière... Ce que je viens d'apprendre m'a rendu tous mes soupçons, toute ma jalousie... Darnley, cet infâme Darnley...

ALAIN, *regardant autour de lui*.

Sire...

FRANÇOIS.

Il est donc vrai! je suis oublié! trahi!

ALAIN.

Oublié... trahi par la reine! vous, sire! Tenez, Pénélope...
la fameuse Pénélope, n'a pas versé sur son cher Ulysse la
moitié des larmes que la reine a répandues sur vous!

FRANÇOIS.

Tu ne me trompes pas?... oh! alors! viens, viens, conduis-
moi près d'elle!

ALAIN.

Près d'elle, lorsqu'en ce moment lord Darnley...

FRANÇOIS.

Qu'importe?

ALAIN.

Ignorez-vous que seul il commande au palais, que tout lui
obéit, qu'il est plus maître que la reine elle-même!... que d'un
mot, d'un geste, il peut disposer de votre royale personne;
et si une mère, Catherine, n'a pas craint, dans l'intérêt de
son ambition, d'emprisonner son propre fils, croyez-vous que
Darnley balance à se débarrasser d'un rival dont le retour lui
enlève et la main de la reine et la couronne d'Écosse!... Au
nom du ciel, que Votre Majesté permette... (*S'arrêtant.*) Ah
mon Dieu! j'entends du bruit, l'on vient...

FRANÇOIS, *écoutant.*

C'est elle, mon cher Alain; c'est elle!

ALAIN.

Dieu sauve le roi!

SCÈNE VII.

LES MÊMES, MARIE STUART.

MARIE STUART.

Le sacrifice est accompli! c'en est fait!

FRANÇOIS.

Marie!

MARIE STUART.

Qui a parlé? qui a dit Marie?... Ah! ah! François!...

FRANÇOIS.

Ma bien-aimée!...

MARIE STUART.

Toi!... c'est bien toi!...grand Dieu! ne m'abusez-vous pas ? suis-je bien éveillée?... oh! parle, parle... que j'entende encore ta voix!

FRANÇOIS.

Non, ce n'est point un rêve... c'est moi, c'est ton amant, ton époux! moi qu'ils avaient jeté vivant au tombeau, moi qu'ils avaient enfermé à Calais!

MARIE STUART.

A Calais!

FRANÇOIS.

Et qui, sauvé par le secours de Dieu et de Marie...

MARIE STUART.

Marie... Calais!... ce n'était donc pas une illusion?... cette voix que j'avais cru entendre, cette main étendue vers le vaisseau qui m'emportait... Et mes pressentiments ne m'ont point arrêtée!... et mon cœur ne m'a pas dit que tu étais là, prisonnier, si près de moi!... oh! les misérables!... une mère!... mais, Dieu merci, nous voilà réunis maintenant, et avec mes fidèles Écossais, et mes oncles de Guise, nous la lui reprendrons notre belle couronne de France !

ALAIN.

Plus bas, Majesté! plus bas... les murs ont des oreilles toutes dévouées à lord Darnley!

MARIE STUART.

Darnley! c'est juste! je l'avais oublié!... mon Dieu! et tout à l'heure, en plein conseil, ne lui ai-je pas promis... Ah! s'il avait le moindre soupçon!... mais comment te soustraire à ses regards?

FRANÇOIS.

Que dis-tu? me cacher devant lui! moi, le roi!...

MARIE STUART.

Il le faut!

FRANÇOIS.

Jamais!

MARIE STUART.

Là, dans mon appartement... dans ma chambre... ne voulez vous pas, sire, être mon prisonnier?

FRANÇOIS.

Oh! toujours, ma bien-aimée!...

ALAIN.

Impossible, sire... La reine oublie-t-elle que l'appartement de Sa Majesté elle-même n'est pas à l'abri de leurs visites?

FRANÇOIS.

Comment?

MARIE STUART.

Il n'est que trop vrai!... Depuis le jour où, au risque de sa vie et de mon honneur, ce malheureux Chastelard a osé se cacher jusque dans ma propre chambre, n'ai-je pas été moi-même forcée de consentir... Toi seul, tu peux, sans éveiller les soupçons, donner asile au roi, mon vieux Alain.

FRANÇOIS.

Eh quoi, Marie, vous exigez...?

MARIE STUART.

Sire, je t'en prie, jusqu'à demain!... Demain, ce terme fatal que, catholiques et protestants, ils ont assigné à leur reine! eh bien, protestants et catholiques, le souverain de l'Écosse, votre maître et le mien, le voilà!... et lorsqu'en pleine assemblée, aux yeux de tous, j'aurai placé la couronne sur ton front royal, Darnley lui-même sera forcé de fléchir le genou devant celui qu'aujourd'hui peut-être il viendrait cher-cher jusque dans mes bras!... Oui... c'est cela... (*A la table et écrivant*) ce peu de mots à lord Murray... c'est mon frère, c'est l'ennemi juré de lord Darnley... « La reine compte sur l'appui de son frère, et des protestants, ses fidèles sujets. » As-tu quelqu'un de sûr, et à qui tu puisses confier cette lettre?

ALAIN.

Oui, madame...

MARIE STUART.

Tiens, cours, et reviens... Et toi, Marie, veille sur nous, mon enfant, et si quelqu'un approchait...

(*Alain sort, Marie se retire au fond du théâtre.*)

SCÈNE VIII.

MARIE STUART, FRANÇOIS.

MARIE STUART.

Enfin nous voilà seuls!... (*Redescendant la scène et se jetant dans ses bras.*) François!

FRANÇOIS.

Marie!...

MARIE STUART.

Oh! encore! dans mes bras... sur mon sein... laisse-moi te regarder de tous mes yeux, t'écouter de toutes mes oreilles! Si tu savais quel besoin j'ai de te voir, de t'entendre... de m'assurer que tout cela n'est pas un songe!...

FRANÇOIS.

Et cependant, Marie, tu me renvoies! tu veux que je m'éloigne!... Mon Dieu! lorsqu'au fond de mon cachot je n'avais qu'un seul désir, qu'une seule pensée!... quand la seule grâce que je demandais au ciel, c'était de te revoir, de te presser encore une fois sur mon cœur, dussé-je mourir entre tes bras... eh bien, ce bonheur que je rêvais, pour lequel j'aurais donné ma vie... il est là, près de moi... il ne dépend plus que de ta volonté... et c'est toi qui me le refuses, toi!...

MARIE STUART.

Taisez-vous, taisez-vous... ne savez-vous pas bien qu'il y va de vos jours... que si je cédais à ta prière...

FRANÇOIS.

Et si, en y résistant, tu les exposais au lieu de les proté

ger?... si ces périls que tu crois détourner, venaient me chercher loin de toi?... si cette nuit, quand je serai seul...

MARIE STUART.

Oh! ne dis pas cela... ne m'ôte pas ce peu de courage qui me reste !

FRANÇOIS.

Écoute, Marie, t'en souviens-tu, lorsque, à Orléans, tu m'apprenais dans nos vieilles chroniques l'histoire des rois mes prédécesseurs... il y en a un, tu le sais, qui plus d'une fois, pour rester près de sa femme, fut obligé de se cacher comme moi maintenant... Mais, malgré tous les obstacles, tu le sais aussi, la reine Marguerite trouvait toujours moyen de garder le roi, de le dérober à tous les regards... M'aimes-tu donc moins que la reine Marguerite ne l'aimait, et ne feras-tu pas pour moi ce qu'elle faisait pour saint Louis?

MARIE STUART.

Mon bien-aimé... tu le veux donc absolument?... Eh bien, regarde?... (*S'approchant de la fenêtre.*) Ces fenêtres en face qui dominent ce salon... c'est là l'appartement d'Alain... Cette nuit, quand l'heure du péril sera passée, quand je pourrai, sans craindre pour ta vie, me réunir à toi, une lumière placée là... (*Montrant une table*) te dira que je t'attends... mais alors, alors seulement...

FRANÇOIS, *se jetant à ses pieds.*

Merci, cher ange, merci!...

SCÈNE IX.

LES MÊMES, MARIE, *puis* CAMPBELL *et* ALAIN.

MARIE, *entrant vivement.*

Sire, madame, on vient.

(*Campbell et Alain paraissent, François s'est relevé.*)
ALAIN, *regardant Campbell et à part.*

Ciel !

28

MARIE STUART.

Qu'est-ce? que voulez-vous, Campbell?

CAMPBELL.

Madame... je venais... les devoirs de ma charge...

MARIE STUART.

Vos devoirs?... C'est juste... il faut les remplir jusqu'au bout... (*Regardant François.*) Demain, je l'espère, c'est le roi d'Écosse qui veillera lui-même sur la reine... Alain, tu connais mes intentions... c'est à toi, c'est à ta prudence que je le confie...

ALAIN.

Madame...

MARIE STUART, *à François qui pâlit.*

Qu'avez-vous?

FRANÇOIS.

Rien... rien... madame!... mais au moment de prendre congé de la reine, peut-être pour toujours...

MARIE STUART.

Pour toujours?... oh! non... non, ne le croyez pas... nous nous reverrons... du courage!...

FRANÇOIS, *lui baisant la main.*

Adieu... adieu!... (*Il s'éloigne avec Alain.*)

MARIE STUART, *émue.*

Si pourtant il disait vrai... (*A Marie.*) Viens, viens, suis-moi, Marie.   (*Elle sort avec elle.*)

SCÈNE X.

CAMPBELL, *et ensuite* DARNLEY.

CAMPBELL, *seul.*

Qu'est-ce à dire? L'émotion de ce jeune homme... celle de la reine elle-même... les regards inquiets du vieux Alain... cette façon toute française d'exprimer sa reconnaissance... (*Se retournant vers la chambre de la reine.*) — Oui, certes, n'en déplaise à Votre Majesté, je les accomplirai jusqu'au dernier moment mes devoirs, et s'il se trame quelque intrigue contre les intérêts de milord...

DARNLEY, *entrant dans le plus grand trouble.*

La reine, Campbell?... où est la reine?...

CAMPBELL.

Elle vient de se retirer dans ses appartements... mais que se passe-t-il, milord?... ce trouble, cette agitation... du calme, au nom du ciel!

DARNLEY.

Du calme! quand je suis trahi! indignement trompé!

CAMPELL.

Vous!

DARNLEY.

Ah! tu te crois bien vigilant, Campbell! tu t'imagines que ta surveillance ne peut être mise en défaut... eh bien, l'on se riait de tes précautions, aussi bien que de mon amour!

CAMPBELL.

Milord...

DARNLEY.

Cette lettre surprise sur le messager qu'elle envoyait à mon plus mortel ennemi, son frère!

CAMPBELL.

Lord Murray !

DARNLEY, *lisant.*

« La reine se place sous la protection de son frère et des protestants! »

CAMPBELL.

Ciel!

DARNLEY.

Tu le vois! si elle réclame l'appui des protestants, c'est qu'elle se sépare des catholiques, qu'elle trahit leur cause et la mienne, qu'elle méprise mon amour... c'est que demain, à l'assemblée générale, un autre que Darnley doit recevoir sa main et sa couronne! Et pourtant, tout à l'heure encore, dans ce conseil, elle me proclamait son époux! et

en rappelant tous les outrages dont les protestants l'ont abreu-
vée jusque dans son propre palais, son ressentiment contre
eux s'exhalait avec un accent si sincère !... Que s'est-il donc
passé depuis le conseil? qu'a-t-elle fait?... qui a-t-elle vu?...

CAMPBELL.

Personne, milord, que ce Français, le filleul du vieux Alain.

DARNLEY.

Ce Français? je veux le voir, l'interroger... C'est lui, n'en
doute pas, lui, l'émissaire de mon heureux rival... à moins
que lui-même... ah! malheur à lui, si mes soupçons...

CAMPBELL.

Et quand ils seraient fondés, qu'importe, milord! Laissez
là ce Français... je m'en charge... c'est mon affaire! Pour
vous, milord, c'est la reine qu'il vous faut voir, c'est d'elle
qu'il faut vous assurer.

DARNLEY.

Et lorsque je l'aurai vue, Campbell, lorsque je l'aurai con-
vaincue de sa perfidie, puis-je empêcher que demain, à cette
assemblée...

CAMPBELL, *froidement.*

Demain n'est pas encore venu, et vous avez devant vous
une nuit tout entière.

DARNLEY.

Que veux-tu dire?

CAMPBELL, *bas.*

Ce qu'on n'obtient pas par la prière, n'est-il donc pas quelque autre moyen de l'obtenir?...

DARNLEY.

Fi! Campell! une reine! une femme qui s'est placée sous
ma garde, qui s'est confiée à mon honneur !...

CAMPBELL.

Croyez-vous donc que si Chastelard eût été à votre place...
Au reste, n'en parlons plus !... puisque vous aimez mieux la
voir dans les bras d'un autre... rester sujet, au lieu d'être
roi...

DARNLEY.

Un autre, as-tu dit? un autre!... et tu penses que je souffrirai... tu ne connais donc pas toute la violence de mon amour, toute la frénésie de ma passion! tu ne sais donc pas qu'aujourd'hui encore, je l'aime de toute la fureur de la jalousie, de toute la rage de l'espoir déçu... Ah! plutôt que d'y consentir... (*Prêtant l'oreille.*) Écoute!... n'as-tu pas entendu marcher?... c'est-elle... je reconnais son pas...va, va, Campbell... redouble de vigilance, et si quelqu'un cherchait à nous surprendre... quoi qu'il arrive, je ne sortirai d'ici que roi d'Écosse! (*Campbell s'éloigne.*)

SCÈNE XI.

DARNLEY, MARIE STUART.

MARIE STUART, *sortant avec précaution de sa chambre, une lampe à la main.*

Personne! Tout est calme, tranquille... et pourtant, malgré moi, au moment de donner le signal... (*Apercevant Darnley.*) Ciel! lord Darnley... Eh quoi, vous ici, milord, à cette heure!...

DARNLEY, *avec contrainte.*

Pardon, madame, si sans avoir obtenu l'agrément de la reine... mais Sa Majesté comprendra qu'à la veille du jour qui doit nous unir à jamais l'un à l'autre... car, c'est demain, si les intentions de la reine ne sont point changées, c'est demain, n'est-ce pas, que l'heureux Darnley...

MARIE STUART, *avec embarras.*

Milord, ce que je vous ai dit, je vous le répète... Après François, celui qui recevra ma main, c'est vous, milord!

DARNLEY, *éclatant.*

Infamie, madame, infamie!

MARIE STUART.

Qu'osez-vous dire?

DARNLEY.

N'espérez pas me tromper... (*Lui montrant la lettre.*) Cette preuve écrite de votre propre main... cette lettre à lord Murray...

MARIE STUART, *à part.*

Grand Dieu !

DARNLEY.

Eh quoi ! vous vous taisez, madame... pas un mot, un seul mot pour démentir ou excuser votre trahison... ah ! de grâce, parlez, parlez... Si je pouvais ne pas vous trouver coupable !

MARIE STUART.

A quoi bon, milord, puisqu'à vos yeux c'est un crime pour une sœur d'écrire à son frère, pour une reine, de réclamer l'appui de ses sujets !

DARNLEY.

Une sœur !... une reine !... vous osez !... eh bien, Madame, je vous crois... je veux encore vous croire... mais à une condition, une seule... venez, les portes de la chapelle vont s'ouvrir... le prêtre est là, qui nous attend... venez, qu'unis ensemble à l'instant même...

MARIE STUART.

Vous, milord ! mon époux !... jamais ! jamais !...

DARNLEY.

Jamais, madame !... et vous ne craignez pas de me reduire au désespoir, et vous ne sentez pas que vous êtes en ma puissance !

MARIE STUART.

Milord, vous me faites peur !

DARNELAY.

Et vous ne comprenez pas que le sort en est jeté maintenant... que de gré ou de force, devant le prêtre ou devant Dieu, il faut que vous m'apparteniez !

MARIE STUART, *à part.*

Et je suis seule, sans défense !... (*Haut.*) Oh ! non... cela ne se peut pas... un Écossais, un gentilhomme !

DARNLEY.

Quel que soit le crime du gentilhomme, le roi l'en absout d'avance!

MARIE.

Le roi, vous ne l'êtes pas... vous ne pouvez pas l'être...

DARNLEY.

Je le serai demain.

MARIE STUART, *avec égarement.*

Non, non... à moins d'un double crime!... Mais après avoir accompli le premier, vous arrêterez-vous devant le second? Qui fait violence à une femme, ne recule point devant l'assassinat!

DARNLEY.

Que voulez-vous dire?

MARIE STUART.

Que celui dont j'ai pleuré si longtemps la perte, celui que vous avez cru mort comme moi, mon noble époux...

DARNLEY.

François!

MARIE STUART.

Il existe, il vit encore!

DARNLEY.

Qui, lui! François!... la douleur vous égare!...

MARIE STUART.

Non, non... il existe, vous dis-je... Oh! pardonne, pardonne, mon-bien aimé... trahir le secret de ta vie, c'est te dévouer à la mort... mais que t'importe l'existence, si ta femme est flétrie, lâchement déshonorée!... Oui, venez, milord, je vais vous conduire... Avant d'outrager votre reine, venez assassiner votre roi!

DARNLEY.

L'assassiner! qui, moi! quelle horreur!... Ah! s'il est vrai qu'il existe, si Dieu l'a permis pour ma vengeance, qu'il vienne, c'est à un combat loyal que je le défie! c'est l'épée à la main que je lui disputerai celle qu'il vient me ravir pour la seconde fois!

MARIE STUART.

Et s'il succombe, oserez-vous, couvert de son sang, me demander ma main? oserez-vous forcer la veuve à épouser le meurtrier de son mari?

DARNLEY.

Grand Dieu!

MARIE STUART.

Non, milord... vous ne pouvez être généreux à demi... Ce n'est pas assez d'épargner ses jours... Dieu ne lui a rendu que la vie... vous, milord, rendez-lui sa femme, encore chaste et pure...

DARNLEY.

Marie, qu'exigez-vous?

MARIE STUART.

Je ne me trompe pas... j'ai lu dans tes regards... oh! le plus noble, le plus généreux des hommes! mon ami... mon frère... ta main!...

DARNLEY.

Ma sœur!

MARIE STUART.

Oui, ta sœur chérie... A toi désormais tout ce que mon cœur peut contenir de reconnaissance et de dévouement... à toi, tout ce qu'une femme peut donner, sans se donner elle-même!

DARNLEY.

Oh! quelle fascination exerces-tu sur moi!

MARIE STUART.

Et tiens, tiens, regarde! tout à l'heure, Darnley, j'avais peur et pour moi-même et pour lui!... maintenant, près de toi, je suis tranquille, heureuse... et lui, qu'au prix de mon sang j'aurais voulu dérober à tes regards... eh bien! c'est à toi que je le confie... c'est en tes mains que je vais le remettre.

(*Elle a saisi la lampe et l'a placée sur la fenêtre.*)

DARNLEY.

En mes mains!

MARIE STUART.

Ecoute... il a vu mon signal! il vient... je l'entends!

DARNLEY.

Que dites-vous, et qu'avez-vous fait?

MARIE STUART.

Grand Dieu! te repentirais-tu de ta générosité?

DARNLEY.

Vous ne savez donc pas que ces appartements sont entourés, qu'on n'en peut approcher sans recevoir la mort!

MARIE STUART.

Ah! courons! il en est temps encore!

(*On entend un coup de fusil.*)

DARNLEY.

Il est trop tard!

FRANÇOIS, *derrière le théâtre.*

Marie!... Marie!

MARIE STUART.

C'est lui... c'est sa voix... il est sauvé!

FRANÇOIS, *entrant sur la scène, et tout sanglant.*

Marie... ma bien-aimée... (*Tombant à terre.*) Merci, mon Dieu, je l'ai revue.

MARIE, *se jetant sur son corps.*

Ah! mort! mort!...

DARNLEY, *à Campbell, qui paraît au fond.*

Qu'as-tu fait, Campbell?

CAMPBELL.

Je vous ai fait roi d'Écosse!...

FIN DU TROISIÈME ET DERNIER ACTE.

ANATOLE,

COMÉDIE EN TROIS ACTES ET EN PROSE;

PAR

M. GUSTAVE DE WAILLY.

Plan fait avec Bayard.

PERSONNAGES.

M. MARTINET, ancien notaire retiré.
Mme MARTINET, sa femme.
CÉCILE, leur fille.
ANATOLE GRIVEAU, prétendu de Cécile.
SAINT-MAURICE, spéculateur.
FONTANIER, ⎫
DE GINESTEY, ⎬ amis de Saint-Maurice.
ALFRED, ⎭
DOMESTIQUES.

ANATOLE,

COMÉDIE EN TROIS ACTES ET EN PROSE.

ACTE PREMIER.

La scène se passe chez M. Martinet, à la campagne, près Paris, dans un salon au rez-de-chaussée, ouvrant sur le jardin, et de côté sur une serre

---

SCÈNE PREMIÈRE.

MARTINET, MADAME MARTINET, CÉCILE, ANATOLE.

Au lever du rideau, Cécile travaille avec sa mère. Martinet est assis sur un banc, avec Anatole.

MARTINET, *à moitié endormi.*

Oui, mon cher Anatole... Brillat-Savarin et Carême... les seuls grands hommes du siècle... en gastronomie... (*Il s'endort tout à fait.*)

ANATOLE, *à part.*

Mon beau-père a une vertu soporifique qui me gagnerait moi-même, sans ma qualité de prétendu ! (*Il ferme les yeux.*)

MADAME MARTINET, *bas, à Cécile.*

Pauvre Griveau ! voilà ton père qui l'entreprend encore ! il faut avouer que ton futur est d'une complaisance...

CÉCILE, *levant les yeux.*

Je ne dis pas non... je crois même que, ce soir, il la pousse jusqu'à s'endormir pour son propre compte, comme mon père !

MADAME MARTINET, *regardant.*

Pas possible !... eh bien, il est gentil, quand il dort, ce bon
Griveau ! (*A part.*) Il y en a tant qui sont si laids sur l'oreil-
ler !

CÉCILE.

Je ne dis pas non... il n'est pas plus mal qu'un autre... une
tournure, un peu lourde, un peu épaisse peut-être...

MADAME MARTINET.

Bah ! la tournure ! qu'est-ce que c'est pour un homme !...
au bout d'un an de mariage, il n'en reste plus rien !... Le bonheur les engraisse !... Mais ce qui ne s'en va pas, ce qui reste,
c'est le caractère !

CÉCILE.

Quand on en a !... mais, M. Anatole, il n'en a pas, ma mère.

MADAME MARTINET.

Et c'est là son plus grand mérite !... Un homme sans volonté ! quel trésor pour une femme ! Si tu savais le mal que
m'a donné ton père... dans les commencements !

CÉCILE.

On ne s'en douterait pas !

MADAME MARTINET.

Je le crois bien ! Vingt ans de mariage ! ça dresse un homme !
Et encore, si je n'avais pas su le prendre par son faible, la
gourmandise... Heureusement Griveau est venu au monde
tout dressé.

CÉCILE.

Tant pis, ma mère... car mon ambition n'eût pas été de
mener mon mari.

MADAME MARTINET.

Mais d'être menée par lui, peut-être !

CÉCILE.

Oui, ma mère...

MARTINET, *rêvant.*

A moi ! passez-le-moi... que je le découpe. (*Il prend le bras
d'Anatole.*)

ANATOLE, *retirant son bras.*

Comment!, vous voulez me découper, beau-père ?

MARTINET.

Pardon, mon gendre, je rêvais de dinde truffée !

ANATOLE.

Et vous me preniez pour ce que vous aimez le mieux !

MARTINET.

Précisément.

ANATOLE.

Merci, beau-père !

MARTINET, *à part.*

Est-il bête!... il ne lui manque que la truffe !

ANATOLE.

Moi aussi, je crois, j'avais fermé les yeux, pour mieux songer à ce que j'aime.

MARTINET.

Ah ! oui!... à votre jardinage, à vos greffes!

MADAME MARTINET.

Eh non... à votre fille, Martinet, à Cécile.

ANATOLE.

Oui, madame.

MADAME MARTINET, *à part.*

Pauvre garçon, si je ne viens pas à son secours!... (*Haut.*) Eh bien, pour achever votre rêve en réalité... donnez-lui le bras, Anatole, et faites avec elle un tour de jardin.

CÉCILE, *bas, à sa mère.*

Quoi, maman, vous voulez...?

ANATOLE.

Permettez-vous, mademoiselle...

MADAME MARTINET.

Certainement elle permet... (*Bas, à Anatole.*) Allons! du courage !

(*Anatole sort, en donnant le bras à Cécile.*)

SCÈNE II.

MARTINET, MADAME MARTINET.

MARTINET.

Je parie qu'il va lui faire un cours d'horticulture... conversation bien amusante pour un prétendu !

MADAME MARTINET.

Monsieur Martinet....

MARTINET.

Chère amie !

MADAME MARTINET.

Vous oubliez que vous parlez de votre gendre, de votre gendre que vous devez aimer, soutenir... car c'est l'homme de votre choix !

MARTINET.

Par exemple ! si tu disais du tien !

MADAME MARTINET.

Du mien, ou du vôtre... c'est la même chose !

MARTINET.

Certainement pour moi... mais pour ta fille...

MADAME MARTINET.

Eh bien, pour Cécile ?

MARTINET.

C'est que, vois-tu, elle tient de toi, ta fille !... elle a de la tête !

MADAME MARTINET.

C'est pour cela que je lui donne un mari qui est comme vous, qui n'en a pas... ce qui ne l'empêchera point de faire le bonheur de Cécile... comme vous avez fait le mien... car vous m'avez rendue très-heureuse !

MARTINET.

Chère amie !

MADAME MARTINET.

Et j'espère bien que, de votre côté, vous n'avez pas non plus à vous plaindre !

MARTINET.

Comment donc ? au contraire !...

MADAME MARTINET

Eh bien, alors, qu'est-ce que vous dites donc ?

MARTINET.

Je dis que, depuis deux mois, il vient ici presque tous les jours un jeune homme fort aimable, fort agréable, ma foi !

MADAME MARTINET.

Monsieur Saint-Maurice ?

MARTINET.

Précisément... Ce jeune homme, vous ne tarissez pas sur son éloge.

MADAME MARTINET, *séchement.*

C'est qu'il le mérite !

MARTINET.

Vous lui accordez ce que vous avez toujours refusé à votre mari.

MADAME MARTINET.

Quoi donc ?

MARTINET.

Le panatellas, chère amie, dont il vous lance la fumée au visage, avec une grâce toute parisienne !

MADAME MARTINET.

Ne dois-je pas des égards à quelqu'un qui vous intéresse dans ses entreprises... qui vous donne au pair des actions dont le capital doit doubler à la Bourse ?

MARTINET.

D'accord... A table, vous lui servez les morceaux les plus délicats.

MADAME MARTINET.

Vilain gourmand !

MARTINET.

Je ne lui en veux pas... au contraire... car toutes les fois qu'il vient dîner, vous ajoutez à l'ordinaire quelque plat sucré, quelque chatterie dont je profite... Cependant, je ne te

le cache pas, ces attentions, ces égards m'avaient donné sérieusement à penser...

MADAME MARTINET.

Comment?

MARTINET.

Écoute donc! tu n'es pas encore trop mal.

MADAME MARTINET.

Encore!

MARTINET.

Et le soir, avec de la toilette... tu fais ton effet tout comme
une autre.

MADAME MARTINET.

Impertinent! et vous avez cru...

MARTINET.

Ne t'emporte pas... ce n'est pas pour toi qu'il vient... je le
sais.

MADAME MARTINET.

Ce n'est pas pour moi... et pour qui donc, s'il vous plaît?

MARTINET.

Quelle singulière femme tu fais, chère amie! Quand j'ai
l'air de croire que c'est pour toi, tu te fâches... quand je te
dis que ce n'est pas pour toi, tu te fâches encore!

MADAME MARTINET.

Enfin, pour qui vient-il? Expliquez-vous!

MARTINET.

Pour ta fille!

MADAME MARTINET.

Cécile? pauvre sot! il ne lui adresse pas seulement la parole!

MARTINET.

Devant toi, chère amie!... parce que l'on se cache de toi,
l'on se défie de toi... tu es si fine... mais devant moi... pauvre bonhomme sans conséquence... qui en ai du moins la réputation, grâce à toi... car ce sont toujours les honnêtes femmes qui font la réputation de leurs maris... devant moi l'on
s'observe moins, l'on se gêne moins... et j'ai vu...

MADAME MARTINET.

Qu'avez-vous vu ?

MARTINET.

Que si Cécile a de la répugnance pour monsieur Griveau, elle en a beaucoup moins pour monsieur Saint-Maurice...

MADAME MARTINET.

Votre fille, c'est possible... mais je suis bien sûre que Saint-Maurice...

MARTINET.

Saint-Maurice... comme Cécile !

MADAME MARTINET.

Mais c'est une infamie !... une horreur ! me tromper ainsi !...

MARTINET.

Qui donc ?

MADAME MARTINET.

Vous !

MARTINET.

Moi !

MADAME MARTINET.

Oui, vous... qui ne m'avertissez pas... ne me prévenez pas...

MARTINET.

Ma foi ! quand ils s'épouseraient ! le grand mal !...

MADAME MARTINET.

Quand ils s'épouseraient !... mais, dites donc ? qu'avez-vous vu ?... qu'avez-vous entendu ?... ne me cachez rien... je veux tout savoir... (*Apercevant Cécile.*) Ma fille !... chut ! pas un mot devant elle !

SCÈNE III.

LES MÊMES, CÉCILE ET GRIVEAU.

ANATOLE, *donnant le bras à Cécile.*

Oui, mademoiselle, la greffe, c'est presque un mariage.

MARTINET, *à part.*

J'en étais sûr ! il lui parle greffe !

MADAME MARTINET, *de même.*

Le maladroit!

MARTINET, *bas, à sa femme.*

Tu aurais bien mieux fait de choisir l'autre.

MADAME MARTINET, *furieuse.*

L'autre!... monsieur Martinet!...

MARTINET.

Chère amie?

MADAME MARTINET.

Taisez-vous!

MARTINET.

J'entends.

ANATOLE, *à Cécile.*

Une rose qui s'emporte, on la place sur un églantier paresseux, et en corrigeant ainsi les défauts de l'un par les qualités de l'autre...

MADAME MARTINET, *vivement.*

En vérité, mon cher Anatole, vous ne variez guère votre
conversation.

ANATOLE.

Comme vous voudrez, madame.

CÉCILE.

Du tout, ma mère... **M.** Anatole m'intéresse beaucoup.

MARTINET, *à part.*

Eh bien... elle n'est pas difficile!

MADAME MARTINET, *bas, à son mari.*

Taisez-vous!

MARTINET.

Ah oui! j'entends!

CÉCILE.

Et il me semble que j'essayerais presque moi-même.

ANATOLE.

Rien de plus simple!

(*Il prend une greffe sur un rosier, et la lui présente avec le
greffoir.*)

MARTINET.

Si c'était des fruits, encore ! mais des roses ! ça ne se mange pas !

CÉCILE.

Et dans quinze jours, je verrai cette greffe se développer, prendre son essor ?

ANATOLE.

A moins qu'elle ne soit dormante... et alors il faudrait attendre jusqu'au printemps... il en est des roses comme de l'espèce humaine... il y a des caractères dont la séve monte et s'épanche tout de suite... il y en a d'autres qui paraissent dormir... qui ne s'éveillent que plus tard... mais ils étonnent, ils surprennent par leur vigueur !

MARTINET, à part.

Il espère peut-être se réveiller un beau matin, comme ses greffes !

MADAME MARTINET, bas, à son mari.

Taisez-vous donc !

MARTINET.

Ah !... j'entends !

SCÈNE IV.

LES MÊMES, UN DOMESTIQUE, FONTANIER.

LE DOMESTIQUE, annonçant.

Monsieur Fontanier !

FONTANIER, entrant.

Madame, mademoiselle...

MARTINET, allant à lui.

Alors Saint-Maurice n'est pas loin, car vous et Saint-Maurice...

ANATOLE, sans se déranger.

C'est comme saint Roch et son chien.

29.

FONTANIER.

Permettez, monsieur Anatole... comment l'entendez-vous?

ANATOLE.

Est-ce que vous avez la prétention de passer pour un saint?

FONTANIER.

Mais alors, dans ce cas, le quadrupède ce serait moi... Merci, monsieur Anatole; si la comparaison n'est pas aimable, elle est flatteuse!... eh bien, vous vous trompez, mauvais plaisant... je viens tout seul!

MADAME MARTINET, *vivement.*

Comment! monsieur Saint-Maurice...

FONTANIER.

Une affaire qu'il a eue ce matin, un duel!...

CÉCILE, *vivement.*

Un duel?

FONTANIER.

Dont il n'a été que le témoin, rassurez-vous... pour un de nos amis communs, le comte de Ginestey... Figurez-vous qu'un maladroit de mari... (*Se retournant vers Martinet.*) Pardon... j'oubliais que je parle devant un confrère, mon cher monsieur Martinet...

MARTINET.

Dites toujours!

FONTANIER, *se tournant vers Anatole.*

Et devant un quasi-confrère, mon bon Anatole... Ce maladroit donc ne s'avise-t-il pas de chercher querelle au comte pour des lettres de sa femme... qu'elle lui avait écrites avant le mariage... après, je ne dis pas... Et ce diable de comte, plus maladroit encore, ne s'avise-t-il pas de laisser l'autre sur le carreau?

CÉCILE.

Ah mon Dieu!

FONTANIER.

Ce qui est fort mal... un mari, ça se ménage toujours... ça doit se ménager... (*Se tournant vers Anatole, et lui tendant la main.*) N'est-ce pas, mon bon?...

ANATOLE, *la lui serrant.*

Certainement, mon bon.

FONTANIER, *poussant un cri.*

Aie!

MARTINET.

Qu'avez-vous, Fontanier.

FONTANIER, *à mi-voix.*

Et vous dites qu'il n'est pas fort, votre gendre! quelle poigne! c'est comme un étau.

MARTINET, *riant.*

Vraiment?

SCÈNE V.

LES MÊMES, UN DOMESTIQUE, SAINT-MAURICE.

LE DOMESTIQUE, *annonçant.*

Monsieur Saint-Maurice!

MARTINET.

Qu'est-ce que vous nous contiez donc, Fontanier?

CÉCILE, *à Anatole, en le quittant pour se rapprocher de sa mère.*

Nous continuerons une autre fois, monsieur Anatole.

ANATOLE.

Comme vous voudrez, mademoiselle.

MADAME MARTINET, *d'un air piqué, à Saint-Maurice qui entre.*

Enfin vous voilà! vaut mieux tard que jamais... nous ne vous espérions plus, monsieur...

SAINT-MAURICE.

Pardon, belle dame! quand vous saurez...

MARTINET.

Nous savons tout... ce duel!

SAINT-MAURICE.

Non pas... mais les suites du duel... un dîner chez Véfour, que nous avons imposé comme amende au comte pour sa maladresse!

MARTINET.

Et vous avez raison! ah! que n'ai-je été un des témoins!

SAINT-MAURICE.

Vous, mon cher Martinet! vous aimez donc les duels?

MARTINET.

Non pas... mais j'aime beaucoup les suites... chez Véfour!

SAINT-MAURICE, *lui frappant sur l'épaule.*

Toujours gourmet, ce cher mari!

MADAME MARTINET.

Dites donc gourmand, monsieur Saint-Maurice! (*Bas, à Saint-Maurice.*) Il faut que je vous voie tout à l'heure.

SAINT-MAURICE, *se tournant vers Cécile.*

Et votre broderie, mademoiselle?... avançons-nous un peu?...

CÉCILE.

Vous êtes bien honnête, monsieur... (*Bas.*) Il faut absolument que je vous parle.

SAINT-MAURICE, *s'approchant d'Anatole.*

Et nos actions, mon cher horticulteur, quand les prenons-nous décidément?...

ANATOLE.

Quand j'aurai reçu cette lettre de Marseille que j'attends... comme je vous l'ait dit.

SAINT-MAURICE.

Mais, en attendant, elles montent,... elles montent toujours... les voilà aujourd'hui à quarante francs de prime.

MARTINET, *se frottant les mains.*

Sans compter le dividende que nous allons toucher!

MAURICE.

Du tout... nous avons décidé qu'on n'en toucherait pas... le dividende!... c'est le charlatanisme des mauvaises affaires! c'est l'argent des actionnaires qu'on prend d'une main, pour le leur rendre de l'autre... Chez nous, nous prenons leur argent, mais nous ne le rendons pas, Dieu merci! nous le gardons... pour faire marcher l'entreprise!

MARTINET.

C'est juste !

MADAME MARTINET.

Allons, messieurs, puisque vous parlez affaires, j'ai quelques ordres à donner dans la maison... (*Bas, à Saint-Maurice.*) Attendez-moi... (*Haut, à sa fille.*) Suivez-moi, Cécile.

CÉCILE.

Oui, ma mère.

MADAME MARTINET.

Anatole, laissez là vos rosiers, et venez avec nous.

ANATOLE.

Comme vous voudrez, madame.

(*Ils sortent.*)

SCÈNE VI.

MARTINET, SAINT-MAURICE, FONTANIER.

MARTINET.

Décidément, c'est un mouton que mon gendre... il a peur de sa belle-mère comme si elle était sa femme !

SAINT-MAURICE.

Voulez-vous un panatellas, Martinet ?

MARTINET, *vivement.*

Comment, si j'en veux!... c'est-à-dire... non... parce que la bourgeoise..

SAINT-MAURICE.

Allons donc, poule mouillée! je m'en charge !

MARTINET.

Alors, allumez-moi, Fontanier... ce gaillard là!... je ne sais pas comment il s'y prend! mais il fait de ma femme tout ce qu'il veut... (*Il va pour allumer son cigare.*)

MADAME MARTINET, *à la fenêtre.*

Monsieur Martinet?

MARTINET.

Ah mon Dieu !

MADAME MARTINET.

MADAME MARTINET.

Eh! vite, à la maison, monsieur!

MARTINET, *serrant son cigare.*

C'est égal... j'ai toujours le panatellas! je trouverai bien un quart d'heure pour l'attraper, la bourgeoise!

(*Il sort.*

SCÈNE VII.

SAINT-MAURICE, FONTANIER.

FONTANIER.

A charge de revanche! est-il bon enfant, celui-là!... quand vous l'auriez commandé tout exprès!

SAINT-MAURICE.

Que voulez-vous dire, mon cher?

FONTANIER.

Faites donc le discret! heureux coquin! tout lui réussit, la Bourse, les femmes! Ah! si dans tout le cours de ma carrière de sixième d'agent de change, j'étais tombé sur une pareille bonne fortune!

SAINT-MAURICE.

Comment?

FONTANIER.

Mme Martinet! mais, mon cher... c'est mon type à moi, mon idéal... c'est la femme telle que je l'aime... que je l'aimerais... un peu grasse, un peu forte... mais l'embonpoint! c'est la seconde jeunesse des femmes!

SAINT-MAURICE.

J'aime mieux la première!

FONTANIER.

Et puis une bonne table... une maison commode... et un mari... comme la maison.

SAINT-MAURICE.

Eh bien, lancez-vous, Fontanier.

FONTANIER.

Vous me donnez carte blanche?

SAINT-MAURICE.

Entièrement!

FONTANIER.

Je conçois!... c'est maintenant à la fille... Au fait, elle n'est pas mal, Mlle Cécile!... un peu maigre, un peu mince... mais une dot assez potelée, et, avec le temps, tout le reste s'arrondira, comme la dot.

SAINT-MAURICE.

Vous croyez donc que je veux épouser! vous êtes encore bien neuf, pour un sixième d'agent de change retiré!

FONTANIER.

Comment?

SAINT-MAURICE.

Cette dot qui vous affriande n'est-elle pas déjà dans mon portefeuille en actions, grâce à Mme Martinet, comme la fortune d'Anatole y viendra, je l'espère, petit à petit, grâce à Mme Griveau... Oui, mon cher Fontanier, quand on entend un peu les affaires et les femmes...!

FONTANIER, *qui a regardé du côté de la fenêtre, poussant le bras de Saint-Maurice.*

Saint-Maurice?

SAINT-MAURICE.

Qu'est-ce?

FONTANIER.

Voilà deux fois que les rideaux de la croisée remuent, et comme je ne pense pas que ce soit pour votre serviteur...

SAINT-MAURICE, *regardant.*

Vous dites? (*A part.*) Il a raison, c'est le signal! j'y cours... (*Apercevant Mme Martinet qui entre.*) Ah mon Dieu! Mme Martinet, à présent!

SCÈNE VIII.

MADAME MARTINET.

Que je ne vous dérange pas, messieurs, je vous en prie!

FONTANIER, *à part.*

Décidément, elle est superbe, cette femme-là!

MADAME MARTINET, *bas, à Saint-Maurice.*

Débarrassez-nous de Fontanier.

SAINT-MAURICE, *allant à lui.*

Mon cher ami...

FONTANIER, *soupirant.*

Je comprends... je vous laisse!

SAINT-MAURICE.

Du tout... Mme désire que vous lui offriez votre bras pour vous montrer un point de vue de la propriété.

MADAME MARTINET, *bas.*

Hein? qu'est-ce que vous dites?

FONTANIER.

Comment, madame... trop heureux!... (*Bas, à Saint-Maurice.*) Merci, cher!

SAINT-MAURICE, *bas, à Mme Martinet.*

C'est là le seul moyen de l'éloigner... au détour de la première allée, vous le planterez là, très-aisément... vous êtes si adroite! Je vous attends... (*Bas, à Fontanier.*) Surtout, ne la laissez pas échapper... tenez bon...

FONTANIER, *bas, à Saint-Maurice.*

Soyez tranquille !... je lui prends le bras gauche... côté du cœur!

SAINT-MAURICE, *de même.*

Excellente position!

FONTANIER.

Et je m'y cramponne, jusqu'à extinction de chaleur naturelle!

SAINT-MAURICE, *de même.*

C'est cela... cramponnez-vous!... (*Bas, à madame Martinet.*)
A tout à l'heure, Euphrosine.

FONTANIER, *offrant le bras.*

Madame...

MADAME MARTINET, *faisant la grimace.*

Monsieur... (*Ils sortent.*)

SAINT-MAURICE, *les regardant.*

Ouf! m'en voilà quitte... courons... (*Apercevant Cécile.*) Il
était temps... Cécile!...

SCÈNE IX.

CÉCILE, SAINT-MAURICE.

SAINT-MAURICE, *à Cécile qui hésite.*

Qu'avez-vous? ce trouble, cette agitation...

CÉCILE.

J'ai si peur d'être surprise... il me semble que, jusqu'à mon
père, tout le monde a deviné mon secret.

SAINT-MAURICE.

Quel enfantillage! calmez-vous!

CÉCILE.

Non, ce n'est pas vivre que de vivre ainsi!... Toujours fein-
dre, toujours cacher ce que je voudrais dire tout haut... et
puis, ce jeune homme qui vient tous les jours maintenant, de
l'aveu de ma famille...

SAINT-MAURICE.

Anatole!

CÉCILE.

Je ne peux pas le tromper... car il m'aime, lui, d'un amour
honnête et sincère, et ce n'est pas sa faute si, lorsqu'il demande loyalement ma main à mes parents, j'ai eu la faiblesse
de disposer secrètement de mon cœur... faites comme lui...
déclarez-vous!...

SAINT-MAURICE.

Me déclarer ! y songez-vous, Cécile, et votre mère... ?

CÉCILE.

Il faudra bien qu'elle y consente !

SAINT-MAURICE.

Impossible ! elle n'y consentira jamais !

CÉCILE.

Que faire donc? ma mère a déjà des soupçons ! Elle exige
que je me prononce sur M. Anatole, et si je le refuse... !

SAINT-MAURICE, *froidement.*

Et pourquoi refuser ?

CÉCILE.

Comment?

SAINT-MAURICE.

Une fois mariée, vous ne serez plus sous la dépendance de
votre mère.

CÉCILE.

Mais je serai sous celle de mon mari... de mon serment, de
mon honneur...

SAINT-MAURICE.

Quant à votre mari... Anatole est si bon enfant, que dépendre de lui, c'est dépendre de vous-même... Quant à votre
serment... en mariage, comme en politique...

CÉCILE.

Monsieur Saint-Maurice, j'ai pu être une jeune fille impru-
dente... légère... je ne serai jamais qu'une honnête femme...
la vôtre, ou celle d'Anatole; choisissez!

SAINT-MAURICE.

Vous savez bien que je ne suis pas maître du choix, et que
votre mère...

CÉCILE, *vivement.*

Assez! tout est fini entre nous...

SAINT-MAURICE, *la retenant.*

Eh non, du tout, chère petite... rien n'est fini... vous parlez
comme une jeune fille dont le mariage rectifiera les idées...
une liaison comme la nôtre ne se rompt que par une volonté

réciproque, et la mienne n'est pas de rompre... au contraire...

CÉCILE.

Monsieur...

SAINT-MAURICE.

Mme Martinet!... nous en recauserons...

SCÈNE X.

LES MÊMES, MADAME MARTINET, FONTANIER.

MADAME MARTINET, *au bras de Fontanier qui la retient.*

Mais rendez-moi donc mon bras, à la fin!... Vous me serrez à m'en donner la crampe. (*A part, en regardant Cécile et Saint-Maurice.*) Tous les deux!...

FONTANIER, *bas, à Saint-Maurice.*

Mon ami, elle a ri de moi, mais j'ai tenu bon.

SAINT-MAURICE, *d'un air empressé.*

Enfin, vous voilà, madame!

MADAME MARTINET, *d'un ton vexé.*

Je crois que le temps ne vous a pas paru long...

SAINT-MAURICE.

Ah! permettez! je devine à votre air que vous voulez parler à votre fille!...

MADAME MARTINET.

Moi!

SAINT-MAURICE.

Ne soyons pas indiscrets, Fontanier... laissons ces dames...

MADAME MARTINET.

Mais, monsieur...

SAINT-MAURICE.

Point de façons, je vous en prie... j'ai une revanche à lui donner... au billard... Venez, Fontanier.

FONTANIER, *bas, à Saint-Maurice.*

Ah! mon ami! qu'elle a le bras ferme, cette femme-là!...

(*Ils sortent tous les deux.*)

SCÈNE XI.

MADAME MARTINET, CÉCILE.

MADAME MARTINET, *à part.*

Il m'échappe! mais je saurai par elle...

CÉCILE, *après avoir suivi Saint-Maurice des yeux.*

Ma mère, je viens vous dire...

MADAME MARTINET, *séchement.*

Qu'avez-vous, mademoiselle?

CÉCILE.

Vous m'avez demandé ma réponse pour monsieur Anatole?

MADAME MARTINET.

Vous refusez?

CÉCILE.

J'accepte, ma mère.

MADAME MARTINET.

Est-il possible! chère enfant! Viens, que je t'embrasse! quel bien tu me fais, chère petite!... c'est que, vois-tu... je te l'avoue... je soupçonnais... je craignais que Saint-Maurice...

CÉCILE.

Monsieur Saint-Maurice!

MADAME MARTINET.

Je te demande pardon... j'avais tort... mais ce Saint-Maurice est si adroit... si emmiellé... une jeune fille sans expérience, comme toi, tu ne peux savoir combien il est dangereux, entreprenant... La moindre imprudence... la moindre légèreté serait une arme dont il se servirait au besoin...

CÉCILE.

Ma mère...

MADAME MARTINET.

Tandis que Griveau, quelle différence! c'est un trésor que ce garçon-là... et tu seras heureuse avec lui, ma chère fille... car les hommes les plus brillants ne font pas toujours les meilleurs maris... Ah! le voilà, ce cher Anatole!...

SCÈNE XII.

Les Mêmes, ANATOLE.

MADAME MARTINET.

Réjouissez-vous, mon ami, réjouissez-vous...

ANATOLE, *tranquillement.*

Comme vous voudrez, madame...

MADAME MARTINET.

Dites ma belle-mère, Anatole! c'est une affaire décidée... elle vous accepte!

ANATOLE.

Qu'entends-je? Est-il vrai, mademoiselle?

CÉCILE.

Oui, monsieur Griveau.

ANATOLE, *vivement.*

Pardonnez! je ne suis pas éloquent, et ma langue ne vient pas vite au secours de mon cœur... mais je suis si heureux, et je m'attendais si peu à ce bonheur-là!... Ma vie tout entière sera consacrée à vous le rendre, je vous le jure, foi d'honnète homme!...

CÉCILE, *lui tendant la main avec émotion.*

Je vous crois, Anatole...

ANATOLE, *la lui baisant.*

Excusez, mademoiselle.

MADAME MARTINET.

Laissez donc! un fiancé!...

SCÈNE XIII.

Les Mêmes, MARTINET.

MARTINET, *surpris.*

Hein! qu'est-ce que je vois?

MADAME MARTINET, *à demi-voix.*

Ce qui prouve que vous n'avez pas le sens commun, monsieur Martinet, avec vos idées!

MARTINET.

Comment?

MADAME MARTINET.

Taisez-vous! Quand je vous disais que ces jeunes gens s'a-
dorent!... qu'ils finiraient par s'adorer!...

MARTINET.

Je ne demande pas mieux, chère amie... Alors, à quand le
contrat?

MADAME MARTINET.

Dès demain!... le plus tôt sera le mieux!

CÉCILE.

Demain?

ANATOLE, *froidement.*

Comme vous voudrez, mademoiselle.

CÉCILE.

Puisque ma mère l'a dit!

ANATOLE, *vivement.*

Merci, Cécile!

MADAME MARTINET.

Bien, mon enfant!... Allons, messieurs, nous vous laissons,
ma fille et moi, vous occuper de cette grande affaire.

MARTINET.

C'est cela... et pendant ce temps, vous autres, vous vous
occuperez du dîner.

MADAME MARTINET.

Du dîner?

MARTINET.

Sans doute... il n'y a pas de bon contrat sans un repas de
fiançailles... ce sont les épingles du notaire!

MADAME MARTINET.

Gourmand! vous ne les oubliez jamais, vos épingles... eh
bien, chargez-vous aussi des invitations.

MARTINET.

Et du menu, ma femme? comme le baron Brisse.

MADAME MARTINET.

Et du menu. Je vous permets la dinde truffée!

MARTINET.

Est-il possible! chère Euphrosine!... Mon bon Anatole...
que je vous embrasse, vous me portez bonheur... mon rêve
de ce matin, qui se réalise, grâce à vous...

ANATOLE.

Ah! oui! la dinde, pour laquelle vous me preniez.

(*Madame Martinet sort avec Cécile.*)

SCÈNE XIV.

MARTINET, ANATOLE.

MARTINET.

Asseyons-nous, d'abord, mon cher gendre, car c'est un
sujet qui demande à être traité avec réflexion.

ANATOLE.

Tout ce que vous voudrez... quant à moi, je m'en rapporte
entièrement à vous.

MARTINET.

Confiance qui m'honore... (*Tirant un livre de sa poche.*) Mais
voici la loi et les prophètes!

ANATOLE.

Ah oui, votre code!

MARTINET.

Le *Code du gourmand*, mon gendre, dernière édition, par
Carême.

ANATOLE.

Pour préparer le contrat?

MARTINET.

Eh non, le menu! le travail le plus délicat en diplomatie,
et que se réservait M. de Talleyrand lui-même... D'ailleurs

tout n'est-il pas convenu? nous donnons à Cécile cent mille francs de dot, dont quarante mille en actions de monsieur de Saint-Maurice!... Quant aux entremets...!

ANATOLE.

Ah! comme vous voudrez! du moment qu'il s'agit d'entremets!

MARTINET.

Comme vous voudrez! mais l'entremets est une partie essentielle... très-essentielle! Tenez, mon gendre, permettez-moi de vous parler sans détour... vous êtes un excellent garçon, mais vous avez un grand défaut, un défaut capital en ménage... c'est de ne pas avoir de volonté!

ANATOLE.

Ah!

MARTINET.

Le reproche vous étonne, dans ma bouche, n'est-ce pas? Mais c'est précisément parce que j'ai passé par là... et je sais mieux que personne où le bât nous blesse, nous autres maris... mais quand on est jeune, amoureux, on abandonne les rênes du gouvernement à sa femme... c'est là le tort... il faut que l'homme conserve toujours voix au chapitre... en fait de cuisine surtout... parce que avec le temps l'amour passe, mais l'appétit reste... et tous les jours, mon gendre, on déjeune et l'on dîne.

SCÈNE XV.

LES MÊMES, SAINT-MAURICE.

SAINT-MAURICE.

Et quelquefois même l'on soupe, comme chez moi, ce soir.

MARTINET.

Ah! vous donnez à souper!

SAINT-MAURICE.

Au comte de Ginestey, aux témoins du mari.

MARTINET.

Encore une suite du duel !

SAINT-MAURICE.

Précisément... Mais, pardon, j'ai quelque chose à remettre au cher Anatole.

ANATOLE.

A moi, monsieur?

SAINT-MAURICE.

Cette lettre que vous attendez avec tant d'impatience...

ANATOLE, *la prenant.*

De Marseille... une lettre chargée... c'est cela... et c'est vous-même qui me l'apportez, monsieur !

SAINT-MAURICE.

N'y suis-je pas intéressé?

ANATOLE.

Comment?

SAINT-MAURICE.

Sans doute, puisque vous l'attendez pour prendre nos actions...

ANATOLE.

Effectivement... vous y êtes intéressé plus que personne... si la lettre contient, comme je l'espère, l'effet qu'on doit m'envoyer...

SAINT-MAURICE.

Lisez donc !

ANATOLE

Oh non! ce ne serait pas honnête... devant vous, et devant mon beau-père... et je vous demanderai la permission...
(*Faisant un mouvement comme pour sortir.*)

SAINT-MAURICE.

A la bonne heure ! si vous l'aimez mieux !

ANATOLE, *à part.*

Le cœur me bat! pourvu que je ne me sois pas trompé!...
(*Il sort.*)

SCÈNE XVI.

SAINT-MAURICE, MARTINET.

SAINT-MAURICE.

Eh bien? êtes-vous des nôtres, Martinet?

MARTINET.

Impossible! vous savez bien que ma femme...

SAINT-MAURICE.

Je vous préviens que l'on fume!

MARTINET.

Tentateur!

SAINT-MAURICE.

Que l'on joue...

MARTINET.

Laissez-moi!

SAINT-MAURICE.

Qu'il y a punch et petits gâteaux, en attendant mieux...

MARTINET.

Taisez-vous!

SCÈNE XVII.

LES MÊMES, CÉCILE.

CÉCILE.

Mon père, maman te demande tout de suite... je crains
bien que son attaque de nerfs ne commence.

SAINT-MAURICE, *à part.*

J'en étais sûr!

MARTINET, *vivement.*

J'y vais... j'y vais sur-le-champ. Pardon, Saint-Maurice...
si cela ne fait que commencer, Dieu sait quand cela finira!

(*Il sort.*)

CÉCILE, à Saint-Maurice, après s'être assurée que son père est
sorti.

Monsieur... vous avez de moi quelques lignes...

SAINT-MAURICE.

Deux lettres, Cécile... bien courtes, mais bien précieuses!

CÉCILE.

Eh bien, je viens vous demander de me les remettre.

SAINT-MAURICE.

M'en séparer, chère petite! le seul souvenir que j'aie de
vous... et que je veux garder toute ma vie!

CÉCILE.

Il le faut! ce n'est plus Cécile qui vous en prie, c'est madame Griveau.

SAINT-MAURICE.

Ah! vous avez pris votre parti, cher ange! alors c'est bien
différent!... je les refusais à Cécile, mais je les rendrai à
madame Griveau.

CÉCILE, avec effusion.

Merci, Saint-Maurice!

SAINT-MAURICE.

Quand elle les viendra chercher elle-même... chez moi.

CÉCILE.

Chez vous... moi!... jamais!

SAINT-MAURICE, froidement.

Comme vous voudrez!

CÉCILE.

Monsieur... l'on vient... votre dernier mot...

SAINT-MAURICE.

Comme vous, Cécile, jamais!...

(Elle sort précipitamment.)

SCÈNE XVIII.

SAINT-MAURICE, FONTANIER, *puis* ANATOLE.

FONTANIER, *qui a vu Cécile.*
Imprudent! Anatole me suit.

SAINT-MAURICE.
Vous dites?

FONTANIER.
Qu'il est temps de partir, mon cher... nous sommes attelés,
et votre bête s'impatiente.

SAINT-MAURICE, *à Anatole.*
Eh bien, mon cher monsieur... cette lettre... était-ce bien
tout ce que vous attendiez?

ANATOLE.
Parfaitement, mon cher monsieur...

SAINT-MAURICE.
J'aurai donc votre visite demain?

ANATOLE.
Je l'espère.

SAINT-MAURICE.
N'y manquez pas... car nos actions s'enlèvent.

ANATOLE.
Dame... je ne pourrai prendre... que ce qui restera...

FONTANIER, *à demi-voix.*
Imbécile !

ANATOLE.
Vous dites?...

SAINT-MAURICE, *vivement.*
Qu'il faut prendre congé de ces dames...

FONTANIER.
C'est juste !

SCÈNE XIX.

Les Mêmes, MARTINET.

MARTINET.

Mille regrets, messieurs... ma femme vient de se mettre
au lit.

SAINT-MAURICE.

Ah! l'attaque continue!

MARTINET.

Du tout... j'en suis quitte pour la peur! quelque contrariété
légère qu'elle aura éprouvée!

SAINT-MAURICE, *à demi-voix.*

Je sais ce que c'est!

FONTANIER, *de même.*

Ma déclaration, n'est-ce pas? Elle ne veut plus me voir!

SAINT-MAURICE, *à part.*

Imbécile!

MARTINET.

Mais elle m'a chargé de vous inviter à dîner pour demain...
et vous aussi, mon cher Fontanier.

FONTANIER.

Moi aussi! (*A part.*) Alors, ce n'est pas ma déclaration.

MARTINET.

Un grand dîner... dont j'ai composé moi-même le menu...
pour la signature du contrat de ma fille...

SAINT-MAURICE.

Ah! c'est demain! (*A part.*) Si tôt! (*Haut, à Anatole.*) Permettez-moi de vous féliciter d'un bonheur dont je vous prie
de croire que je prends bien ma part.

ANATOLE.

Je vous suis bien reconnaissant, monsieur.

FONTANIER, *à part.*

Il remercie, encore; il est parfait!... (*Haut.*) Et moi aussi, mon cher Anatole, souffrez... (*Il lui tend la main, qu'Anatole serre.*) Aie!...

SAINT-MAURICE.

Qu'est-ce?

FONTANIER, *se secouant les doigts.*

Une main de serrurier, décidément!

SAINT-MAURICE.

Allons, Fontanier. (*A Martinet.*) Si vous vous ravisez, vous savez mon adresse! (*Il sort.*)

MARTINET, *soupirant.*

Oui.

FONTANIER, *saluant Martinet.*

Mon cher Martinet... monsieur Anatole... (*Anatole lui présente la main.*) Merci, je sors d'en prendre!

(*Il sort.*)

SCÈNE XX.

ANATOLE, MARTINET.

ANATOLE.

Eh bien! ces actions que je vous ai prié de me remettre...

MARTINET.

Les actions de Saint-Maurice? (*Les lui donnant.*) Les voilà, mon cher!

ANATOLE.

Pouvez-vous me les confier, un jour ou deux?

MARTINET.

Est-ce qu'elles ne sont pas à vous, puisqu'elles font partie de la dot?

ANATOLE.

C'est juste!

MARTINET, *sur le côté de la scène.*

Et dire que dans une demi-heure je pourrais les rejoindre à souper! Ma foi, tant pis... ma femme dort, ou peu s'en

faut! Elle me croit enfermé dans ma chambre! Qui ne risque
rien... ne mange rien!

(*Il sort à pas de loup.*)

ANATOLE, *qui a feuilleté le paquet d'actions.*

Quarante... c'est bien cela !... (*Levant les yeux.*) Eh bien,
beau-père... Plus personne ! il s'est allé coucher sans me dire
adieu !... Je crois que son gendre n'a rien de mieux à faire !...
Allons dormir tranquillement, et demain... comme demain...
(*Il entre dans les bosquets, se retourne au moment de disparaître ;
il aperçoit Cécile qui sort de la maison en chapeau, et se dirige
vers le jardin...*) Ciel! Cécile! (*Il la suit des yeux, la toile
tombe.*)

FIN DU PREMIER ACTE.

ACTE II.

La scène se passe à Paris, dans le cabinet de Saint-Maurice. Meubles élégants, bibliothèque, bureau-caisse. A gauche, porte ouvrant sur un salon à droite, escalier dérobé. Entrée par le fond.

SCÈNE PREMIÈRE.

SAINT-MAURICE, FONTANIER, LE COMTE DE GINESTEY, ALFRED, JEUNES GENS.

SAINT-MAURICE, *entrant par le fond avec Fontanier.*

Comment, messieurs, encore dans mon cabinet, lorsque le punch et les bougies brûlent sans vous au salon!

GINESTEY.

C'est que nous vous attendions, mon cher maître...

SAINT-MAURICE.

Et vous auriez pu nous attendre longtemps, mon cher Ginestey, grâce à ce maladroit de Fontanier, qui en revenant de Passy a manqué nous culbuter tous dans la Seine, bêtes et gens!

GINESTEY.

Ah çà, qu'avez-vous donc, mon cher sixième? Est-ce que vous êtes encore en deuil du cinq pour cent?

SAINT-MAURICE.

Pis que cela!... il est amoureux!

GINESTEY *et les jeunes gens.*

L'héroïne? Nous voulons connaître l'héroïne!

FONTANIER, *au milieu d'eux, se défendant.*

Messieurs!...

ALFRED.

Je le présente en échange, chez la mienne! la lorette la plus piquante! une taille à tenir entre mes dix doigts!

FONTANIER.

Merci! je n'aime pas les manches à balai!

ALFRED, *piqué.*

Je le crois bien! pour lui la femme n'existe qu'à un mètre de circonférence!

GINESTEY.

Eh bien, Fontanier?

SAINT-MAURICE, *gravement.*

Impossible, messieurs! il s'agit d'une femme mariée!

GINESTEY.

En ce cas, la discrétion est de rigueur pour la femme!... Quant au mari, c'est différent!... rien n'empêche de le nommer.

ALFRED.

Il a raison! Le mari! quel est le mari?

SCÈNE II.

Les Mêmes, MARTINET.

MARTINET, *entrant.*

C'est moi, messieurs, c'est moi ....

SAINT-MAURICE, *allant à lui.*

A la bonne heure! vous arrivez à votre chapitre.

MARTINET.

Comment?

SAINT-MAURICE.

Nous parlions de vous!

MARTINET.

Vraiment?

SAINT-MAURICE, *aux jeunes gens.*

Messieurs, mon ami Martinet!

ALFRED.

Ah ! monsieur s'appelle Martinet.

MARTINET.

De père en fils.

SAINT-MAURICE.

Notaire honoraire.

MARTINET.

Depuis deux ans.

SAINT-MAURICE.

Et mari...

MARTINET.

En exercice depuis vingt...

ALFRED.

D'une femme charmante... nous savons, Fontanier nous l'a dit.

MARTINET, *à Fontanier*.

Trop honnête...

FONTANIER, *à Martinet*.

Et vous avez obtenu la permission...

MARTINET, *gaiement*.

Je l'ai prise... déménagé par la petite porte... sans tambour... ni chapeau, en voisin... C'est que, voyez-vous, elle est terrible, ma femme ! demandez à Fontanier... Mais, ma foi, tant pis pour vous, Saint-Maurice !

SAINT-MAURICE.

Pour moi ?

MARTINET.

C'est-à-dire pour vos patanellas, votre punch, vos gâteaux... Je mange tout, je consomme tout... pour m'indemniser par avance de la scène conjugale que j'aurai demain.

SAINT-MAURICE.

Allons, messieurs, au salon ! Ne laissons pas refroidir cette ardeur belliqueuse !

ALFRED, *à Martinet, qui fait des cérémonies pour passer*.

Après vous, monsieur Dardinet.

MARTINET, *le reprenant.*

Martinet, si vous voulez bien, de père en fils !

SCÈNE III.

LES MÊMES, UN DOMESTIQUE.

LE DOMESTIQUE, *à Saint-Maurice.*

Il y a quelqu'un qui demande monsieur.

SAINT-MAURICE.

Fais entrer.

LE DOMESTIQUE, *hésitant.*

C'est que... c'est une dame.

MARTINET, *gaiement.*

Raison de plus !... faites entrer... Nous sommes tous garçons, ce soir !

LE DOMESTIQUE.

C'est que cette dame désire, je crois, garder l'incognito.

SAINT-MAURICE.

Et tu n'as pas reconnu ?

LE DOMESTIQUE.

Ma foi, nous en voyons tant... Mais si j'en puis juger, à travers le voile et le manteau qui l'enveloppent...

SAINT-MAURICE, *bas à Fontanier.*

Ah mon Dieu ! si c'était sa femme ! (*Haut, vivement.*) Passez au salon, messieurs.

MARTINET, *riant.*

Mauvais sujet !

SAINT-MAURICE, *à Fontanier.*

Et je vous recommande notre ami, Fontanier.

ALFRED, *lui frappant sur l'épaule.*

Notre ami Tartinet.

MARTINET, *gaiement.*

Tartinet ! Vous voulez donc toujours m'écorcher ! Martinet,

si ça vous est égal... Vous savez, pour corriger les petits garçons... de père en fils !

(*Ils sortent tous, à l'exception de Saint-Maurice.*)

SCÈNE IV.

SAINT-MAURICE, *et, un instant après,* CÉCILE.

SAINT-MAURICE, *fermant à clef la porte du salon.*

Un tour de clef, de peur d'indiscrétion... Maintenant, à ma belle voilée !... Qui peut venir à cette heure ! (*Apercevant Cécile.*) Ciel ! Cécile ! vous ici ! quelle imprudence !...

CÉCILE.

Oh oui, n'est-ce pas?... imprudence bien grande pour une jeune fille !.... mais démarche toute simple, toute naturelle pour une femme !... pour Cécile Griveau !... Eh bien, monsieur, vous vous êtes trompé : la femme ne viendra point... la jeune fille, la voilà... Si Cécile Griveau osait franchir le seuil de cette porte, ce n'est pas sur elle que retomberait le déshonneur.... c'est sur son mari, sur l'homme dont elle aurait reçu le cœur et le nom... Quant à Cécile Martinet, si elle se perd, au moins, elle se perdra seule...

SAINT-MAURICE.

Ah ! Cécile ! pouvez-vous croire...

CÉCILE.

Mais à qui m'adresser, malheureuse que je suis! A ma mère?... vous me l'avez interdit !... A mon père ?... vous ririez de sa bonté !... A mon prétendu?... je n'ai pas le droit d'exposer ses jours !

SAINT-MAURICE.

Rassurez-vous... je ne suis pas si maladroit que Ginestey.

CÉCILE.

Je n'avais donc que moi... moi seule, pour réparer ma faute... fût-ce au prix d'une imprudence plus grande encore...

vous l'avez voulu... Monsieur Saint-Maurice, je viens chercher mes lettres.

SAINT-MAURICE.

Vos lettres!... Ah! voilà le motif!...

CÉCILE.

Oui, ces deux lettres que vous avez eu l'art d'arracher à ma faiblesse... qu'aujourd'hui vous prétendez garder comme une menace sans cesse suspendue sur ma tête!

SAINT-MAURICE.

Ah! Cécile!

CÉCILE.

Oui, c'est là votre projet... c'est l'avenir que vous me réservez; la vie misérable que vous espérez me faire!... mais, cet avenir, je ne l'accepte pas; je ne veux pas avoir à rougir devant mon mari, ni à trembler pour son repos... Ces lettres, je les ai données à vos larmes, à votre feint désespoir... rendez-les à mes pleurs, à mon désespoir, qui doit être bien grand pour m'amener devant vous à cette heure; qui est plus grand encore que vous ne pensez... car ma résolution est bien prise... je ne sortirai pas d'ici sans les avoir obtenues.

SAINT-MAURICE.

C'est bien comme je l'entends, chère petite!

CÉCILE.

Que dites-vous?

SAINT-MAURICE.

Je dis que nous sommes seuls... au milieu de la nuit... sans que personne puisse venir nous surprendre.

CÉCILE.

Monsieur... je me suis confiée à votre honneur...

SAINT-MAURICE.

A mon amour, Cécile.

CÉCILE.

Ciel!

SAINT-MAURICE.

A mon amour, qui ne laissera pas échapper une occasion si longtemps refusée à mes prières.

CÉCILE, *s'avançant vers la porte du fond devant laquelle il s'est placé.*

Monsieur... laissez-moi sortir... ou mes cris..

SAINT-MAURICE, *la ramenant.*

On ne les entendra pas !... heureusement pour vous... car si on les entendait...

CÉCILE.

Je suis donc perdue !

SCÈNE V.

LES MÊMES, MADAME MARTINET.

MADAME MARTINET, *entrant par la porte de l'escalier dérobé.*

Vous êtes sauvée !

CÉCILE, *dans ses bras.*

Ma mère !

SAINT-MAURICE, *à part.*

Maladroit !

MADAME MARTINET.

Sortez, Cécile !... (*Cécile se dirige vers le fond.*) mais non point par là... on pourrait vous voir... (*Lui montrant l'escalier dérobé.*) par ici... ma voiture est à la porte... tenez, prenez cette clef...

CÉCILE.

Cette clef !

MADAME MARTINET, *se cachant la figure.*

Ah ! malheureuse ! N'importe ! que ma honte au moins vous sauve !... (*Cécile prend la clef et sort.*)

SCÈNE VI.

MADAME MARTINET, SAINT-MAURICE.

MADAME MARTINET, *vivement.*

Monsieur...

SAINT-MAURICE.

Prenez-donc la peine de vous asseoir, madame, car la séance sans doute sera longue et orageuse.

MADAME MARTINET.

Ce n'est point la femme que vous avez devant vous, c'est la mère !

SAINT-MAURICE.

En êtes-vous bien sûre, madame ?

MADAME MARTINET.

Les lettres, monsieur, les lettres ?

SAINT-MAURICE.

Et une fois que vous les aurez entre vos mains...

MADAME MARTINET.

Je vous laisse... avec le mépris que vous m'inspirez !

SAINT-MAURICE.

Est-ce la femme ou la mère qui me méprise ?...

MADAME MARTINET.

Toutes deux !

SAINT-MAURICE, *froidement.*

Quant à la femme... je lui pardonne... c'est tout simple... elle se croit trompée !

MADAME MARTINET, *vivement.*

Elle se croit !... vous m'osez soutenir ! quand je trouve chez vous... à cette heure...

SAINT-MAURICE.

J'étais bien sûr que la femme n'était pas loin !

MADAME MARTINET.

Et n'ai-je pas un compte à vous demander, comme mère, de la présence de ma fille...

SAINT-MAURICE, *tranquillement.*

Rien de plus juste ! Sachez donc que depuis longtemps votre fille m'aimait !

MADAME MARTINET.

Elle vous aimait ! infâme ! sous mes yeux !

SAINT-MAURICE.

Ah ! si la femme s'en mêle encore !...

MADAME MARTINET, *furieuse.*

Monsieur... je vois votre but! vous voulez m'exaspérer!...
me faire perdre mon sang-froid, ma raison!... eh bien, je serai
calme... modérée!...

SAINT-MAURICE.

A la bonne heure! car la modération n'est pas votre habitude.

MADAME MARTINET, *élevant la voix.*

Monsieur...

SAINT-MAURICE.

Plus bas... les murs ont des oreilles, et si l'on vous entendait...

MADAME MARTINET.

On peut nous entendre!... et qui donc...

SAINT-MAURICE, *tranquillement.*

Oh! des amis!... une demi-douzaine d'amis... (*Montrant le
salon.*) qui sont là... voilà tout!

MADAME MARTINET.

Et qui peuvent nous surprendre?...

SAINT-MAURICE.

Impossible!... je les tiens sous clef, et en parlant avec précaution...

MADAME MARTINET, *à voix basse.*

Misérable!

SAINT-MAURICE, *élevant la voix.*

Vous dites, belle dame...?

MADAME MARTINET, *bas.*

Je dis que nous nous reverrons!

SAINT-MAURICE.

Comment donc? vous partez déjà!

MADAME MARTINET.

Soyez tranquille!... tout n'est pas fini entre nous!

SAINT-MAURICE.

Je l'espère bien! (*Voyant qu'elle se dirige vers l'escalier dérobé.*)
Ah! vous préférez la petite porte!... Au fait, vous connaissez
les êtres...

MADAME MARTINET.

Insolent!... (*Elle sort par l'escalier dérobé.*)

SAINT-MAURICE, *seul.*

Pauvre chère femme! cela ne l'embellit pas, la colère!...

MARTINET, *en dehors, appelant et frappant.*

Dites donc, Saint-Maurice?

SCÈNE VII.

SAINT-MAURICE, MARTINET, *puis* MADAME MARTINET.

SAINT-MAURICE, *allant à la porte.*

Allons! le mari, maintenant!

MARTINET, *à qui il a ouvert.*

Ah! vous êtes seul! pardon! c'est que voyez-vous, il se fait tard!... et moi, je suis comme Cendrillon... je suis à l'heure! Diable! si ma femme s'apercevait que les oiseaux sont dénichés!

MADAME MARTINET, *en ouvrant la porte.*

Il y a quelqu'un dans l'escalier... un homme qui se cache... (*Descendant la scène, et apercevant Martinet.*) Ciel! mon mari!

MARTINET, *qui s'est retourné.*

Ma femme!

MADAME MARTINET.

Que faites-vous ici, monsieur?

MARTINET, *avec embarras.*

Moi!... tu vois, chère amie... j'étais venu en me promenant.. mais toi-même...

MADAME MARTINET.

Moi... je viens vous chercher!

MARTINET.

Comment! tu t'étais aperçue...!

MADAME MARTINET.

Fi! monsieur!... c'est ainsi que vous découchez toutes les nuits!

MARTINET.

Je te jure bien que c'est la première fois !

MADAME MARTINET.

Et ce sera la dernière !... car à l'avenir je vous enferme...
comme un enfant !

MARTINET.

Ah ! pour le coup !...

MADAME MARTINET.

Pas un mot de plus... si vous ne voulez pas que j'aie mon
attaque.

MARTINET, *effrayé.*

Hein ? ton attaque ! à cette heure !... chez Saint-Maurice !

SAINT-MAURICE !

Ne vous gênez pas, madame...

MADAME MARTINET.

Monsieur...

MARTINET, *s'avançant vers elle.*

Partons, chère amie, partons !...

MADAME MARTINET.

Passez, monsieur... vous sentez la débauche d'une lieue !...

MARTINET, *bas, à Saint-Maurice.*

Quel nez elle a ! c'est votre diable de punch !... il est d'une
force !...

SAINT-MAURICE, *à Martinet, qui prend son chapeau.*

Dites donc ! et mon chapeau que vous emportez !

MARTINET, *à voix basse.*

Vous avez raison ! j'avais laissé le mien pour enseigne !...
(*A part, sur le devant.*) Me voilà pincé ! mais c'est égal...(*Montrant des gâteaux.*) j'ai plein ma poche de dédommagements.

MADAME MARTINET, *l'appelant.*

Monsieur !

MARTINET.

Voilà, Euphrosine, voilà !...

(*Il sort devant sa femme qui, en le suivant, jette un regard
furieux sur Saint-Maurice.*)

SCÈNE VIII.

SAINT-MAURICE, *puis* GINESTEY, FONTANIER, ALFRED,
JEUNES GENS.

SAINT MAURICE, *seul.*

Pauvre mari ! je crois qu'il lui demande pardon, encore !
Délicieux, parole d'honneur... (*Appelant.*) Fontanier ! Ginestey !

FONTANIER, *sortant du salon.*

Qu'est-ce donc ?

SAINT-MAURICE.

La bonne scène ! ah ! si vous saviez !...

ALFRED.

Eh bien ! où est-il donc, l'ami Tartinet ?

SAINT-MAURICE.

Enlevé !

FONTANIER.

Pas possible !

SAINT-MAURICE.

Par sa femme !

FONTANIER.

C'était donc elle !

SAINT-MAURICE.

Oui et non... c'est toute une histoire.

ALFRED.

Contez-nous-la, Saint-Maurice.

SAINT-MAURICE.

Volontiers... Il faut d'abord que je vous apprenne...

SCÈNE IX.

LES MÊMES, ANATOLE.

ANATOLE, *qui est entré par la porte de l'escalier dérobé, et s'est approché lentement et tout pâle.*

Monsieur Saint-Maurice!

SAINT-MAURICE.

Anatole! vous ici! quelle surprise!...

ALFRED, *continuant.*

Eh bien! vous disiez donc que Tartinet...

FONTANIER, *bas, lui montrant Anatole.*

Chut! son gendre!...

ALFRED, *à Anatole.*

Ah! monsieur est le gendre...

ANATOLE.

C'est-à-dire, pas encore...

ALFRED.

Permettez-moi de vous faire compliment de votre beau-père.

ANATOLE.

Monsieur...

ALFRED.

Un bon enfant... comme vous... si votre physionomie n'est pas trompeuse.

ANATOLE.

Monsieur... (A *Saint-Maurice.*) Pardon, vous êtes occupé...

SAINT-MAURICE.

De nos plaisirs, mon cher monsieur...

ANATOLE.

Et moi, qui venais pour vous parler d'affaires.

SAINT-MAURICE.

Comment? de vos actions?

ANATOLE.

Précisément.

ALFRED.

Ah! monsieur est un de vos actionnaires?

ANATOLE.

C'est-à-dire, pas encore... on dit qu'on les enlève.

ALFRED.

Laissez donc... quand il n'y en a plus, il y en a encore...
pour les amis!...

GINESTEY.

Et il faut que Saint-Maurice vous aime bien, pour vous
mettre ainsi dedans... Une si belle affaire! Allons, il se fait
tard, Alfred, laissons ces messieurs terminer.

ANATOLE, *avec intention.*

Oh! oui... car j'ai hâte d'en finir.

GINESTEY, *bas, à Saint-Maurice.*

Décidément, il est à mettre dans un bocal.

SAINT-MAURICE.

Non pas... dans ma caisse, avec les autres.

GINESTEY, *saluant Anatole.*

Monsieur....

ANATOLE, *lui rendant son salut.*

Monsieur...

ALFRED, *à Anatole.*

Enchanté d'avoir fait votre connaissance, mon cher ami...
Comment donc vous appelez-vous, déjà?

ANATOLE.

Anatole Griveau.

ALFRED.

Ah! oui! Grimeau!... très-bien.... le gendre de Tartinet! je
n'oublierai plus... j'ai la mémoire des noms... (*Le saluant.*)
Adieu, mon cher Grimeau. (*Il sort.*)

FONTANIER, *bas, à Saint-Maurice.*

Plumez-le... mais ne le faites pas trop crier... il y a conscience... (*Lui offrant la main.*) Ce cher Anatole... (*Anatole la
lui serre.*) Aïe!

ANATOLE.

Qu'est-ce?

31.

FONTANIER.

Rien... une douleur rhumatismale, au bout des doigts...
(A part.) Si je m'y laisse encore prendre!... (Il sort.)

SCÈNE X.

SAINT-MAURICE, ANATOLE.

ANATOLE.

Enfin, nous voilà seuls!

SAINT-MAURICE, *ouvrant sa caisse.*

Un peu de patience, mon cher!... Savez-vous bien que n'en
a pas qui veut, de mes actions?

ANATOLE.

Vraiment?

SAINT-MAURICE.

J'ai été obligé d'en refuser, ce matin, au roi de la banque!

ANATOLE.

Ah bah! (*Regardant dans sa caisse où Saint-Maurice laisse
voir une liasse de billets de banque.*) Je vois avec plaisir que
votre caisse ne s'en porte pas plus mal.

SAINT-MAURICE.

Au contraire... les actions partent, (*Montrant les billets*) l'argent vient...

ANATOLE.

Ah! tant mieux!...

SAINT-MAURICE.

Décidément, combien en prenez-vous, mon cher Anatole?...

ANATOLE.

Mais...

SAINT-MAURICE.

Quarante, comme le beau-père?

ANATOLE

Oh! quarante!...

SAINT-MAURICE.

Ce n'est pas assez, gourmand! eh bien, soixante?

ANATOLE.

Oh! soixante!... je ne dis pas cela.

SAINT-MAURICE.

Que diable dites-vous donc?

ANATOLE, *tranquillement.*

Que je n'en veux ni quarante, ni soixante... je n'en veux pas du tout...

SAINT-MAURICE, *surpris.*

Comment?...

ANATOLE.

J'ai changé d'avis.

SAINT-MAURICE, *fermant brusquement sa caisse.*

En ce cas, permettez-moi de vous dire...

ANATOLE, *froidement.*

Ne fermez pas encore... vous aurez peut-être besoin de rouvrir...

SAINT-MAURICE.

C'est donc une autre affaire que vous voulez entamer?

ANATOLE.

Non pas précisément... je ne suis pas venu pour vous prendre des actions... mais pour vous en rendre.

SAINT-MAURICE.

Plaît-il?

ANATOLE.

Mon beau-père m'a donné, à compte sur la dot, quarante de vos actions.

SAINT-MAURICE.

Eh bien?

ANATOLE.

Eh bien, je viens tout simplement vous prier de me les reprendre.

SAINT-MAURICE.

Gratis?

ANATOLE.

Non pas... ce serait trop bon marché... au pair, voilà tout... quarante mille francs... ce qui vous sera très-facile, d'après l'état de votre caisse.

SAINT-MAURICE, *froidement*.

Mon cher monsieur, est-ce une mystification qu'on vous a faite, ou une plaisanterie que vous voulez me faire?

ANATOLE, *de même*.

Ni l'un, ni l'autre... Je ne me laisse mystifier par personne, et je ne mystifie personne... je parle sérieusement.

SAINT-MAURICE.

Alors, pour vous répondre sérieusement aussi, je vous dirai que je vends des actions, je n'en achète pas, et si votre visite n'avait point d'autre motif...

ANATOLE.

Pardon, elle en a encore un autre.

SAINT-MAURICE.

Parbleu! s'il est aussi original que le premier, nous allons rire.

ANATOLE.

Je ne crois pas... il y a une heure à peu près l'on est venu vous redemander des lettres.

SAINT-MAURICE.

Ah! vous savez...!

ANATOLE.

Deux lettres?

SAINT-MAURICE, *se redressant*.

Que j'ai refusées, mon cher monsieur, le savez-vous aussi?

ANATOLE.

Certainement... car si vous les eussiez rendues, je ne serais pas obligé de venir vous les réclamer à mon tour.

SAINT-MAURICE.

Ah! c'est pour les réclamer que vous venez chez moi! (*Haussant la voix.*) Savez-vous bien, monsieur... (*Changeant de ton.*) Mais, pardon... j'oublie que je parle à un pauvre pro-

vincial qui ne connaît pas les conséquences de la mission
dont on l'a chargé.

ANATOLE.

Je n'ai mission de personne, monsieur, et quand je fais une
démarche, j'en accepte toutes les conséquences.

SAINT-MAURICE, *d'un ton spadassin.*

Ah! vous voulez vous battre, mon cher! c'est un duel qu'il
vous faut! un duel avec moi, Saint-Maurice.

ANATOLE, *froidement.*

Du tout, monsieur... je n'ai point l'habitude de demander
à mon épée ce que je puis obtenir d'un consentement volon-
taire... et comme vous serez très-heureux de me rendre de
vous-même...

SAINT-MAURICE, *ricanant.*

De plus en plus fort, comme chez Nicolet... Ah! vous croyez
que de moi-même...

ANATOLE.

Si vous voulez m'accorder cinq minutes d'attention.

SAINT-MAURICE, *s'asseyant.*

Je vous en donne dix, mon cher... (*Il allume son cigare.*)
En usez-vous?

ANATOLE.

Pas ce soir...

SAINT-MAURICE, *se croisant les jambes sur un autre fauteuil.*

Parlez... je suis tout oreilles !

ANATOLE.

Il y a quatre ans, environ, j'étais associé d'une maison de
commerce.

SAINT-MAURICE, *fumant.*

Ah! vous étiez mon confrère... je ne m'en serais pas douté.

ANATOLE.

C'est que nous n'exercions pas précisément la même indus-
trie... (*Continuant.*) C'était une maison de la rue des Bourdon-
nais, la maison Duval et Regnault, dont vous avez peut-être
entendu parler...

SAINT-MAURICE, *avec trouble*.

Moi... je ne me rappelle pas...

ANATOLE.

Le 4 février, on présente à la caisse une lettre de change... elle est escomptée sans soupçon, remise en circulation par nous-mêmes... nous n'en avons plus entendu parler...

SAINT-MAURICE, *à part*.

Je respire!...

ANATOLE.

Le mois suivant, nouvelle lettre de change, souscrite comme la première par un certain Blanchet. (*S'interrompant.*) Vous laissez éteindre votre cigare. (*Continuant.*) Acceptée par notre correspondant de Marseille, Ringard, et passée comme l'autre à l'ordre d'un sieur Loyson. La lettre de change fut encore payée : elle était fausse!

SAINT-MAURICE.

Fausse, monsieur!

ANATOLE, *s'interrompant*.

Voilà votre cigare tout à fait éteint... (*Continuant.*) Oui, fausse, comme la première; mais de celle-ci il n'en fut pas comme de l'autre... elle fut mise à part avec soin... conservée précieusement... car trois personnes avaient vu le sieur Loyson, ou le sieur Blanchet... le garçon de caisse, le caissier, et moi...

SAINT-MAURICE.

Vous!

ANATOLE.

Moi-même, qui n'ai pas la mémoire des noms, comme votre ami, mais qui ai parfaitement celle des figures, et l'individu en face duquel je me suis trouvé une fois... dix ans après, je le reconnaîtrais entre mille !... Il y a un mois, je l'ai reconnu, quoiqu'il ne s'appelât plus ni Blanchet, ni Loyson! il avait pris un troisième nom qui ne lui appartenait peut-être pas plus que les autres !... Quoiqu'il eût changé de couleur, comme de nom... de noir, il était devenu blond châtain... mon premier mouvement fut de le démasquer, mon second d'attendre... J'ai attendu pendant un mois... un mois bien long! mais enfin, aujourd'hui, je puis parler, je puis dire hautement que l'homme à la lettre de change, l'individu noir ou blond, dont j'ai été obligé de subir la présence, pendant un mois, qu'il se fasse appeler Loyson, Blanchet ou Saint-Maurice...

SAINT-MAURICE.

Monsieur...

ANATOLE.

Le faussaire enfin, c'est vous!...

SAINT-MAURICE, *se levant.*

Moi! c'est un mensonge... un abominable mensonge...

ANATOLE.

Dont vous m'avez heureusement vous-même fourni la preuve!... car cette lettre de change que j'avais redemandée, que j'attendais... elle vient de m'être renvoyée de Marseille, et c'est vous-même qui avez eu l'obligeance de me la remettre ce matin.

SAINT-MAURICE, *se trahissant.*

Moi! ah! si je l'avais su!

ANATOLE.

Vous l'auriez anéantie, n'est-ce pas?... (*Après une pause.*) C'est ce que vous pouvez encore faire!

SAINT-MAURICE, *d'une voix étouffée.*

Je suis à vos ordres, monsieur!

ANATOLE, *froidement.*

Je vous avais bien dit que vous y viendriez de vous-même... Ainsi donc, marché conclu : quarante mille francs contre vos quarante actions... La lettre de change, contre les deux lettres.

SAINT-MAURICE, *tirant les billets de sa caisse.*

Voici l'argent.

ANATOLE, *comptant les billets.*

Permettez... l'habitude du commerce... (*Lui remettant les actions.*) Voici les actions!

SAINT-MAURICE, *vivement*.

Et la lettre de change?

ANATOLE.

Pardon...

SAINT-MAURICE, *avec inquiétude*.

Monsieur, vous me l'avez promise !

ANATOLE, *tranquillement*.

Et je tiens toujours mes promesses... Tout ce que je vous demande, c'est de mettre sous enveloppe ces deux lettres, et de sceller l'enveloppe de votre cachet. Je ne veux pas qu'on puisse me soupçonner de les avoir lues.

SAINT-MAURICE, *cachetant les lettres*.

Comme vous voudrez! Tenez, monsieur... (*Il lui tend les lettres, et reçoit la lettre de change. Il la place sur la bougie et la brûle, puis, prenant un autre ton.*) Maintenant, à nous deux! vous n'avez pas cru, sans doute, que tout était fini entre nous... Vous savez comment on se conduit entre gens d'honneur?

ANATOLE, *froidement*.

Entre gens d'honneur! attendez donc un peu... votre billet brûle encore !...

SAINT-MAURICE.

Il n'en reste plus rien! Vous n'avez plus devant vous qu'un homme honorable... (*Mouvement d'Anatole.*) Oui, monsieur... un honnête homme... entendez-vous?... qui ne laisse à personne le droit de mettre en doute sa loyauté, et qui en appelle à son épée des insultes faites à son honneur.

ANATOLE, *avec calme*.

Je m'attendais à cette fantasmagorie, mais elle est parfaitement inutile : je ne me battrai point.

SAINT-MAURICE.

Je saurai bien vous y forcer!

ANATOLE.

Vous, monsieur Loyson?...

SAINT-MAURICE.

Non pas monsieur Loyson, ni monsieur Blanchet, mais Saint-

Maurice, monsieur... Saint-Maurice, votre rival... comprenez-vous?... votre rival aimé... vous en portez la preuve !

ANATOLE.

Loyson, ou Saint-Maurice, ou Blanchet, je les méprise également tous les trois !

SAINT-MAURICE, *faisant un mouvement de menace.*

Monsieur...

ANATOLE , *d'une voix ferme.*

Hein ?

SAINT-MAURICE.

Vous avez raison... j'ai tort... A un homme comme vous, une insulte faite sans témoins n'est pas une insulte... Pour la dernière fois voulez-vous me rendre raison?

ANATOLE.

Non, monsieur...

SAINT-MAURICE.

Eh bien, tout à l'heure, vous m'avez dicté vos conditions... voici les miennes à mon tour... je dîne demain chez monsieur Martinet.

ANATOLE.

Oh! vous n'y songez pas!

SAINT-MAURICE.

J'y songe si bien... que je vous défends d'y paraître... et si, malgré ma défense, vous osez vous présenter devant moi, à défaut de mon épée, c'est ma main qui vous châtiera!... Maintenant, sortez!

ANATOLE.

C'est la seule satisfaction que je puisse vous accorder... (*Allumant son cigare à la bougie.*) Voulez-vous bien me permettre?...

(*Il s'éloigne tranquillement.*)

SAINT-MAURICE.

Ah! je me vengerai!... (*Il se laisse aller sur un fauteuil; la toile tombe.*)

FIN DU DEUXIÈME ACTE.

ACTE III.

Un salon chez madame Martinet, au rez-de-chaussée, ouvrant au fond sur
des jardins, et de côté sur une serre.

SCÈNE PREMIÈRE.

CÉCILE, MADAME MARTINET.

CÉCILE.

Non, ma mère, je ne le veux pas, je ne le peux pas!...

MADAME MARTINET.

Songe donc, chère enfant, que c'est aujourd'hui la signature de ton contrat. Le notaire, les convives vont arriver. Que
dire à ton prétendu, pour excuser ce retard?

CÉCILE.

La vérité, ma mère!

MADAME MARTINET.

La vérité!... mais alors ce n'est plus un retard, c'est une
rupture.

CÉCILE.

Mieux vaut rompre que de le tromper.

MADAME MARTINET.

Le tromper! Est-ce que vous aimeriez encore Saint-Maurice?...

CÉCILE.

Lui, ma mère!... je le méprise, voilà tout!

MADAME MARTINET.

Et tu as raison! c'est le seul sentiment qu'il mérite!... qu'il
doit nous inspirer à toutes deux... Mais ce sentiment-là ne
peut porter ombrage à ton futur.

CÉCILE.

Et ces lettres, ma mère, ces lettres qui, d'un moment à l'autre, peuvent devenir une arme contre lui, contre moi!...

MADAME MARTINET.

Aussi, quelle imprudence d'écrire! Est-ce que l'on écrit jamais en pareil cas!...

CÉCILE.

Ma mère!

MADAME MARTINET.

Le mal est fait!... il s'agit de le réparer... Mais, je le connais!... ces maudites lettres, il ne les rendra point qu'on ne les lui arrache... et pour les lui arracher, il faudrait... Ah! si je n'étais pas une femme... ou si seulement ton père était un homme!...

SCÈNE II.

LES MÊMES, MARTINET, *des papiers à la main.*

MARTINET.

Hein? qu'est-ce que vous dites là, madame Martinet? mais il me semble que j'ai fait mes preuves, chère amie!...

MADAME MARTINET.

Taisez-vous!...

MARTINET.

C'est juste... Je venais pour te dire...

MADAME MARTINET.

Qu'est-ce que tous ces papiers?

MARTINET.

C'est le menu... original et copies... autant que de convives... quatorze exemplaires!... à l'anglaise... Chacun a la carte sur son assiette, de sorte que, tout en fonctionnant au premier service, on se garde une place pour les bonnes choses qui doivent figurer au second.

MADAME MARTINET.

A merveille! mais, cette fois, vous en serez pour vos frais
d'écriture.

MARTINET.

Comment?

MADAME MARTINET.

Tout est rompu!

MARTINET.

Pas possible!...

MADAME MARTINET.

Dès lors plus de contrat... et partant plus de dîner!

MARTINET.

Plus de dîner!... pardon, madame Martinet : plus de contrat, je ne dis pas non... si vous avez des motifs... un contrat,
on peut le remettre, l'ajourner... c'est aussi bon dans un
mois que dans quinze jours... ça ne se gâte pas... mais un
dîner... qui doit se manger à jour fixe! dont les convives sont
peut-être en route... dont le personnage le plus intéressant
vient lui-même d'arriver!

CÉCILE, *avec effroi!*

Ah mon Dieu!

MADAME MARTINET.

Déjà!

MARTINET.

Sans doute! de peur qu'il ne se fît attendre, j'ai été le
chercher moi-même chez Chevet!

MADAME MARTINET.

Monsieur Griveau?

MARTINET.

Eh non, le dinde truffé!... le plus bel animal!...

CÉCILE.

Maman, le voici!

MARTINET, *se retournant.*

Le dindon?

CÉCILE.

Monsieur Anatole... tâchez qu'il ne m'en veuille pas trop...
je vous laisse!

MARTINET.

Et moi aussi! (*A part.*) Je vais retrouver l'autre, et le
faire mettre à la broche! une fois rôti, il faudra bien qu'il y
passe... fût-ce en famille!...

SCÈNE III.

LES MÊMES, ANATOLE.

ANATOLE , *à Cécile*.

Mademoiselle...

CÉCILE , *avec embarras*.

Pardon , monsieur... une affaire indispensable... permettez-moi de me retirer.   (*Elle sort*.)

ANATOLE, *à Martinet*.

Monsieur Martinet...

MARTINET, *embarrassé*.

Pardon, mon cher gendre... mon cher Griveau, veux-je
dire... je suis obligé... comme ma fille...   (*Il sort*.)

ANATOLE, *à madame Martinet*.

Madame...

MADAME MARTINET.

Pardon, monsieur Griveau...

ANATOLE.

Ah!... est-ce que vous êtes obligée aussi, comme votre
mari, et votre fille...?

MADAME MARTINET.

Au contraire... je reste... j'ai à vous parler...

ANATOLE.

Je suis à vos ordres.

MADAME MARTINET.

Monsieur Griveau...

ANATOLE.

Madame...

MADAME MARTINET, *le regardant avec intérêt, à part.*

L'excellente figure ! ah ! quel gendre j'aurais eu là... et
pourquoi ne l'aurais-je pas encore ?... Si j'essayais... parce
qu'il est bon enfant, ce n'est pas une raison pour qu'il ait
peur... et ces imbéciles-là, quand une fois ils ont la tête
montée... (*Haut.*) Mon cher Anatole...

ANATOLE.

Madame...

MADAME MARTINET, *avec tendresse.*

Mon bon Anatole...

ANATOLE.

Madame...

MADAME MARTINET, *lui pressant la main.*

Mon cher gendre... mon enfant...

ANATOLE.

Ah ! madame !...

MADAME MARTINET, *avec effusion.*

Oui, mon enfant !... le mari de notre fille, n'est-ce pas un
fils pour nous ?... c'est même mieux qu'un fils... car l'enfant
que le ciel nous donne, nous le prenons tel qu'il nous l'envoie, tandis que vous, nous vous avons choisi, vous êtes
vraiment l'enfant de notre choix, mon gendre !

ANATOLE.

Vous me confusionnez !

MADAME MARTINET.

Eh bien ! permettez-moi une question... que feriez-vous,
si vous receviez un soufflet ?

ANATOLE.

J'en rendrais deux.

MADAME MARTINET.

Bien... très-bien... et si votre mère vivait encore, et qu'un
lâche osât l'insulter ?

ANATOLE.

Ma mère !... ah ! malheur au misérable...

MADAME MARTINET.

A merveille, cher enfant, à merveille !... Eh bien, ce n'est point l'excellente femme que vous avez perdue qui a été insultée... c'est... votre seconde mère... celle qui vivra long-temps encore, je l'espère, pour vous aimer et vous chérir... c'est la mère de votre choix, comme vous êtes le fils du sien, c'est moi-même, Anatole !

ANATOLE, *froidement.*

Ah ! c'est de vous qu'il s'agit !

MADAME MARTINET.

Un homme... que vous connaissez... que vous n'aimez pas, je crois... (*Mouvement d'Anatole.*) Vous avez raison, vous l'aviez mieux jugé que moi... Monsieur Saint-Maurice a entre les mains deux lettres...

ANATOLE.

De vous, madame ?...

MADAME MARTINET.

Non... c'est-à-dire oui... de moi, puisqu'il faut vous l'a-vouer...

ANATOLE, *à part.*

Allons, elle est meilleure mère que je ne croyais...

MADAME MARTINET, *à part.*

En les prenant sur mon compte, une fois en face de l'autre, il n'en sera que plus furieux. (*Haut.*) Ces lettres, Anatole, gardez-vous de croire qu'elles soient coupables... c'est une imprudence, si vous voulez... une légèreté de jeune fille... (*Se reprenant.*) de jeune femme... voilà tout. Mais comme il me menace de ces lettres...

ANATOLE.

Il faudrait les redemander à cet homme ?

MADAME MARTINET.

C'est cela même...

ANATOLE.

Les obtenir de lui... de gré ou de force ?

MADAME MARTINET.

A merveille !

ANATOLE.

Je comprends... en d'autres termes, ce que vous me pro-
posez, c'est tout simplement de me couper la gorge avec
monsieur Saint-Maurice, un duelliste de profession, un
spadassin pur sang , qui , à parier cent contre un, me laissera sur le carreau du premier coup.

MADAME MARTINET.

Monsieur...

ANATOLE.

Merci, madame, merci... la commission ne prouve peut-
être pas que vous attachiez un grand prix à la conservation
de votre gendre... mais, à cela près... elle ne demande qu'un
peu d'énergie, de caractère... qualités si communes en France
qu'elles courent les rues!

MADAME MARTINET , *avec joie.*

Ah! monsieur !...

ANATOLE.

Quant à moi, malheureusement, ce n'est pas par là que je
brille....

MADAME MARTINET, *surprise.*

Comment?

ANATOLE.

Mon principal mérite, vous le savez, c'est de n'avoir ni
volonté ni caractère !

MADAME MARTINET.

Monsieur !...

ANATOLE.

C'est d'être une pâte molle, qu'on pétrit à son gré, comme
vous disiez hier matin...

MADAME MARTINET.

Ah! vous nous avez écoutées!...

ANATOLE.

Non, mais je vous ai entendue, ce qui revient au même...
Hier matin, pendant qu'on me croyait endormi dans ce fauteuil... ce qui m'a procuré le plaisir de connaître l'opinion

toute favorable que vous avez conçue de ma personne... hier soir, chez monsieur Saint-Maurice...

MADAME MARTINET.

Chez Saint-Maurice, vous!

ANATOLE.

Ce qui m'a permis d'obtenir à l'amiable une restitution.

MADAME MARTINET.

Que dites-vous? les lettres... mes lettres...

ANATOLE.

Les voici, madame, scellées de son cachet, telles qu'il me les a remises lui-même.   (*Il lui remet les lettres.*)

MADAME MARTINET.

Ah! monsieur! comment reconnaître jamais...?

ANATOLE.

Rien de plus simple... dans la famille Griveau, madame, jusqu'ici, ce sont toujours les hommes qui, de père en fils, ont porté certain vêtement indispensable... vous comprenez... cette habitude patriarchale, je désire la conserver dans mon ménage, si vous voulez bien le permettre...

MADAME MARTINET.

Tout ce que vous voudrez : c'est à la femme d'obéir, au mari de commander!

SCÈNE IV.

Les Mêmes, MARTINET, CÉCILE.

MARTINET.

Hein? tu dis?

MADAME MARTINET.

Ça ne vous regarde pas, monsieur Martinet; c'est à mon gendre que je parle!

MARTINET.

Ton gendre! tout est donc arrangé?

MADAME MARTINET.

Est-ce qu'il y avait rien de dérangé?

MARTINET.

Pardon, j'avais cru... alors le contrat tient pour ce soir.

ANATOLE.

Certainement.   (*Martinet regarde sa femme.*)

MADAME MARTINET.

Du moment que monsieur Griveau vous le dit...

MARTINET.

Et le dîner aussi?

ANATOLE.

Certainement.

MARTINET, *lui sautant au cou.*

Ah! mon ami, mon cher ami, que je vous embrasse!

CÉCILE, *bas, à sa mère.*

Mais, ma mère...

MADAME MARTINET, *de même, lui remettant les lettres.*

Voici les lettres qu'il vient de me remettre!

CÉCILE.

Lui!

MADAME MARTINET, *bas.*

Silence! il les croit de ma main.

ANATOLE, *à Martinet.*

Seulement, quant au dîner, il vous manquera sans doute un convive, Saint-Maurice.

MARTINET.

Diable! tant pis!...

ANATOLE.

Au contraire, tant mieux!

(*Martinet regarde sa femme.*)

MADAME MARTINET.

Du moment que mon gendre vous le dit.

CÉCILE.

Certainement, mon père...

MARTINET.

Alors, tant mieux... puisque tout le monde est d'accord.

ANATOLE.

Quant au contrat... vous m'aviez remis hier soir, à compte
sur la dot, quarante actions de monsieur Saint-Maurice.

MARTINET.

Excellent placement, mon gendre!

ANATOLE.

Détestable, beau-père!

(*Martinet regarde sa femme.*)

MADAME MARTINET.

Du moment que mon gendre vous le dit.

ANATOLE.

En conséquence, j'ai prié monsieur Saint-Maurice de les reprendre.

MADAME MARTINET.

Et il les a reprises?

ANATOLE.

Mieux que cela!... il les a remboursées... séance tenante,
quarante mille francs en billets de banque, que voici.

MARTINET, *prenant les billets.*

Pas possible!

MADAME MARTINET.

Il y a là-dessous un mystère...

ANATOLE.

Dont vous me permettrez de garder le secret.

MARTINET.

Effectivement... ma femme a raison... il y a là-dessous
un mystère...

MADAME MARTINET.

Du moment que votre gendre veut le garder pour lui, ce
secret... (*A part.*) mais, je le saurai!...

SCÈNE V.

LES MÊMES, UN DOMESTIQUE.

LE DOMESTIQUE.

Monsieur Fontanier demande à parler à madame.

MADAME MARTINET.

Monsieur Fontanier?

LE DOMESTIQUE.

De la part de monsieur Saint-Maurice.

MADAME MARTINET, *vivement, à part.*

Ah! je vais découvrir... (*Haut, à Anatole.*) Voulez-vous bien permettre ?...

ANATOLE.

Comment donc, madame ?

MARTINET, *à sa femme.*

Mais il me semble, chère amie...

MADAME MARTINET.

Du moment que votre gendre le permet... Suivez-moi...
(*Elle sort.*)

MARTINET, *bas, à Anatole.*

Mon cher Anatole, vous êtes étonnant... plus étonnant que Carter... le fameux dompteur d'ours... vous avez apprivoisé ma femme!... (*Il sort.*)

SCÈNE VI.

ANATOLE, CÉCILE.

CÉCILE, *s'avançant vers Anatole.*

Monsieur Anatole !...

ANATOLE.

Mademoiselle...

CÉCILE.

Vous m'avez sauvée!

ANATOLE.

Moi!

CÉCILE.

Oui, vous... ces lettres que vous avez rendues à ma mère...
que vous croyiez d'elle... eh bien, non... quoi qu'il m'en coûte,
à mon futur, à mon mari, je dois tout avouer... elles sont de
moi...

ANATOLE.

Je le savais!...

CÉCILE.

Mais ce que vous ne savez pas, et ce qu'il faut que vous sachiez... car, pour que vous ayez foi dans l'avenir, il ne doit y
avoir entre nous aucun secret dans le passé... (*Rompant le
cachet, et lui présentant les lettres.*) Tenez, lisez, Anatole...

(*Anatole les prend et les déchire.*)

CÉCILE.

Que faites-vous?

ANATOLE.

Rien... c'est le passé que je déchire, Cécile, pour ne garder
que l'avenir.

CÉCILE, *vivement.*

Oh! le plus généreux des hommes...

ANATOLE.

Moins généreux que vous ne pensez... car peut-être allez-
vous me trouver bien exigeant... mais j'ai une prière à vous
adresser.

CÉCILE.

Parlez, que voulez-vous?

ANATOLE.

Jusqu'à ce jour, je m'estimais heureux de vous obtenir de
l'aveu de vos parents... j'espérais que plus tard... à force de
soins et d'amour, votre amitié aussi finirait par me venir...
maintenant cet espoir ne me suffit plus, Cécile... ce n'est pas
au consentement de votre famille, c'est à vous seule que je

32.

veux vous devoir... Tout à l'heure, nous allons signer le contrat, mais le jour de notre mariage n'est pas encore arrêté...
eh bien, ce que je vous demande, c'est de le fixer vous-même,
vous seule, entendez-vous ?... mais, avant de le fixer, réflé-
chissez bien... consultez bien votre cœur... car, ce jour-là, ce
sera me dire : Anatole, je vous aime !

SCÈNE VII.

Les Mêmes, FONTANIER, MADAME MARTINET.

CÉCILE, *faisant un mouvement à la vue de Fontanier.*
Monsieur Fontanier !

ANATOLE.
Rassurez-vous, Cécile, Saint-Maurice ne viendra point...

FONTANIER.
C'est ce qui vous trompe, il viendra... plus tôt que vous ne
croyez... et en attendant, il m'a remis une lettre, monsieur !...

ANATOLE.
Pour moi.

MADAME MARTINET.
Non, mais qui vous concerne... (*Lui donnant la lettre.*) Lisez!

ANATOLE, *lisant.*
« Madame, vous aviez douté de ma délicatesse : les preuves
de ma loyauté doivent être maintenant entre vos mains... j'ai
chargé monsieur Anatole de vous les remettre, et de vous
faire en même temps ses adieux... j'espère qu'il s'est fidèle-
ment acquitté de la première partie de sa mission, et qu'en
prenant congé de vous, il m'aura épargné la peine de lui
rappeler l'accomplissement de la seconde.

                                            « Saint-Maurice. »
(*Anatole remet tranquillement la lettre à madame Martinet.*)
MADAME MARTINET.
Eh bien, monsieur ?

ANATOLE, *froidement.*

Eh bien, madame...

MADAME MARTINET.

Qu'avez-vous à répondre ?

FONTANIER.

Oui... qu'avez-vous à répondre ?

ANATOLE, *à madame Martinet, après avoir regardé tranquille-*
ment Fontanier.

Rien.

MADAME MARTINET.

Comment, rien ?

ANATOLE.

Il me semble que ma présence est un démenti suffisant.

MADAME MARTINET.

Mais, enfin, il faudrait expliquer, car dans tout ceci il y a...
un mystère...

ANATOLE.

Que je vous demanderai encore la permission de garder pour
moi... à moins que monsieur Saint-Maurice ne m'y force lui-
même... mais il ne m'y forcera pas, j'en suis sûr.

(*Il se dirige du côté de la serre.*)

SCÈNE VIII.

LES MÊMES, UN DOMESTIQUE, GINESTEY, ALFRED, *puis* SAINT-
MAURICE.

(*Anatole est auprès de la serre, de façon à ne pas être aperçu*
des personnages qui entrent.)

LE DOMESTIQUE, *annonçant.*

Monsieur le comte de Ginestey, monsieur Alfred de Lignol-
les... monsieur Saint-Maurice...

MADAME MARTINET.

Saint-Maurice ? ah !

CÉCILE.

Ciel !

SAINT-MAURICE, *entrant.*

Lui-même, madame, qui, en l'absence de votre mari, vous demande la permission de vous présenter deux de ses amis intimes.

ALFRED.

Que monsieur Tartinet a bien voulu inviter hier soir, madame.

MADAME MARTINET, *saluant.*

Monsieur...

ALFRED, *bas, à Fontanier.*

Je vous fais mon compliment, Fontanier ! tournure magnifique.

FONTANIER, *de même, d'un air fat.*

Alfred !

SAINT-MAURICE, *d'un air dégagé.*

Eh bien, belles dames, vous êtes contentes de moi... toutes les deux, je l'espère !

MADAME MARTINET.

Monsieur...

SAINT-MAURICE.

N'ai-je pas fait tout ce que vous désiriez ? plus même que vous ne désiriez peut-être... car je vous ai débarrassées d'un gendre... mais la perte n'est pas difficile à réparer, et je connais quelqu'un... (*Montrant Alfred.*)

ALFRED, *s'inclinant.*

Certainement, madame... mademoiselle... (*Apercevant Anatole qui a redescendu la scène.*) Eh ! le voilà, ce bon monsieur Grimeau !

ANATOLE.

Griveau, si cela vous est égal !

SAINT-MAURICE.

Anatole ! vous ici, monsieur !

CÉCILE, *se serrant près de sa mère.*

Ma mère !

MADAME MARTINET, *à part.*

Enfin ! je vais donc connaître...

ANATOLE, *à Saint-Maurice.*

Je ne sais lequel de nous deux a le droit de se montrer le plus surpris.

SAINT-MAURICE, *avec insolence.*

Mais je sais, moi, que je vous avais défendu de paraître devant mes yeux !

ANATOLE, *tranquillement.*

C'est vrai... et vous voyez le cas que je fais de votre défense !

SAINT-MAURICE.

Alors, c'est différent ! du moment que vous aimez mieux vous battre... moi aussi, je l'aime mieux !... (*Faisant un signe à Fontanier.*) Fontanier ?

CÉCILE.

Grand Dieu !

FONTANIER, *présentant à Anatole deux épées qu'il est allé prendre en dehors.*

Si vous voulez choisir...

MADAME MARTINET.

Saint-Maurice, arrêtez !...

ANATOLE, *repoussant l'épée.*

Non, monsieur, non !

SAINT-MAURICE, *à madame Martinet.*

Rassurez-vous, madame, monsieur n'en use pas, je le savais.

ANATOLE.

Pourquoi donc, alors, cet appareil d'épées qui ne peut effrayer que des femmes !...

SAINT-MAURICE, *avec hauteur.*

Pour leur prouver, ainsi qu'à ces messieurs, que vous avez refusé de me rendre raison !

ANATOLE.

Si vous vouliez leur apprendre en quoi je vous ai offensé ?

SAINT-MAURICE, *furieux.*

Monsieur, sortez, ou sortons !

ANATOLE, *avec calme.*

Ni l'un ni l'autre.

SAINT-MAURICE, *avec bravade.*

Alors, j'ai droit de le proclamer ici devant ces dames... devant ces messieurs... de vous le jeter à la face devant tous : Monsieur Griveau, vous êtes un l...

ANATOLE, *l'interrompant.*

N'achevez pas... j'avais voulu vous ménager... je croyais qu'un honnête homme ne doit point réduire un malheureux au désespoir... qu'il faut toujours laisser une porte ouverte au repentir...

SAINT-MAURICE.

Monsieur...

ANATOLE.

Puisque vous ne m'avez pas compris... alors, moi aussi, j'ai le droit de le proclamer ici devant ces dames... devant ces messieurs... de vous le jeter à la face devant tous... mais non... (*Se rapprochant et faisant signe aux hommes de se rapprocher.*) par respect pour moi, pour vos amis, pour vous... c'est à votre oreille que je le crierai tout bas... afin que vous seul et ces messieurs l'entendent... vous êtes un faussaire !...

SAINT-MAURICE, *troublé.*

Moi!

TOUS.

Lui!

DE GINESTEY.

La preuve, monsieur Anatole...

SAINT-MAURICE, *se remettant un peu.*

Il a raison, la preuve !

ANATOLE.

C'est juste... je m'y attendais... vous me le demandez, quand vous l'avez anéantie de vos propres mains !

SAINT-MAURICE, *reprenant confiance.*

Monsieur...

ANATOLE.

Mais, tout niais qu'on me suppose, je ne le suis pas encore

assez pour me livrer à votre merci... vous n'avez brûlé qu'une seule lettre de change, monsieur Blanchet...

SAINT-MAURICE.

Ciel!

TOUS.

Blanchet!

ANATOLE.

Une seule... entendez-vous?... et il y en avait deux , monsieur Loyson... deux, vous le savez... et l'autre, la première... celle qui s'était égarée... que l'on croyait perdue... (*Montrant sa poitrine*) elle est là, monsieur, à... (*Après une pause.*) il dépend de vous qu'elle y reste.

SAINT-MAURICE.

Ah! monsieur...

ANATOLE.

Sortez!...

SCÈNE IX.

LES MÊMES, MARTINET.

MARTINET, *entrant.*

Eh bien! où allez-vous donc, Saint-Maurice?

MADAME MARTINET, *se précipitant dans les bras d'Anatole.*

Ah! mon gendre!

CÉCILE.

Monsieur Anatole !

MADAME MARTINET.

C'est incroyable ! mais expliquez-nous, je vous prie...

ANATOLE.

A quoi bon ! l'essentiel, c'est que nous sommes débarrassés de lui !

MADAME MARTINET.

Pourtant...

MARTINET.

Du moment que mon gendre vous le dit, madame Martinet !

ANATOLE, *se tournant vers les jeunes gens.*

Messieurs, je me suis comporté vis-à-vis de cet homme comme mon honneur à moi le demandait; mais je sais que le monde a son honneur à lui, et ses exigences particulières... Si donc l'un de vous trouve que je n'y ai point satisfait, je suis tout prêt à lui en rendre raison quand il voudra, et comme il voudra...

GINESTEY.

Comment donc? mais je vous tiens, moi, pour un galant homme!

ALFRED.

Pour un homme d'honneur, mon cher Griveau.

FONTANIER.

Pour un brave, mon cher Anatole, tout ce qu'il y a de plus brave!... (*Il lui tend la main, qu'Anatole secoue.*) Aïe! encore une fois!

ANATOLE.

Alors, messieurs, à table, et faisons honneur au menu de mon beau-père. Monsieur Fontanier?...

FONTANIER.

Cher ami?

ANATOLE.

La main à madame Martinet.

FONTANIER, *lui offrant la main.*

Ah! madame, je suis trop heureux... (*A Martinet, croyant parler à Alfred.*) Elle est magnifique!

MARTINET.

Et truffée... vous m'en direz des nouvelles!

ALFRED, *s'avançant vers Cécile.*

Mademoiselle!

ANATOLE, *le prévenant.*

Pardon, mais aujourd'hui...

ALFRED.

C'est juste... à tout seigneur, tout honneur... (*Se tournant vers Martinet.*) Mon cher Dartinet...

MARTINET, *lui prenant le bras.*
Martinet, de père en fils.

ANATOLE, *à Cécile, sur le devant de la scène.*
Mademoiselle...

CÉCILE, *bas, en acceptant sa main.*
Anatole... je vous aime....

FIN DU TROISIÈME ET DERNIER ACTE.

TABLE DES MATIÈRES.

———

FIN DE LA TABLE DU SECOND VOLUME.

Imprimé en France
FROC022018230919
22214FR00010B/90/P